Cómo casarse en Santa Manuela

Sylvia Herrero

Cómo casarse en Santa Manuela

Planeta

Av. Diagonal, 662-664, 08034 Barcelona
www.editorial.planeta.es
www.planetadelibros.com

Primera edición: julio de 2020
Depósito legal: B. 10.049-2020
ISBN: 978-84-08-22792-2
Composición: Realización Planeta
Impresión y encuadernación: Rodesa
Printed in Spain - Impreso en España

El papel utilizado para la impresión de este libro está calificado como **papel ecológico** y procede de bosques gestionados de manera **sostenible**

A mis padres, Julián y Pilar.

Por los valses en Viena con papá.
Por los tres repasos diarios de la cartilla Palau con mamá.
Por hacer de mis sueños los vuestros.
Por estar ahí. Siempre.

Dicen que quienes viven en el Pirineo no son cariñosos, pero lo cierto es que son gente de amor. De amor inquebrantable a la familia, a la tierra, a la vida. No podía ser de otro modo si, como cuenta la leyenda, esta cordillera alberga en su interior el cuerpo de la enamorada Pirene.

CAPÍTULO 1

EL ORIGEN DE TODO

Los momentos más importantes de la vida suelen pillarte por sorpresa... Y con el pelo sucio. «Voy de cabeza a la ducha», pensaba Lola mientras cerraba el último cuaderno que había corregido. Hacía más de dos horas que habían terminado las clases y ella aún seguía en el aula del pequeño colegio de Santa Manuela de Val. Llevaba tres años al frente de la escuela de su pueblo. Tenía a su cargo a dieciséis niños de infantil y primaria, todo un récord cuando en las localidades de la zona los coles estaban cerrando.

«Mañana más». Acercó la silla a la mesa y se puso el abrigo sin prisa, mientras tenía la mirada perdida en los murales de Sociales que estaban colgados al final de la clase. Los habían hecho los tres mayores. «Los echaré de menos cuando a partir de septiembre vayan a estudiar a Jaca». Por un momento, sus ojos de color avellana brillaron un poquito, pero logró contener la emoción. «Vamos, Lola, todos los años se marcha alguno. Tienes que acostumbrarte». Ella también había dejado aquella aula cuando cumplió doce años, solo que entonces el proceso le pareció emocionante: salir del valle, conocer gente, hacerse mayor. En aquel momento ya casi había alcanzado el metro sesenta de su edad adulta, pero interiormente todavía estaba a medio hacer. Tampoco imaginaba que el camino de vuelta al pueblo se desdibujaba para muchos al otro lado de las montañas.

Comenzaba a hacerse tarde. Hacía rato que había anochecido. Lola se inclinó un poco sobre la silla para alcanzar el interior de su bolso y sacar el bote de crema que solía llevar siempre. Tenía la piel muy blanca, muy sensible, y se le irritaba con facilidad. Por eso, cuando notaba que las mejillas le empezaban a hormiguear, se aplicaba una capa en la cara y el exceso lo extendía por sus manos. La rojez bajaba al instante y la tristeza, también. Le daba paz.

En estas andaba cuando alguien llamó a la puerta. «A ver quién se ha dejado el estuche esta vez», pensaba entre resignada y divertida mientras las puntas de su melena Bob se agitaban rozando sus hombros con gracia mientras se acercaba a abrir. Giró el pomo y, para su asombro, lo que encontró fue un sobre en el suelo. Grandote, acolchado. «¿Cómo?». Miró a un lado y a otro del pequeño porche del colegio, pero no vio a nadie. «Bueno, pues vamos a ver de qué se trata». Con cuidado, pasó un dedo bajo la solapa y fue rasgando el cierre. «Es muy ligero». No podía pesar cuando lo que había dentro era un folio con unas coordenadas. Sin más. Lola levantó la vista sorprendida. ¿De qué iba aquello? Lo entendió de golpe. Poco antes de Navidad, su compañera y ella habían enseñado a los chavales a utilizar el GPS. Fue una dinámica para que entendieran los conceptos de latitud y longitud. Era lo bueno de tener tan pocos alumnos: la enseñanza siempre admitía más juegos. Y como tal se tomó esa entrega inesperada. Podía imaginarse la carita de los críos observándola escondidos a la salida de la escuela. No los iba a decepcionar.

«¡Vamos allá!», dijo con energía. Siempre era un placer ver cómo los niños interiorizaban los contenidos y los incluían en su día a día. Sacó el móvil e introdujo los dígitos en la aplicación de GPS. El punto indicado estaba a apenas un kilómetro. No le sonaba que hubiera nada por allí.

Echó a andar entre los montones blancos que había dejado la nevada de la noche anterior mientras se subía el cuello del abrigo. Aquel invierno estaba siendo helador en el Pirineo aragonés. «Lucas se va a hartar de reír cuando se lo cuente». Lucas. La relación entre el veterinario y la maestra había animado los corrillos de conversación de Santa Manuela durante un tiempo. Se conocían desde niños. Antes de compartir clase en el colegio de Santa Manuela, los juegos ya los habían reunido en diferentes escenarios del pueblo. Los columpios, el bar, los baños estivales en el río. La plaza durante las verbenas. Ambos pertenecían a la pandilla que se formó en los asientos de atrás del autobús escolar que los llevaba al instituto y que seguía tan unida como entonces. Era normal ver juntos a Lola y a Lucas, así que a las lenguas viperinas del pueblo les costó percatarse de que estaban más cercanos de lo normal. No obstante, su noviazgo fue muy bien recibido en Santa Manuela: una relación entre vecinos solía sugerir mantener el censo, algo muy importante cuando la despoblación planeaba sobre las montañas de la zona.

La pantalla del teléfono indicaba que estaba a cien metros de su destino. No podía negar que comenzaba a sentir un cosquilleo en el estómago. Ella era la que organizaba sorpresas para los demás, pero no quien las recibía. No tenía costumbre de estar en el papel del sorprendido, pero tuvo que reconocer que comenzaba a sentirse bien en él. Poco más pudo pensar. Un resplandor llamó su atención. «¿Qué es eso?». Abandonó la carretera y giró con curiosidad hacia un camino que llevaba monte arriba por una pista forestal. A medida que ascendía, comenzó a notar un aroma mezcla de cera y pinos silvestres. «Esto no es normal. Aquí no ha olido así en la vida». Y ese fue el último instante en que permaneció tranquila. Su objetivo apareció detrás de los destellos que había visto. Notó cómo las piernas se le doblaban. Entre los árboles fue dibujándose poco a poco una preciosa casa de madera con velitas encendidas en la puerta y en las ventanas. «¿Y esto?». Atónita, comprobó que aquel era el lugar que indicaba el GPS. «Pues sí: es aquí».

Fue entonces cuando Lucas salió de la vivienda con la mejor de sus sonrisas. Caminaba de forma elegante; con su percha, era sencillo. Su 1,93 lo convertía en el más alto del grupo. Llevaba los vaqueros ajustados y la camisa de cuadros azules de franela que ella le había regalado en Navidad. «Dice que le pica, pero sabe que me encanta». No era fácil de llevar, aunque su generoso perímetro torácico contribuía a que la prenda se vendiera bien. Estaba oscuro, pero Lola vio sus rizos grandes y zaínos brillar más que nunca. Sería la luna.

Se acercó hasta ella ajustándose sus sempiternas gafas negras rectangulares y sin dejar de mirarla a los ojos, la cogió de la mano y la llevó hacia el porche. Ella agradeció el cálido contacto. Estaba helada.

—Pero ¿qué...?

Un dedo en los labios la obligó a callar mientras se sentaban en los escalones de la entrada. Entonces fue Lucas el que tomó la palabra sin soltarle las manos. Se aclaró la voz. «Eso lo hace cuando está nervioso —pensó Lola—. No irá a...». Y en ese momento, la chica supo lo que iba a pasar.

—Sé que no llevamos mucho tiempo juntos. Soy consciente de que no soy perfecto y de que tú tampoco, pero también sé que estos meses a tu lado han sido los mejores de mi vida.

Los músculos de Lola se habían tensado. Sentía una mezcla de emoción inmensa por lo que estaba viviendo ella y de agobio absoluto por Lucas. «Con lo que le cuesta decir lo que siente, lo debe de estar pasando mal». Quería que aquello terminara rápido y al mismo tiempo que no acabara nunca.

Girando la mano derecha sobre sí misma, en un movimiento de mago de esos que tanto le gustaban a Lucas, sacó un solitario de diamantes ante la fascinada mirada de Lola.

—Cásate conmigo. Cásate con nosotros, quiero decir —dijo señalando la construcción.

«¡Oh, Dios mío! ¡Lo está haciendo! ¡Lo está haciendo!». Lola notó cómo la sangre se le aceleraba. Por un momento sintió que las venas le iban a estallar. Había imaginado aquel momento de mil formas distintas, pero nunca así. Parecía imposible, pero estaba pasando.

—No la están construyendo para ningún matrimonio belga enamorado de los Pirineos. Les pedí a los albañiles que dijeran eso a quienes preguntaran para que no sospecharas nada. El encargo lo hice yo. Espero que esté a tu gusto.

Lola miró hacia la casa. Tenía todo lo que podía pedirle a una vivienda: dos plantas, jardín, un porche amplio con barbacoa. Estaba revestida en piedra y tenía tejado de pizarra. La carpintería era de madera marrón. «Por eso me enseñaba tantas fotos de casas: para conocer mis gustos». La maestra iba atando cabos mientras escuchaba las palabras de Lucas, firmes, sólidas, suaves. Como sus besos.

—Tendremos hipoteca el resto de nuestra vida, pero... Bueno, ¿qué me contestas? —preguntó el joven con una sonrisa esperanzada en los labios.

Ni siquiera tuvo que pensarlo. Jamás había dicho un sí tan rotundo. Los dos jóvenes se fundieron en un abrazo que hablaba de futuro, de familia y de sueños compartidos.

Lola y Lucas habían sido simplemente amigos hasta año y medio atrás. Su historia había comenzado como suelen comenzar estas cosas: por casualidad. La noche de San Juan tenía mucho arraigo en las localidades del norte de Huesca. Los amigos de la pareja, siete jóvenes próximos a la treintena que habían crecido con ellos en Santa Manuela, no se perdían las fallas, unos festejos organizados por varios pueblos para esa fecha y que tenían como protagonistas antorchas ardiendo. Declaradas por la Unesco Patrimonio Inmaterial de la Humanidad, sesenta localidades del Pirineo español, andorrano y francés preparaban sus fallas, cada una con sus peculiaridades, pero con un nexo común: el fuego. Cuando caía el sol, en algunos valles se hacían carreras con teas encendidas por la montaña; en otros, danzas con las llamas. El caso era festejar el solsticio de verano como se hacen las cosas en el Pirineo: como siempre.

Los amigos de Santa Manuela se habían acercado en otras ocasiones a conocer las fallas de localidades como Montanuy, San Juan de Plan, Bonansa, Castanesa o Laspaúles. Aquel año, querían ver *les falles de Saúnc,* que es como se conoce en el valle de Benasque a las de Sahún. Eran de las más espectaculares, pero eso no consiguió llenar el coche de los valinos, el gentilicio con el que se designaba a los habitantes de Santa Manuela de Val. Al final, por una cosa o por otra, Lola y Lucas terminaron yendo solos.

Les tocó aparcar bastante lejos. El parking del barranco ya estaba vacío y acordonado por los bomberos para el acto.

—¿Te apetece sentarte en la hierba o prefieres verlas de pie, tras la valla? Lo que quieras —preguntó el veterinario a su amiga mientras sacaba del maletero la bolsa de los bocadillos.

—Mejor sentados. Si no, veremos solo las que tengamos delante.

—Vale. Me parece bien.

La localidad ribagorzana no llegaba a trescientos habitantes, pero esa noche la ladera que hay frente al improvisado escenario solía estar a rebosar. Si alguien se hubiera molestado en contar a los allí presentes, hubiera podido llegar al millar. Pero nadie contaba desde el momento en que los sahunenses comenzaban a correr cuesta abajo con sus antorchas prendidas. Unas antorchas que preparaban de forma artesanal en cada casa.

Aquella noche, salieron primero los niños con las más pequeñas. Luego, los mayores con algunas de casi un metro. Al final de la cuesta, la plaza del barranco reunió a los que terminaban el recorrido y volteaban sus fallas formando círculos sobre sus cabezas, inmensas bolas de fuego flotando en la fría noche montañesa. Un espectáculo tan ancestral como espectacular.

Los giros se producían a tal velocidad que, a veces, las *purras,* las chispas que desprendían las antorchas, salían despedidas hacia el público. Uno de esos trocitos de madera se precipitó a escasos centímetros del rostro de Lola. La joven se asustó, pero consiguió esquivar la trayectoria del rústico proyectil agarrándose a Lucas. Él trató de protegerla atrayéndola hacia sí. Cuando quisieron darse cuenta, estaban abrazados. Durante unos instantes no se movieron. Nunca antes habían estado así. Tan cerca, tan juntos, tan íntimos. Ni uno ni otra se sintieron mal. Al contrario. Lola agradeció la calidez del pecho de Lucas, le resultó acogedor. Lucas jamás había visto los ojos de Lola a tres dedos de distancia. No se había dado cuenta de lo largas que eran sus pestañas o de las diminutas pequitas que tenía en las mejillas. Y tampoco se había imaginado que le hubiera gustado quedarse mirándola toda la noche.

—¡Uy, perdona! ¿Te he hecho daño? —preguntó ella mientras volvía a recuperar su posición.

—¡No, mujer! No ha sido nada.

Pero sí había sido. Aunque no llegaron a besarse, todo había cambiado ya. El fuego de San Juan se llevó por delante a los niños que años atrás tiraban piedras al río. Los dos ardieron junto a la madera de avellano y abedul de las fallas de Sahún. Quienes regresaron a casa conduciendo en silencio fueron dos adultos que se acababan de descubrir.

La noche de San Juan los cambió, pero no les hizo abordar lo ocurrido. Ninguno se planteó buscar respuestas, arriesgar, saber si el otro había sentido lo mismo. La amistad era demasiado estrecha. El miedo, demasiado grande. Tal vez era mejor conservar lo que tenían que ir a por todo y quedarse sin nada. En cualquier caso, ambos notaron una conexión que no habían sentido antes entre ellos y que asomaba la patita en las reuniones de grupo, cuando sus miradas se encontraban tras buscarse en la distancia.

Con la llegada del verano, los amigos que vivían fuera

regresaban al pueblo. Una de ellas era Alicia, que trabajaba en un despacho de abogados en Valencia. A la chica le encantaba caminar por los alrededores del pueblo y Lola se unía en ocasiones a sus caminatas. Durante uno de esos paseos, la maestra no pudo más y le habló a su amiga de sus sentimientos.

—Me encanta Lucas —planteó a quemarropa.

—¿Qué Lucas? ¿Nuestro Lucas? —preguntó la abogada con extrañeza.

—Sí. No es feo —se justificó Lola.

—¡Ni guapo! Es... Lucas —resolvió Ali zanjando el tema con aquella naturalidad que la caracterizaba.

La relación de aquellos amigos era así. Prácticamente de hermanos. La posibilidad de que surgiera entre ellos un plan diferente a las partidas de guiñote en el bar o a los paseos por el monte les resultaba divertido. De hecho, Fran, el economista que solo dejaba Londres en vacaciones, terminó por olerse algo una tarde en la que todos fueron a bañarse al río que pasa junto a Santa Manuela.

Hacía bastante calor. Junto a la orilla, Lola se recogía el pelo en una coleta. La maestra iba juntando mechones con la mano con un movimiento que a Lucas le pareció hipnótico. Tanto que se quedó parado mirándola. Ni se movía. Y de pronto se escuchó pensando: «Yo también te acariciaría el pelo. Mechón a mechón. Despacio. Durante horas. Mientras tú cierras los ojos». Ella comenzó a andar entre las piedras para llegar a la poza. Las gotas de agua que salpicaban sus pasos empezaron a resbalar por sus muslos. A Lucas le pareció una imagen tremendamente sensual. Podía imaginarse fundiendo las frías aguas del río en el calor del cuerpo de su amiga. Pensaba en cómo quebraría las gotas con sus dedos y en cómo el agua mezclaría la piel de Lola con sus manos. «Y luego ir resbalando hasta tu cintura».

Sería porque su expresión era muy evidente, o quizá porque lo conocía demasiado bien, pero sus ensoñaciones no pasaron inadvertidas para Fran.

—¿Nos gusta Lolita o qué? —preguntó con intención, pillando a Lucas desprevenido.

—No, ¿por? —contestó a la defensiva.

«¿Por qué lo dice? ¿Tanto se me nota?», pensó preocupado.

—Porque le vas a soltar el bikini de tanto mirarla, ¡salido! —respondió Fran palmeándole la espalda.

Con la llegada de septiembre, Alicia, Cosme, Sofía y Fran regresaron a sus ciudades. Solo Lucho, Raquel, Florita y ellos dos se quedaron en Santa Manuela. «A ver si ahora...». Lucas tuvo pronto una oportunidad. Lola estaba preparando la programación del nuevo curso cuando encontró en el trastero del colegio unas latas de pintura. «Podía darle una manita a esto —pensó—. Animaría un poco a mis niños». Y ahí se presentó Lucas, con su escalera, su mango extensible para brochas y la mejor de las disposiciones. Dos días estuvieron pintando. Dos días sin dejar de reír, pero sin avanzar en lo suyo.

Cuando quisieron darse cuenta, faltaban pocos días para el 10 de diciembre. Tenían encima las fiestas de Santa Eulalia, en Berdún, uno de los básicos en el calendario festivo de los valinos. Los cinco amigos no se las perdieron. Dieron un paseo por el pueblo y se sentaron a cenar. Después acudieron a la verbena. Al llegar, se hicieron una foto de grupo.

—Cuélgala en el grupo de WhatsApp. Que la vean los demás —pidió Lola a Lucho.

Luego, ella y Lucas fueron a pedir a la barra y el resto empezó a buscar un sitio donde poder bailar tranquilos.

—Un litro de vodka con limón y otro de cerveza, por favor —demandó Lucas al camarero.

Lola se abalanzó sobre el combinado en cuanto se lo sirvieron y le dio un buen trago. A pesar del frío, entraba bien.

—¿Me dejas probar?

—¡Claro! —dijo Lola tendiéndole el vaso.

Él prefirió beber directamente de su boca. El beso pilló a Lola por sorpresa, pero no a contrapié. Supo reaccionar con rapidez y le costó poco agarrarse a su cuello. Fue un contacto más largo de lo previsto: los dos buscaron prolongarlo. Primero, por la ansiedad propia del que consigue. Después, porque les daba vergüenza la primera mirada tras haberse quitado por fin las caretas. Con los labios ya tumefactos, Lola vio en los ojos de Lucas que el amigo había dejado paso al amante. No había vuelta atrás.

Lola no recordaba a qué hora había vuelto a casa tras la petición de mano, pero a la mañana siguiente salió de su domicilio antes de lo habitual para pasarse por casa de su mejor amiga. Le había costado conciliar el sueño. El anillo le quemaba en el dedo y no quería esperar para hacer partícipe a Florita de la gran noticia. Habían imaginado ese momento juntas tantas veces como chicos habían pasado por sus vidas. El lugar, el vestido, las flores... Dibujar aquella ocasión les había permitido soñar muchas tardes de verano mientras comían pipas en los columpios del parque. Con el tiempo, aprendieron a enfocar cada ruptura como una oportunidad para planear todo de nuevo. Ahora, casi sin saber cómo, el momento de Lola había llegado.

—¡¡Me caso, Flori, me casooo!!

Florita era de despertares lentos y abrió la puerta con el pantalón del pijama asomando bajo la bata. No dijo ni buenos días. No le dio tiempo.

Mientras su amiga gritaba con las manos en la cara, Lola se abrazó a ella gritando también.

—¡El anillo! ¡Quiero ver el anillo! —decía Florita acercando la mano de Lola a dos centímetros de su cara.

—¡Diamante! ¡Lo que siempre quisimos, Flori!

—¡Dios mío! ¡Es precioso! ¡Me alegro tanto!

Las dos amigas comenzaron a saltar entusiasmadas. Se les hacía tarde, había que ir a trabajar, pero quedaron en verse después de comer, en el bar, y contarse todo.

—Queda con Raquel, pero no le digas nada de esto.

El grupo de íntimas lo formaban cinco. Además de ellas dos, estaba Raquel, la hija del carnicero; era higienista dental y se desplazaba cada mañana a Jaca para trabajar en una clínica. A Raquel le gustaba cruzar las líneas estéticas convencionales; así, frente a los peinados canónicos de sus amigas, ella llevaba tiempo luciendo transgresores cortes a lo *garçon* que ponían en valor el escaso volumen de su cabellera rubia clara. «Ha sacado el pelo de rata de su casa», comentaban sobre ella las vecinas mayores. El lote genético de su familia paterna incluía también una silueta espigada y atlética que durante su infancia no convencía a unos mayores acostumbrados a volúmenes femeninos más generosos. «Se cría como la vara de la doctrina, da pena verla». Pero a Raquel no le importaban los comentarios. Ella hacía gala de los rasgos que hablaban de raíces familiares procedentes de la vecina región francesa del Bearn. Eso, y que su ADN tenía además un punto vanguardista que miraba a Europa frente a las miradas al ombligo predominantes a su alrededor.

También las que habían nacido en el pueblo pero residían fuera formaban parte de ese círculo reducido; las dos bellezas del pueblo. Alicia, que vivía en Valencia desde que acabó Derecho, lucía todo el año un envidiable tono de piel dorado. A diferencia de Raquel, sus rasgos eran muy raciales y su carácter, muy ibérico. Tenía la bravura y la nobleza de los miuras, lo que la había hecho ascender en su bufete y descender entre los afectos de los jueces.

Por su parte, el apartamento madrileño de Sofía estaba plagado de fotos del valle. Era familiar y montañesa por los cuatro costados. Licenciada en Periodismo, escribía para el suplemento dominical de *El Global*, un diario de tirada nacional. Su trabajo era impecable. Cuando su astucia no lograba cerrar una entrevista, tiraba del efecto que causaban sus ojos verdes en el interlocutor. Seductores para ellos. Amistosos para ellas. Siempre letales.

Una y otra eran dos apasionadas de sus respectivas profesiones y no contemplaban la posibilidad de volver a empadronarse en el pueblo a medio plazo; tal vez por eso, valoraban sobremanera el tiempo compartido junto a sus amigos. Cada minuto valía oro. Valía una vida: la que dejaron al salir del pueblo entre los pinos que crecían junto a la carretera.

—Tranquila, Lola. La cito para un café rápido antes de volver al trabajo. No sospechará.

Lola y Florita pasaron el día mirando el reloj. Para la novia en ciernes, contar lo que había vivido la noche anterior suponía volver a saborear el momento. Para Florita, poder vivirlo.

A las dos y cuarto de la tarde estaban ya pidiéndole capuchinos a Marisa, la encargada del bar de Santa Manuela.

—¿Algún licor, chicas?

—Pacharán, por favor. Grande, ¿no? —les preguntó Raquel desde la barra.

Lola y Florita asintieron. Cuando la rubia se giró para regresar a la mesa, la maestra tenía la mano extendida hacia ella.

—¿Eso es...?

—¡Es! Me lo pidió ayer.

—¡No me lo puedo creer! ¡Lucas hincando rodilla! ¡Ven aquí, Lola!

Las dos amigas se abrazaron en medio del bar.

—No soy de las que se casan, pero sé que esto te hace mucha ilusión, así que me alegro mucho, guapa —dijo Raquel besándola en la mejilla.

—¡Gracias!

Antes de que el café comenzara a llenar las tazas, Lola ya había iniciado su relato.

—Hija, te pondrías a llorar, ¿no? —dijo Florita.

Ella no era de las que se conformaba con los titulares, quería detalles. Las dos habían crecido en Santa Manuela, y aunque todos los chicos de edades aproximadas habían hecho pandilla, entre ellas había existido siempre un vínculo mucho más estrecho. Los demás podían celebrar la noticia, pero para Florita aquello era tan maravilloso como si le hubiera pasado a ella.

—No creas, me quedé tan sorprendida que me bloqueé.

—Pues si un galán como Lucas me dijera esas cosas, yo no llegaba a la segunda frase sin soltar el lagrimón, ¡vamos! —dijo Florita.

—Oye, ¿y la casa cómo es? —preguntó Raquel dando un sorbo a su café—. Como se suponía que era para unos turistas, no presté mucha atención a las obras.

Lola cerró los ojos.

—Di-vi-na. Es de dos plantas, aunque tampoco tiene muchos metros, no creas.

—Mejor, menos que limpiar —bromeó la chica.

—Tres habitaciones, un baño por piso, un salón muy grande... Bueno, mejor venís un día y os la enseño.

—¡Desde luego! De la visita no te libras, chata —avanzó Florita.

Lola estaba exultante. Ahí estaba, hablando de su casa, de su compromiso. Una nueva vida se abría ante sus ojos y ella no podía recibirla con más entusiasmo.

—Me hace tanta ilusión todo esto, chicas...

—Normal —dijo Raquel mientras le cogía la mano y se la acariciaba.

«Ayyy, Lola. ¿De verdad te vas a casar habiéndote acostado solo con Lucas?», pensaba en realidad Raquel con cierta tristeza. Mientras que Lola y Florita necesitaban otear amor eterno a la vista para besar a un chico, Raquel no se complicaba tanto. Para ella primaban las experiencias interesantes sobre las promesas, el buen sexo sobre la lírica fácil. No era sencillo; seleccionaba mucho a sus compañeros de juego, pero, cuando encontraba a alguno en su misma onda, disfrutaba sobremanera. No obstante, su lado romántico terminaba saliendo a flote en circunstancias de ese tipo.

—No puedo creerme lo que estoy viviendo. Lo veía allí arrodillado con el anillo, y pensaba que estaba viendo una película, que aquello no me podía estar pasando a mí.

—¡Claro que te puede pasar, boba! ¡Te lo mereces! ¡Y la cara que van a poner tres o cuatro cuando se enteren, lo mejor! —exclamó Raquel guiñando un ojo a sus amigas.

—Bueno, eso me da igual.

—Pues a mí no. ¡Que revienten las envidiosas! —siguió diciendo la más joven del grupo.

Las tres amigas comenzaron a reír de buena gana ante la mirada de los jugadores de mus de la mesa de al lado.

—Oye, pero este chico tuvo que encargar la casa hace mucho. ¡Vamos, que debió darte el primer beso y llamar a los albañiles! —calculó Florita.

—¡Casi casi! —se sonrojó Lola.

—¿Y para cuándo tenéis pensado que sea la boda? —dijo Raquel pensando ya en el modelito que podía llevar.

—No sé. Posiblemente hacia mayo o junio. Lo que nos cueste amueblar un poco la casa.

—Bueno, ¿y qué han dicho tus padres? —preguntó Flori.

—¡Se han quedado en coma! No se esperaban que fuera tan pronto.

—Sinceramente, yo tampoco —respondió Raquel.

—Están felices. Les da pena que me vaya, pero bueno... Algún día tenía que ser. En fin, que esta noche iremos todos a casa de Lucas a comentar.

En aquel punto, Lola levantó la copa de licor.

—Nenas, tenemos una boda que organizar. ¡Aquí comienza la etapa más emocionante de nuestras vidas!

Santa Manuela de Val era un pueblecito pirenaico de poco más de setecientos habitantes. En la localidad se respiraba un ambiente familiar, se conocían desde hacía generaciones y compartían genes y apellidos, chismes y aperos domésticos.

Pese a estar bastante cerca de una importante estación de esquí, habían conseguido que el turismo no arrasara el pueblo. Ser la última población del valle había ayudado a que conservara su identidad; que se hubiera construido una urbanización próxima a las pistas para alojar a los esquiadores en hoteles y segundas residencias, también. Aun así, aunque seguía habiendo abundante ganadería, la principal fuente de ingresos de los valinos era la nieve. A los niños se les enseñaba a esquiar en la clase de Educación Física para ir introduciéndolos en el círculo económico local. La mayoría comenzaba siendo profesor de esquí. Muchos salían del pueblo para ir a la universidad y regresaban en cuanto terminaban para abrir su propio negocio aprovechando el tirón de la estación invernal; era la mejor forma de quedarse en el pueblo. El flujo económico que generaba la nieve también alimentaba toda una serie de servicios auxiliares, algo que abría el abanico profesional de los residentes. Y había algo más. El cambio climático hacía más imprecisa la duración de las temporadas, por lo que algunos vecinos habían comenzado a diversificar el origen de sus ingresos. Aunque el turismo seguía siendo el objetivo, algunos habían empezado a poner la mirada en sectores como las bicis de montaña o el turismo micológico.

Lucas y Lola también salieron del valle para volver. Lola fue a Zaragoza y Lucas, a Madrid. Educación y Veterinaria. Durante aquellos años apenas si se vieron unos pocos días durante las fiestas. Al terminar la carrera, él se quedó en la Villa y Corte haciendo prácticas. Quería volver a casa, pero no tenía prisa. El momento llegó un par de años más tarde.

La consulta del veterinario del valle estaba situada en una de las entradas del pueblo, junto a la carretera. Tenía una planta. Lucas había pasado muchas tardes de su infancia estrellando la pelota contra su pared de piedra. Años después, Valeriano le permitió acompañarle durante sus vacaciones para que conociera la dinámica de los veterinarios rurales. Y le apasionó. Así que cuando el titular le ofreció su plaza al jubilarse, Lucas no lo dudó. Aquel edificio pequeño y espartano, necesitado de actualización, ya formaba parte de él.

Entretanto, Lola se presentó a las oposiciones para profesores de primaria y recorrió como interina varios destinos de la comunidad cubriendo suplencias. En pocos años obtuvo plaza y pudo hacerse con la titularidad de un destino poco solicitado como era su pueblo. La vida había vuelto a reunirlos. El fuego de San Juan les hizo descubrir en el otro al compañero que andaban buscando. Ambos eran los más tradicionales, los que supeditaron sus intereses laborales a la permanencia en Santa Manuela. El dibujo salió solo.

La pandilla tenía tres grupos de WhatsApp: el de chicos, el de chicas y el común. Sus usuarios se decantaban por uno u otro en función del tratamiento que fueran a darle a una información. Como estaba al tanto de la reunión de Lola con sus amigas, Lucas zanjó el anuncio del compromiso con un mensaje en el grupo de los chicos.

Me caso con Lola.

Enhorabuena

Enhorabuena

Enhorabuena

No hizo falta más. En el grupo de las chicas, la cosa terminó esa tarde con conexiones simultáneas por Skype con las que vivían fuera. Así, hablaron con ellas mediante dos *tablets* colocadas de refilón entre sí y frente a las tres amigas.

—Sofi, Ali, ¿escucháis bien? —preguntó Florita.

—¡Flo, quita del medio, que quiero ver el pedrusco! —gritó Alicia.

La economista se retiró del campo de visión de las *tablets* y Lola se adelantó.

—Mira qué maravilla —mostró con los ojos resplandecientes.

Era un solitario de oro blanco con un diamante talla brillante. Para Lola, aquello le gritaba al mundo que había alguien que quería pasar el resto de su vida con ella. Y esto le encantaba. Sofi, en cambio, se encontraba en ese momento muy lejos de dar un paso así. No obstante, tuvo que reconocer que la joya era preciosa.

—¡Me encanta! Es muy discreto. Perfecto para el día a día. Los aparatosos tienen que ser un incordio.

—Sí, ha elegido muy bien —dijo Lola—. Tiene mucho gusto.

—Bueno, no te vengas arriba —clamó Alicia desde su pantalla mientras levantaba la mano—. Estamos hablando de Lucas. Eso lo ha elegido la dependienta. Como si lo viera. Él le habrá dicho que quería un anillo de compromiso, ella le enseñaría ese y el otro sacó la tarjeta. Fin de la compra.

Lola era la más tradicional de todas las amigas. No es que el matrimonio figurara entre sus principales aspiraciones, pero para ella casarse suponía cumplir un sueño. Y en su sueño, Lucas había invertido tiempo pensando qué anillo podría gustarle, y después, buscándolo por mil tiendas. Posiblemente, Alicia estuviera en lo cierto, pero ella no estaba dispuesta a considerar esa opción.

—¿Preparada para ponerte la alianza también? —preguntó Sofía.

—¡Lista! No puedo estar más feliz.

—¡La primera boda del grupo! Me hace mucha ilusión —confesó Alicia.

—Oye, como sois amigos los dos, ¿hay que haceros regalo doble o qué? —preguntó Raquel ante las risas del resto.

—Con que vengáis, me conformo. No hay mejor regalo que casarse con los amigos cerca.

—Pues cuenta con ello —dijo Sofi.

—Ni lo dudes —corroboró Alicia.

Raquel asintió sin mucha convicción. Por supuesto estaría en la boda de sus amigos con la mejor de sus sonrisas, pero tenía que reconocer que aquello se le escapaba. Tal vez porque alguien no le prestaba la atención que ella quisiera.

La noticia de la boda corrió como la pólvora por todo el pueblo.

—¡Que viene, que viene!

Los alumnos de Lola la recibieron en clase con un aplauso, risas nerviosas y un enorme «ENORABUENA», sin hache, escrito en la pizarra.

—Pero ¿cómo os habéis enterado, pequeñuelos? —preguntó emocionada.

En un lugar tan pequeño como Santa Manuela, el aula se extendía fuera de los muros de la escuela. El trato era mucho más directo que en las escuelas urbanas, ya que todos formaban parte de la misma comunidad. Profesores y alumnos no solo se encontraban permanentemente en los espacios comunes del pueblo, sino que a menudo tenían lazos de sangre. Así, el rol educativo solía prolongarse más allá del viernes e incluso después de que los estudiantes terminaran su etapa formativa en la localidad.

—Hay cosas que no hace falta contar, señorita —respondió Jorge haciéndose el interesante.

Su compañera, Bea, rompió el misterio del pequeño enteradillo:

—¡Te lo ha dicho la cotilla de tu tía Mila, que anoche vio que Lola volvía a casa con el anillo! ¡He oído cómo te lo decía!

—¡Pero si llevaba guantes! —se sorprendió Lola.

—Nunca subestime a mi tía, señorita.

Su tía Mila, la madre de Alicia. Esa mirada enmarcada entre dos gruesas líneas de lápiz *khol* azul a la que no se le escapaba nada en 15 kilómetros a la redonda. Desde que Alicia se fue a Valencia, la casa se le caía encima. Y lo estaban pagando sus vecinos.

Patrullaba las calles de sol a sol. Escaneaba a todo aquel que se cruzaba con ella. Era capaz de distinguir tres tonos de rubor de mejillas y cuatro tamaños de pelusas en la ropa. No le importaba hacer la pregunta impertinente en cualquier conversación. Lo importante era lo importante: saber.

—Deberíamos haber traído una tarta.

—¡Dori, no fastidies, que juego al mus con Miguel desde que tenemos bigote! Que esto no es una boda del *¡Hola!* Venimos a tomar café porque les hace ilusión a los chicos, pero no hace falta tanto rollo.

—Oye, que se casa mi hija y quiero hacer las cosas bien.

—Venga, tranquilos los dos —zanjó Lola.

Su padre masculló algo ininteligible mientras se acercaban a casa de Lucas. Ni llamó a la puerta. Entró directamente. Llevaba sesenta años haciéndolo de esa forma y no pensaba cambiar ahora.

—¡Miiigueeeeeel!

—¡Suuuubiiid! —contestó Miguel desde el piso de arriba.

Mariano se giró hacia su mujer y su hija.

—¿Lo veis? ¿Para qué tanta mandanga?

Su mujer suspiró. Lola no pudo evitar esbozar una sonrisa. Las dos familias tenían amistad desde hacía años. Les había hecho ilusión que sus hijos comenzaran a salir y más les hacía ahora emparentar legalmente. Tener nietos a medias. Compartir las cenas de Nochebuena, los bautizos, las comuniones. En cualquier caso, unos y otras lo exteriorizaban de forma muy diferente. Mientras Mariano y Miguel lo asumían como algo natural a lo que no había que dar más vueltas —«Si no hubiera sido con Lucas, hubiera sido con otro del pueblo», había comentado Mariano en alguna ocasión—, las madres de la pareja no querían privarse del aura especial de aquel momento. Dorita estrenaba jersey y Presen se había retocado el tinte esa misma tarde. «¡Verás como no se me va a tiempo el roncho de la frente!». Era un encuentro informal, pero no todos los días se era la madre de la novia. Presen lamentó haberse dejado influenciar por su marido y no haberse cambiado los vaqueros. «Y el vestido burdeos en el armario», pensó.

Las dos familias discutían sobre la idoneidad de hacer una boda de mañana o de tarde.

—Chico, de mañana luce más todo —decía Dorita buscando, y encontrando, la mirada cómplice de Presen. Los señores iban por otros derroteros.

—Y de mañana pagas comida, merienda, cena y recena. Por no hablar de las horas del pinchadiscos, que directamente se puede quedar a vivir con nosotros —argumentaba Mariano.

—Se paga lo que haya que pagar, que total es una vez en la vida —contratacaba Presen.

Su marido saltó como un resorte.

—¡Qué fácil lo ves tú todo!

Lola y Lucas se miraban divertidos mientras los escuchaban hablar. Los meses que faltaban hasta la boda prometían grandes momentos.

Desde que el pueblo tenía memoria, los habitantes de Santa Manuela, y del Pirineo en general, comerciaban con Francia. La cosa comenzó con el trueque de tejidos para los ajuares y siguió con el contrabando de productos y con la contratación de jornaleros españoles. Los valinos todavía seguían recibiendo a los comerciantes del otro lado de la frontera igual que lo venían haciendo desde el siglo XVIII. Así, cada miércoles, un quesero de Laruns cruzaba la línea divisoria para ofrecer sus productos en Santa Manuela. No le hacía falta hacer sonar el claxon a su llegada. A eso de las once, sus parroquianos lo esperaban en la plaza. Se llamaba Sébastien, pero en el pueblo habían decidido castellanizar su nombre tiempo atrás.

—¿Qué tal, Sebastián?

—*Ça va bien, Dori.*

—¿Cómo va tu mujer? Estará a punto de dar a luz, ¿no?

—*Oui.* Cualquier día tendré que irme corriendo a casa.

—Venga, pues. Ponme uno curado.

—*Bien sûr!*

Y así, mitad en francés, mitad en español, se comunicaban semana tras semana. A cuenta de las innumerables visitas, Sébastien había terminado por conocer a todos.

—¿Sabes que Lola se casa? —dijo su madre.

—*Félicitations, Dori!* —exclamó el quesero con sonrisa sincera.

—Gracias, Sebastián. Estamos muy contentos.

—*Comment dit-on? Ehhh... Lucas?*

—Sí, sí. Con Lucas. El otro día nos reunimos con sus padres para empezar a hablar de la boda. No falta tanto, Sebastián —comentaba feliz y un poco nerviosa la madre de Lola.

Dorita había comprado un cuaderno de espiral con tapas rojas para apuntar todo lo que se le ocurriera sobre la boda, por ejemplo, la lista de sus invitados. Ella y la madre de Lucas convinieron en la importancia de no dejarse a nadie. «Se crean malentendidos innecesarios». En cualquier caso, tampoco iban a invitar al pueblo entero. Ni pensaban hipotecarse para pagar el convite, ni bajar el listón para llegar a todo el mundo. Eso sí, los vecinos que no estuvieran en su lista podrían disfrutar de un refrigerio que pagarían gustosamente y, por supuesto, acceder a la iglesia si querían. La hija de

Benavides había quedado fatal limitando su boda a los más allegados. «No sé qué se creía esa niña».

Cuando llevaba 43 personas apuntadas, se acordó de su prima Marcelina, que vivía en Suiza. «A estos hay que avisarlos los primeros, que tienen que organizar el viaje». Rápidamente sacó el listín telefónico y la llamó. No tenía una fecha que darle, pero quería decírselo y, ya de paso, charlar un rato.

Lola y Lucas se sumergieron de inmediato en los preparativos de su nueva vida. Habían ido un par de tardes a Jaca a elegir muebles para la casa que iban a compartir. Entre unas cosas y otras, tardarían varios meses en llevárselos a casa. Si querían tenerla lista para después de la boda, tenían que darse prisa en encargarlos. De momento, solo compraron los imprescindibles. A medida que vieran cómo iban quedando, irían añadiendo, o no, piezas a las estancias.

Pronto se dieron cuenta de que lo más bonito no era necesariamente lo más práctico para el día a día. Así, Lola tuvo que rechazar muchas de las ideas que aportaban los recortes de revistas de decoración que guardaba en una cajita. «Para cuando tenga mi casa». El sofá Chester era precioso, su favorito, pero también bastante incómodo para dormir una siesta, que era para lo que lo quería. Los manteles de hilo, inviables. «En cuanto les caiga la primera mancha potente, adiós». Sin duda, tendría que optar por los engomados que se limpiaban con un paño húmedo. Las puertas en blanco, poco amigas de las manitas infantiles. Ufff... Era más difícil de lo que pensaba. Menos mal que los baños y la cocina ya estaban montados de obra.

En cualquier caso, a una y otro les gustaba imaginar los momentos que iban a desarrollarse entre aquellos enseres. Las cenas de Navidad alrededor de la mesa del salón, los primeros pasos de sus hijos agarrados a las sillas. Muchas veces, se quedaban mirando un objeto y ambos sentían que se estaba haciendo hueco entre las páginas de su vida.

Si Lola tuviera que elegir una sola cosa de casa de sus padres, se quedaría, sin dudarlo, con el tarro de cerámica donde su madre guardaba los dulces que hacía con cierta frecuencia. Aquel recipiente significaba para ella olor a vainilla, quemaduras en la lengua por comerse una rosquilla antes de que se enfriara, paseos a hurtadillas para sustraer una galleta y sentir una vez más aquella explosión de sabor que surgía de la mezcla del cacao, el azúcar y la mantequilla. Así, Lola buscaba en cada compra un artículo con el que construir los recuerdos de la familia que estaban creando.

Aún no tenían fecha para la boda. Lucas estaba ocupado aquellos días y Lola quería hablarlo tranquilamente con él. Tampoco tenía muy claro el concepto de celebración. De pronto, recordó que tenía un par de suplementos de novias que habían venido junto a las revistas que solía comprar. Le costó dar con ellos, pero al final aparecieron. Página a página fueron desfilando ante ella vestidos divinos. Tules, organzas y sedas se combinaban de mil formas para ofrecer resultados fascinantes. «Debe ser increíble casarse llevando algo así». Lo que tenía claro era que Florita y su madre la acompañarían a la elección de su vestido.

Las fincas para celebraciones no le llamaron la atención. No dejaban de ofrecerle un entorno natural que ella ya tenía en el pueblo. Sin embargo, abrió mucho los ojos cuando vio un reportaje sobre una boda en un hotel de lujo muy próximo a Santa Manuela. Uno de los que formaba parte de la órbita de la estación de esquí, pero situado a la entrada del valle. «¿Y si celebrara la boda fuera del pueblo? Al fin y al cabo, estamos hablando de diez minutos en coche». En aquel momento, a Lola se le encendió la bombilla. Era viernes por la tarde. El sábado por la mañana podría ser un buen momento para acercarse al establecimiento a echar un ojo. «Y así Lucas puede venir a verlo».

Dicho y hecho. Llamó por teléfono y concertó una cita con la comercial. Llevaba desde niña deseando hacer ese tipo de cosas. Se lo debía a sí misma. Quería disfrutar al máximo del proceso. ¿Por qué negarse de entrada una boda glamurosa? Había que recabar información y no descartar opciones. Por un momento, se planteó la posibilidad de comentar aquello con las chicas, pero lo descartó al instante. Sabía que Florita prefería las bodas sencillas, con lo que decidió ahorrarse comentarios que no le iban a gustar. La economista era su mejor amiga, pero tenían gustos diferentes; Lola se inclinaba por cosas originales y de calidad. Alicia y Sofi estaban más en su línea. Se movían en esos ambientes como pez en el agua, pero ¡estaban tan lejos! En cuanto a Lucas... «A ver qué cara pone este cuando nos empiecen a contar», pensó consciente de la desconexión de su chico de la esfera nupcial.

Efectivamente. En lo último en lo que estaba pensando Lucas en ese momento era en el hotel Chamonix. Iba de camino al ayuntamiento porque había quedado con Lucho. Su aspecto le relacionaba físicamente con su lugar de origen. Era el más pirenaico de todos. Lucía una barba corta cuidadamente descuidada y su cabello tenía los tonos terrosos del vecino bosque de La Pinosa. También era el más independiente y el que tenía las ideas más claras. A los dieciocho, mientras Lucas y Fran hacían la maleta para irse a estudiar fuera, él decidió aparcar los libros. Ni le llamaba la atención ninguna carrera ni se le daba especialmente bien estudiar. A lo que no le tenía miedo era al trabajo. Por eso, comenzó a echar una mano en el mantenimiento de la estación. Era bueno con los mecanismos y se entendía bien con los ingenieros. Lo formaron y en pocos meses era una cotizada pieza en el específico mundo de la maquinaria de pistas. Un par de años después, Nica, el secretario municipal, se jubiló y Lucho asumió sus funciones de forma provisional. Varios años después, nadie había reclamado el puesto todavía. En un pueblo tan pequeño era complicado que surgiera competencia, por lo que se daba por hecho que la plaza era suya. Así que, entre el ayuntamiento y la estación, el chico estaba siempre metido en harina; su economía lo agradecía y su vida personal tampoco le reclamaba tiempo para una pareja o niños.

Pero no era su proverbial alergia al matrimonio lo que le impedía alegrarse por el compromiso de sus amigos, y Lucas sabía el porqué.

—No esperes que te dé la enhorabuena —dijo Lucho a modo de saludo.

—Ya me imagino.

Ambos se miraron con el semblante serio. Los dos eran conscientes de que ese momento terminaría por llegar.

—¿Qué te han dicho Cosme y Fran?

Fran tenía el físico de un galán de serie y, sin embargo, estaba en Londres trabajando en el departamento de inversiones de un banco español. Era un talento para las finanzas. Cosme no era tan guapo, pero tenía el atractivo de los chicos malos, el punto canalla del pelo capeado y la barba de tres días que levantaba pasiones y bajaba faldas. No había nacido en el pueblo, pero sus padres sí; era hijo de Marce, la prima de Dori. Tras haber vivido en Suiza, en aquel momento residía en el norte de Italia, pero verano a verano regresaba a Santa Manuela y los chicos lo consideraban un amigo más.

—Fran tiene más ganas que yo de saber la fecha para reservar billete. ¡Me presiona más que Lola! A ver, entiendo que volar desde Londres puede ser complicado en algunas fechas.

—O caro más bien.

—O caro, sí. Bueno, di que se lo puede permitir, pero no me apetece que se gaste más de lo necesario en mi boda.

—¿Y Cosme?

—Supongo que seguirá en Milán. Anda ilocalizable. Seguiré insistiendo a ver...

Los dos chicos se quedaron en silencio mirando al suelo. Ambos sabían cuál era la siguiente pregunta. No cabían más retrasos. Había llegado el momento de abordar... *EL TEMA*. Fue Lucho quien lo puso directamente sobre la mesa.

—¿Sabe Lola que ya estás casado?

CAPÍTULO 2

—

SIETE AÑOS ANTES

Lucas conoció a Ruth un domingo que fue a casa de David Bas, un compañero de la facultad de Veterinaria, a preparar el examen de Sanidad Animal. Ella era su hermana. Mientras Lucas, David y Oriol repasaban conceptos sentados en la cama con la espalda apoyada en la pared, Ruth pasaba una y otra vez por delante de la puerta de la habitación. La joven tenía una larga melena morena que le caía libre sobre el camisón con el que solía estar en casa y que enseguida llamó la atención de Lucas, cansado ya de los apuntes tras varias horas de estudio.

Cuando David se levantó para ir a por agua a la cocina, ella se atrevió a asomar la cabeza por la puerta ocultando coqueta el cuerpo tras la pared. Oriol siguió mirando los textos con atención. Lucas calculó que Ruth era algo menor que ellos, pero no demasiado. Se quedaron mirando, creando un ambiente agradable. Apenas la conocía, pero Lucas se sentía cómodo con ella.

—Y tú ¿a qué te dedicas?

—Estoy estudiando Arquitectura.

—¿En la Politécnica?

—Sí, en Juan de Herrera.

—¡Caray! Además de bonita, eres inteligente.

Ella regresó ruborizada a su cuarto. No volvieron a verse hasta un par de semanas después. Los padres de Ruth y David se marcharon fuera el fin de semana y los hermanos aprovecharon para llamar a algunos amigos y pasarlo bien en casa. Cinco cada uno. No más de diez o doce personas, para que aquello no se desmadrara. Cuando David confirmó la asistencia de Lucas, Ruth tuvo claro que iría a por él.

La fiesta empezó muy tranquila, un poco de música suave y corrillos hablando tranquilamente. Hora y media después, el alcohol había hecho que el volumen subiera y que los bailes llegaran al respaldo del sofá. Lucas comenzó a notar el ambiente cargado y salió a la amplia terraza de la vivienda. Se sentó en un banco que encontró detrás de una fila de macetas. Cerró los ojos, apoyó los brazos a lo largo del respaldo y se concentró en sentir el fresco de la medianoche madrileña. No podría decir en qué momento sintió unos labios sobre los suyos. Ni siquiera abrió los ojos. La sensación le gustaba. Dejó que avanzaran hacia el lóbulo de su oreja primero y que rodaran por su cuello después. Entonces la vio. Ruth estaba sentada sobre él y lo miraba fijamente. La luna iluminaba su perfil derecho. Estaba bellísima. Que una mujer así lo hubiera elegido hacía que se sintiese halagado. No iba a dejar pasar su oportunidad. Con decisión, pasó su mano derecha por debajo de la melena de la muchacha hasta llegar a la nuca. No le importó que pudieran descubrirlos. La atrajo hacia sí y entonces fue él quien tomó las riendas de la batalla. La besó con ganas mientras ella se levantaba el vestido hasta la cintura, mostrando un tanga que dejaba poco a la imaginación. Lucas notó cómo su excitación crecía bajo sus vaqueros. Ruth, también. Sin dejar de besarlo, estuvo rápida soltándole el cinturón primero y los botones del pantalón después. No era ninguna novata, y diez minutos más tarde, Lucas estallaba entre sus piernas.

Aquella noche fue la primera de muchas. Ruth y Lucas se convirtieron en inseparables. A David le costó digerir la relación entre su amigo y su hermana, pero terminó reconociendo que incluso le hacía ilusión. A Oriol, sin embargo, ella nunca le gustó.

—Ten cuidado, Lucas.

—Pero ¿por qué?

—Porque esa es capaz de todo.

—¿Y qué tiene de malo que sea decidida?

—Que no ve límites.

—Bah, no te pongas dramático. Además, es la hermana de David.

—David no es como ella.

—¿Y cómo es ella?

—Una malcriada.

La sinceridad del mallorquín hizo que su amistad con Lucas se resintiera. Oriol lo lamentó, pero su exquisito sentido de la amistad lo llevaba a preferir perder a Lucas antes que dejarlo caer en lo que él consideraba una tela de araña. «Los amigos cuidan los unos de los otros. Si no, solo son conocidos», había dicho en repetidas ocasiones. En cualquier caso, su discurso no cayó en saco roto.

La chica había conseguido deslumbrar al oscense. No solo era guapísima. También pertenecía a una esfera social privilegiada del todo ajena al círculo de Lucas. Vivía en un palacete que atendían varios empleados de servicio doméstico y cuyas estancias aparecían con cierta regularidad en revistas de decoración. Todo era opulento. Todo era poco. En una ocasión, el futuro veterinario contó nueve jarrones de gran diámetro con flores frescas. «Eso son más de mil euros», calculó un día mientras avanzaba hacia la habitación de su chica. Las relaciones sociales de la familia estaban al mismo nivel que el marco en el que se desarrollaban. No siempre se cruzaba con ellos, pero en alguna ocasión había visto a altos cargos políticos charlando animadamente con el padre de los Bas. Las fotos con personajes destacados de la esfera cultural española de los últimos treinta años también salpicaban las mesitas. Ellos siempre estaban donde había que estar.

Lucas se enamoró de ella por su dulzura, por su inteligencia, porque se sintió elegido. Había salido con un par de chicas del valle, pero, a diferencia de ellas, Ruth era una mujer con ideas muy vanguardistas. Había sabido detectar su falta de experiencia sexual y puso su desinhibición al servicio de la cadena que terminó por atarlo a ella.

A pesar de sus sentimientos, Lucas no dejaba de notar cómo a veces, cuando estaba con ella, una lucecita de alerta se encendía en su interior. «Bueno, no me puede gustar todo lo que haga, no es perfecta, nadie lo es», solía tranquilizarse. Pero nunca lo conseguía del todo. Así, aunque en casa comentó que salía con ella, decidió esperar antes de invitarla al pueblo. No sabía por qué. Estaban muy bien juntos, pero, para él, Santa Manuela era su reducto más privado y no quería compartirlo con cualquiera.

Una tarde, Lucas presenció algo que lo dejó perplejo. Habían ido a ver una película a casa de Ruth. Él propuso *Super 8,* pero Ruth seleccionó por su cuenta *Medianoche en París.* «Bueno, tampoco está mal», pensó. No quería discutir. Durante los primeros minutos del filme, el gatito de la casa, Nuts, comenzó a maullar desde el pasillo. Al principio, era un leve murmullo de fondo, pero poco a poco se fue convirtiendo en un soniquete algo molesto.

—A lo mejor le duele algo —sugirió Lucas—. Si quieres, le echo un vistazo. No sé mucho aún, pero...

—Pero nada, pelmazo —cortó ella con malos modos—. Ni te muevas.

Lucas se quedó bastante sorprendido con la respuesta. No era su mascota, así que decidió no insistir, aunque le costó volver a seguir la trama, entre otras cosas porque el animalito seguía maullando. Lucas vio cómo el rostro de Ruth se iba tensando, cómo sus ojos mostraban una determinación que lo empezó a inquietar. No se equivocó. Un instante después, Nuts entró en la estancia reclamando atención. Sin pensárselo, su novia agarró una escultura metálica que reposaba sobre la mesita que había junto al sofá y, en un acto casi reflejo, la arrojó contra el gatito con toda su alma.

—¡Que te calles ya, joder!

Lo salvaron un par de centímetros. Le pasó rozando. Los ojos del cachorrito revelaron el pavor que sintió en aquel momento y salió del salón temblando. El mismo instinto que le había hecho esquivar la figura lo hizo mantenerse en silencio.

—Dale al *play*, por favor.

Lucas adoraba los animales. Aquella visión le reventó el hígado. Su residencia estaba bastante lejos de la casa de los Bas, pero decidió ir andando para asimilar lo ocurrido. El impacto le había sellado los labios. No era capaz de asociar a la chica dulce que le acariciaba el pelo con la malnacida que había estado a punto de matar a un gatito sin motivo. Y sin piedad.

Esa tarde supuso un antes y un después. La verdadera Ruth comenzó a emerger de entre las sonrisas de papel que regalaba. Cuando no conseguía imponer su criterio, se descargaba contra él; se volvía increíblemente violenta y trataba de dominarlo mediante dardos verbales.

—Demasiada suerte tienes de estar conmigo. Otra no cargaría con un pueblerino como tú. No sabes ni doblarte los pantalones con un mínimo de clase.

Cuando Lucas intentaba hacerla razonar, la reacción era peor. Podía lanzar contra el suelo cualquier objeto que tuviera a mano. El mensaje estaba claro: ahora es un vaso, luego puedes ser tú.

La situación no era normal. Los episodios iban en aumento y llegó un momento en el que Lucas sintió que él solo no podía, aquello se le escapaba, era demasiado gordo. Decidió hablar con David a la salida de la clase de Radiología. Muchas veces, la familia era la última en enterarse de esas cosas y Lucas consideraba que era preciso actuar de forma conjunta.

—Tu hermana tiene un problema. Necesita ayuda.

Esperaba una reacción de sorpresa, de incredulidad, pero

lo que encontró fue la cara de circunstancias de su amigo. Y el silencio.

—¿No vas a decir nada? —se indignó Lucas—. Esto es muy serio.

David respiró hondo, comenzó a enredar sus manos entre los mechones de su cabello, y al fin le miró.

—Mi hermana lo que tiene son muchos mimos —respondió en un tono neutro que contrastaba con la agitación de Lucas.

—¡Es muy violenta!

—Es una consentida, Lucas. No hay más.

—¡Ni menos, tío! Ni menos. A este paso, cualquier día hará alguna barbaridad.

El hermano de Ruth miró a un lado y a otro. No era plato de gusto revelar las miserias familiares y menos si el cofre se abría en mitad del pasillo de la facultad.

—Tu novia es el resultado de la incapacidad de mi padre de verla llorar. Ella lo ha manipulado toda la vida. Cualquier cosa antes que verla derramar una lágrima. ¿Que la niña quiere un muñeco? Se le compra. ¿Que la *nanny* se pone en su sitio? Le sacamos las maletas a la puerta. ¿Que suspende un examen? Pues untamos al profesor. No hay límites. Ruth siempre gana. Mi padre cree que esa es su misión y no se da cuenta de que ha creado un monstruo.

—Tampoco te pases.

—Me limito a describirla.

Lucas escuchaba absorto las palabras de David. En Santa Manuela las cosas no funcionaban así. El panorama que le trazaba su amigo le resultaba ajeno por completo.

—Es... la niñita de papá.

—¿Y mamá qué dice? —preguntó Lucas con cierta sorna.

—Mamá está en la exposición de turno. O en el golf. O de compras.

—Tú también te has criado en ese ambiente y no eres así.

—Yo no necesito tanta atención como ella.

—O cariño.

—O cariño —concedió David—. Llámalo x.

En un instante, la imagen de Ruth había cambiado para Lucas. La egoísta extrema, la tirana, se había escondido de pronto bajo el filtro de la ternura con la que comenzó a mirarla el oscense. Donde otros hubieran tomado el camino fácil de la ruptura, el chico optó por hacer lo que consideró lo correcto: armarse de valor y quedarse con ella. Darle el cariño que la vertiginosa vida social de sus padres le había negado. Reconducir su carácter desde las niñerías hasta la sensatez. Decía Santo Tomás de Aquino que el verdadero amor crece con las dificultades y el de Lucas estaba listo para desplegarse.

Comenzó por mantenerse firme. Por bañar con palabras dulces una actitud inquebrantable. No fue suficiente. Ella notó cómo su novio no se plegaba a sus caprichos. Obvió el cariño que él imprimía a su forma de actuar y empezó a pensar que lo que ella consideraba una insurrección no era sino el síntoma evidente de un alejamiento emocional del chico. Y por ahí no pasaba. No iba a ser Lucas el primero en llevarle la contraria.

Las semanas fueron pasando y una mañana, Ruth se presentó en la facultad de Veterinaria en medio de una fuerte tormenta. Tenía el rostro desencajado. Era evidente que no había dormido bien. Buscó a su hermano. Se fumó una clase y tomaron un café en un bar próximo. Con un nerviosismo evidente, esperaron a Lucas en la puerta del aula de Toxicología.

—Tenemos que hablar.

—No me asustes.

—Lucas, vamos a un lugar tranquilo. Hay una sala donde a esta hora no hay nadie.

Y así fue cómo, en un aula vacía, le cambió la vida a Lucas. Ruth estaba embarazada. De poquito. A él le molestó no ser el primero en enterarse. Al fin y al cabo, el padre era él. El chico se quedó bloqueado. No podía evitar cuestionarse el tipo de madre que podría ser su novia siendo, como era, incapaz de cuidar de sí misma. «Esa criatura solo me tiene a mí». No se había planteado la paternidad tan pronto, pero tenía claro que quería a ese bebé y así se lo dijo a los hermanos Bas. Llegados a ese punto, David tomó la palabra.

—No vais a abortar y queréis seguir estudiando. Propongo que lo tengáis, que cada cual siga en su casa y que os vayáis a vivir juntos cuando podáis mantenerlo. Mis padres tienen recursos para hacerse cargo de él hasta entonces. Es preferible que aseguréis su futuro acabando vuestros estudios y consiguiendo buenos trabajos a que lo dejéis todo por él y os arrepintáis más adelante.

A Lucas no le pareció una mala salida. Era una buena fórmula para conseguir el pleno: solucionar aquel imprevisto y seguir con sus planes. En su fuero interno, el chico sabía que era otro modo de retrasar el momento de dar la cara en casa. No estaba preparado para presentarse con un bebé en Santa Manuela.

—¿Y cómo sé que no me dejarás tirada? —rugió Ruth con los brazos cruzados.

Lucas se ofendió. «¡Después de todo lo que he hecho!». Su implicación con ella estaba fuera de toda duda.

—¡Ruth, que me conoces! Sabes que voy a estar ahí, quiero a ese crío y te quiero a ti.

Era la frase que Ruth había estado esperando. Era el momento de lanzar su órdago.

—Pues entonces no tendrás ningún problema en ponerlo por escrito.

Lucas no la entendió.

—¿A qué te refieres?

—A que nos casemos.

Aquello no se lo esperaba. Se quedó en silencio. Pensando. ¿Casarse? No era algo que no se planteara, pero ¿tan pronto? ¿Tan joven? ¿De golpe? No terminaba de verlo claro y se notó.

—Igual es más operativo que nazca el niño primero y firmar más adelante...

—¿Firmar? ¿Eso es para ti la familia que siempre has dicho que querías crear? ¿Una firma?

—No, mujer. No te pongas así —se defendió Lucas—. Para mí lo importante es la relación, y la boda es un trámite. Por eso no me parece tan grave retrasarla.

Ruth resopló. Su enfado crecía por momentos.

—Mira, si no tienes claro si me quieres, mejor no seguimos adelante. Deshacerme de este *problema* es tan fácil como pagar doscientos euros en la clínica adecuada. Me consume verte con esa cara de agobio. Está claro que eso es lo que soy... somos —corrigió— para ti. Me voy.

Lucas salió corriendo detrás de ella. Eso tampoco era lo que quería. Tan solo hacía un rato que conocía la existencia de su hijo y ya había empezado a quererlo. Ya le dolía que desapareciera.

—Está bien —dijo abrazando a la muchacha y respirando hondo—. Cuando quieras.

Ruth sonrió maliciosamente. Lo había conseguido.

No es difícil enamorarse de quien está acostumbrado a seducir para atraerse afectos, a mover la colita para despertar suspiros. Lucas había caído a la primera, pero ese hechizo no le impedía ver a la otra Ruth. Le inquietaba sobremanera el tipo de madre que podía ser alguien que ignoraba lo que ocurría al borde de su camino. El dolor y el sufrimiento ajenos. La necesidad. ¿Sería capaz de levantarse en plena noche para alimentar a su bebé? ¿Y de acunarlo cuando le salieran los dientes? No lo tenía claro. Por eso quería estar junto a ella. Porque se temía que la criatura que estaba en camino solo iba a tenerlo a él.

Lucas intentó decírselo a sus padres varias veces. No se atrevió. Su madre había soñado con una boda por todo lo alto para él. No iba a haber tiempo. Ruth quería casarse antes de que el embarazo fuera muy evidente, pero, después de darle muchas vueltas, él seguía sin tener clara aquella boda. Se sentía entre la espada y la pared. Adoraba a sus padres, pero no veía el momento de darles la noticia. Que ellos no supieran nada hacía todo aquello un poco menos real. Finalmente, decidió tomar la vía del medio. Se casaría con Ruth para que estuviese segura de que él afrontaría sus responsabilidades, pero no se lo diría a sus padres. Comentaría lo del niño cuando se acercara la fecha, y en cuanto a la boda... Había una opción. Teniendo en cuenta que las que se celebran en fincas no tienen validez legal y los contrayentes debían contraer matrimonio previamente en el juzgado o en la iglesia, miel sobre hojuelas. Podían casarse en Madrid en aquel momento y celebrar una ceremonia emotiva, que no oficial, en el pueblo cuando las cosas se tranquilizaran. Nadie notaría nada. A Ruth le pareció bien. De hecho, ella decidió que tampoco les diría nada de la boda a sus padres hasta más adelante. Tal vez no era el plan más brillante, pero era el que podía afrontar un chaval de veintidós años, agobiado y a casi 500 kilómetros de casa.

Organizar una boda civil no era complicado. DNI, certificado de empadronamiento de Ruth, rellenar un par de impresos... Pero la partida de nacimiento debía conseguirla él. En su pueblo. Esa era otra.

Por aquellos días, Lucho había empezado a trabajar en el ayuntamiento como alguacil. Fue él quien le mandó la documentación en secreto, no sin comentarle que no entendía lo que estaba haciendo.

—¿Estás seguro, tío? ¡Ni siquiera la conocemos!

—No me queda otra.

—Te está liando.

—Es muy fácil opinar desde fuera. Si estuvieras en mi lugar, seguro que hacías lo mismo.

—Seguro que no, Lucas. Te honra que quieras ser responsable, pero esto va más allá de todo eso. Piénsalo, por favor.

—Mándame la partida de nacimiento, anda. Y no les digas nada a Cosme ni a Fran cuando vuelvan en verano.

La ceremonia tuvo el punto triste que da casarse sin los tuyos. Apenas veinte minutos y dos testigos, David y una funcionaria que había bajado a por un café. Comieron cada uno en su casa. No era la boda que ninguno había soñado, pero Ruth se fue a casa feliz: legalmente, Lucas era suyo. Emocionalmente, la cosa cambiaba.

Las semanas fueron pasando sin muchas novedades hasta que un sábado por la tarde, mientras paseaban, Ruth comenzó a sentir un fuerte dolor en el vientre. Asustado, Lucas la metió en el primer taxi que vio y la llevó al hospital más cercano. Ruth no dejaba de llorar.

—¡Tengan cuidado! ¡Está embarazada!

—¿De cuánto?

—De cuatro meses.

Aunque David llegó muy rápido, el rato que pasó solo fue uno de los peores de su vida. Era cierto que se había perdido parte de la magia que había entre Ruth y él, pero seguía queriéndola con locura y la incertidumbre de no saber qué podía pasarles a ella y al bebé lo hicieron desesperar. Los padres de los Bas estaban fuera y todavía tardaron en llegar, así que fue con los dos jóvenes con quien se reunió el médico.

—La paciente tiene apendicitis. Hay que operar ya.

—¡Pero está embarazada! ¡No se puede! —Lucas no entendía nada.

—No está embarazada —respondió el médico sorprendido.

—¿Cómo?

—No está embarazada. Aclaren eso entre ustedes. Yo necesito que alguien me firme el consentimiento para la operación.

No estaba embarazada. Nunca lo había estado. Lucas salió de la consulta como un autómata mientras David firmaba la documentación para que intervinieran a su hermana. Las lágrimas comenzaron a rodar sin control por sus mejillas mientras caminaba errante por el pasillo hacia la sala de espera. Aquel hijo que tanto había imaginado no existía. ¡Con la de noches que había pasado deseando que heredara los ojitos de la abuela! Su relación con Ruth no había sido sino una tremenda mentira. Si ella lo había engañado con eso, ¿de qué no sería capaz?

—Espero que tu hermana se recupere, pero me voy a ir.

—Claro.

David no sabía qué decir. Era el primer sorprendido. A él también le había mentido, así que se limitó a observar cómo su amigo abandonaba el hospital.

Lucas decidió hacer borrón y cuenta nueva. Cambió de casa y de turno en la facultad. No quería saber nada de los Bas. Solo mantuvo el contacto con Oriol, quien celebró la ruptura. «Esto era de esperar. Es una bruja». Oriol y Lucho fueron los únicos en saber la verdad. Al final, fue un desahogo que nadie le hiciera preguntas porque nadie sabía nada. Sus padres no volvieron a oír hablar de aquella chica. Pero hay puntos finales que huelen a puntos y aparte. Por ejemplo, aquel.

Los dos amigos seguían sentados en la escalera del ayuntamiento de Santa Manuela. El secretario miró a un lado y otro de la calle para comprobar que nadie se acercaba.

—Hasta donde yo sé, sigues casado —resumió Lucho poniéndose serio.

—Correcto —dijo Lucas con gravedad y la mirada perdida entre las cumbres de las montañas.

—O me equivoco, o Lola no sabe nada de Ruth.

—Ni palabra.

—Y la idea es casaros pronto.

—En tres o cuatro meses.

—Pero Ruth aún no ha firmado el divorcio.

—Aún no la he llamado.

Y entonces Lucho le planteó la cuestión que llevaba dándole vueltas en la cabeza desde el momento en que Lucas les anunció su compromiso.

—¿Y cómo se te ocurre pedirle matrimonio a Lola sin haberte divorciado primero, tío?

Lucas se encogió de hombros.

—¿No has sentido nunca la necesidad de hacer algo, cueste lo que cueste?

Lucho lo miraba con interés. Le interesaban los motivos de algo que no terminaba de comprender.

—Sí. Alguna vez —dijo dándole pie.

—Pues yo tenía ganas de formar mi hogar. Supongo que llega un momento en la vida en el que necesitas ese tipo de estabilidad. Un día fui a ver a un arquitecto para que diseñara la casa. Otro, comenzaron a edificar. Cada vez que veía la obra, sabía que mi sueño me esperaba dentro. ¿Podía haber esperado a estar divorciado? Sí, seguramente, pero necesitaba saber que era posible. Que no eran solo sueños.

«¿Y contra eso qué digo? —se preguntó Lucho—. Pensé que era un irresponsable y resulta que es un soñador, un romántico». Lucas prosiguió.

—Además, sé que Lola quiere casarse en verano y, si no es este habrá que esperar año y medio más. Tengo casi treinta años y entenderás que quiera salir de casa de mis padres cuanto antes. Necesito espacio.

—¡Pues vete a vivir con ella y listo! Ya tendrás tiempo de meter a un cura en esto.

—Que no, que Lola quiere salir de su casa vestida de blanco. Me lo ha dejado caer varias veces.

—¿En serio? ¿Lola?

—Sí, tío, sí. No quiere que nos vayamos a vivir juntos antes de la boda. Estamos preparando la casa, cenamos allí de vez en cuando, pero seguimos cada uno en la nuestra.

—Pues ya le vale también.

—Oye, si ella lo quiere así, yo lo respeto.

—¿Y también necesita vestirse de blanco para lo demás? —preguntó con intención el secretario municipal.

—No, para eso no —respondió Lucas sonriendo de medio lado.

—Pues menos mal.

Los chicos se quedaron en silencio. El sol de primeros de marzo comenzaba a apretar a aquella hora. Clavaba los dientes sobre las mejillas de quienes permanecían unos instantes frente a sus rayos. Picaba.

—Lucas...

—Dime.

—Quiero que sepas que no estás solo. No sé cómo acabará esto, pero cuenta conmigo, ¿vale?

—Gracias, tío —contestó el veterinario.

Lucho había empezado a entender sus motivos; no obstante, creía que los tirones de orejas deben darlos los amigos.

—De todas formas, la culpa es tuya por no haberte divorciado en su momento.

—¡Ya lo sé! No eches vinagre en la herida, tío, que lo estoy pasando mal. Se me cae la cara de vergüenza con todo esto. No quiero que se enteren los demás, bastante tengo ya.

—Llámala inmediatamente. O empiezas ya o no te va a dar tiempo.

Lucas seguía en trance, pero sabía que Lucho estaba en lo cierto. Le daba pereza volver a leer aquel capítulo de su vida, pero no tenía otra opción. Llevaba varios días evitando buscar su nombre en la agenda del teléfono, pero aquel momento era tan bueno como cualquier otro.

—Tienes razón —dijo pulsando la R en el buscador de contactos e iniciando la llamada con firmeza.

Cuando sonó el primer tono, se levantó y echó a andar

hacia su casa. Estaba a un paso y a aquella hora no había nadie por la calle. No había peligro de oídos indiscretos. Dos tonos, tres. «Que no se me olvide pasar luego a ver las vacas de Chusé». Cuatro.

—Menuda sorpresa, Lucas.

Hacía siete años que no hablaban, pero Lucas volvió a sentir un mordisco en el hígado al escucharla. La voz de Ruth sonaba con la familiaridad de siempre, pero se notaba que estaba expectante. Como la araña que espera a su víctima en un extremo de la red.

—¿Cómo estás?

—Bien, ¿y tú?

—Bien también.

Silencio. El veterinario valoró la posibilidad de alargar los prolegómenos con comentarios protocolarios, pero ni le apetecía ni consideraba que la situación lo requiriera. Así, mientras empujaba la puerta que daba acceso a la parte trasera de su casa, decidió ir al grano y contarle el motivo de su llamada. Cuando terminó, la línea volvió a quedarse en silencio.

—Ni de coña te voy a firmar el divorcio. Ni de coña.

Lucas se paró en medio del garaje sin saber por dónde tirar. Ruth tenía la capacidad de poner patas arriba su vida cada vez que se cruzaban.

CAPÍTULO 3

—

EL CHAMONIX

La segunda semana de marzo llegó con una nevada que dejó el valle tapizado con una gruesa capa blanca. La quitanieves tuvo que emplearse a fondo para que los turistas pudieran acceder a la estación. Cuando Lola y Lucas salieron camino al hotel Chamonix, las carreteras ya estaban despejadas.

—Lucas, ¿llevas las cadenas?

—¿Cuándo las he sacado yo del maletero? —respondió algo molesto.

—Vale, perdona.

Tenían 12 kilómetros por delante y, durante el trayecto, Lola no dejó de pensar en las alternativas que se abrían ante ellos para celebrar la boda si decidían quedarse en Santa Manuela. La mayoría de las parejas se decantaba por el merendero de Anselmo. Un local de menú para turistas que estaba lejos de su concepto de boda. Su reducido tamaño le brindaba a Lola la excusa perfecta para descartarlo sin ofender al dueño, a quien adoraba. Otros habían optado por celebraciones informales en el porche de la iglesia. Bandejas de comida colocadas sobre mesas pegadas al muro, y los invitados, de pie. No le convencía. El imponente hotel que iban a visitar podía ser la respuesta a sus oraciones. Era lo más parecido que había en su entorno a las fotos que la habían hecho soñar mientras se perdía entre las páginas de las revistas nupciales. La oportunidad de ser Cenicienta en un palacio que, al término de la celebración, volvería a cerrar sus puertas para ella. Afortunadamente, al príncipe lo llevaba puesto.

Lucas estaba sentado en el asiento del acompañante, pero su mente se encontraba muy lejos de allí. Tras el fracaso de la conversación con Ruth, pensó en pedirle ayuda a David. «Tal vez su hermano logre convencerla». Su antiguo compañero de estudios no le había cogido el teléfono y, tras un par de intentos, decidió enviarle un mensaje. No había recibido respuesta.

—¿Te parece o no?

La pregunta de Lola lo pilló desprevenido. Ni la había escuchado.

—¿El qué?

—¡Estás en la inopia!

—Perdona, me he despistado. ¿Qué decías?

Su novia lo miró con fastidio, aunque no tardó en volver a fijar la vista en la carretera. Agarró el volante visiblemente molesta, chasqueó la lengua y volvió a empezar.

—Que digo que, como en la iglesia de Santa Manuela no hay problema de fechas porque hay pocas bodas, creo que lo mejor será ver cuándo están libres los restaurantes y, en función de eso, le pedimos a don Blas que nos reserve el día. ¿No te parece?

Lucas no se había hecho una composición de lugar de semejante calibre, pero le gustó ver que Lola controlaba la situación.

—Sí, vale. Tiene sentido —dijo sin gran entusiasmo.

Lola esperaba una respuesta menos desapasionada.

—¡Como hagas el mismo caso a la comercial, no sé a qué vamos!

—Yo, a tomar café —bromeó el chico para relajar el ambiente.

Desde luego, el Chamonix era el hotel más lujoso de la zona. Aunque estaba abierto todo el año, su temporada alta iba de diciembre a marzo. En esas fechas, costaba encontrar una habitación libre, a pesar de que la más sencilla no bajaba de 190 euros. El edificio era de estilo pirenaico, con tejado de pizarra negra y paredes de piedra. Tenía cinco plantas y dos edificios anexos formando una C que rodeaba una plaza central. Lola se quedó admirando unos minutos el recinto. Francamente, era impresionante.

—¿Vamos? —sugirió Lucas.

Era la primera vez en toda la mañana que mostraba algo de iniciativa, lo que relajó un poco a la chica. Es verdad que no le había dado opción cuando le propuso la visita, pero sabía que una cita así le haría ilusión al veterinario. Lucas no era el tipo de novio que dejaba toda la organización en manos de su pareja. Que la enfocaran igual era otra historia.

—Sí, venga.

Cogió a Lola de la mano y se dirigieron en silencio a la entrada. Mientras avanzaba hacia la puerta, ella podía imaginarse llegando con su vestido de novia. ¡Qué sensación tan fascinante!

—¿Lola?

—¡Sí! Buenos días.

—Bienvenidos. Soy Carmen. Tú eres de por aquí, ¿verdad? —le preguntó directamente.

—Sí, de Santa Manuela.

—Es que me suena tu cara.

—Seguro que nos hemos visto en algún sitio, sí.

—No pensé que fueras de la zona cuando llamaste porque aquí las bodas que hacemos suelen ser de gente de fuera. Generalmente clientes que vienen a esquiar en temporada, les gusta el sitio y vuelven para casarse. En el valle no hay muchos eventos de este tipo.

—Desde luego.

La comercial del hotel los condujo a su despacho y los invitó a tomar asiento mientras les servían un café. «Ya se habrá quedado tranquilo», pensó Lola mientras veía a Lucas dar grandes tragos a su taza. Carmen tenía ese aire profesional del que ha hecho lo mismo muchas veces, pero también era innegable su cercanía.

—Bueno, no sé muy bien qué idea lleváis...

—¡Ninguna! —dijo Lola provocando la risa de los tres—. Acabamos de empezar con esto.

—¿Habéis decidido en qué mes?

—Principio de verano, pero tampoco es algo inamovible —planteó la chica.

Lucas seguía a su café. Lola casi no lo había tocado. Estaba demasiado emocionada.

—Bueno, en junio tenemos libres el sábado 11 y el 25. ¿Os encajaría?

Lola y Lucas se miraron sonriendo nerviosos. ¡Caray! Las primeras fechas candidatas.

—Sí —respondió Lola.

—Bueno, pues de momento contamos con esos dos días.

Carmen apuntó la posibilidad de celebrar la ceremonia en el jardín, algo que entusiasmó a la novia. Tras revisar unas cuantas fotografías de bodas de otros años, se levantaron y fueron a verlo. Nada como conocer las cosas *in situ*.

El amplio recibidor, forrado de madera y mármol, mostraba una actividad frenética. Avanzando sobre sus mullidos tapices llegaron al exterior. El jardín estaba situado en la parte trasera del edificio. La parte frontal estaba despejada y al fondo había un pequeño bosque de frondosos árboles. Lucas comprobaba cada pocos minutos la pantalla de su teléfono. «¿Por qué no dice nada David?». Carmen desplegaba su encanto comercial señalando con soltura aquí y allá mientras caminaban.

—Mira, solemos colocar la mesa del oficiante delante de los árboles, bajo la pérgola. Puedes vestirte en tu casa o en una de nuestras habitaciones. Lo que prefieras. Tu recorrido empezaría aquí e irías por este camino hasta la pérgola. Lo cubrimos con una alfombra roja y ponemos sillas blancas y doradas a ambos lados del pasillo para los asistentes.

Lola se giró hacia Lucas y, aprovechando que Carmen estaba un poco más lejos, le preguntó:

—¿Qué te parece?

—Tiene buena pinta.

Caray, sonaba taaan bieeen todo aquello. Siempre había pensado en casarse en la iglesia de Santa Manuela, pero podía imaginarse perfectamente a Lucas esperándola bajo esos árboles, al pie de aquella pérgola de caoba. ¡Menuda pieza tan estupenda! Carmen seguía, ajena a su ensoñación.

—Si veinticuatro horas antes del enlace se esperan precipitaciones, podemos pasar la celebración al interior. Tenemos un saloncito muy lindo y familiar. No solemos esperar al día de la boda para decidir, principalmente porque, aunque ese día no llueva, si el suelo está mojado, hay charcos y es muy incómodo tanto para ti con el vestido como para las invitadas con tacones. Por eso, si el día anterior llueve, todos dentro.

Esa era otra. El tiempo. En el Pirineo, el verano solía ser bueno, pero nunca se libraban de unos *tormentones* tremendos.

—La decoración floral es un poco lo que queráis. Nosotros solemos dejarlo a vuestro criterio. Hay quien no pone más que un centro en la mesa del oficiante y otros prefieren decorar todo el camino. Como veáis.

¿Decoración? No sabía que tendría que encargarse ella. Estaba pez. Más le valía ponerse las pilas.

—¿Con qué floristería trabajáis? En el valle no hay.

—Con la que queráis vosotros. No tenemos convenio con nadie, aunque solemos trabajar con una de Jaca. Me han contado algunas novias que les cobran sobre trescientos o cuatrocientos euros por el ramo, el centro para la mesa, los prendidos para el novio y el padrino y otros arreglos más pequeñitos que escoltan el recorrido de la novia y que van sujetos a las sillas. La verdad es que quedan muy bien. Es algo sencillito, pero apañado si no te quieres gastar mucho.

¿¿Trescientos euros?? ¿¿Si no te quieres gastar mucho?? Lola no se había parado a pensar en cuánto podían costar aquellos servicios, pero se estaba quedando helada. ¿Trescientos euros había dicho? Miró a Lucas creyendo que tendría los ojos fuera de las órbitas, pero, para su sorpresa, no se había enterado. Estaba mirando el móvil. «¿Aquí habrá cobertura?». Lola apretó los dientes. Carmen seguía hablando.

—Aquí hay quien se ha traído hasta esculturas de hielo. Otros hicieron un túnel con arcos florales. A quinientos o seiscientos cada uno, para que te hagas una idea.

Debía tener ya cara de imbécil. ¿Cómo se le ocurrían a la gente aquellas cosas? ¡Y ella que creía que tras leer tantas revistas estaba al día! ¡Pues no le quedaba nada!

—¿La gente hace esas cosas? ¿En serio?

Lucas acababa de reengancharse a la conversación. Lo que escuchó lo dejó perplejo.

—La gente hace de todo —resumió Carmen percibiendo su desconcierto.

«Vienen sin tener ni idea y yo no puedo cubrir sus lagunas en dos minutos. Que se lo explique ella», decidió sin dejar de ofrecer su sonrisa profesional.

—Nosotros por ceder el espacio para la ceremonia no cobramos. Va incluido en el precio del menú. Sigo —dijo desplazándose por la explanada—. Después de la ceremonia, mientras os hacéis las fotos, entran los camareros y van sirviendo el cóctel a los invitados. Así ganamos tiempo, porque esta parte suele alargarse. Muchos invitados, muchas fotos, muchos besos... Más de una hora y media, ya veréis. ¿Cuántos vais a ser?

Seguro que su madre y su suegra estaban ya con ese tipo de detalles, pero Lola no tenía ni idea. Recordar la boda de su amiga Leire le salvó el pellejo.

—Unos... ¿ciento cincuenta?

—Vale, lo normal suele ir por ahí. ¿Comida o cena?

—No lo hemos pensado aún, disculpa.

—Nada, tranquila. En cualquier caso, cuando acabe el cóctel, pasaríamos al banquete en sí. Lo hacemos en este saloncito ideal.

Carmen empujó la puerta y la sujetó para dejar entrar a la pareja de Santa Manuela. Lola empezaba a entender por qué gente de toda España viajaba hasta aquel hotel para celebrar su boda. Estaba impresionada. Las paredes de piedra y las luces tenues los acompañaron hasta un gran ventanal que daba paso a una terraza con unas vistas impresionantes sobre su valle. Al otro lado estaba su vida entera: el cole, la casa de sus padres, la montaña por la que les gustaba organizar marchas... No imaginaba vistas mejores.

—¡Pues bienvenidos a vuestro banquete nupcial, chicos! —exclamó Carmen. «No sé por qué me molesto en incluirlo a él en la conversación»—. Esto que ahora veis vacío lo llenamos de mesas, redondas, para que todo el mundo pueda hablar con todo el mundo. Las alargadas te limitan a hablar con los tres o cuatro que tienes al lado.

El móvil de Lucas sonó en aquel momento. La comercial interrumpió su explicación. El veterinario se apresuró a sacarlo del bolsillo. Era David. «Menos mal». Por fin había leído el mensaje.

—Seguid, por favor. Es un tema urgente de trabajo —se disculpó el chico mientras se alejaba de ellas.

Lola estaba acostumbrada a lo que suponía ser la pareja de un veterinario rural, y que lo llamaran en cualquier momento era relativamente habitual. Cuando no era un parto, era una pata rota. Casi ni se inmutó cuando lo vio cruzar el salón a la carrera antes de descolgar. Ella siguió atendiendo a Carmen.

—¿Se lo cuentas luego?

—¡Claro! Por favor, continúa.

—Vale. En las bodas hay que sentar a la gente según las necesidades del salón, no todos los de una mesa son amigos... A veces ni se caen bien, no os digo más. Aquí vemos cada cosa... —susurró Carmen acercándose a Lola—. ¡Si yo te contara! Pero, bueno, la idea es que, si no estás cómodo con alguien de tu mesa, al menos tengas la opción de poder hablar con el resto. En una mesa alargada te la juegas más. Es difícil.

—Son los novios los que deciden dónde se sienta cada uno, ¿no?

A ver si haciendo algún comentario de ese estilo dejaba traslucir algo de cultura nupcial.

—Sí, pero muchas veces los pobres desconocen tensiones que existen entre los invitados y hay que echarles una mano. Una vez, sentaron a un matrimonio con el amante de ella. ¡Tremendo! Claro, los novios no sabían nada, pero ellos tres, sí. Se engancharon antes de los postres. Tuvimos que mediar.

A Lola le pareció increíble el control de la situación y la experiencia que tenía aquella mujer. Con ella a los mandos, era imposible que una boda saliera mal. Era una garantía total. Se quitó el sombrero ante todo su colectivo profesional. El papelón que tenían y lo desapercibido que pasaba.

Lucas había recibido la llamada como un soplo de aire fresco. Se estaba empezando a desesperar.

—¿David?

—¡Dime! —respondió jovial el que tiempo atrás fuera su mejor amigo de la facultad.

Los chicos estuvieron hablando un rato sobre trivialidades y conocidos comunes antes de abordar el tema central. Un tema que Lucas planteó sin rodeos, pero cubriendo el micrófono con la mano y girándose hacia la pared para evitar que Lola escuchara la conversación.

—Pues verás, me caso y necesito el divorcio.

David palideció.

Lola no entendía qué hacía su novio pegado contra una esquina y medio doblado sobre el teléfono. «Ni que estuvieran hablando del tercer secreto de Fátima. ¡Por favor!».

—La mesa de los novios se pone justo delante de la barandilla. Así tenéis a todo el mundo a la vista. Veis y se os ve. Y las fotos quedan divinas.

«Ostras. Las fotos». Otra cosa que tendría que empezar a mirar.

—Tema baile, como por la noche suele refrescar aunque sea verano, solemos bajar a la bodega después de los cafés. ¿Vamos?

—Por supuesto.

Lola le hizo un gesto a Lucas para que las siguiera. Él levantó su pulgar en la distancia. La maestra no sabía lo que le esperaba dos pisos más abajo, pero lo que estaba viendo la estaba deslumbrando. La bodega no defraudó. Se trataba de una imponente estancia en dos alturas a la que se accedía bajando unas escaleras. En la parte inferior se situaba la pista de baile y el escenario para la orquesta o el DJ; en la superior, una hilera de barricas de vino.

—Damos la opción de elegir este vino para los banquetes. Es bueno: cosecha propia, aunque los viñedos no están aquí, por la altura. El baile dura cuatro horas desde su inicio y la barra libre se sirve aquí, junto a la puerta. En fin, ¿qué te parece?

—Me encanta, para qué te voy a engañar.

Lucas vio que Lola estaba prácticamente levitando de felicidad, lo que aún le estresó más. «A ver quién le dice que, hoy por hoy, todo esto es irrealizable». Tragó saliva y le contó a David la infructuosa conversación con su hermana.

—Y me pregunto si podrías echarme una mano y hablar con ella. Tú sabes que esto tenía que pasar antes o después.

—Ya.

—No quiero meterme en un divorcio contencioso. Preferiría hacer esto por las buenas.

—Perdona, no te oigo bien. ¿Puedes hablar más alto?

«No, no puedo hablar más alto. Mi novia está a veinte metros y me va a escuchar».

—No, disculpa, es que tengo la garganta regular. Decía

que prefiero que sea de mutuo acuerdo —comentó bajando más la voz al pronunciar las dos últimas palabras.

Miró a Lola para tratar de detectar alguna reacción que delatase si había escuchado algo.

—Sería lo mejor, en efecto.

David respiró hondo antes de abordar el siguiente punto. Lola comenzaba a buscar a su novio con la mirada desde la otra punta de la habitación. «¿No va a terminar nunca?», se preguntaba con un incipiente mosqueo.

—Lucas, Ruth está pasando un mal momento con lo suyo. Dame unos días a ver si remonta y se lo planteo. Tal vez lo que te ha dicho sea fruto de su desequilibrio actual. Puede que luego razone.

En ese momento, el veterinario sentía un centenar de serpientes campando por su estómago. Era agobiante. Una incomodidad plena. Se le echaba el tiempo encima. Lola no le quitaba ojo. Y David pidiéndole que esperara. «Lo que faltaba». A Lucas no le hacía gracia su propuesta, pero, si su amigo consideraba que esperando un poco las cosas podían mejorar, tal vez lo suyo era relajarse, confiar y cruzar los dedos. Actuar con mano izquierda podía ahorrarle tiempo en el proceso. Y dinero. Mucho dinero.

Carmen se anticipó a lo que Lola estaba pensando. Se acercó al cajón de un armario de madera que había en el pasillo y sacó una carpeta de cartón que tendió a la deslumbrada novia.

—En cuanto a los precios, somos una gama media-alta. Como no celebramos muchas bodas, no somos baratos, pero no tenemos los precios que este hotel podría tener en una ciudad con más volumen de negocio. También por eso podemos ser más preciosistas con las bodas. Nos volcamos —dijo Carmen llevándose la mano derecha completamente abierta al pecho—. Ahí tienes menús, precios, condiciones, etc. Solo te comento que, si decidís reservar, tenéis que dar una señal de 1200 euros y dos semanas antes de la boda pagar el total de cubiertos contratados. Si al final viene menos gente, no se os devuelve el importe, pero, si se presentan más, tendréis que pagar la diferencia.

Lucas se incorporó en aquel momento a la conversación. Lola le recriminó con la mirada. «Se suponía que iba a ser breve». El chico, llevado por su mala conciencia, pensó que el tema iba por otro lado. «¿Habrá escuchado algo?», se preguntaba mientras intentaba mantener un gesto afable. Lola seguía aclarando términos.

—¿Y por qué si vienen menos invitados perdemos la diferencia y si vienen más se reajusta?

Cuando escuchó aquello, el veterinario se dio cuenta de que se había perdido lo más importante. «Bueno, ya me lo explicará». Ellas seguían a lo suyo.

—Por una cuestión de logística. Antes ajustábamos después de la celebración. Ocurría que algunas personas pedían entre veinte y treinta cubiertos extras de colchón. Por si acaso, ya sabes. Luego no venían y esa comida que habíamos preparado se perdía, con el consiguiente coste para nosotros. Del mismo modo, hay gente que dice que vendrán menos y el día de la boda hay que contar porque intentan colarte más. Hay mucho listo.

—Me hago cargo. Bueno, Carmen, muchas gracias por enseñarnos todo. A ver si te podemos decir algo pronto.

—Cuando queráis. Ahí va mi teléfono. Cualquier duda, ya sabéis.

Se despidieron de la comercial del hotel y fueron directos al coche. Ella tenía el gesto relajado. «No ha debido de oír nada». Lola tiró la carpeta sobre el asiento de atrás y condujo hasta una cafetería que le encantaba mientras le resumía con entusiasmo a Lucas la parte que se había perdido.

—¿Quién te ha llamado? —preguntó Lola mostrando cierto malestar—. Pensaba que ibas a irte.

Lucas llevaba unos días enlazando mentiras, pero nunca había sido amigo de embustes. Lo llevaba mal. Mentía para no hacer daño a los demás y al final terminaba por herirse a sí mismo. «Venga, y ahora otra trola más».

—Nada, el ganadero de Frona.

Lola arrugó la nariz.

—¿Un sábado?

Lucas empezó a mirarse los zapatos. «Me va a pillar».

—Los animales no saben de festivos.

Lola lanzó un profundo suspiro.

—Anda que... ¡La que me espera, tío! ¡El teléfono sonando a cualquier hora! En fin... ¿Te ha gustado el sitio?

—Sí, está bien.

—¡Está superior, Luc!

El chico sonrió. Sabía lo que significaba aquel mohín infantil de Lola.

—Si me descuido, te atas una cortina a la cintura y te casas antes de salir de allí, ¿no? —comentó entre risas.

—¡Ayyy, no te rías, payaso!

—Que no me río, que me hace gracia porque estabas totalmente entregada a la causa.

—¡No!

—¡Claro que sí!

Más tranquilos, pidieron un café y se dispusieron a calcular cuánto costaba aquella boda de ensueño. Colocaron la carpeta sobre la mesa y lo primero que apareció fueron los menús. Lola comenzó a leer la lista de exquisiteces. «Mmm, qué rico todo». Siguió bajando la vista hasta que llegó al recuadro inferior derecho. El precio: 120 euros.

—¡¿Quééé?!

Era evidente que la chica no se esperaba aquel precio. Lucas simplemente permaneció en silencio. Estaba impactado, pero no tenía ni idea de cuál era el precio medio. Sabía que esas cosas eran caras, pero desconocía hasta qué punto. Decidió guiarse por el criterio de Lola.

Ella siguió pasando las hojas de menús y comprobó que todos oscilaban entre cien y ciento cuarenta y cinco euros. Barra libre aparte.

—Vaya palo.

Su gran boda en el Chamonix estaba un paso más lejos que antes de abrir el dosier. No lo descartaba, pero desde luego tendría que revisar muy mucho aquella oferta. En ese momento, el hotel había pasado de ser una opción a convertirse en poco más que un deseo.

Terminaron el café y salieron a la calle en dirección al coche. Lucas notó a la legua la desilusión de la chica. Le pasó el brazo por los hombros y le besó la frente.

—Bueno, mujer, no des todo por perdido. Siempre se puede ahorrar en otras cosas o invitar a menos gente.

—Lo veo difícil, Luc —respondió ella abrazándose a su cintura—. A mis padres les gustaría pagar parte del banquete y no quiero abusar. No me hace gracia que se gasten tanto.

Lucas percibió el creciente desánimo de su novia. «Me mata cuando la veo apagarse así». Aunque no estaba el horno para bollos, se tragó su inquietud y trató de arrancarle una sonrisa. Se le daba bien.

—Otra opción es tirar de camping gas y montar una chocolatada en el cole, ¿no?

A Lola se le escapó una carcajada.

—¡Mira que eres!

Y Lucas se quedó mirándola mientras pensaba que nunca había entendido qué quería decir con aquella expresión. Ni con muchas otras. Pero no le importaba porque esa forma de ser, que él tan bien conocía, no solo formaba parte de su encanto, sino que era una de las características que lo habían enamorado. Sujetó la barbilla de Lola entre el índice y el pulgar, acercó sus labios y la besó suavemente, tal y como a ella le gustaba. Lola adoraba los besos por sorpresa.

Ese año estaba siendo muy rico en precipitaciones y aquella noche, como venía siendo habitual, comenzó a nevar. En cualquier caso, Florita ya había decidido no salir. Se sentó delante del ordenador y esperó a que saltara la pantallita que anunciaba que BRAN se había conectado al chat de la comarca. Ese era el alias de su amigo cibernético. Ella llevaba meses siendo AMAPOLA. Lo había conocido unos días atrás cuando, una noche cualquiera, había entrado buscando conversación. Estaba en una fase casera. Raquel solía salir de marcha con sus compañeras de la clínica dental por sitios que a Florita ya le cansaban un poco, así que no siempre las acompañaba. Nunca le había pesado la soledad, el hecho de no tener pareja, pero la boda de Lola la había animado a conocer a gente nueva. Y, de momento, eso consistía en pasar más tiempo en aquel chat.

El primero de los dos que se conectaba activaba su estado, «Disponible»; el otro, si le apetecía hablar, iniciaba la conversación.

—¡Hola!

—¡Hola, BRAN!

—¿No sales?

—Uf, no. Esta nevada le quita las ganas a cualquiera. Mejor en casita con la calefacción puesta.

Decir eso era más sencillo que confesar que empezaba a preferir su compañía a otras.

—Ja, ja, ja. ¡Tú sí que sabes! Yo estoy agotado. Un día muy duro en el trabajo.

Ni uno ni otra habían hablado aún sobre aspectos personales, como su vida amorosa. No obstante, él ya había formulado la pregunta: «¿Estás con alguien?». La puerta estaba abierta.

—Esta mañana me he acordado de ti —dijo BRAN—. He visto amanecer. Me dijiste que te encantaba.

«¡Qué detallista! Se acuerda de todo».

—¡Es verdad! ¿Sabes? No me importa madrugar los días de fiesta para ver salir el sol entre las montañas.

—Pues ahí vamos a tener un problema, reina: yo soy muy dormilón.

Florita sintió un subidón al escuchar aquello. «¡¿Está flirteando?!», se preguntó la chica emocionada. Hacía mucho que nadie se dirigía a ella en ese tono. Se apresuró a contestar. Quería más.

—Bueno, pues me esperas en la cama. Hago una foto con el móvil y te la enseño luego.

—¡Me apunto a ese plan!

Florita usaba tres tallas más que sus amigas, algo que la llenaba injustamente de complejos. Sus inseguridades eran legendarias y en aquella ocasión no tardaron en aparecer. «Si supiera cómo soy, no me tiraría los tejos». De todas formas, había algo que la animaba: estaba claro que a BRAN le atraía su personalidad. Si no, no estaría cada noche sentado frente al ordenador. «Algo es algo», se dijo. No podía decirse que ella estuviera enamorada, apenas lo conocía, pero era innegable la ilusión que estaba naciendo en su interior. «¿Quién podrá ser? ¡Lo que daría por conocerlo!». Mientras seguía la conversación, Florita tuvo una idea. ¿Y si soltaba algún dato personal? Tal vez así BRAN se animara y dijera algo que la ayudara a localizarlo. No perdía nada.

—En la estación estamos en plena temporada y no paramos.

—¿Trabajas en la estación?

—Sí.

—¿Monitora de esquí?

—No.

—¿Pistera?

—No, ja, ja, ja. Te doy una oportunidad más. Piénsalo esta noche y la próxima vez que hablemos me lo dices. Si aciertas, prometo ser honesta y confirmarlo.

Ignoraba su nombre real e incluso el pueblo en el que residía, pero aquel desconocido pasaba cada vez más tiempo en su cabeza. Lo que Florita no se imaginaba era que ese chico sabía más de ella de lo que dejaba ver. Mucho más.

CAPÍTULO 4

—

LAS CARTAS SOBRE LA MESA

Saber que Lola y Lucas iban a casarse también abrió la caja de Pandora de Alicia. Ellos no habían sido la primera pareja del grupo. Mucho antes de que sus amigos empezaran a salir, Alicia y Fran estuvieron juntos. La noticia de la boda hizo que ella lo recordara. Y que dejara de dormir.

Lo bueno de vivir sola en Valencia era que podía hacer lo que quisiera cuando quisiera. Por ejemplo, ordenar los armarios a las cinco de la mañana. En casa de sus padres, en Santa Manuela, hubiera sido imposible. «¡Menuda es mamá!».

Como venía ocurriendo en los últimos días, se había desvelado. Cansada de dar vueltas en la cama, decidió levantarse y aprovechar el par de horas que le quedaban hasta que sonara el despertador Con la excusa de eliminar carpetas con documentación de juicios obsoletos, comenzó a sacar trastos de la estantería superior de su armario sin hacer ruido. Una lámpara, dos revistas del año anterior, un chándal. «¿Cuándo me he comprado yo un chándal?». A falta de un uso que darle, lo tiró sobre la cama y volvió a subirse a la escalera.

La caja apareció detrás de los archivadores. No recordaba que estuviera allí, pero supo al instante lo que había dentro: las cosas de Fran. La abogada se quedó quieta mirándola. No la había vuelto a abrir desde AQUELLO. Y de AQUELLO hacía ya dos años.

Sin saber por qué, estiró la mano para cogerla. Pesaba más de lo que recordaba. Bajó de la escalera, apartó el chándal y se sentó en la cama con la caja enfrente. «Parece que haya pasado media vida». Levantar la tapa de la caja de zapatos fue como volver a abrazarse a aquel torso que conocía tan bien. Cerró los ojos y, por un momento, sintió las manos de Fran avanzando por su espalda. Como solía hacer.

La suya había sido una de tantas historias de verano. Comenzó cuando regresaron al pueblo tras terminar el primer curso en la universidad. Fran estaba en Zaragoza, como Lola. Alicia, en Valencia. De la manera más tonta, fueron enlazando a besos una verbena con otra. Navidad con Semana Santa. Un año con el siguiente. Nunca fueron novios. De hecho, cada cual hacía de su capa un sayo en cuanto cruzaban el límite del pueblo. Jamás se pidieron cuentas, pero sobraban las palabras para explicar lo que sentían el uno por el otro. Les faltaba tiempo para estar juntos en cuanto volvían a coincidir.

En aquella caja que Alicia tenía delante había más de cinco años de amor. De la historia más importante que ambos habían vivido. Cinco años reflejados en dos entradas de cuando fueron a ver *Lo imposible* al cine. O en el único pendiente que había sobrevivido a una apasionada noche de besos en el porche de la ermita. «¡Lo que me gustaban estos pendientes!». Alicia lo colocó en la palma de su mano y recordó a Fran acariciándole el cuello con los dientes mientras la sujetaba a embestidas contra el muro del edificio. «Volvería a perderlo mil veces. Y mil más».

El lugar de honor era para las cartas, la única prueba documental de que un día Fran Samitier estuvo enamorado de ella. «Diga lo que diga». No se había prodigado mucho, no había más allá de cinco o seis, pero teniendo en cuenta *lo suyo* que era y lo poco que le gustaba exteriorizar sus sentimientos, aquello suponía toda una proeza. Las escribió desde Zaragoza, en los momentos en los que, a fuerza de añorarla, a punto estuvo de subirse al primer autobús a Valencia para estar a su lado.

Las cartas de Fran no se caracterizaban por su claridad. El chico había puesto especial interés en esconder sus sentimientos, pero, de tanto retorcer palabras, lo que pretendía mantener bajo las aguas había terminado por subir a la superficie.

Alicia cogió una. Del sobre salieron cuatro folios. En ella, Fran ni ataba ni desataba.

«Me gustas mucho, pero no te lo vayas a creer».

«Si quieres verme estaré por el bar».

«Reconozco que me muero de celos cuando pienso en la suerte que tienen los tíos de tu clase de verte todos los días. Pero, vamos, que hagas lo que quieras. No es asunto mío».

Las ovejas que entran por las que salen. Una a Dios y otra al diablo. Fran era un poco chulito. Ella, muy temperamental. Fuera por odio o por amor, siempre terminaban saltando chispas. Unas veces se quemaban y otras mantenían viva la hoguera. Pero si algo tenían claro era que aquel tipo de fuego no lo encendían con nadie más.

Alicia guardó la carta. Encontró entonces un billete de AVE. El de cuando pasó AQUELLO. Decidió conservarlo para que si volvía a ponerse tierna recordando a Fran no olvidara que hay cosas que Alicia Gallart no perdona.

Lola también había madrugado. Llevaba un buen rato en plena tormenta de ideas sobre el lugar de celebración del convite. El hotel le había encantado. «16500 euros, ciento cincuenta cubiertos. Una pasta». Siguió mirando reportajes por internet persiguiendo ideas que tuvieran estilo y a la vez fueran económicamente asumibles, pero no dio con ninguna. Bloqueada, decidió tirar de teléfono. «Si hay alguien que siempre está a la última esa es Sofía». Ventajas de tener una amiga periodista.

—¿No sabes dónde hacer el banquete? Mmm... Déjame pensar... ¿Por qué no alquilas una carpa y la pones donde quieras?

—¿Una carpa?

—¡Sí! Y contratas un catering. Esa fórmula la utiliza mucha gente ahora. Es como llevarte el restaurante que te gusta al sitio perfecto. Seguro que Isaías te deja usar algún huerto municipal. Sin ir más lejos, la huerta Nicanué es grande y está pegada a la iglesia. ¿No te parece una buena opción?

—¡Dame un segundo! —dijo con impaciencia.

Aquello sonaba bien. Lola comenzó a teclear en el portátil. Tenía que ver de qué iba aquello. Rápidamente aparecieron unas cuantas imágenes de carpas para eventos. Su amiga estaba en lo cierto: eran espectaculares.

—Pues son muy chulas, Sofi. ¿Salen caras?

—Hay de todo. Te paso un par de contactos por *e-mail.*

Un rato después, Lola vio una que le encantó. Era blanca y cuadrada, 150 metros. «De sobra para nosotros». Las lonas de uno de los laterales estaban atadas a las columnas que sostenían la estructura y habían tapado las cuerdas con una hiedra que trepaba por buena parte de la carpa. «Precioso». El interior tenía el suelo de madera y un comedor montado que nada tenía que envidiar al del hotel Chamonix. La pared que se encontraba detrás de la mesa presidencial estaba decorada con tapices y abundantes flores. El techo estaba cubierto por tejidos blancos que colgaban de un extremo a otro, y que se unían en el centro sobre una gran lámpara de araña.

Lola le envió una foto a Lucas y a continuación mandó un *e-mail* pidiendo presupuesto. Luego, se puso a buscar un catering que pudiera encargarse del banquete. Después de mucho mirar, se acordó de un restaurante que se encontraba a unos 15 kilómetros. «Se llamaba Marlin. Creo que dijeron que servían comidas para eventos». Buscó el teléfono. Tras una conversación con ellos, se sintió optimista. Podían incluso llevar un camión-cocina en el que darles el último toque a los platos. Cuando tuvo en su mano el precio de la carpa, Lola sonrió. Parecía que su boda soñada iba cobrando forma.

Florita llevaba varios días sin saber de BRAN. No se había conectado el sábado y tampoco el domingo. Finalmente, el lunes vio la luz verde parpadeando junto a su nombre. Fue ella la que rompió el hielo.

—Y bien... ¿Ya sabes a qué me dedico?

—Sí.

«Vaya. Qué rotundidad».

—Eres la directora financiera de la estación.

«Bingo».

—Me dicen que te pones un poco nerviosa cuando hay niebla porque se te riza el pelo y que, cuando eso pasa, llevas los ojos verdes a media asta. También me cuentan que eres preciosa. ¿He hecho bien los deberes?

«¿Perdonaaa? ¿Quién le ha dicho todo eso?».

—Me dejas sin palabras.

Florita sintió que aquello acababa de romper la química que había entre los dos. Sus inseguridades habían hecho acto de presencia. Le costó elegir las palabras con las que continuar la conversación. ¿Por qué demonios le había sugerido que indagara sobre ella? Si alguna vez había existido alguna oportunidad con él, acababa de perderla. ¡Qué idiota había sido! En fin... Seguramente la mejor opción llegados a ese punto era tirar hacia delante. A lo hecho, pecho. Había que sincerarse.

—Bueno... Pues, como ves, no soy ninguna *top model.* Nunca hemos dicho que estas conversaciones fueran más allá de una amistad, pero, si no quieres seguir hablando conmigo, no hay problema.

Ya lo había dicho. La pelota estaba en su tejado. BRAN estaba escribiendo. A Florita aquellos segundos se le hicieron eternos.

—¿Dejar de hablar contigo? Aunque no te lo creas, saber cómo eres ha hecho que tenga aún más ganas de verte.

Volvió a leer la frase. ¿Había dicho que quería verla? A Florita comenzaron a brillarle los ojos. Estaba acostumbrada a no ser la más popular entre los chicos. Solo había tenido una relación estable que terminó de forma precipitada. Tiempo después, seguía sin encajar aquel rechazo, por lo que el interés de BRAN la pillaba desprevenida. Eso sí, estuvo rápida de reflejos. Cogió el móvil y fotografió la pantalla. «Que, si no, pensaré luego que lo he soñado». Tendría la autoestima herida, pero descubrió que la ilusión permanecía intacta.

—Por cierto, he terminado el libro del que me hablaste —siguió BRAN.

—¿Y qué tal?

—Buena recomendación. Me ha gustado. Se nota que me vas conociendo.

—Oh. Al final va a resultar que eres un sentimental.

—Y al principio.

Le gustaban los chicos sensibles, los que acariciaban el alma musitando palabras dulces. ¿Podía ser BRAN uno de ellos?

—¿Qué parte te ha gustado más?

—Pues esa en la que los protagonistas ven las estrellas desde el tejado. La forma en la que hablan me recuerda a cómo lo hacemos nosotros.

—Sí, pero nuestras conversaciones no terminan con besos.

—Todavía, AMAPOLA. Todavía.

¿Había querido decir lo que había dicho? Florita no daba crédito a lo que estaba leyendo. BRAN notó su desconcierto y subió la apuesta.

—A lo mejor un día quieres recrear esa escena.

«¿Está diciendo lo que parece que está diciendo?». Florita estaba sorprendida y halagada a partes iguales.

—Bueno, convénceme.

—Tú ve buscando tejado.

Lola se reunió con Lucas en Sabiñánigo para cenar. No habían podido verse en todo el día y lo había echado de menos. El chico estaba cariñoso pero serio. ¿Se estaría replanteando la boda? ¿Lo abrumaría el compromiso? Él no era de esos, pero la última vez que estuvieron juntos apenas había hablado. Unos pocos monosílabos fue todo lo que consiguió arrancarle. Esta vez no parecía que fuera a ser diferente. Lo notaba tenso. Cuando empezaron a caminar hacia el restaurante, Lola preguntó:

—¿Estás bien?

—Cansado, eso es todo.

«E impotente con el tema del divorcio», pensó antes de seguir hablando.

—No he parado. He tenido que tratar las lombrices de los perros del pastor y a los otros que están en contacto con ellos para que no se contagien. Después tuve que empezar a vacunar a las ovejas. ¡Otro viaje! Y... Te estoy aburriendo, ¿verdad?

—Nooo —dijo Lola cogiéndole la mano juguetona—. Es solo que cualquier día me cambias por una de esas bacterias con nombre raro. Te ven más que yo...

Lucas respiró hondo y sonrió mientras miraba a su novia.

—Aaayyy... La vida del veterinario rural no es fácil. Ya verás cuando llegue la temporada de partos...

Entraron en el restaurante cuando comenzaba a caer la noche. Pidieron ensaladas y carne a la brasa. Lola aprovechó para contarle sus avances localizando lugar para el banquete. Lucas la escuchaba ausente.

—Bueno, ¿qué te parece la idea de la carpa?

—A mí me gusta. Yo prefiero no salir del pueblo, pero, si te convence más el hotel, adelante.

Desde el día en que descubrió que Lola era la mujer de su vida solo había pensado en hacerla feliz. Si la boda de sus sueños pasaba por el Chamonix, la elección estaría clara. No obstante, Lola parecía decantarse también por la propuesta de Sofía.

—En el Marlin se come bien. Yo creo que a la gente le gustaría —sugirió Lucas.

—Tenía buena pinta el menú, ¿verdad?

—Sobre todo, que es mucho más cómodo para la gente mayor.

—¡A ti también te tendrá que gustar!

—A mí me gustará cualquier cosa, mujer.

—¡Eso lo dices porque no te importa!

—Eso lo digo porque lo que me importa eres tú.

Lucas quería mostrarse cariñoso con Lola. Demostrarle que aquello le interesaba, pero le inquietaba la falta de noticias de Ruth. Tendría que seguir esperando.

—¿Entonces vamos pasado mañana?

—¿A dónde?

—¡A hablar con don Blas! Tenemos que ir concretando. Para poder reservar, necesitamos fecha, cariño.

—¡Ah, vale! Te paso a buscar por el cole y nos acercamos al despacho parroquial. Si no está allí, estará en el bar jugando al mus.

Iniciar los trámites suponía aportar documentación y en la de Lucas todavía figuraba *casado.* Aquellas seis letras le producían sudores fríos. Pensar en ello lo agobiaba sobremanera, por eso rechazaba esa idea en cuanto se le pasaba por la cabeza. Una práctica que le estaba poniendo contra las cuerdas, ya que la duración de los trámites legales llevaría semanas en el mejor de los casos. Tenía que ganar tiempo, así que al día siguiente fue a hablar con Lucho.

—Necesito un favor. Otro más. Lola quiere ir a hablar con don Blas mañana por la tarde, así que necesito ser aparentemente soltero mañana por la mañana cuando ella vaya a recoger la documentación. Se supone que yo vengo a verte hoy para que mañana lo tengas todo preparado.

Lucho resopló. No le gustaba lo que su amigo estaba insinuando.

—Lucas, ¿me estás pidiendo que falsifique un documento oficial?

—Hombre, dicho así...

—Dicho como lo que es, tío.

El veterinario perdió la vista en el suelo de la pequeña oficina municipal. Lucho siguió hablando:

—A ver... Yo te preparo los papeles sin problema, te cambio el estado civil en la partida, lo que quieras. Mañana se los doy a Lola y por la tarde se los lleváis a don Blas. Problema: que don Blas los enviará al obispado de Barbastro-Monzón para que tramiten el expediente junto con un formulario que os dará en la iglesia. ¿Vale? En cuanto empiecen a tramitar el expediente verán que estás casado.

—¿Y no puedes hacer nada?

—¡¿Qué voy a poder hacer yo?! —y entonces Lucho sonrió con malicia como cuando se le ocurrían fechorías de pequeño—. Aunque es verdad que tengo ideas de primera.

La idea de Lucho pasaba por convencer a don Blas de que recogiera la documentación que le llevaran Lola y Lucas, pero que no presentara los papeles en el obispado. El sacerdote conocía a los chicos de toda la vida. Había celebrado todas las bodas de Santa Manuela en las últimas décadas. Había casado a los padres y bautizado a los hijos, por lo que era un personaje muy querido. Llegó al pueblo recién salido del seminario, cuando mosén Pablo dejó la parroquia. Desde entonces, había reído y llorado con los valinos, la mayoría de los cuales eran más amigos que feligreses; de hecho, escuchaba más secretos en la barra del bar de Marisa que en el confesionario. Desde la sede episcopal habían intentado trasladarlo a alguna residencia de la Iglesia, pero siempre se había negado. El pueblo era su vida.

El párroco era pragmático hasta la médula y amante de los planes b. Y c y d si era necesario. Lucas le contó la verdad al párroco y este le escuchó con atención. El chico no sabía cómo plantearle la idea de Lucho.

—No sé cómo pedirle esto, pero...

—Pero...

—Pero necesitaría que celebrara la boda aunque luego no se inscriba en el registro.

Don Blas se quedó mirándolo sin saber por dónde tirar. Adoraba a aquellos muchachos, pero no quería formar parte de un engaño así.

—Lucas, me han pedido cosas muy raras en este pueblo, pero una boda falsa, jamás.

Los dos rieron. Don Blas con bondad, Lucas con nerviosismo y desesperación.

—Créeme. Empezar una nueva vida con una mentira no es lo mejor. Tú sigue intentando resolver las cosas.

—No es fácil.

—Bueno, pues algo aprenderás en el camino. Por el momento, trata de confiar en Lola. Tal vez te sorprenda.

—Tal vez anule la boda.

—Puede que no. Tú ven con ella y, si quieres, yo te ayudo a contárselo.

Lucas y el sacerdote se miraron. La mirada de don Blas pedía pasos adelante. La de Lucas, solidaridad. El sacerdote bajó los brazos.

—En fin, trae los papeles maquillados por Lucho y yo te reservo fecha. Lo demás, ya se verá.

La conversación terminó en empate. Don Blas vio marcharse al chico con ternura. «Ha salido a la madre. Presen también es muy de agradar a los demás. Miguel es más despreocupado».

Lucas caminaba arrastrando los pies. Estaba cansado. Eran muchos días en tensión. Solo deseaba llegar a casa y tumbarse en la cama. No había sido un buen día y, sin embargo, aún faltaba lo peor.

El teléfono registró la entrada de un nuevo mensaje. Lucas sacó el terminal de su bolsillo y al ver quién lo enviaba notó cómo se le aceleraba el pulso.

No te vas a librar tan fácilmente de mí. No soy una piedra a la que alejar de una patada. Me necesitas. No eres nada sin mí. Si insistes en divorciarte, tu familia lo va a pagar muy caro. Sé cómo arruinarte la vida.

CAPÍTULO 5

—

COMO UNA OLLA A PRESIÓN

La estación de esquí de Santa Manuela había abierto sus puertas más de cuarenta años. Surgió como una desafiante fórmula económica con la que no todos comulgaron de entrada, pero sí de salida. Nadie protestó cuando aumentó la demanda de barras de pan o cuando se colgó el cartel de «No hay habitaciones» en la fonda.

El acceso a las pistas se construyó desde una de las eras que coronaban el pueblo. El telesilla se instaló a apenas doscientos metros de la primera casa. Los visitantes se rindieron ante la panorámica que se veía durante el ascenso a la cota 1200: un pintoresco pueblecito de edificios uniformados de pizarra en los tejados y piedra gris en los muros, que menguaba ante los ojos de los esquiadores a medida que ascendían. La estación de Santa Manuela estaba muy valorada por ofrecer recorridos entre pinos silvestres, hayedos y abetales, desde los que, a determinadas horas, podían escucharse incluso los cencerros de las vacas o las ovejas que pastaban en los ibones aledaños.

Pero había días en los que Florita era incapaz de poner en valor todo eso. Nunca le gustaron los miércoles. El fin de semana aún quedaba lejos, pero ya empezaba a acusar el cansancio de las largas jornadas de trabajo. Durante la temporada alta, la estación era un hervidero. Los profesores de esquí aseguraban que solo se veían bajando pistas. De nueve a cinco, los tornos de acceso no paraban, y cuando lo hacían, comenzaban los problemas de Florita. Ella se encargaba de autorizar las reparaciones y de buscar cómo pagarlas. El consorcio propietario de la estación no solía poner problemas, pero necesitaba encontrar razonable cada gasto. Y en ocasiones les crecían los enanos.

Aquella jornada prometía ser de aúpa. «Tengo seis carpetas esperando encima de la mesa», se lamentaba. Como cada día, Florita aparcó su Nissan Qashqai en la explanada de esquiadores y entró en el edificio de oficinas con más pena que gloria. «¡Me muero de sueño!», pensaba. La conversación con BRAN hasta pasada la medianoche había tenido bastante que ver con aquello. No obstante, le había dejado una sonrisa en los labios que permanecía intacta a aquellas horas. Hacía mucho que un hombre no la hacía sentir así.

En los últimos días, ambos se habían acercado. Mucho. Los lugares comunes habían ido dejando paso a la intimidad. Si primero fue BRAN el que aseguró que la echaba de menos, luego fue ella quien confesó que había soñado con él. Florita era sociable, aunque no se abría con tanta facilidad. La clave de todo era la confianza que le transmitía BRAN. La hacía sentirse bien. Y la noche anterior había sido mágica. No solo hablaron durante más de tres horas, sino que la conversación había tenido momentos muy especiales.

—Me gustaría decirte algo, pero no quiero que te moleste —comenzó él.

—Prueba.

—Si voy muy rápido, dímelo, ¿vale?

—Vale.

Florita ardía en deseos de saber qué quería decirle. Sospechaba que iba a gustarle.

—¿Sabes? Creo que tenemos algo único.

Ella pensaba lo mismo, pero saber que BRAN también lo sentía potenció el efecto del mensaje. Estaba hablando de un sentimiento entre ambos y, de una forma u otra, de una relación. Y Florita notó cómo se le disparaba la presión arterial.

—¿Por qué dices eso?

—Porque siento que contigo puedo ser yo mismo. A veces me parece que lo que hago durante el día solo tiene sentido cuando me siento aquí y te lo cuento.

«Lo mismo, lo mismo que me ocurre a mí». Florita apartó por un momento las manos del teclado. No sabía qué hacer. ¿Confesar? ¿Cambiar de tema? «Lo que sea, pero rápido para que no vea que estoy indecisa». Su cabeza le reclamaba sensatez, pero su corazón ya se había apoderado de sus dedos.

—Pues te parecerá extraño, pero a mí me pasa igual.

—¿En serio? ¡No sabes lo feliz que me haces!

La conversación se estaba desbocando. Ambos habían salido del burladero y escribían cada vez más rápido, de forma más visceral. Las palabras de uno proyectaban las del otro. Sin filtros.

—Creo que hay parejas que no tienen tanta confianza como nosotros.

—Será porque no sienten como sentimos tú y yo.

Horas después, seguía con la sonrisa en los labios. Se quitó el abrigo y los guantes, los colgó en el perchero y se sentó en su mesa. Tenía que ponerse urgentemente con el proyecto para actualizar los cañones de nieve, así que metió la cabeza entre los folios e intentó concentrarse. Su abstracción se rompió cuarenta minutos después. Celia, la directora de la estación, entró con un ramo de flores precioso de *liliums* blancos y *paniculata.*

—Florita... No te dije nada hace unos días cuando decidiste pintarte los ojos. Tampoco cuando empezaste a venir más arreglada, pero si te mandan cosas así al trabajo... ¡Quiero que me lo cuentes todo, por favor!

No daba crédito. ¿Flores para ella? ¿Hola? Sus amigas eran muy guapas. Llevaba años viéndolas recibir ramos como aquel. Florita se había sentido siempre el patito feo del grupo. A ella nunca le habían enviado uno. Le costaba imaginar que alguien se hubiera molestado en hacer algo así por ella.

—¿Eso es para mí? —preguntó temiéndose una respuesta dolorosa.

—Me gustaría decirte que no por pura envidia, pero en la tarjeta pone tu nombre —dijo Celia sonriendo mientras miraba el sobrecito que acompañaba al ramo.

«¡Y encima con tarjeta! ¿Pondrá algo bonito?».

—¡Vamos! Ábrelo y dime de quién es —exhortó Celia moviendo nerviosa los brazos.

La muchacha se levantó rauda a recoger el ramo. Metió la cabeza entre las flores para respirar su aroma. Mmm. Le encantaba. Con más emoción de la que recordaba haber sentido en años, despegó el sobrecito del papel que envolvía el ramo.

—¿Me lo aguantas, por favor, Celia?

—¡Por supuesto! Voy a por algo que se parezca a un jarrón —dijo casi tan nerviosa como la interesada, al tiempo que desaparecía por la puerta.

El corazón le latía a mil por hora cuando sacó la tarjeta.

«¡Buenos días, mi niña! Gracias por la conversación de anoche. Cuento las horas para hablar contigo esta tarde. Eres maravillosa. BRAN».

¿Podía estar pasándole algo tan bonito a ella? Seguro que había trampa, pero... ¿Cuál? ¿Sería feo? No le importaba: ella se había enamorado de su humor, de su dulzura, de la forma en que la trataba. ¿Era una broma? Esa posibilidad le daba más miedo. Pero, al fin y al cabo, ¿por qué iba alguien a querer reírse de ella? No tenía enemigos y no le había hecho daño a nadie.

—Mira, esta garrafa cortada nos puede hacer el papel —comentó Celia mientras colocaba el ramo con su flamante jarrón improvisado sobre la mesa de Florita—. Ahora en serio. ¿De quién se trata? ¿Se puede contar? —inquirió Celia subrayando sus palabras con incesantes movimientos de barbilla.

Celia era una buena persona, una jefa excelente. Por otro lado, Lola estaba muy liada con su boda y no podían quedar tanto como antes. ¿Qué había de malo en que le mostrara la tarjeta?

—¿Nos tomamos un café?

Dicho y hecho. Eligieron dos cápsulas, las metieron en la cafetera y Florita le contó brevemente quién había enviado las flores.

—¡Qué callado te lo tenías! ¿Y lleváis mucho tiempo hablando?

—Bueno, algo menos de un mes.

—Pues debe de ser de la zona si está en el chat del valle.

—Sí, pero no logro imaginar de quién se trata. Ni una pista, chica.

—¿No te ha dicho nada sobre él?

—A ver, sé sus gustos, sus aficiones. Físicamente, ni idea.

—¿A qué se dedica?

—Tampoco lo sé. Digamos que es un chico... misterioso.

—Suena interesante. ¡Tendremos que estar atentas!

Las dos rieron con ganas. Celia era prima de Cosme y conocía de primera mano la decepción de Florita cuando su novio rompió con ella, por lo que deseaba que aquella incipiente ilusión tuviera un final feliz. «¡Con lo buena que es...!».

—Tú, sobre todo, no te cortes. Vive lo que tengas que vivir. Sin miedos.

—A veces es inevitable recordar malos momentos, pero bueno... Tampoco sería justo hacerle pagar a este los platos rotos de Cosme.

Entre los *hits* de su ex estaba aquel día esquiando en el que «se había *perdido* durante un descenso y apareció en la cafetería con una cordobesa guapísima. O aquel otro en el que se encontraron paseando con un amigo y le costó poner un adjetivo a su relación. El final se acercaba y se notaba.

«Serán dieciséis niños, pero cunden como treinta», suspiró Lola mientras veía a sus alumnos salir en tromba al recreo. La cantidad de trabajo podía llegar a ser abrumadora. No en vano, la escuelita de Santa Manuela era el vivo ejemplo de cómo la despoblación había endurecido las condiciones de los maestros rurales aragoneses.

Lola había tenido que idear una metodología alternativa para sus chicos. Lo que era válido en el entorno urbano poco tenía que ver con las necesidades de las aulas rurales. Eso la había hecho crecer como docente y disfrutar con las aventuras que le traía cada jornada lectiva. En un contexto de escuelas que abrían con tres alumnos o que se cerraban por falta de niños, ella se consideraba una privilegiada por poder ejercer en su pueblo. No obstante, era agotador. Aunque por el cole pasaban profesores como el de inglés, que iba dos veces por semana, la mayor parte del trabajo lo hacían ella y su compañera, Carolina.

Pero a Lola el esfuerzo le merecía la pena. Era una firme defensora de la enseñanza circular, esa que fuera de las capitales reúne en la misma aula a alumnos de diferentes edades. Este modelo permitía a los alumnos mayores repasar contenidos de cursos anteriores mientras ella se los explicaba a los pequeños. Ella misma había estudiado así.

El cole de Santa Manuela formaba parte de un Colegio Rural Agrupado: un CRA. Compartía material y medios con otras escuelas de la zona y varias veces por semana le daba una tregua en forma de profesores compartidos, como el de inglés o el de Educación Física. Ese no era el día. Le tocaba a ella impartir todas las clases.

Los niños no se lo estaban poniendo fácil. Dos de sus alumnos se habían enzarzado en una monumental pelea a primera hora y el mal rollo se había instalado en el aula toda la mañana. Casi respiró al verlos salir al recreo. «Hay que arreglar esas canastas», se dijo mientras miraba cómo su compañera Carolina jugaba con los chavales. «Bien, un ratito para mí sola», pensó. Se sentó en la mesa y aprovechó para hacer algunas gestiones. La primera, llamar a Lucho.

—¿A qué hora quieres pasar a por los papeles?

—Los niños salen a las doce y media. ¿Te va bien entonces?

—¡Por supuesto! Tendré todo listo, no te preocupes.

La maestra colgó y abrió el portátil. Tenía que ponerse con lo de la carpa y el catering. Le hacía ilusión, pero tuvo que reconocerse que pensaba que preparar una boda era algo más espiritual y menos burocrático. Poco después, la campana que marcaba el final del recreo sonó, obligando a la feliz muchacha a cerrar rápido el correo. El resto de la mañana transcurrió muy despacio, pero el final de las clases también terminó por llegar. Lola aprovechó su rato de descanso para ir a por los documentos. Decidió no ir a comer a casa y regresar al colegio, donde tomó un bocadillo mientras esperaba a sus alumnos y estudiaba el contenido de la carpeta. Le encantaba asistir a la puesta en marcha del proceso. Le parecía emocionante ver su certificado de nacimiento y el de Lucas juntos en aquella carpeta. «Dios mío, vamos a hacerlo. Es real. ¡Vamos a casarnos!».

Lucas no tenía tiempo para ensoñaciones. También él comió en la consulta. Quería aprovechar para adelantar trabajo. Los veterinarios de la comarca aunaban dos líneas de trabajo. Por un lado, atendían a las mascotas en la clínica. Por otro, visitaban al ganado de las explotaciones de la zona, en su mayoría, vacas. No eran muchos los que se dedicaban a eso, así que cada uno tenía que cubrir varias localidades, además de derivar los análisis a un laboratorio. Encargarse ellos mismos de las analíticas era complicado. «Y a ver quién me cubre durante la luna de miel». Esa era otra. Estaba de guardia veinticuatro horas, con lo que, si se ausentaba del valle, debía contar con otro compañero que diera cobertura a los animales de su zona. Cuando le tocaba devolver el favor, solo regresaba a casa para dormir.

Esa tarde era, en cambio, tranquila. Aun así, la visita al

despacho de don Blas le iba a hacer bajar la persiana un par de horas antes de la cuenta. Además, quería estar solo. El mensaje de Ruth lo había preocupado. Su forma de hablar, el modo de elegir palabras que sabía que iban a reventarle el pecho, la soberbia. La amenaza. Porque eso es lo que era: una amenaza en toda regla. No comprendía qué interés podía tener en hacerle daño siete años después, pero lo cierto era que nunca había entendido la mayor parte de lo que hacía.

Le dolía tener que molestar a David, pero no veía otra opción. Le envió un mensaje contándole lo ocurrido y preguntándole si había conseguido hablar con ella. La respuesta no se hizo esperar.

No ha habido manera.
Haz lo que tengas que hacer.

«Lo que me faltaba». Aquello fue un mazazo para Lucas. Sabía que el tema estaba complicado, pero confiaba en que David encontrara la forma de hacer entrar en razón a su hermana. Si él había tirado la toalla, poco más podía hacerse por las buenas.

No era ningún iluso. En realidad, ya sabía cómo iba a terminar aquello, así que unos días atrás le había pedido a uno de sus clientes el teléfono de su hermano. Era abogado. Llevaba divorcios. Iniciaría el contencioso y que pasara lo que tenía que pasar. Desanimado, buscó el teléfono en la agenda y marcó.

Un rato después, se encontró con Lola en la puerta de la iglesia. Ella nunca hubiera podido imaginar que a su novio se le acelerara el pulso con solo ver la carpeta que inocentemente ella balanceaba adelante y atrás. Entre otras cosas, porque estaba embobada viendo cómo se acercaba. «Es tan guapo...». Lucas sonrió al verla y ella sintió un orgullo de enamorada que le reventaba el pecho. Tanto que corrió a besarlo mientras le agarraba la cara con fuerza. Lucas le correspondió entre risas. Le gustaba verla tan efusiva. Ella lo miraba con admiración. «Voy a casarme con el mejor. Sin duda».

—¿Pasamos ya? —dijo él.

—Sí, venga.

La iglesia de Santa Manuela era la típica construcción del románico religioso que salpica el Pirineo. Sus anchos muros de piedra hablaban de episodios milenarios y de resistencia al frío. Cuando cruzaron el umbral los recibió el más absoluto vacío.

—¡Don Blas! —llamó Lola.

—¡Estoy aquí! ¡Pasad! —se escuchó desde el interior de la sacristía.

La pareja avanzó por el pasillo central de la nave, dejando en los laterales capillas sin más decoración que unos espectaculares frescos policromados. Muchos valinos pensaban que no hacía falta más, que así ya salían bastante bien las fotos de los bautizos.

De forma instintiva, la maestra cogió la mano de Lucas y ralentizó el paso. De pronto, se vio desfilando hacia el altar cogida del brazo de su padre, con todas las caras giradas hacia ella y Lucas esperando al fondo. Curiosamente, no vio ninguna madrina en el altar. No se llevaba mal con Presen, pero tampoco tenían una afinidad especial. Simplemente, no formaba parte de su sueño.

La chica estaba viviendo un momento muy emotivo y sintió la necesidad de compartirlo con Lucas.

—¡Mira, como el día de la boda! ¡Caminando por el pasillo! —dijo ella entusiasmada cogiéndose a su brazo cariñosa mientras él asentía con sonrisa forzada.

«Si llega a haber boda», pensó Lucas.

Los novios encontraron a don Blas sentado en su escritorio echando un ojo a la agenda parroquial. Los saludó efusivamente, haciendo gala de su cercanía. El anciano párroco había preparado café de puchero y les sirvió una taza a cada uno.

—Leche no sabía si queríais.

—No se preocupe, solo está bien —se apresuró a decir Lola, que solía tomar leche manchada.

Le daba pena darle tanto trabajo, así que solucionó el contratiempo añadiendo cinco cucharadas de azúcar al café, ante la mirada de sorpresa del sacerdote.

—¿No será mucho dulce, maja?

—Tranquilo, que a mí me gusta así.

—Mira que luego eso se queda en la cintura y no te entra el vestido de novia... —comentó guiñándole un ojo—. En fin, que vosotros diréis qué fecha os apetece.

Don Blas miraba con ternura a Lucas. No había estado casado, pero atendiendo confesionarios había aprendido mucho de la condición humana y entendía que abordar el tema del divorcio los tres juntos podía ser una buena idea. «Vamos, Lucas, díselo. Yo te ayudo. Para eso estoy». Lucas recibió el mensaje de la mirada del párroco, pero no la fuerza. «No puedo, no quiero que lo pase mal por mi culpa. Si puedo ahorrarle este trago, mejor». Al final, fue Lola quien dejó de mirar la agenda del móvil y tomó la palabra.

—Pues estaría bien a finales de junio. Así nos vamos de luna de miel cuando acabe el curso y no sobrecargo a Carol en la escuela.

—¿No os ponen sustituto? —preguntó don Blas.

—Sí, pero hacer venir a alguien para un par de semanas es una faena. A mí me tocó una vez y, aunque agradecí el dinero, fue un jardín.

«Menos mal que se mueve a largo plazo —pensó Lucas—. Estamos a finales de marzo; eso me da tres meses de margen —calculaba—. Ruth no lo pondrá fácil, pero... ¿quién sabe? Lo mismo hasta me da tiempo».

—El curso termina el 21 de junio, martes. Si fijamos la fecha para el sábado 25, tendría tres días para ultimar detalles.

—¿Ya estarías de fiesta, maja?

—No, pero podría arreglarlo. ¿Qué te parece, Lucas?

—Por mí, bien. Claro.

—Pues no se hable más. Os apunto el sábado 25.

A don Blas le costó una vida entera apuntar en la agenda, con letra de párvulo aplicado, *boda de Lola y Lucas.* Estaba poniendo el alma en un detalle tan nimio. No solo iba con cuidado, sino que tenía media lengua asomando entre los dientes. Cuando por fin terminó, llegó la siguiente pregunta:

—¿De mañana o de tarde?

—¿A usted cómo le va mejor, padre? —preguntó Lola—. ¿Tiene muchas misas los sábados?

La pregunta no era gratuita. Eran pocos los sacerdotes que se repartían la atención espiritual del valle, por lo que no era extraño que en algunas localidades la misa del domingo se celebrara el sábado.

—Tranquila, que yo me apaño. ¿Cuándo te apetece?

—Pues siempre me han gustado las bodas de mañana, padre. Tengo que reconocer que desde niña he soñado con bajar la calle hasta la iglesia del brazo de mi padre mientras brilla el sol sobre las montañas. ¿Podría ser de mañana?

—¡Puede ser cuando tú quieras!

—¿Hacia las doce, por ejemplo?

—A las doce. ¡Hala! ¡Te lo apunto!

Lucas estaba participando lo justo. No le llegaba la camisa al cuello.

—¿Me dais los papeles, por favor?

—Sí —respondió Lola solícita mientras le alargaba la carpeta.

Don Blas sacó la documentación. Por un lado, la de Lola. Todo correcto. Por otro, el folio de Lucas. Durante un momento, el veterinario tuvo miedo. «Espero que Lucho lo haya hecho bien». Cuando el párroco colocó el papel sobre la mesa, Lucas buscó con la mirada la entrada correspondiente al estado civil. Le costó un par de segundos dar con la línea. Dos segundos en los que el estómago se le redujo a la cuarta parte. Entonces lo vio: *Soltero,* en letras bien grandes para él, de igual tamaño que el resto del escrito para otros ojos. Lola no se dio cuenta de nada. Él respiró un poco. Tampoco mucho.

—Me hacéis muy feliz con vuestra decisión, chicos. Os he visto crecer a los dos y me gusta que os hayáis decidido a formar una familia.

—Gracias, padre —contestó Lola emocionada—. Siempre he querido que me casara usted.

—Sí, sí —acertó a decir Lucas un poco nervioso.

«Menos literatura, por favor. Acabe cuanto antes».

Los dos hombres se miraron con tensión. El novio sabía que don Blas no iba a vender su cuello tan barato. Y no se equivocó.

—A mí es que me encantan las historias de amor SINCERO —recalcó con sorna el párroco—. De CONFIANZA absoluta, ¿verdad?

«No va a parar hasta que Lola se entere —pensó Lucas un treinta por ciento más angustiado que un minuto atrás—. A ver por dónde sale. Miedo me da». Pero ella asentía feliz, sin ver más allá que cariño correspondido en las palabras del sonriente sacerdote. Y aún quedaba la estocada final.

—Bien, ¿os queréis decir algo, chicos? ¿Algo que no os hayáis dicho hasta ahora?

«Lo mato», pensó Lucas mientras notaba cómo se le iban abriendo todos los poros de su piel. Lola lo miró risueña encogiéndose de hombros. No se dio cuenta de que su novio estaba empezando a sudar. Don Blas sonreía con los labios a Lola, pero golpeaba con la mirada al novio.

El veterinario vio la luz cuando consiguió cruzar el umbral de la iglesia. El fresco del exterior le vino bien. Se había agobiado dentro. Por el contrario, Lola estaba exultante.

—Yo creo que es una fecha estupenda. Nunca se puede asegurar nada, pero hay muchas posibilidades de tener buen tiempo y de que no haga mucho calor. Y casándonos a las doce, aprovechamos el día, pero no hay que madrugar. Qué bien todo, ¿no?

—Sí, qué bien todo —repitió como si fuera una jaculatoria.

Aquella tarde, la pareja se reunió con los demás amigos para tomar unas cervezas en el bar de Marisa. Pese a vivir en el mismo pueblo, no se veían a diario. En ocasiones podían pasar días sin saber los unos de los otros. La rutina de cada uno los mantenía ocupados, por lo que celebraban mucho los momentos como aquel. Lucas tenía la cabeza como un bombo, así que aprovechó aquel ratito con los demás para despejarse un poco. A Lola le quemaba la noticia en los labios.

—Chicos, tenemos fecha: ¡25 de junio, a las doce!

El grupo recibió la noticia con una ovación, la misma que le hubieran brindado a cualquier otra fecha.

—Bueno, así podré comprarme un vestido de verano. Si os casarais en mayo, lo mismo íbamos con botas de agua que con bufanda o pantalón corto —observó Raquel.

—Sí. En esa fecha ya tendría que hacer calor —dijo Lola.

Lucho intentó jugar el papel de abogado del diablo. El plazo no era gran cosa para un divorcio contencioso. Miró a Lucas con intención.

—Igual mucho calor. ¿No sería mejor en septiembre? Creo que tendríais asegurada mejor temperatura, no tan extrema.

Lola valoró la idea. Su amigo no dejaba de tener razón.

—Puede ser, pero es que no me apetece esperar.

Argumento imbatible. Lucas agradeció el capote que le estaba echando su amigo, pero no dijo nada. La conversación viró pronto hacia otros menesteres y, poco después, Raquel se levantó a pedir otra cerveza.

—¿Habéis avisado a Sofi, Alicia y Fran? Tendrán que comprar los billetes —preguntó Florita.

—Sí, la fecha está muy próxima a la temporada alta y pueden tener problemas —puntualizó Lucho.

Los novios se miraron. Sus amigos tenían razón.

—¿Lo pones tú en el grupo, Lola?

—Vale.

Mientras ella tecleaba en su teléfono, Raquel miraba a Lucho desde la barra. Como tantas veces, Florita se dio cuenta y se acercó.

—Tranquila, ya te acostarás con él. Todo llega.

Su naturaleza desinhibida les resultaba chocante a sus dos amigas. A ellas les parecía un tanto extraño que admitiera sin pestañear que lo único que le apetecía de algunos hombres era un revolcón. Alicia y Sofi eran más de su cuerda, pero vivían lejos.

—Mi amor, esto no va solo de sexo. Ojalá. Así podría haber pasado página hace mucho.

Flo le dio un beso y regresó a su sitio sin tener claro lo que su amiga quería de Lucho. No era de extrañar. Así como podía explicar sin problemas sus andanzas sexuales, le costaba hablar de sentimientos. Por eso, ninguno de los que estaba sentado a la mesa podía suponer que Raquel se había imaginado mil veces llegando de la mano de Lucho a reuniones como aquella. Abriendo los ojos por la mañana junto a su rostro. Acariciándole el pelo en las tardes de sofá y mantita. Lo normal para alguien que estaba enamorado.

Raquel fingió mirar algo en el móvil y le hizo una foto con discreción. Lo había hecho otras veces. «¡Qué guapo está!». Le gustaban sus ojos rasgados, su expresión curtida; e incluso le resultaba *con rollo* la barbita que crecía a su antojo sobre la piel de su rostro. «Podríamos ser tan felices, Lucho...». Pero no podía ser. Lucho se lo había dicho con todas las letras tiempo atrás. Él era un espíritu libre. Quería experimentar, hacer lo que le naciera, romper los límites. No estaba hecho para una relación de pareja. Ni siquiera con una de sus mejores amigas.

Fran Samitier tenía dos costumbres antes de lanzarse a la mañana de Londres: poner en marcha la cafetera antes de meterse en la ducha y consultar la información meteorológica. La de Valencia. El primero era un placer confesable. El segundo, privado. Mucho.

El chico tenía la página de la AEMET guardada entre sus favoritas. Cada día, la abría y a partir de ahí ponía en marcha su imaginación. Si hacía viento, sabía que Alicia se recogería el pelo. Le hacía gracia recordar cuánto la enfadaba tener que andar retirándose la melena de la cara. Si llovía, pasaría toda la mañana pulverizando sobre su pelo el espray *antifrizz*. Era una prolongación de su mano. En cambio, si la jornada se presentaba soleada, los rayos de sol reflejarían la belleza de su cabello castaño. Ella pasearía imponente por los juzgados ante la admiración de unos ojos que no serían los suyos. Por eso, los días que en Valencia lucía el sol la echaba un poco más de menos.

Aquel día era de los lluviosos, así que Fran tomó un trago de café, cerró los ojos y se la imaginó con el chubasquero, como cuando, muchos años atrás, fueron a ver la carrera de los novios a Sallent de Gállego. Una competición de montaña en la que se recreaba el recorrido tradicional que hacían los enamorados de un lado u otro de la frontera para ver a sus parejas. «Yo también hubiera cruzado montañas para verte, Alicia». Sin embargo, AQUELLO se levantaba entre los dos sin que pareciera dejar margen para arreglar las cosas.

En ese momento, sonó el teléfono. Era Lucas.

—¿Cómo estás, pirata?

—Bien, ya en la consulta. ¿Y tú?

—Desayunando. Ahora me iré a la oficina.

—Que te llamo porque me dijiste que te avisara cuando tuviéramos la fecha, por los billetes.

—¡Ah, sí! Dime.

—25 de junio. ¿Cómo te va?

—Bien, intentaré llegar un poco antes y así me quedo unos días con vosotros.

—Estupendo.

—Si necesitáis ayuda con algo, me dices. O si Lola se vuelve loca y quiere algún accesorio británico para la boda, sin problema. Me lo pides y os lo llevo.

—Se lo diré. No descartes esa opción. Ya la conoces.

—¡Por eso lo digo!

Ambos rieron de buena gana.

—¿Sabes? Me alegro mucho de que vayas a casarte con Lola.

—¡Vaya! Fran Samitier tiene sentimientos.

—Oye, que lo digo en serio.

—Ya, ya lo sé. Y a mí me hace mucha ilusión que vengas. Agradezco el esfuerzo que vais a hacer los que estáis fuera para poder estar ese día con nosotros.

—Es muy emocionante, de verdad, Lucas. ¿O te llamo Luc, como hace Lola?

—¡Ni se te ocurra!

Fran miró el reloj. Se le echaba el tiempo encima. Lucas era una de las personas a las que más quería en el mundo y el hecho de vivir fuera hacía que Fran valorara cada minuto que compartía con él, aunque fuera vía telefónica. Por eso le fastidiaba tener que colgar. No obstante, aunque tuviera poco tiempo, había una pregunta que quería hacerle. No le importaba quedar en evidencia. Con Lucas tenía confianza.

—¿Sabes algo de Alicia?

CAPÍTULO 6

GIRLS JUST WANNA HAVE FUN

Guardaba tres juegos de té en la caja fuerte del banco, pero ella prefería desayunar en la taza que vendió la comisión para las fiestas del pueblo. Su clase no necesitaba aderezos. Había cumplido los setenta, pero conservaba una media melenita Wob que la hacía parecer más joven. Sus largas caminatas por los alrededores de Santa Manuela también ayudaban.

A Hortensia casi nadie la llamaba por su nombre. Llevaba casi cincuenta años siendo la Marquesa, pero eso no siempre había sido así. Ella había nacido en el pueblo durante la posguerra, en el seno de una familia muy humilde. Muchas veces se había preguntado qué pensarían sus padres si la hubieran llegado a ver disfrutar de aquel nivel económico. «Qué injusto no haber podido compartir con ellos todo esto».

Hortensia vivía sola en una casa señorial situada en una de las calles más céntricas del pueblo. Un edificio construido en piedra, perfectamente integrado entre los dos bloques que lo escoltaban a izquierda y derecha. En su fachada había un escudo que nadie sabía a ciencia cierta qué simbolizaba. «¡Con lo que nos cobró el experto en heráldica!», se lamentaba. Hasta donde había podido saber, la casa la levantó un terrateniente a finales del siglo XIX que murió sin herederos. El Ayuntamiento la había cedido entonces al contribucionero, el cobrador de impuestos, que estaba designado en el valle. Tras la guerra y con el incremento del uso del automóvil, el cobro se centralizó en Jaca, así que la vivienda quedó vacía hasta que el alcalde se la vendió en los años cincuenta a una familia con posibles oriunda del sur de España, los Márquez.

Mientras la fiel Beatriz limpiaba la casa, la marquesa solía pasar las mañanas paseando por los caminos forestales que rodeaban el pueblo. Las tardes las dedicaba a la lectura y a uno de sus deportes favoritos: mirar por la ventana. Hortensia se sentaba en su sillón frente a las hojas del balcón. Por lo general, solían estar cerradas, aunque en verano era frecuente adivinarla tras las cortinas. Era una forma de mantener la distancia entre ella y el mundo.

Desde aquel lugar había conseguido ver crecer a Miguel, el padre de Lucas. De la boda de su hijo, en cambio, se enteró en la calle una mañana que volvía de caminar con los bastones de paseo en la mano. «Lo feliz que hubieras sido con esto, Fidel».

Ruth Bas avanzaba por el pasillo de la azotea del mercado de San Antón, que se había convertido en una de las terrazas de moda de Madrid. Estaba sola. No necesitaba a nadie. Pidió una Ampersand y una bandeja de ibéricos. Y cerró los ojos.

Por un momento, regresó a los tiempos de la facultad, a las tardes con Lucas. «Pobre diablo». Un mísero roedor había osado morder al dragón. «No sabes hasta qué punto te has equivocado, tío».

La arquitecta sacó una carpeta del bolso. Se la había entregado el detective. 4200 euros muy bien invertidos. En apenas unos días, había recopilado para ella multitud de información sobre la nueva vida de Lucas. La chica que la miraba desde la foto era Lola. «Desde luego, ha bajado el listón». Leyó el informe que acompañaba las instantáneas mientras le servían su comanda. «Profesora, ya ves tú». Despidió al camarero y cogió el móvil. Fotografió la imagen de la chica y abrió el WhatsApp. Buscó el teléfono de Lucas. Envió la foto y añadió un mensaje:

Sé dónde vive. Y cómo hacerle daño.

Lola ni se imaginaba la amenaza que se cernía sobre ella. En aquel momento nada importaba más que poder sentarse con su mejor amiga y desconectar un rato de todo. Se notó en su saludo.

—¡Me parece que hace un siglo que no te veo!

Lola le dio un sentido abrazo a Florita cuando la vio entrar por la puerta del bar. Después de varios días en los que la rutina y los quehaceres les habían impedido verse, las dos amigas, por fin, encontraban un hueco para tomar un café.

—Te veo cansada, chiqui —dijo Florita.

—Y lo estoy. Mucho trabajo estos días. Las bodas son agotadoras.

—¡Qué ganas tengo de que llegue el día! Me apetece mucho verte vestida de novia —dijo Florita mientras daba palmaditas con las manos.

—Bueno, esa es otra. Ya me dirás qué día te va bien y nos vamos con mi madre a probar vestidos. ¡Se me está echando el tiempo encima! Si quieres, dile a la tuya que venga. Lo pasaremos bien.

—¡Sííí! ¡Con lo que te quiere! Pues no sé... ¿El sábado que viene?

—¡Venga! Llamo a un par de tiendas para pedir cita y vamos.

—¡Y ya de paso comemos por ahí!

—¡Eso! Bueno, y no te imaginas la carpa tan bonita que he contratado para el banquete. Tienen una decoración que te mueres. A mí me encanta. Es que si la ponemos en la huerta Nicanué cae al lado de la iglesia y tiene las montañas de fondo.

—¡Una carpa! ¡Me encanta la idea! Fuera será muy común, pero aquí no lo ha hecho nadie. ¡Triunfada segura!

—¿Tú crees que el alcalde me pondrá problemas con la huerta? Como es propiedad del Ayuntamiento...

—¿Isaías? ¡Qué va!

El tema de la carpa se había agotado, pero Florita estaba impaciente por enseñarle algo. Giró el móvil hacia Lola y le mostró la foto del ramo de flores que BRAN le había enviado a la oficina.

—¿Y esta maravilla? —preguntó Lola con los ojos tan abiertos como la boca.

Florita se sonrojó. Le daba vergüenza decirle que se había ilusionado con un chico al que había conocido por internet, pero, bueno, después de contárselo a Celia se sentía más segura. Lola se alegró mucho.

—¡Pero eso es fantástico! ¿Y ya habéis quedado?

—No, la verdad es que me da un poco de apuro. Ahora mismo estoy muy feliz y no quiero llevarme otra decepción.

—¿Por qué? Parece un tío muy detallista.

Florita le expuso sus temores.

—¿Y si es una broma, Lolita? ¿Y si alguien se está burlando de mí?

—Pues le va a salir cara la historia con flores así —bromeó Lola.

—¡No te rías!

—Pero, mujer, ¿quién va a querer burlarse de ti si eres un trozo de pan? ¿Y para qué?

—No sé, parece todo tan bonito que da miedo. Me siento vulnerable.

—Es que el amor te vuelve vulnerable, Flora.

Vaya si lo sabía. Florita no había olvidado su relación con Cosme, el primo suizo de Celia y de Lola. El chico había venido a Zaragoza a estudiar Ingeniería y compartía piso con Fran. En los primeros tiempos, su casa vio entrar y salir a un montón de chicas. Estudiaban, pero también sabían divertirse. Cosme era un tipo resultón, con un rollito canalla que tenía mucho éxito entre sus compañeras. Estudiar cerca del pueblo también hizo que lo visitara más. Así, durante los puentes y las festividades escolares acompañaba a Fran a su casa. No le daba tiempo a regresar a Suiza, pero tampoco lo echaba de menos. Así tenía la oportunidad de pasar más tiempo con sus amigos de Santa Manuela. Los que él consideraba sus amigos de verdad.

No era fea, y aunque tenía mucho estilo combinando prendas, Florita nunca había tenido un alto concepto de sí misma. Más bien al contrario. No estaba ciega y veía que sus amigos eran guapos, pero nunca se planteó nada con ellos. No eran una opción. Consideraba que se escapaban de sus posibilidades, que ninguno vería en ella algo más que una amiga. Aceptaba y asumía lo que ella creía la realidad.

Cuando andaban con la carrera a cuestas, los chicos organizaron una comida en el bar de Santa Manuela. Poco más que unas cuantas raciones y mucho vino, pero a ellos les hacía ilusión. Era de ese tipo de cosas que hacían los mayores y que ellos llevaban años queriendo hacer. La comida fue divertida, sobre todo a medida que el alcohol fue haciendo efecto. A las cinco de la tarde, Florita estaba francamente borracha.

—Hay que llevarla a casa —acertó a decir Lola.

—Sí, pero estos están parecido —balbuceó Sofía.

—Bueno, la acerco yo. Quiero pasar por casa a ponerme otra camiseta. Fran me ha tirado el vino por encima —se ofreció Cosme mientras se ponía el abrigo.

Él también andaba algo tocado, pero al menos era capaz de mantenerse en pie y actuar con coherencia. Ya era más de lo que podía hacer el resto.

—Flori, nos vamos —informó a su amiga.

—¿Cómo que nos vamos? —se quejó la chica.

—Te acompaño a casa, no estás bien.

—Yo no me muevo de aquí.

—Veeenga...

Con gran esfuerzo, consiguió tirar del brazo de Florita y ponerla en pie. Salieron a trompicones del bar y a duras penas cruzaron la plaza. En el callejón de las eras, la chica se soltó. Él trató de volver a sujetarla y, tras el forcejeo, se quedaron muy cerca el uno del otro. Florita lo miró con ojos de mujer en lugar de con prejuicios de amiga. Y el alcohol le soltó la lengua.

—¿Sabes que eres muy guapo, Cosme?

El chico sonrió al ver desatada a la prudente Florita. «Madre mía, cómo debe de estar para decir algo así».

—Venga, tira, borracha —acertó a soltar tan sonrojado como divertido por la situación.

—Que sí, que lo digo en serio. Que no te está hablando la botella de Enate que llevo puesta.

—No, claro —dijo con ironía—. ¡Vamos!

—Que no me voy.

—Que vengas, ¡va!

—Que no me voy hasta que te bese.

—¿Qué dices?

—Esto.

Y pillándolo totalmente por sorpresa, cogió su cara con ambas manos y lo besó. Cosme estuvo a punto de apartarla y hacerla razonar... Pero el caso fue que le encantó aquel beso. Que se sintió muy a gusto con ella. Le gustó abrazarla, mirarla con una complicidad que no había tenido con nadie. La textura de sus labios. Entregado a aquella inesperada situación, el chico miró a un lado y a otro y tiró de ella.

—Vamos a mi casa.

Sus padres habían ido a pasar la Navidad al pueblo, pero en ese momento estaban tomando café con unos amigos. «No vendrán hasta tarde».

Les costó varios intentos subir las escaleras, pero consiguieron llegar a su habitación. Cosme nunca imaginó que bajo aquella fachada tímida se escondiera tanta pasión. Florita prácticamente le arrancó la ropa y él le correspondió. Tal y como veía a su amiga, no estaba para perder el tiempo. Cuando quiso darse cuenta, la chica estaba sobre él. Le encantaba verla llevar las riendas. Su iniciativa lo estaba volviendo loco. Él se dejó hacer. Siguió el ritmo que ella marcaba con sus caderas y elevó sus manos para acompañar el movimiento de unos pechos que las desbordaban. Nunca había sentido aquella ansiedad de intentar abarcar lo inabarcable, pero pronto notó cómo esta se trasladaba a su miembro y a la garganta de Florita, que comenzó a jadear incontrolable. Solo quería que no parara. Deseaba que se clavara un poco más. Y entonces se dejó ir. Durante aquellos segundos no supo cómo iba a hacerlo, pero sí que no iba a separarse de ella.

La chica volvió a su casa bastante tarde y bastante resacosa. Lo suficiente como para irse directa a la cama. A la mañana siguiente, mientras comenzaba la resaca, Florita recordó todo lo que había pasado la tarde anterior en casa de Cosme. «¡Menuda cagada! Esto se hace con desconocidos, no con amigos. A ver cómo lo miro a la cara ahora». Entonces le pareció escuchar su voz en el piso de abajo. «Se me está yendo la olla». Despacio, se levantó a por un paracetamol. Se quedó petrificada en el pasillo. Cosme estaba sentado en la cocina hablando tranquilamente con sus padres sobre Suiza. Y entonces la vieron. Su padre sonreía.

—Flori, cariño, ¿por qué no habías dicho que tenías novio?

—¿Nos dais un momento, por favor? —dijo ella muy seria.

La chica se llevó a Cosme a su habitación para hablar tranquilos.

—¿Cómo que tengo novio? A lo mejor yo tengo algo que decir.

Cosme se esperaba aquella reacción. Por eso lo había hecho.

—Si te pregunto, me vas a decir que no. Te conozco. Sé

que te estarás comiendo la cabeza, que pensarás que lo de ayer fue un error, pero no es así. Fue maravilloso. Y a mí me gustaría saber hasta dónde llega.

—Cosme, tú y yo somos de especies distintas.

—¿Por qué?

—Porque tú eres un guaperas canallita con mil tías a tus pies y yo tengo sobrepeso. Y lo voy a seguir teniendo. No voy a matarme de hambre solo para que me mires.

—¡Ni yo te lo voy a pedir! A mí me gusta cómo eres. Es cierto que no te imaginaba como pareja, no lo niego, pero cuando ayer me besaste cambió todo.

Florita lo escuchaba sin pestañear. ¿Cómo podía ser que un tío tan atractivo estuviera hablando así de ella? ¿Dónde estaba la pega? Aquello debía tener letra pequeña. Cosme seguía:

—Lo de ayer me encantó. Hacía mucho que no sentía algo así.

Ni en un millón de años hubiera imaginado a Cosme diciéndole a ella algo así. No sabía si estaba siendo inteligente al mostrarse reticente o torpe al arriesgarse a perderlo. Llegados a aquel punto, tenía que ser sincera.

—No sé, Cosme... Yo no veo a una chica como yo a tu lado.

Cosme avanzó hacia ella y cogió sus manos entre las suyas.

—Deja de decir «una chica como yo» y «un chico como tú». Somos dos personas que se atraen y que, si no me equivoco, quieren estar juntas.

Florita claudicó y asintió. Sí, le gustaba. Sí, quería estar con él. Posiblemente el vino le había hecho abrir los ojos.

—Pues entonces permítete vivir. No te limites.

Es de justicia decir que al resto del grupo le costó entender que Cosme hubiera perdido la cabeza por ella.

—¿Tú sabías que a Flori le gustaba Cosme? —preguntó Sofía a Raquel con extrañeza.

—No.

—Es que pensaba que a lo mejor te había dicho algo en el bus a Huesca.

—Para nada.

Fran también se sorprendió con la elección de su amigo. Se le daban bien las faldas. Demasiado bien, incluso. Las chicas que había llevado al piso no tenían nada que ver con Florita.

—Cosme, ¿tú esto lo tienes claro? —le preguntó una noche mientras veían un partido de fútbol en la tele.

—Del todo.

Fran no sabía cómo sacar el tema.

—Me ha sorprendido verte con una chica de este perfil.

—¿De qué perfil? ¿Gordita?

—Bueno, no quería decirlo así.

—Pues dilo. A mí me encanta cómo es.

—Entiéndeme, yo quiero mucho a Flori, es como una hermana, pero no os imaginaba juntos.

—Pues ya no nos tienes que imaginar porque nos vas a ver.

Le sorprendió su rotundidad. En el fondo, esperaba que aquello fuera algo pasajero. Y entonces Fran se puso serio.

—Oye, cuídala.

—¿Por qué dices eso?

—Pues porque cambias de chica como de camisa. No vemos cómo puede cuadrarte una relación en tu vida de *fucker*.

—*¿Vemos?* ¿Con quién has hablado de esto? —preguntó Cosme a la defensiva.

—Con los demás. No te negaré que estamos un poco preocupados.

A Cosme no le hizo falta que Fran se lo dijera. Sus amigos ya parecían haber decidido cómo iba a terminar aquella historia.

—Ya. Y, por lo visto, me toca ser el malo, ¿no?

Fran respiró hondo. Aquello era difícil de decir.

—No te equivoques, Cosme. Os queremos a los dos igual, pero vemos muy probable que tú salgas ileso de esto y ella no.

—¿Por qué?

—Seamos claros. Porque a Florita...

—A Flora.

—Lo que quieras. Porque a ella no le surgen tantas oportunidades con los tíos como a ti con las chicas. Porque está muy pillada y mandaría al infierno al mismísimo Sam Heughan si le entrara.

Cosme dejó de mantenerle la mirada. Su amigo estaba en lo cierto. La fidelidad de Florita estaba fuera de duda. ¿Y la suya?

—Si alguien quiere que sea feliz soy yo. ¿No crees?

—Piensa lo que quieras, pero es más fácil que tú le hagas daño a ella que al revés.

La desconfianza inicial del grupo se fue diluyendo a medida que ambos demostraron la firmeza de sus sentimientos y con el tiempo todo se normalizó. Los padres de Cosme se encariñaron mucho con Florita y vieron en ella la ocasión de que su hijo se quedara en la zona. Algo que los hacía felices ya que se planteaban regresar al valle tras la jubilación.

Sin embargo, cuando Cosme acabó de estudiar, todo cambió. Como proyecto fin de carrera había diseñado un sistema de riego que interesó a una empresa de Milán. Le ofrecieron un gran contrato por la patente y el desarrollo del producto. Era irrechazable, así que aceptó. Se marchó, y un tiempo después, en el primer viaje de vuelta al pueblo, sentó a Florita en uno de los bancos del mirador y rompió con ella. La distancia había creado una situación en la que lo mejor era dejarlo y pasar página. La lejanía y el hecho de que alguien lo estuviera esperando en Milán. Alguien que poco tenía que ver con Florita.

El tiempo había pasado, pero la chica tenía miedo de volver a sufrir. En aquella ocasión había estado varios meses hundida, sin levantar cabeza. No podía olvidar las noches sin pegar ojo o aquel ardor de estómago que llegó a sentir cada vez que se cruzaba con una pareja haciéndose carantoñas. No llegó a saber las agrias conversaciones que Fran o Alicia tuvieron con Cosme ese verano y que hicieron que el ingeniero espaciara cada vez más sus viajes al pueblo. Sus amigos se preocupaban por ella, pero no podían ayudarla a cruzar aquel desierto. Tenía que hacerlo sola. Del mismo modo, años después, ella era la única que podía mantenerse a salvo de volver a tropezar con la misma piedra. O con el mismo tipo de hombre.

—Lo pasaste mal al final, vale, pero también fuiste muy feliz con él.

—Ese fue el problema. Me lo dio todo y luego me lo quitó. Me dejó sin nada que ofrecerle al siguiente. Por eso no ha habido nadie más. La herida sigue abierta.

—No puedes estar a la defensiva eternamente, cielo. Si no te arriesgas, no ganas. No le hagas pagar a este chico del chat por situaciones del pasado. Tienes derecho a estar ilusionada —insistía Lola.

Florita la miraba con atención. Lo que decía tenía sentido.

—Hazme caso y queda con él.

Al final, se decidió.

—Vaaale, te lo prometo. Pero solo porque me vas a llevar contigo a la tienda de novias.

—*Las* tiendas, que vamos a ir a varias. Nos esperan en la primera a las diez y media.

—Genial. Muy buena hora.

«Sé dónde vive». La frase se repetía en bucle entre las sienes de Lucas. Hasta ese momento, Santa Manuela había sido una burbuja a la que Ruth Bas no había tenido acceso. Sus maldades se quedaban a la entrada del valle.

Estaban en plena temporada de esquí y los turistas llenaban las calles del pueblo. Los desconocidos no llamaban la atención como sí lo hacían en verano. Cualquiera podía acercarse a Lola y hacerle daño. *Motu proprio* o por encargo.

«Tengo que protegerla a toda costa». Pero... ¿cómo? Llevaba unos días pasando por delante de la escuela con cualquier excusa, para verla a través del cristal y comprobar que estaba bien. Pero aquello no podía durar siempre. No podía pegarse a ella. Tenía que trabajar. La única persona que estaba siempre con Lola era ella misma. Resultaba loco, pero tal vez la mejor opción era confesárselo todo, ponerla sobre aviso acerca de Ruth y hacer que estuviera alerta. Pero Lucas no lo veía fácil: conocía a Lola. Era muy cuadriculada. Prefería pensar que la vida sentimental de su novio había empezado el día que comenzaron a salir. Toda la dulzura que derrochaba a manos llenas con sus alumnos se volvería ira contra él si llegaba a enterarse. «Pero, si no lo sabe, corre más riesgo», concluía de nuevo Lucas. Era la pescadilla que se mordía la cola. Y la que le encendía los nervios.

El mensaje de Ruth le hacía pensar que había estado en el pueblo y le había hecho una foto. Y desde muy cerca, de hecho. Poco importaba que fuese el detective que ella había contratado el que había tomado la instantánea. En cualquier caso, se había acercado mucho y Lola no se había enterado. El veterinario se sentía impotente. ¿Cómo detenerla? La respuesta distaba mucho de estar clara.

Para destensarse un poco, aquella mañana Lucas decidió renunciar a dos horas de sueño. Así lo hacía cuando quería comenzar la jornada subiendo a la ermita de Santa Elena. Su abuelo le había enseñado que lo que no curara la vista desde el parque de Arratiecho no lo curaba nada. Y allí había mucho que curar.

Solía meter en la mochila el mismo almuerzo que llevaban los pastores cuando cuidaban de las ovejas. Generalmente, secallona, que cortaba con navaja, y algo de pan de la víspera. Un pan que tardaba varios días en endurecerse y que algunos aseguraban que se disfrutaba más consumido a los dos días de su horneado. Masticaba despacio mientras miraba hacia el valle. Le encantaba sentir que el tiempo se detenía. Desde allí, viendo los telesillas y los hoteles, resultaba difícil recordar que hubiera un pasado en el que los montañeses revolvían su vida con la tierra. Un tiempo en el que el sistema de casas dominaba la zona.

Que se lo dijeran a su abuelo. Era el heredero de Casa Moliné. Eso implicaba que, fallecidos los padres, la casa familiar y la totalidad de las tierras pasaban a manos del primogénito. Un honor y una carga. Este debía hacerse cargo de su propia familia y de sus hermanos. Debía proporcionarles techo y comida a cambio de que trabajaran para él, o lo que es lo mismo, para la casa. Si había dinero para mantener otra unidad familiar, el hermano podía casarse. Si no había suficientes medios económicos, permanecía soltero. A estos últimos se los conocía como *tiones* porque se tenían que contentar con ser tíos. Porque nunca tendrían sus propios hijos. La casa fagocitaba todos los recursos. La casa era lo importante. Sus miembros debían plegarse a sus necesidades, nunca al revés.

Esta fórmula había asegurado la supervivencia en los valles pirenaicos durante siglos. La casa pasaba íntegra de generación en generación y, con ella, los medios que garantizaban el autoabastecimiento con alimentos de la huerta y productos de origen animal.

Con la emigración, el sistema de la indivisibilidad se fue agrietando, pero los derechos de los hijos menores y de sus descendientes se mantuvieron. «Son de casa». Lucas no olvidaba el resentimiento en el rostro de algunos parientes que no asumieron el reparto o, mejor dicho, la falta de él. Tampoco la preocupación de sus abuelos por mantener en perfecto estado las dependencias en las que se alojaban cuando volvían al pueblo en verano.

La casa le daba sentido a todo. Era la llave que hacía funcionar el mecanismo de la vida al otro lado de las montañas. Más allá de ser bueno o malo, era su sistema. Todos lo habían vivido desde un lado u otro, pero nadie lo había cuestionado nunca. Por eso, esa misma fórmula que ayudó a sobrevivir a las zonas de montaña estuvo a punto de acabar con ellas. Porque al final los hizo huir. Para no asfixiarse.

Lola había soñado toda su vida con ponerse un vestido de novia, así que cuando llegó el día de ir a probarse unos cuantos modelos saltó rápido de la cama. Había visto algunos por internet. Era así como había conseguido elegir las tiendas que realmente le interesaban y no perder el tiempo. Para ella era muy importante la opinión de los suyos, en este caso, de las suyas. Y en esa categoría estaban su madre, su mejor amiga y Teo, la madre de esta. No en vano, la había tratado siempre como a una hija: riñéndole cuando hacía falta o brindándole abrazos cálidos y tiernos si lo necesitaba. Teo se merecía estar en aquella expedición y se emocionó cuando supo que Lola la quería a bordo.

El coche de la novia salió del pueblo con los primeros rayos de sol. Una hora más tarde estaban en la puerta de la tienda. Antes de entrar, Lola y Florita cruzaron una mirada de emoción. ¡¿De verdad iban a hacer aquello?!

Al otro lado de la puerta las esperaba una dependienta con una sonrisa amable.

—Bienvenidas. Vamos a pasar al salón de pruebas y así podemos entrar en materia a salvo de miradas curiosas. Sería una faena que alguno de tus invitados pasara por la puerta y te viera probándote los vestidos —dijo en tono cómplice mientras acompañaba a las mujeres a otra estancia.

«Está en todo», pensó Lola. Ninguna se atrevía a confesarlo en voz alta, pero les encantaba aquel juego de princesas por un día. De tener a todo un equipo zumbando en torno a ellas. Les evitaban tener que pensar, pero, sobre todo, hacían que se sintieran especiales.

El saloncito era una maravilla. El suelo estaba tapizado con una moqueta a medio camino entre el gris, el beis y el blanco que le daba calidez a la estancia y la hacía muy agradable. Era una habitación cuadrada, que tenía al frente los probadores y en la parte de atrás los vestidos. «En Santa Manuela no hay ninguna tienda así», pensó Teo. En el centro había un sofá de terciopelo escoltado por dos mesitas con flores. Las chicas fueron sentándose mientras otra dependienta se acercaba con una bandeja con copas de cava. Dori fue la última en acomodarse. No dejaba de mirar a su alrededor. Le fascinó el tono próximo al chocolate de la carpintería. Llegó incluso a acercarse para comprobar de cerca la calidad de la madera. «Nogal, sin duda».

—Esto solo lo he visto en las películas —reconocía Florita tras beberse su copa de un trago—. Seguro que es un buen augurio. ¿Me pones más, por favor, Lola?

Lola rellenó su copa. Sonreía, pero no hablaba mucho. Se estaba poniendo un poco nerviosa. ¿Cómo se suponía que iba a reconocer *el* vestido? ¿Y si le gustaba más de uno? No contemplaba la idea de elegir dos modelos para su día. ¡Solo iba a llevarlo puesto unas horas y quería disfrutarlo al máximo!

—Bien, me llamo Loreto, que no me había presentado. Os cuento un poco. Vamos a empezar por ver los vestidos que están ahí atrás. Todos son válidos, pero de lo que se trata es de elegir el que mejor se ajusta a tu figura, a tu gusto y a tu celebración. ¿Vale?

—¡Perfecto! —dijo Lola.

Le venía bien un poco de ayuda y parecía que Loreto sabía lo que hacía. Debía llevar tiempo en el negocio.

—¿Cuándo te casas?

—El 25 de junio.

—¿Mañana o tarde?

—Mañana.

—¿Iglesia o ceremonia civil?

—Iglesia.

—¿Va a ser en ciudad, pueblo, finca...?

—En Santa Manuela de Val.

—¡Pero es un sitio precioso! ¡Qué suerte tienes! Yo voy de vez en cuando por allí, me encanta —comentó mientras apartaba unos cuantos vestidos y los colocaba en el burro—. ¿Tienes alguna preferencia? ¿Has pensado si quieres encaje o algún tipo de escote en concreto?

—La verdad es que no —reconoció Lola—. Estoy abierta a sugerencias.

—Bueno, pues entonces vente para acá y mira lo que hemos seleccionado mi compañera y yo para ti.

Lola se levantó entusiasmada y caminó rápido hacia la parte de atrás de la sala. Estaba impaciente por ver el tipo de vestido que les sugería una novia como ella e intentó imaginarse en el altar con el vestido definitivo, uno que todavía no era capaz de visualizar. Echó un primer vistazo y la verdad era que solo el tejido de aquellas prendas ya le pareció una joya. ¿Qué quería? Pues estar guapa y cómoda, pero poco más podía aportar. Fue mirando y al final escogió cinco para probarse. Loreto entró con ella, mientras Florita y las madres esperaban fuera.

Dorita tenía que reconocer que estaba allí un poco a regañadientes. Había conservado su vestido de novia deseando que Lola quisiera llevarlo cuando le llegara el momento. Cada cierto tiempo, lo sacaba y lo aireaba para que estuviera en perfectas condiciones. Pero sus planes se vinieron abajo el día en que Lola comentó lo horrorosos que le parecían los vestidos de novia de su época.

—Sin ir más lejos, el tuyo, mamá, no hay por dónde cogerlo.

No le dijo nada, pero aquel día lo pasó mal. Guardó su ilusión dentro de aquella caja y no volvió a sacarla. «¡Qué le vamos a hacer!».

El primer vestido que se probó Lola era de línea princesa y tenía una falda de tul de mucho vuelo. La cola era pequeñita, apenas un par de palmos, por lo que le pareció manejable. El escote barco y mangas japonesas de guipur. Cuando descorrió la cortina del inmenso vestidor, las madres y Florita no pudieron ahogar la exclamación.

—¡Estás preciosa!

—¡Ohhhhhh, mi niña!

—¡Pero qué guapa estás!

Lola se sentía un poco abrumada por el entusiasmo de su corte, pero le gustaba lo que veía en el espejo. Entretanto, Loreto se movía con agilidad entre los cajones de los armarios de madera que alicataban los laterales de la habitación.

—A esto le podemos añadir un cinturón de pedrería o de lentejuelas —comentó mientras ataba con una lazada este último.

—Pues queda ideal —dijo Dorita intentando no llorar—. No todos los días se ve a una hija vestida de novia, aunque sea en un probador.

—Me gusta mucho, Lolita —comentó Teo, la madre de Flora.

—Podéis hacer fotos si queréis —las animó Loreto. Florita se abalanzó sobre su cámara—. Lola, ¿velo?

—Uf, pues yo creo que no, pero, bueno, lo pienso y, si me animo, lo miro más adelante.

—Muy bien. ¿Vamos a por el siguiente vestido?

Los tres siguientes modelos no entusiasmaron ni a Lola ni a su *troupe.* El primero les había encantado. Con la tontería, le habían metido un buen repaso a la botella de cava y tenían que reconocer que andaban un poco achispadas. Sobre todo Florita, quien apenas había desayunado. Lola era la única que no estaba bebiendo más allá de algún sorbo a su copa. El último vestido era de *crêpe* de seda en blanco roto, con corte sirena y cuello cerrado, aunque por la espalda bajaba un generoso escote. Tenía un sobrevestido de tul muy fino que abrazaba la tela, incluida una cola de un metro. Cuando Lola salió del probador, sus acompañantes enmudecieron. Su amiga, que había dejado atrás el *puntillo*, la recibió con aullidos y unos movimientos de brazos más propios de una animadora que de la tímida joven que los emitía.

—¡Ou, ou, ou! ¡Ese es, Lolita, ese es! —dijo Florita rompiendo el silencio—. ¡Sin duda!

«Yuhuuu».

La emoción del momento hizo que la salida de tono de Florita pasara desapercibida para el grupo. Para las dependientas, no. Lola estaba radiante y en ese instante todos los focos fueron para ella.

—Me dejas sin palabras —exclamó Teo mientras Dori ya no podía contener las lágrimas.

Lola no había sentido ese flechazo que se supone que se tiene cuando te colocas tu vestido de novia, ese predestinado para ti, pero las caras de su gente le despejaban cualquier duda: ese era *el* vestido. Tendría que anular la cita en la otra tienda.

—Es muy cómodo —comentó Loreto—, no pesa nada. Puedes recoger la cola con el brazo con un movimiento rápido o sujetarla con un broche. De las dos formas queda bien. Para una boda en el campo es perfecto.

—¡Desde luego que es perfecto! ¡Una maravilla! —consiguió decir Dori—. ¡Te queda tan bien! ¡A tu padre le va a encantar!

—¡Lo que va a presumir Mariano llevando a la niña del brazo con un vestidazo así! —dijo Teo mientras cogía la mano de la emocionada Dori.

Había visto miles de novias en las revistas que coleccionaba a la espera del gran día, pero nunca se había planteado qué pinta tendría ella vestida de blanco. Simplemente, no se imaginaba. Sin embargo, allí estaba, frente al espejo, acompañada por su madre, por su mejor amiga y por Teo, a la que quería con locura. Aquello no era un programa de televisión de novias: era ella. Era la novia. Había llegado el momento. Su momento. Y no podía estar disfrutándolo más.

De pronto, nuevos vítores rompieron la atmósfera bobona. Repanchingada en el sofá, excesivamente emocionada, con lágrimas en los ojos y con la botella de cava vacía en la mano, Florita había vuelto a gritar:

—¡Viva la novia! ¡Oooeee, oooeee!

Loreto y su compañera se miraron y sonrieron nerviosas. «A partir de ahora, serviremos benjamines».

La novia iba bastante justa de tiempo. Estaban a principios de abril, no quedaban ni tres meses para el día D. En términos de moda nupcial, era la víspera. Así, la novia encargó allí mismo los zapatos para que pudieran cogerle el bajo e ir avanzando. No pudo resistirse a unos maravillosos taconazos blancos. Ya los cambiaría por unas alpargatas cuando pasaran a la huerta Nicanué.

—Luego puedes teñirlos y seguir usándolos —comentó Teo.

—Sí, es buena idea. Tienen una horma estupenda —apuntó Lola mientras recolocaba de nuevo a Florita.

—Lo pongo a nombre de Lola Torán, ¿verdad?

—No, soy de Casa Torán, pero mi apellido es Mur.

Los nombres de las casas no tenían por qué concordar necesariamente con los apellidos. En la de Fran, en cambio, sí se daba esa coincidencia. En su familia, la herencia había llegado siempre por vía masculina. Era de las pocas casas que mantenían la línea pura. No era el caso de la familia de Lola. En su casa, el patrimonio lo había transmitido su abuela. No había más hermanos, así que ella fue la heredera.

La factura resultó ser algo más elevada de lo que esperaban y decidieron pagarla en dos plazos. La mitad en ese momento y la otra mitad el día de la prueba. «Para poder reclamar con contundencia si hay algún fallo», pensó Dori. Fijaron la fecha de la siguiente prueba para principios de junio y, tras despertar a Florita, abandonaron la tienda.

—¡Pero si es más de la una! —se sorprendió Lola al mirar la pantalla de su móvil.

—Anda, bonita, que como las modelos de la pasarela Cibeles fueran a tu ritmo, el certamen duraba un mes —bromeó Florita—. Bueno, ¿a dónde vamos?

—¡A comer, por supuesto! —Lola estaba eufórica y quería celebrar su alegría invitándolas a comer.

Aquel, sin duda, era un día para recordar.

CAPÍTULO 7

YA LO SABES

El jueves trajo otra inmensa nevada que tiñó el valle de blanco. La estación no pudo celebrarlo más. Era lo que ellos denominaban *un paquetón.* Aquellos 85 centímetros de nieve les aseguraban unas bajadas estupendas a los esquiadores y suponían un gran ahorro para la estación al no tener que encender los cañones durante unos días. El intenso frío hizo que la actividad social del pueblo se desarrollara en las casas. Era habitual que, concluida la jornada laboral, la gente quedara con sus amistades para jugar a las cartas delante de la chimenea. Las veladas se aderezaban con productos hechos en casa, como embutidos o rosquillas. Quienes no buscaban relacionarse aprovechaban para desempolvar ese libro que nunca había tiempo de leer o para ver la tele.

Florita se había atrincherado en su habitación. Llevaba una hora hablando con BRAN, cuando por fin se decidió a hacer la pregunta que llevaba varios días rondando por su cabeza.

—¿Quieres que nos veamos?

Al otro lado de la pantalla la actividad sobre el teclado cesó. Un par de minutos después, el icono que indicaba actividad en el chat volvió a aparecer.

—¿Cuándo sería?

La pregunta sorprendió a Florita. Resultaba curioso que lo que le preocupara fuera la fecha.

—Pues no sé, cuando quieras.

Otro silencio y, por fin, una respuesta.

—Creo que puedo organizarme para el sábado. ¿Cómo te va?

¿Eso era un sí? El corazón de Florita se aceleró. Quedaba poco, pero le daría tiempo a prepararse.

—Bien. ¿Dónde nos vemos? ¿Conoces el bar Rompehielos?

—Sí, pero prefiero empezar con una cena tranquila. Así podemos hablar y conocernos. Si te parece bien, La Deliciosa podría ser un buen lugar.

A Florita el plan le sonó a música celestial. La Deliciosa era una preciosa cabaña en medio del bosque convertida en restaurante, que estaba a pocos kilómetros de Santa Manuela de Val. El más romántico y coqueto de la zona, con diferencia. Este chico merecía la pena. O al menos lo parecía. Solo esperaba no sufrir un desengaño.

—¿A eso de las nueve y media, BRAN?

—Venga, llamaré para reservar a esa hora.

—Oye...

—¿Qué?

—Ya que vamos a vernos, me gustaría saber cómo te llamas.

La respuesta fue contundente.

—Ya lo sabes.

Lola pasó la semana tranquila. Recibió los muebles del dormitorio y mantuvo un par de charlas con la empresa de carpas para ir concretando. Durante una de ellas, de rebote, salió el tema de los baños.

—¿Tenéis lavabos públicos cerca o alguna casa?

—La verdad es que no —respondió Lola.

—Entonces lo mejor es que los alquiléis.

A Lola aquello le pareció un mundo. Ni se lo había planteado.

—¿Sabéis de alguna empresa que trabaje en esta zona?

—No, pero tiene que haber alguna seguro. De todas formas, si me entero de algo, te digo. Cuenta, como mínimo, con dos para señoras y dos para caballeros o se formarán colas.

Y ahí andaba, echando la tarde, descubriendo el apasionante mundo de los baños portátiles. Los había como los de las obras, que podían terminar arruinando el mejor de los vestidos de novia, pero también otros con unos remolques de lujo que se parecían a los baños de cualquier restaurante. Tenían seis servicios y un enorme espejo en medio, además de un asistente que viajaba con el remolque. «Este sería perfecto». En ese momento, Dorita pasó por el pasillo y vio la cara de disgusto que tenía su hija frente a la pantalla.

—¿Qué te pasa, cielo?

—Ochocientos euros.

Dorita lo vio claro desde el principio. Aquel remolque tenía la categoría que quería darle a la boda de su hija. «¡Lo que van a hablar las malas lenguas de ese remolque! Muertas se van a quedar. Como pongamos los lavabos de obra, nos crujen».

—Decidido, Lola. Llama a los del remolque, que pagamos nosotros.

—Mamá, es que lleváis mucho dinero gastado. Ya me habéis comprado el vestido y vais a pagar la mitad del banquete. Me da un poco de vergüenza haceros gastar tanto —replicó Lola apurada.

—¿Y para qué está el dinero si no para hacer feliz a la gente?

—Mamá, papá pone mala cara cuando hablamos de la boda y sé que es por el dinero.

—Tranquila. Él no está acostumbrado a gastar tanto y le da un poco de vértigo, pero tenemos el dinero. Es una ocasión especial y lo vamos a hacer bien.

Y dándole un beso en la frente, cogió el montón de ropa

para planchar que había dejado sobre la cama de Lola y volvió a perderse en el pasillo. A Lola se le escapó una lágrima de orgullo por sus padres. Nunca podría ser tan generosa como ellos y eso la agobiaba un poco. Sus padres le habían dejado el listón tan alto que no podía dejar de pensar que sería una mala madre.

Aquella tarde Raquel invitó a tomar café a Florita y Lola. Lucas se puso especialmente contento cuando su novia le contó el plan. «¡Qué pesado está! No sé por qué ha insistido tanto en que vayamos a casa de Raquel en lugar de al bar».

A la rubia le apetecía una tarde de chicas. Lo tenía fácil. Vivía sola en un pequeño adosado que había pertenecido a sus abuelos y le encantaba organizar quedadas. Dispuso un montón de cojines alrededor de la mesita que había delante del sofá. Las chicas se acomodaron mientras la anfitriona traía un refrigerio. A Flori le costó morderse la lengua y esperar hasta que la rubia terminó de servir el café.

—Nenas, no os lo vais a creer. ¡Voy a conocer a BRAN! —dijo con el corazón saliéndosele por la boca.

—¡Pero, bueno, eso es estupendo! —respondió Lola—. Al final, voy a tener que darte una invitación doble para la boda. «Nota mental: buscar invitaciones», pensó Lola—. ¿Y cuándo es la gran cita?

—El sábado por la noche en La Deliciosa.

—¡La Deliciosa! Planazo. Ve quitándote las bragas —avanzó Raquel.

—No quiero hacerme ilusiones.

Lola se quedó pensativa.

—¿Y tú con quién has estado en La Deliciosa? —inquirió Lola a su amiga.

Su naturaleza controladora era legendaria.

—Con uno —respondió despreocupada.

—Con uno, ¿con quién? —insistió.

«No va a darse por vencida», pensó Raquel.

—Con un italiano.

—¿Con qué italiano?

—Con uno que conocí esquiando.

—¿Un italiano que conociste esquiando?

—¡Que sí, hija, que sí! Me caí en una pista, me ayudó a levantarme, me miró, lo miré, nos gustamos, quedamos en La Deliciosa y nos pasamos follando el fin de semana. Una tranca tremenda, dos orgasmos seguidos y «si te he visto, no me acuerdo». ¿Algo más, Lola? —soltó del tirón Raquel molesta por el interrogatorio.

—¡Ay, no digas tranca, que suena fatal! —dijo Lola incomodada mientras salía del salón.

Cuando escucharon cerrarse la puerta del baño, Florita le preguntó a Raquel con ironía:

—¿Italiano?

—Bueno, su primo Nacho siempre tuvo un acento raro —respondió divertida Raquel.

Florita sí conocía la historia y Raquel podía hablar con ella en confianza.

—Si se entera Lola de que te liaste con él, no lo vuelve a invitar a las fiestas —comentó la economista con sorna.

Por la noche, Florita estuvo hablando por Skype con Sofi, que se entusiasmó con la noticia.

—Me parece taaan romántico... —dijo Sofi mientras miraba a la pantalla del portátil tumbada sobre la cama.

—A ver cómo sale todo.

—¡Pues bien! ¿Cómo va a salir? Habéis tenido más intimidad que muchos.

—Desde luego, me conoce bien: hemos hablado de todo.

—¿Y del pasado?

—No te entiendo.

—¿Te ha contado si ha tenido novietas y eso?

—No hemos entrado mucho en esa historia. Sé que tuvo una época bastante activa.

—¿Cómo que activa?

—Pues que debió de ligar bastante. Mucho rollo de una noche y tal.

—Vaya.

Las dos amigas se quedaron en silencio. Sofía apreciaba mucho a Florita y le dolía verla desconfiar.

—Oye, para ser un *fucker*...

Florita la interrumpió.

—¿Qué es un *fucker*?

—Un picaflor, un don Juan.

—Ah, vale. No te entendía.

—Bueno, que para triunfar tanto resulta que ahora se pasa las noches del sábado hablando contigo, así que yo creo que eso es agua pasada.

—Ojalá.

—Bueno, ¡espero que el domingo me lo cuentes todo!

—¡Descuida! ¿Y tú qué tal?

—Laboralmente, bien. Emocionalmente, mucho gilipollas.

Las dos amigas rieron con ganas.

—Oye, si le has gustado con una pantalla de por medio, imagínate cuando te vea.

—En fin... El sábado veré qué es lo que busca.

Florita no había usado el verbo *buscar* al azar. No era la primera vez que un chico había intentado engatusarla para que pasara su currículum a la gerencia de la estación o para que le presentara a otra amiga. Ella siempre era un medio, nunca un fin. Por fin la vida le brindaba otra oportunidad y quería que saliera bien.

El sábado por la mañana, Florita era un manojo de nervios. Apenas probó bocado. Intercambió mil mensajes con las chicas, que la animaban como auténticas *cheerleaders*.

¡Esta noche triunfas!

Se va a desmayar cuando te vea.

Ponte un buen escote. ¡Luce canalillo!

¡Al cuello directa!

Le pusieron la moral por las nubes. Con Alicia costaba coincidir en ocasiones. Se ocupaba de los casos de Derecho Internacional y a veces le tocaba vivir según los horarios de los países donde se desarrollaban los procesos para poder cursar los trámites oportunos. Al final, lo consiguió. Pese a ser sábado por la tarde, la encontró en el despacho buscando documentación en los manuales para un expediente que estaba preparando.

—Yo estuve en La Deliciosa hará casi dos años. Es chulísimo, Flo. Una pasada. Te va a encantar. Los *risottos* que hacen son estupendos.

—Uf, no creo que pueda ni comer.

—¡Claro que podrás! ¡No seas boba! ¿Estás nerviosa?

—¡Imagínate! No dejo de pensar en todas las emociones que puedo sentir cuando le vea. Que me guste, que no me guste, que ni fu ni fa...

—Oye, pues, si no te gusta, lo mejor es ser sincera. Te vas a casa y tan amigos. El caso es probar. ¿Qué puedes perder?

La tila y las dos valerianas hicieron su efecto y Florita pudo empezar a vestirse con tranquilidad. «A este paso, me duermo». Había pensado comprar algún vestido para la ocasión, pero al final decidió que no, que se arreglaría un poco, pero tampoco mucho. No quería mostrarle a BRAN una Florita que no existía. Si la quería, que la quisiera como era. No iba a crear un personaje ficticio que lo decepcionara cuando no pudiera mantener la farsa. Al fin y al cabo, ya la había visto. Así, abrió la puerta de su armario y sacó un vestido negro. Tenía el corte debajo del pecho y falda recta, lo que conseguía sacar lo mejor de sus curvas. Se maquilló con detenimiento y recogió su melena en un moño deshecho. Tacón medio y al coche. Y que pasara lo que tuviera que pasar.

Aparcó sin problemas en la explanada reservada a los clientes del restaurante. Era la hora. Él debía de estar ya dentro. En los últimos días, Florita le había dado vueltas a la frase de BRAN.

—Ya que vamos a vernos, me gustaría saber cómo te llamas.

—Ya lo sabes.

¿Quién podía ser? Se suponía que lo conocía. Había pensado en Lucho, pero la verdad era que no le pegaba nada aquel rollo. Víctor, otro chico del pueblo que trabajaba en la estación, tampoco parecía el candidato idóneo. «Es mucho más directo». Decidió dejar de darle vueltas y entrar en el recinto. Miró a su alrededor por si veía algún coche que le resultara familiar, pero no pudo reconocer ninguno. «En fin, ahora veré de quién se trata. Si viene...». Eso era algo que la había atormentado la noche anterior. Al final llegó a una conclusión evidente. «Si no aparece, ceno y me vuelvo». Se acabó el problema. Resulta que estaba más segura de sí misma de lo que pensaba.

Florita entró en el recibidor. El restaurante era precioso. Estaba impregnado del ambiente montañés. Chimenea encendida, suelos de pizarra y paredes de madera noble. Un sueño. La sala principal era amplia. Albergaba una decena de mesas colocadas de tal modo que la intimidad era absoluta. El encargado le indicó la mesa correspondiente.

—El caballero la está esperando.

—Gracias.

«¡Dios mío! ¡Está aquí, ha venido! Me da igual cómo sea, es encantador y creo que le quiero», se sorprendió pensando mientras avanzaba por el pasillo hasta la estancia indicada. Cuando estaba a apenas dos metros del arco que daba paso a su mesa, tomó aire... Y tuvo ganas de salir corriendo. La angustia comenzó a irritarle la garganta y los ojos empezaron a escocerle. Tenía delante a la última persona que quería ver.

—¡Cosme!

—Hola, Flo.

BRAN había pasado la semana nervioso y emocionado. Tenía tantas ganas de que llegara la cita que se tomó el viernes libre y a primera hora cogió el avión que lo acercaría a Florita. Celia se ausentó también de la oficina para ir a buscarlo al aeropuerto de Zaragoza.

—¡Cosme! ¡Aquí!

—¡Prima! —dijo mientras la abrazaba.

Cosme era primo segundo de Lola por parte de madre y primo hermano de Celia por parte de padre. Cosas de las localidades pequeñas. Al final, todos compartían apellidos, genes y chismes.

—Y bien, ¿cómo va la *reconquista*? —dijo Celia sentada ya al volante.

—Pues me muero de ganas de que llegue mañana. No sé cómo va a reaccionar ella.

—Pues te aseguro que feliz está. ¡Lleva dos días en las nubes!

—¿Está ilusionada?

—¡Vamos! No pone los pies en el suelo.

—Ayyy... Yo tampoco. Solo quiero que esta vez salga bien.

—Saldrá.

—Vale mucho, Celia.

—Pues te ha costado darte cuenta, majo.

—En parte, siempre he sabido que sería ella.

—¡Cómo me gusta verte tan blandito!

Cosme se instaló en la habitación que Celia tenía en el desván.

—Todo esto es para ti. Para que puedas pasear si te pones nervioso.

—Mil gracias. No sé cómo agradecerte las molestias.

—Sabes que tú en esta casa tienes barra libre. No seas tonto.

—Sobre todo, no le digas a nadie que estoy aquí. Quiero que este viaje sea para ella. Pase lo que pase.

—Tengo que reconocer que me cuesta la misma vida no llamarla y decirle que venga.

—¡Calla! Debe ser una sorpresa. Si sabe que soy yo, se estropearía el efecto.

—Anda, deshaz la maleta y baja a comer algo.

Al día siguiente, la incertidumbre dio paso a una tensa conversación frente a frente.

—¡Cosme! —No podía decir otra cosa. Tenía delante al chico que había conseguido enamorarla tiempo atrás. El suyo fue el único nombre que no había barajado. ¿Para qué? Vivía lejos. No podía ser él. La sorpresa había sido mayúscula—. ¿Qué haces aquí?

—Ya ves. Conocer a una chica con la que hablo en un chat. Los años te han tratado bien. Estás muy guapa, Flora. —Él nunca la llamaba Florita.

La chica no estaba para piropos. El desconcierto inicial se iba transformando en malestar a medida que iba atando cabos.

—¿Sabías que era yo desde el principio?

—Desde luego. Celia y su marido me visitaron en Milán este verano. Ella me dijo que te conectabas al chat del valle y te busqué. «AMAPOLA». Tenías que ser tú. Te encantan. Y probé. Cuando me dijiste que te gustaban los macarrones con mahonesa, no tuve dudas: no conozco a nadie más a quien le guste esa guarrada.

Empezaron a reír. Cosme, esperanzado. Florita, empezando a indignarse. El camarero comenzó a servir los platos que Cosme había elegido.

—¿Me buscaste? ¿Por qué? ¿Por qué después de romper? Dijimos que lo mejor era dejarlo y conocer a otras personas.

—Y ya ves a dónde nos ha llevado la búsqueda. Al mismo sitio que entonces.

Florita no podía dejar de mirarlo. ¿Qué intenciones tenía? Él siguió hablando.

—Mira, te propuse que lo dejáramos porque no podía pasarme el día con la cabeza a 1200 kilómetros. Acababa de empezar a trabajar, era mi oportunidad, y tenía que aprovecharla. Laboralmente ha merecido la pena, me he hecho un hueco en el mercado internacional y me ha ido bien, no voy a negarlo. Tampoco que haya sido un santo. He estado con bastantes chicas. Hubo un par de ellas que pudieron significar algo, pero es difícil que una relación prospere si terminas comparando a todas con la chica a la que dejaste escapar por error.

Florita no daba crédito a lo que estaba escuchando. Permanecía de pie.

—Siéntate, por favor.

—Estoy bien así. Gracias.

—Flo, hace unos meses me di cuenta de que tú eras la pieza que le faltaba a mi vida y decidí actuar —dijo mientras se levantaba también.

—¿Por qué no me dijiste que eras tú?

—¿Y cómo hubieras reaccionado si te lo hubiera dicho todo de golpe? Quería ser prudente. Sobre todo, no molestarte. Quería ver si eras la misma persona que recordaba, si estabas con alguien... Esas cosas. No quería meterme en medio de nada. He preferido hacerlo bien y no dar pasos en falso.

Florita lo escuchaba con los brazos cruzados, pero no decía palabra. Desde luego, no era el mejor de los escenarios que se había planteado Cosme.

—Tengo el suficiente nombre como para que los clientes me encarguen el trabajo directamente. Ahora sí. Puedo diseñar piezas desde casa y buscar una empresa que me haga los prototipos —dijo restándole importancia—. Puedo venirme aquí y reescribir lo que empezamos entonces. Todo depende de ti. Está en tu mano.

Hubiera sido bonito que se fundieran en un abrazo, que todo volviera a empezar, pero no fue así. Cuando la dejó, ella tardó mucho en olvidarlo, en volver a inventarse su vida, y no estaba dispuesta a permitir que otro giro de tuerca la hiciera pasar por aquello otra vez. ¿Podía asegurarle que no iba a volver a cansarse? En absoluto.

—Pues si está en mi mano, te vuelves a Milán ahora mismo.

A las ocho de la tarde, los novios y sus padres volvieron a reunirse. En esta ocasión, en casa de la familia de Lola.

—El 25 de junio es muy buena fecha. Ya veréis qué buen día tenemos, chicos —dijo Presen para entrar en materia mientras daban cuenta de unos sándwiches que había preparado Dorita.

Acto seguido, cogió el bolso del respaldo de la silla y sacó un cuaderno de tapas rojas como el que tenía la madre de la novia y tachó la primera línea de la lista de cosas por hacer: reservar fecha.

—Venga, documentación entregada, ¿no?

—Sí —contestaron a la par Lucas y Lola.

—Taaachado también —dijo Presen—. Bueno, pues vamos a hablar del convite. ¿Qué habéis decidido?

Lola tomó la palabra para comentarles la propuesta de la carpa. Mientras les mostraba a todos las fotos de las decoraciones, Lucas no dejaba de mirarla. Realmente era preciosa. Le encantaba su naricita respingona y aquella forma tan particular que tenía de morderse los nudillos. Seguro que sus alumnos estaban locos por ella. ¡Qué afortunado era! La verdad era que había buscado ideas que a él nunca se le hubieran ocurrido.

Los padres se sorprendieron con la propuesta. A Dorita

le inquietaba un poco que nadie hubiera hecho algo parecido en el pueblo.

—No sé. ¿Y si no le gusta a la gente?

—Mamá, es nuestra boda, elegimos nosotros.

—Hombre, en ese sitio se come bien. Y el menú tiene buena pinta y buen precio. Yo te compro la idea, nuera —dijo Miguel guiñándole un ojo al tiempo que se llevaba una almendra a la boca.

A Mariano lo que le preocupaba eran los números. Nunca se había parado a pensar cuánto costaba una boda.

—A mí me parece muy original —comentó Presen—. ¡Vamos a dar la campanada, chicos! —dijo apuntando los detalles.

—Oye, y una meriendita para el pueblo pondremos, ¿no? No sé, unas tortillas y unas cervezas aunque sea. ¿No lo pueden hacer también los del Marlin, hija? —preguntó Dorita. Aquello le quitaba el sueño.

—Yo creo que sin problema. Ya preguntaré —prometió Lola.

«Y encima ahora una meriendita. Enhorabuena, Dori: acabas de sacar otros mil o mil quinientos euros de la cuenta», pensaba Mariano.

—Bueno, pues hay que ir pensando en la lista de invitados. ¿Os parece que hagamos cuentas de a cuántos vamos a invitar cada uno? —siguió dirigiendo Presen.

—A nosotros nos salen treinta y nueve nuestros más cuarenta y dos que compartimos con vosotros —dijo Dorita.

—Eso os iba a decir. Los cubiertos de los Comín y toda esa rama los pagamos a medias, ¿no? —propuso Miguel.

—Sí, me parece buena idea —dijo Mariano.

—Y nuestros nuestros tenemos veintiséis. En total, ciento siete más los amigos de los chicos.

—Unos ciento cincuenta entonces —redondeó Lucas.

CAPITULO 8

—

TE HAS LUCIDO

Florita no pudo esperar al lunes. El domingo le envió un mensaje a su jefa. Se imaginaba que estaba detrás del plan de Cosme. Cogió el móvil y disparó sin pensárselo.

¿Sabías esto? ¡Ya te vale!

Celia estaba al corriente del fracaso de la cita entre su primo y Florita, pero no se imaginaba que el enfado de la chica llegara hasta ella.

Yo solo quería ayudar.

Pues te has lucido.

Mira, yo ni entro ni salgo en lo que hagáis, pero tienes que saber que Cosme ya no es el niñato que era. Ha tenido que asumir una gran responsabilidad laboral y eso lo ha hecho madurar. ¿Por qué no intentas conocer cómo es ahora?

Florita abandonó la conversación, pero se respondió inmediatamente a sí misma: «Porque seguramente volvería a enamorarme de él. Y volvería a pasarlo mal».

El lunes, cuando salieron de trabajar, las tres amigas se juntaron para comentar los acontecimientos del fin de semana. Cuando Flori llegó de la estación de esquí, Lola y Raquel ya estaban en la cocina charlando animadamente con Teo.

—¿Quieres merendar algo, cariño?

—No, mamá. Gracias. ¿Vamos a mi cuarto, chicas? Quiero ponerme ropa cómoda.

En cuanto Flora cerró la puerta, comenzaron a hablar.

—¡No me lo puedo creer! ¡Cosme! —exclamó Lola impresionada.

—No lo hubiera acertado ni en un millón de años —confesó Raquel—. No le pega nada esto.

—¡Sí le pega! —dijo Lola—. Está feliz y le pone interés al tema.

—Lo que pasa es que se siente culpable. Sabe que la cagó la última vez. Y adoro a Cosme, ¡ojo!, pero no se portó bien con Flori.

Mientras Raquel y Lola continuaban comentando la actitud de Cosme, Florita, que seguía de pie, ajena a lo que hablaban, tuvo la impresión de que el angelito y el demonio que tenía en su cabeza cuando pensaba en Cosme se estaban peleando delante de ella.

—Oye, fue sincero. Necesitaba espacio...

—Espacio para que entrara en su cama medio Milán —soltó Raquel con su sinceridad aplastante—. Flo, no te descubro nada nuevo. Los chicos lo han contado mil veces. Parece que durante un tiempo era su ídolo...

—Sí, sí. Eso lo sé, tranquila —atemperó Florita.

—También podía haberse acostado con otras y no haberle dicho nada. Ella no se hubiera enterado viviendo tan lejos. Le castigáis por su coherencia. ¡No es justo!

—Lo estás arreglando, Lola... —susurró una Florita cada vez más encendida.

—Me parece muy bien que defiendas a tu primo, pero es

que hay circunstancias que no son para sacar pecho... —siguió Raquel.

—Oye, que ha pasado tiempo. Que todos hemos hecho cosas de las que no nos sentimos orgullosos. ¿O hay que ponerle una cruz para el resto de su vida? Igual hay que hacer borrón y cuenta nueva alguna vez, ¿no? Digo yo.

—¡Vale ya! —gritó Florita deteniendo la espiral en la que estaban entrando sus amigas—. Da igual lo que hiciera y lo que haga. Eso se acabó. ¿Está claro?

Ellas la miraron con atención. Florita no solía enfadarse tanto. Fue Raquel la que tomó la palabra.

—Si te pones así es porque te sigue importando. Si no, te estarías echando unas risas a cuenta de esto.

—Eso es cierto. Se nota que aún te afecta —coincidió Lola.

«¿No tenían otra cosa en la que ponerse de acuerdo?».

A Lucas se le paraba el corazón cada vez que veía pasar un coche desconocido por el pueblo. La milésima de segundo que tardaba en reconocer al conductor a través de los cristales notaba una angustia que no había sentido nunca. Identificar a una familia le concedía un momento de paz, pero sabía que no duraría mucho. Pronto otro vehículo lo haría entrar en pánico otra vez.

Era consciente de que Ruth se estaría frotando las manos. «Sabe que me voy a volver loco con esto. Por eso lo hace». La gran duda que tenía el chico era si iba a ser capaz de proteger a su novia. La gran certeza, que si le pasaba algo por su culpa no iba a poder superarlo.

Por el contrario, Lola seguía durmiendo a pierna suelta. Al día siguiente, al salir del colegio, montó en el coche y se fue hasta una imprenta próxima. Tan próxima como a 35 kilómetros. Quería elegir las invitaciones de la boda. Lucas era partidario de enviarlas por *e-mail* o de mandar un mensaje al móvil, pero Lola sabía que sus padres tenían ganas de ir a entregarlas en persona a sus familiares y amigos, y después de lo bien que se estaban portando, no se veía capaz de negarles ese capricho. Lucas claudicó. Solo le había pedido una cosa: corazones, no.

El empleado de la imprenta le fue enseñando los diferentes modelos que tenía en un muestrario. Página tras página iban apareciendo invitaciones entre cursis y sosas. No le atraían lo más mínimo. El dependiente le adivinó la intención.

—No te gustan nada, ¿a que no? —preguntó sonriendo.

—No, la verdad —reconoció Lola arrugando la nariz con un mohín divertido.

—He sacado estas porque son las que más se lleva la gente.

—Me lo creo, tengo algunas de estas en casa de las bodas de varios conocidos.

—Tengo más. Mira estas.

Sobre el mostrador apareció otro álbum. En su interior había una colección de invitaciones mucho más sencillas. Eran los tarjetones de toda la vida, pero con tintas de colores, lo que le daba un toque joven y actual al diseño.

—Estas ya son otra cosa.

El encargado sonrió complacido.

—Y la tinta va a juego con el forro interior de estos sobres. ¿Ves?

Definitivamente, aquellas le gustaban mucho más. De hecho, se había encaprichado de seis o siete modelos. Eran todos preciosos. Se quedó dudando un buen rato y al final se decantó por un tarjetón de algodón blanco, con tinta verde hierba y grabados dorados. Los mismos tonos en los que estaría decorada su carpa.

Encargó ochenta. «Así podremos guardar unas cuantas de recuerdo», pensó.

—Pues incluyendo los sobres serán 149,60 euros. ¿Efectivo o tarjeta?

—¿Tengo que pagarlas ya?

—Sí, estas cosas las cobramos por adelantado. Hay quien se arrepiente y no vuelve a por ellas.

—Vaya. No lo sabía. Tarjeta, por favor.

Otro palo a la Visa. Otro más.

El centenario parque Sempione era el lugar por el que Cosme solía pasear en Milán cuando necesitaba despejarse. Podía dejar ir a sus pies sin preocuparse de pensar a dónde dirigirse: con sus 47 hectáreas, era inmenso. Lo relajaba caminar junto a la grandiosidad del castillo Sforzesco. A su lado, cualquier problema parecía encogerse.

Aquella tarde, en cambio, llevaba un rato acodado en la barandilla de madera, perdiendo la mirada en la superficie del lago. Era la única manera de no ver a las parejas que pasaban la tarde tumbados en los espacios verdes del parque. Porque él estaba allí por Flora, por el varapalo que se había llevado el sábado por la noche. Varios días después, seguía con la bala clavada en el pulmón.

Estaba empezando a tener frío, así que comenzó a caminar para entrar en calor. Necesitaba darle la vuelta a la situación. «Sería tan fácil si ella pudiera mirar dentro de mí». Vale, Flora no era físicamente su ideal de mujer y, sin embargo, era con la que quería estar, la única con la que había sido plenamente feliz. Aunque ella no se lo creyera. En cualquier caso, aún le quedaba una baza. Potente. Porque en el fondo sabía que la magia que hubo entre ellos seguía estando ahí. Lo había notado. Había visto el brillo en sus ojos antes de que su orgullo la hiciera cuadrarse.

Con la llegada de la Semana Santa, el valle colgaba el cartel de «no hay habitaciones». No solo se llenaban de esquiadores que aprovechaban para arañar las últimas jornadas de esquí, sino también de familias que, por el contrario, querían inaugurar la temporada senderista en cuanto los primeros rayos de sol comenzaban a calentar . Entre unos y otros, la vida del valle se paralizaba durante los cuatro días festivos para atender a los turistas. Aunque venían todo el año, era en las temporadas altas cuando los negocios de la zona llenaban las arcas. Por si acaso.

Semana Santa era también el momento en el que los valinos que residían fuera volvían al pueblo. Sofía, Alicia y Fran esperaban aquellos días con ganas, ya que el grupo al completo solo se juntaba tres o cuatro veces al año. En aquella ocasión, faltaban unos días para el cumpleaños de Sofi y esta quiso celebrarlo con sus amigos. La habitual comida de reencuentro se convirtió en una cena en su bodega el Miércoles Santo. Estaba en un edificio independiente del de la vivienda de su madre, la buena de Cova, y tenía chimenea y una gran mesa. El plan incluía quedarse a dormir todos juntos.

Poco a poco fueron llegando todos con sus sacos y sus esterillas. Lola, Raquel y Florita fueron las primeras. Alicia llegó poco después. Las chicas se abrazaron en cuanto se vieron.

—¡Qué ganas de estar con vosotras! —dijo Sofi.

—¿Pero te da tiempo a echarnos de menos? ¡Con lo interesante que debe ser conocer a gente famosa! —dijo Lola.

—Buah, de todo hay. Algunos son muy majos y otros, para olvidar. A la mayoría los veo muy poco tiempo. Son encuentros de compromiso muy controlados por los jefes de prensa. Hola y adiós, poco más. Y por aquí ¿qué?

Comentaron el compromiso de Lola hasta la saciedad. La fecha les pareció un acierto. Así podían regresar a sus destinos y volver para las fiestas en agosto.

—¿Pero dónde se han metido estos? —preguntó Alicia un rato después.

—Deben de estar viniendo. Fran creo que llegaba a Zaragoza a las dos —dijo Raquel con prudencia.

—Tu primo siempre dando por saco —sentenció Alicia.

Raquel y Sofi zanjaron aquella conversación colocando sus sacos en el suelo.

—A mí dejadme cerca del baño que siempre me levanto por la noche —dijo Raquel.

—¡Abuela! —bromeó Sofi mientras abría la bolsa donde llevaba sus cosas.

Alicia permanecía en silencio. Fran estaba al caer. Todavía no había llegado y ya notaba su aura llenándolo todo. La guerrera de los tribunales se volvía de cristal en presencia del chico. «¡Cómo lo echo de menos!». Pero eso no lo sabía nadie. De puertas afuera, Alicia se colocaba la armadura y se batía en duelo con Fran cada vez que el otro la contrariaba, algo que pasaba con frecuencia, ya que él no tenía ningún problema en meter el dedo en la llaga. «Por favor, que venga en son de paz. No quiero terminar a grito pelado el día del cumpleaños de Sofi».

El timbre anunció la llegada de los chicos, lo que hizo sobresaltarse a la abogada. Junto a Lucas y Lucho, Cosme. Había vuelto para pasar la Semana Santa con sus amigos. Florita y él se esquivaron la mirada. El último en entrar fue Fran. Todos cruzaron besos, abrazos y gestos de cariño. Se apreciaban sinceramente. Volver a casa y no verlos era como no volver. Alicia y Fran se saludaron correctamente, pero manteniendo las distancias.

Cosme y Fran eran íntimos, sin embargo, el ingeniero no le había hablado al economista de sus planes con Florita. Fue ella la que le contó lo que había ocurrido cuando él le dijo que la notaba un poco tensa.

—¿Y el tío estuvo ligando contigo sin decirte quién era? ¡Qué crack! —dijo Fran entre trago y trago de vino.

—Te juro que aluciné cuando lo vi —añadió ella.

—De todas formas, no se libra de una charlita en condiciones en cuanto lo pille por banda.

—¿Qué tal te va en el banco?

—Mejor de lo esperado. A ver, es un mercado muy competitivo, *first class,* pero también es cierto que, cuando va bien, va muuuy bien. Eso sí: las jornadas de trabajo son interminables.

—Me imagino.

—Y luego está que echo de menos esto, Flori.

—Dame un abrazo, mi niño.

Pocos sabían que el ejecutivo de la City londinense podía llegar a ser muy tierno. Que era atractivo saltaba a la vista. Entretanto, Sofía conversaba con Lucho y con Lucas.

—¡Tenéis que venir a verme! Lucho, tengo una amiga que te encantaría.

—Bueno, siempre la puedes invitar a las fiestas, ¿no? —sugirió él.

—Este no cambia —dijo en voz baja Raquel, que escuchaba a distancia.

Alicia y Lola conversaban cerca de la chimenea.

—¿Te molesta que esté Fran?

—No. Ya no. Las heridas cicatrizan.

—Es que te noto inquieta desde que ha llegado —se interesó su amiga.

—A ver, no me alegro tanto de verle como vosotros, eso es todo —dijo con una sonrisa que tranquilizó un poco a Lola.

El aludido estaba con los chicos.

—¡Manda narices que yo sea el único con pareja! —se quejó Lucas.

—Oye, que yo lo he intentado —confesó Cosme.

—¡Hay que ser tooorpe, querido! —le riñó con guasa Fran mientras le removía el pelo.

—Y tú ¿qué? Cada vez que abro Facebook te veo con unas chavalas que no veas... —soltó Lucas.

«Pero ninguna es como Alicia», pensó Fran con tristeza. Al otro lado de su sonrisa, el Fran festivalero sacaba pecho.

—Es que no sé por cuál decidirme... Tanta belleza me deslumbra.

Lola y Alicia escuchaban atónitas. La primera, escandalizada. La segunda, directamente celosa. Suponía que tenía aventuras, pero no necesitaba ponerles cara.

—Ha ganado con los años —valoró Lola.

—Que se lo queden las inglesas —zanjó impertérrita Ali antes de darle otro trago a su tinto—. Voy a sentarme ya. ¿Vienes?

Cenaron chiretas entre risas y bromas. Es un plato muy pirenaico que no se encuentra del Somontano para abajo y que consiste en tripa de cordero vuelta y rellena de arroz. Algunos solo las comían cuando iban al pueblo, con lo que terminaron con la fuente en pocos minutos. Otro tanto ocurrió con los embutidos de la zona y la trenza de Almudévar sobre la que Sofía sopló sus velas.

Cumplida la medianoche, pasaron a las copas y, como siempre que se juntaban, la ronda de anécdotas compartidas tuvo su momento.

—¿Os acordáis de cuando fuimos a merendar al puente de Las Llanas y nos tuvo que venir a buscar la Guardia Civil porque nos perdimos? —recordaba Lucho.

—¡Como para olvidarlo! ¡Menuda bronca nos cayó después! —se lamentó Sofía riendo.

—También te digo que volvería a repetirlo. ¡Qué bien lo pasamos! —añadió Fran.

—¡Hemos sido tan felices! —exclamó Lucas.

—Y lo seguimos siendo. Lo mejor está por venir, sobre todo para vosotros, chavales —dijo Fran levantando su copa hacia Lucas y Lola.

—Este es el mejor sitio del mundo. El lugar donde están nuestras raíces y nuestros sueños. Somos unos afortunados —sentenció Alicia antes de rematar su vino de un sorbo.

—Venga, chicos, ¡sacad la caja! —dijo Raquel.

La costumbre entre los amigos del pueblo no era regalar algo material, sino una breve pero sentida carta en la que contaban lo mejor que habían vivido el último año con el homenajeado, los planes que estaban por llegar, o cualquier otra cosa que fuera de interés para quien cumplía años. Las cartas se metían en una caja y se entregaban tras la cena de celebración.

A todos les gustaba ver abrir el corazón a sus amigos, pero Sofía lo disfrutaba especialmente. Estaba lejos buena parte del año y la relectura de aquellas cartas le ayudaba a sobrellevar muchas jornadas duras en Madrid.

Lola apareció con una caja roja y blanca que la chica recibió con gran entusiasmo. Se precipitó sobre la tapa y con presteza sacó la primera de ellas. Era de Fran. Sofía comenzó a leer en alto.

—«Tengo que agradecerte tantas cosas que no sé por dónde empezar, pero seguro que terminaría recordando la noche en la que te llamé casi a las cuatro de la mañana. ¿Te acuerdas?». Sí, Fran, no suelen despertarme a esas horas. Me acuerdo.

El resto comenzó a reír mientras el aludido guardaba silencio. Alicia sonrió maliciosamente: sí, Fran era muy de hacer ese tipo de cosas. Sofía siguió leyendo.

—«Seguía trabajando a aquellas horas. Estaba agotado y, de pronto, nuestro cliente se echó atrás en una inversión. El esfuerzo no había servido de nada. Me sentía fatal. De camino a casa marqué tu número. No solo no me mandaste al cuerno, sino que me animaste con tus palabras. Conseguiste calmarme y, cuando llegué a mi apartamento, pude dormir un poco. Gracias por ser mi mejor amiga. Todo el mundo debería tener una Sofi». ¡Ven aquí, tontorrón!

Ante el aplauso general, los dos amigos se abrazaron. Alicia aplaudía con desinterés y suficiencia. «¡Qué subnormal!», pensó. Después le llegó el turno a la carta de Lucho.

—A ver, a ver... ¡Qué cortita!

—Pero contundente, ya verás, ya —respondió el aludido guiñándole un ojo.

—Bueno, empiezo. «Creo que eres la única de todos que

puede ayudarme a cumplir un sueño». Eso es muy bonito, Lucho. Me hace sentir especial.

El chico la observaba expectante desde la otra punta de la mesa.

—«Siempre he querido...».

Sofía se echó a reír antes de seguir leyendo.

—«... ir a un club de intercambio de parejas».

Carcajada general. Raquel no se sorprendió. Sabía perfectamente que a Lucho le gustaba saltar de cama en cama. No era ninguna novedad. «Con cualquiera menos conmigo. Manda huevos». Lola se removió en su asiento. Estaba empezando a sentirse incómoda con aquello, aunque no dijo nada.

—«Como no tengo pareja, no puedo entrar. Eres la única que podría animarse a fingir ser mi novia en un sitio de estos, y pasarse la noche follando como una loca con desconocidos. ¿Te animas?». Y la respuesta es... ¡Sííí!

Ovación general y abrazo de los interesados frente a la cara de circunstancias de Lola.

—¡Virgen del Val! —murmuró con desapego mientras se recolocaba la rebeca sobre los hombros.

A Sofía le daba morbo el plan y Lucho estaba encantado de haber encontrado a una cómplice para sus aventuras.

—Pues, visto lo visto, suscribo lo que dice Fran: todo el mundo necesita una Sofi.

Mientras en la bodega continuaba la lectura de cartas, Cosme salió a buscar un par de troncos más de la leñera. El termómetro bajaba ya de cinco grados y en la bodega aún tenían cuerda para rato. «A ver... Este y este, que parecen grandes. Así no tendremos que volver a salir».

—¿Tienes un minuto?

No le hizo falta girarse para saber quién estaba hablando. Reconocería la voz de Florita entre un millón.

—Claro. Tú dirás.

Ya se habían puesto los pijamas. «Solo a ella se le ocurre

venir a una quedada con uno de unicornios y brillar como nadie».

—Verás, creo que el otro día fui un poco brusca. Quería disculparme.

—No pasa nada. Pensé que estaba haciendo bien las cosas. Me equivoqué. Yo también lo siento.

Era una noche francamente fría, pero uno y otro habían dejado de preocuparse por la temperatura. Cosme volvió a tomar la palabra.

—Oye, Flo, me estás castigando por quién era hace años. Déjame enseñarte quién soy ahora. No he vuelto a llamar a tu puerta porque sí.

Allí estaba de nuevo aquella condenada mirada irresistible. Florita tenía delante las manos que habían pasado tantos minutos bajo su ropa y que ahora se abrían ante ella, invitándola a volver a aquella ilusión que un día se rompió sin más. Era duro renunciar al más dulce de los sueños, pero mucho más cruel sería volver a caer. Florita no supo por dónde tirar.

—Bueno, poco a poco.

Y Cosme sonrió. Aquello podía ser un principio.

Acabada la ronda de cartas, recogieron la mesa para tenerla despejada de cara a los juegos con alcohol. Raquel aprovechó ese momento para meterse en el baño y tener un poco de intimidad. Sería que sus ovarios estaban en plena efervescencia o simplemente que no tenía el día, pero la chica comenzó a llorar. Se sentó en el suelo del pequeño habitáculo y apoyó sus cabellos cortados a lo *garçon* contra la pared. ¿Qué podía hacer para que Lucho volviera la vista hacia ella? ¿Qué tenían las otras chicas para que las besara mientras a ella la ignoraba? Alguna era incluso fea. No tenía un patrón fijo. Raquel, en cambio, no dejaba de recibir propuestas. Algunas las aceptaba, pero ninguno de aquellos chicos había conseguido ponerle el corazón al revés como hacía Lucho cuando la miraba dos segundos seguidos.

Hubiera podido quedarse allí toda la noche de no ser porque Florita llamó a la puerta.

—¡Nena, que empezamos!

—¡Voooy!

A esas alturas, ya se les empezaba a soltar la lengua. De tarde en tarde, les gustaba jugar al «Yo nunca he...». La dinámica era simple. Consistía en formular por turnos frases referentes a la propia experiencia. Yo nunca he subido a una montaña, yo nunca he conducido un tanque. Quienes sí lo hubieran hecho, bebían. Lola estaba repartiendo los vasos y detrás de ella, Cosme los iba llenando.

—¿Qué queréis? ¿Pacharán, orujo, licor de hierbas, whisky, ron...?

—La primera de licor —propuso Alicia.

El dado otorgó la puntuación más baja a Lucho.

—¡Esto lo tenéis trucado, tíos! Siempre me toca empezar a mí.

Arrancó con un clásico.

—Yo nunca he tirado piedras al campanario de la ermita.

Y bebieron todos. Le tocaba a Cosme. Según estaba el patio con Florita, decidió no complicar las cosas y eligió un tema neutro.

—Yo nunca le he quitado el coche a Lola.

Y volvieron a beber todos. Estaban rellenando los vasos cuando el móvil de Lucas vibró y, con él, la escasa paciencia del chico:

Ni me olvido de ti ni de ella.
Esto no acabará nunca.

Era Ruth tirando un poco más de los extremos de la cuerda que le apretaba el cuello.

—Lucas, tu turno.

Todo estaba a punto de cambiar. El veterinario, visiblemente tocado por el alcohol y muy agobiado, explotó.

—Yo nunca he estado casado.

Todos se quedaron mirándolo. No sabían por dónde iba. ¿Por qué decía algo así si estaba rodeado de solteros? Ante el pasmo general, se acercó el vasito a los labios y comenzó a beber sin dejar de mirar a Lola. Ella se quedó pálida. Tenía el guante a sus pies. El licor iba resbalando por su garganta, pero no conseguía deshacer el nudo. Ya no podía más. Si quería protegerla de Ruth, tenía que ponerla sobre aviso. Y que saliera el sol por Antequera.

—¿Qué dices? —preguntó Lola casi retóricamente.

Lucas no era consciente de la que acababa de liar. No obstante, decidió seguir adelante. Solo pensaba en la seguridad de Lola y en terminar con la opresión que sentía. Sus amigos esperaban movimientos. Estaban descolocados.

—Que cuando estudiaba en Madrid, me casé con una novia que tenía. Lo hice porque pensaba que estaba embarazada.

El silencio empezó a aplastarlos a todos. Lucas había abierto la compuerta y ya no se detuvo. Necesitaba desahogarse.

—El caso es que ahora no quiere firmar el divorcio.

—¿Pero es que sigues casado con ella? —preguntó Lola, que notaba cómo se quedaba sin aire.

—Sí.

—¡¿Por qué?!

—Por idiota. Por no querer volver a verla —respondió Lucas negando con la cabeza.

Lola no era la única que estaba tratando de asimilar la información. Los amigos de la pareja escuchaban sin pestañear. Lucho fijó la vista en el suelo. No se atrevía a mirar a ninguno de los dos. A Lucas porque sabía que estaba sufriendo. A Lola porque lo fulminaría si se enteraba de que lo sabía todo. «¿Cómo se le ha podido ir tanto de las manos?», se lamentaba en silencio. Sofía miraba a su amiga preocupada. «Va a estallar de un momento a otro». Y no se equivocaba. En aquel instante, la novia cayó en la cuenta de algo que hizo que dejara de hablar y empezara a gritar.

—¿Entonces estoy preparando una boda que no se puede celebrar? —preguntó retóricamente la novia con los brazos en cruz y cara de incredulidad.

Lucas bajó la mirada. No sabía qué decir. Los demás respondieron a su amiga con la expresión impertérrita de sus rostros. Su novio se había vaciado, estaba sin fuerzas. Notaba un peso inusitado en sus extremidades. Frente a él, Lola. Siempre había tenido carácter y no estaba dispuesta a pasar por aquello. Ante el asombro general, se quitó el anillo bruscamente y se lo tiró a la cara al que había sido su prometido hasta ese momento. Él no dijo nada.

Un instante después, la maestra había abandonado la bodega y estaba en el exterior llorando sin poder creerse lo que acababa de ocurrir. ¿Cómo era posible que le hubiera ocultado algo así? ¿Lo sabrían los demás? ¿Lo sabrían todos menos ella? ¿Cómo podía haber sido tan idiota de no darse cuenta de nada?

En el interior, nadie se atrevió a decir ni una sola palabra. Solo Raquel se levantó para ir con ella, pero Lucas la detuvo.

—Quédate aquí. Si alguien tiene que lidiar con esto soy yo.

Y acto seguido salió.

—¡Déjame sola! ¡Ya has dicho bastante!

Lucas entendía la reacción de su novia. De haberse producido a la inversa, él tampoco lo hubiera llevado bien.

—Te estás haciendo demasiadas preguntas y lo que necesitas son las respuestas.

Eso era cierto. Lola se estaba muriendo por saber de qué iba todo aquello, y si alguien podía explicárselo era él. Por un momento, depuso su rostro desafiante e intentó tranquilizarse un poco. No mucho, pero sí lo suficiente para que él pudiera explicarle la secuencia de actos. Al terminar, ella había cambiado las lágrimas por ira.

—Lucas, aquella noche en Sahún, cuando nos abrazamos, me pareciste especial. ¿Sabes por qué? Pues porque, además de ser atractivo, eras mi amigo. Pensé que, si empezábamos algo, no solo tendríamos el futuro, sino también un pasado compartido. Di por hecho que nos íbamos a entender muy bien porque teníamos la confianza que otorga el crecer juntos. Creía que no iba a haber sorpresas cuando nuestras familias se conocen desde siempre. ¡Y me sales con esto!

El chico la escuchaba con la mirada baja. Le daba pudor levantar la vista hacia un rostro cuya expresión lo desconcertaba. Su voz intentaba reflejar una calma que no sentía en absoluto.

—Oye, me da mucha vergüenza todo lo que rodea esa relación. No me siento precisamente orgulloso y temía que no quisieras seguir si conocías la verdad.

—Comprendo que esa... historia no haya sido fácil, pero no entiendo que no te divorciaras antes.

—¡Porque no quería ni verla! ¡Es peligrosa, Lola!

—O porque no querías romper del todo. Tal vez la sigues queriendo.

Aquello se llevó por delante la escasa tranquilidad que sentía el veterinario y los gritos se desprendieron de su garganta.

—¡Para nada, Lola, por Dios! Eso está acabado. Si os lo he contado es porque he iniciado los trámites del divorcio, pero ella está rabiosa y puede intentar pagarlo contigo. ¡Debes tener cuidado! Debes estar alerta con los desconocidos.

—No seas dramático, Lucas. Sé cuidarme. Sabré reconocer a la madrastra de Blancanieves si me ofrece una manzana.

En la bodega, los amigos habían comenzado a analizar la situación.

—Esto no me lo esperaba yo de Lucas —dijo Fran—. Tan educado, tan buen chico y nos pone una esposa secreta encima de la mesa. ¡A ver quién supera eso!

—Yo la conocí cuando estudiábamos en Madrid —confesó Sofía—. Me la presentó en una fiesta de la facultad. No me gustó un pelo.

—Lo que Lucas dice de ella no la deja en buen lugar, desde luego —juzgó Lucho.

—¿Tú lo sabías? —preguntó Alicia.

—Sí, algo. Hasta ahí puedo leer —reconoció Lucho. No estaba por la labor de contar una historia que debía desvelar su protagonista. Ni era su papel ni hubiera sabido cómo explicar algunos pasajes.

—¿Siguen fuera? —se interesó Florita.

—Creo que sí —respondió Raquel.

Más de diez minutos llevaban hablando Lucas y Lola sin converger absolutamente en nada. Y sin dejar de gesticular.

—¿Me puedes explicar cómo les cuento yo esto a mis padres?

—No hará falta. Con los gritos que estás dando se lo va a decir cualquier vecino.

—Voy a ser el hazmerreír del pueblo, la tonta que salía con un casado sin imaginárselo.

—Lola, no te maltrates. No es justo. En todo caso, yo seré el malo.

Ella no dejaba de caminar de un lado a otro.

—Ahora tengo la sensación de que esto puede ser solo el principio. ¿Cómo sé que no guardas nada más en la recámara?

—¡Porque no lo hago! ¡Me conoces!

Ella se quedó mirándolo con amargura. Parecía una frase inocente, pero, sin pretenderlo, acababa de echar vinagre en la herida.

—Eso ya no lo tengo tan claro.

Y a continuación, Lola avanzó hasta la verja y se fue a su

casa. Lucas se quedó quieto mirando cómo cerraba con furia. Era absurdo seguir hablando con ella hasta que no se tranquilizara. Quedarse con los demás, también. Le apetecía estar solo. Pensó en entrar a despedirse, pero no quería otro interrogatorio, así que también se fue. Por una vez, vivir cada uno en una punta del pueblo fue una bendición.

Cuando Cosme salió a buscarlos, hacía rato que se habían ido. El jardín estaba en calma, pero supo que la tormenta no había hecho más que comenzar.

CAPÍTULO 9

LOLISTAS Y LUQUISTAS

—¿Creéis que se casan o que rompen?

Dentro de la bodega, Sofía planteó en voz alta y con tono neutro lo que todos estaban pensando. Por un instante, nadie dijo nada. Algunos incluso pensaron que la pregunta estaba fuera de lugar. Lucho se encargó de romper el silencio.

—Vale que Lucas no lo ha hecho bien. De acuerdo, tenía que haber elegido otro momento para contárselo, pero también os digo: si Lola manda todo a la mierda por algo así...

—¿Qué? —dijo Fran.

—Pues que tampoco será normal. Lucas es mucho más que su estado civil, el cual, por cierto, no les ha impedido ser felices hasta ahora.

Raquel lo escuchaba con atención y decidió intervenir.

—Compro tu versión y añado que Lola es muy cuadriculada a veces, sí, pero también es cierto que me pongo en su lugar y creo que me costaría volver a confiar en mi pareja si me ocultara algo así. La confianza es como una tela de araña. Si metes el dedo, la rompes. Sigue ahí, de acuerdo, pero ya no flota. La magia se pierde.

—Sí, Raquel, hay gente a la que se le da bien lo de jugar con la confianza... —dejó caer Alicia posando sus ojos sobre Fran.

El chico Samitier apartó la mirada. «Y vuelta la mula al trigo», pensó él con hartazgo. No estaba dispuesto a volver a hablar de AQUELLO.

—Lola esto no lo va a perdonar así como así. Eso tenedlo claro. No digo que rompa con Lucas, pero que igual no se casan este año... puede —valoró Florita.

—Yo creo que él ha sido muy valiente afrontando esto. No ha tenido que ser fácil —aventuró Lucho.

—Lucas es muy noble, eso lo sabemos todos, pero quizá debería habérselo dicho a Lola a solas. De alguna manera, la ha puesto en el disparadero, ¿no? Ahora es ella la que tiene que elegir entre romper con él para mantener su orgullo de cara a la galería o seguir adelante y quedar, entendedme, en entredicho. Porque de esto se va a hablar en el pueblo y mucho. Lo sabéis —razonó Fran.

—¡Madre mía! Con lo que gusta en este pueblo un chisme... —convino Cosme.

Las chicas decidieron salir al porche a hablar de sus cosas y ellos se quedaron dentro. La noche no había finalizado como esperaban, pero la vida no los reunía tanto como quisieran y todos sabían que tenían que aprovechar.

—Ya siento que al final tu cumpleaños haya quedado en segundo plano, nena —se disculpó Florita con Sofía.

—¡Qué va! Lucas acaba de hacerlo mítico —respondió Sofi antes de darle un trago a su *gin-tonic.*

—¡Eso es cierto! —concedió Florita.

—¿Qué tal con Cosme? —preguntó Raquel.

—Bueno, bien. Me puse un poco borde en La Deliciosa y me he disculpado. Ya está. Todo en orden.

—¿Y lo de volver nos lo planteamos? —preguntó Alicia con picardía.

—¿Te planteas tú volver con Fran? —contratacó Florita.

—Antes, muerta —dijo la abogada con rotundidad.

—Pues eso. Lo bueno fue muy bueno, pero lo malo fue criminal —expuso la economista.

—A ver, esta vez no tiene por qué ir mal. Él sabe que la cagó y no creo que pretenda volver si no lo ha pensado bien —analizó Sofi—. No, siendo amigos como sois.

—Es que no sé qué pretende. Puede tener a cualquier chica que quiera y me está mareando a mí. Absurdo. Peso el doble que cualquiera de sus amantes.

A Alicia le daban bastante pereza las inseguridades de su amiga.

—Vamos a ver, Flori. Una vez vino a Valencia a vender un cacharro de los suyos y quedamos a cenar. Me llevó a un restaurante de esos imposibles que le gustan a él. Total, que la camarera, un bombón, en cuanto supo que no éramos pareja, empezó a coquetear con él. Descaradamente. Hasta le pasó un papel con su teléfono junto a la factura. Nos hizo gracia y le dije que, si quería quedarse con ella, yo podía pedir un taxi y regresar a casa sola sin problema. ¿Sabes lo que me dijo? Que estaba harto de bombones. Y yo creo que es verdad. Cosme está ya en otra onda.

Aquel fue el primer comentario que hizo reflexionar a Florita. Estaba acostumbrada a escuchar palabras bienintencionadas pero poco realistas, sin embargo, lo que acababa de contar Ali era otra cosa y confirmaba las palabras de Cosme. ¿Y si tenía razón? ¿Y si realmente la estaba echando de menos?

—Cambiando de tema, Sofi. ¿Decías en serio lo de acompañar a Lucho al club de intercambio de parejas? —preguntó Alicia con curiosidad.

—¡Pues claro! Primero, me apetece verlo en acción. Ligando es muuuy personaje. Segundo, si cae algo interesante, pues eso que me llevo por delante.

Raquel sonrió mirando a sus amigas. No es que Sofi desconociera lo que ella sentía por Lucho; al contrario: fue de las primeras en saberlo. Simplemente se comportaba como lo que era: amiga de los dos. Por un lado, sabía que Raquel no era Lola, que si bien le gustaba Lucho, no se cortaba a la hora de estar con quien surgía. En otras circunstancias, ella misma le hubiera acompañado al club. Por otra parte, no encontraba lógico que Lucho se cohibiera por lo que sentía

Raquel. Es más, Sofía consideraba que, ya que no era correspondida, aquello se le pasaría antes si todo el mundo actuaba con normalidad. Y la normalidad de Lucho era la que era.

—En fin, chicas, ¡un brindis por la incapacidad de las chicas de este grupo para encontrar pareja! —propuso Sofi levantando su copa.

Cuando ellas regresaron al interior, los demás ya se estaban preparando para dormir. «Menos mal que he cogido sitio antes», pensó Alicia. Era muy friolera y, aunque llevaba un saco bastante grueso, lo había extendido cerca de la chimenea para poder aprovechar el calor de la brasa. En ese momento, Fran regresaba de lavarse los dientes. Ante la sorpresa de Alicia, el saco que estaba a su derecha era el suyo. No era la idea. «Tampoco vamos a hacer un drama», pensó el chico. «Bueno, total, nos vamos a dormir en nada», sopesó ella mientras sonreía avanzando hacia la boca de su saco. «Si la fiera está de buen rollo, igual hasta tenemos la noche en paz», aventuró él.

—¿Puedes pasar bien? —dijo él al verla balancearse entre los bártulos.

—¡Sí, tranquilo! Gracias.

«Qué bien huele», pensó él cuando Alicia llegó a su altura. Ella aprovechó también para mirarlo de reojo. «Pues sí: está muy guapo». Tenía el pelo algo más largo y le sentaba bien. La edad le estaba dando carácter a aquellos hoyuelos que en su día la habían vuelto loca. Uno y otra se metieron en sus respectivos sacos con fingidas caras de buen rollo.

—¿Estáis ya? ¿Apago la luz? —preguntó Lucho.

—¡Sí! —respondió Sofi—. Florita entra luego.

—Vale.

En un instante, la bodega se quedó a oscuras. Solo los iluminaba el resplandor que emergía de las brasas. Sofi estuvo mirando un rato los bultos repartidos por la estancia. Todos los amigos juntos. «A ver si se animan a venir a verme, que cuesta un *pecao* sacarlos del valle». Un rato después, Fran se dio cuenta de que solo faltaban por dormirse Alicia y él.

—¿Estás despierta? —le susurró bajito.

—Sí. Con todo lo que ha pasado cuesta cerrar los ojos.

—Ya.

—¿Tú no sabías nada?

—No. Cosme y yo, no. Solo Lucho. Por el tema papeles.

—Menudo jaleo tiene ahora...

—Bueno, todo lo que puede pasar es que tengan que retrasar la boda un tiempo.

—Pero Lola estaba muy ilusionada, ya se había hecho a la idea de casarse en junio...

—Bueno, pues tendrá que hacerse a la idea de casarse en otro momento. Eso es todo.

—¿Eso es todo? ¿Y te quedas tan feliz?

El tono que Alicia estaba empleando no engañaba. Fran sabía que la corona de burbujas estaba subiendo por el cuello de la botella, así que se esforzó en mostrarse sereno para no alterarla.

—A ver, no se ha muerto nadie, no se ha cancelado nada. En el peor de los casos sería un simple retraso.

—¿Y la mentira?

—La mentira no está bien, pero, oye, conocemos a Lucas, es un buenazo, sus motivos tendría. Lo importante es que la quiere.

Y en ese momento se adivinaron mirándose entre los reflejos anaranjados. Mirándose como ENTONCES. Fran continuó. La penumbra le estaba dando alas.

—Lo importante es que se ha equivocado en la forma, pero está muy seguro del fondo. Que si pudiera dar marcha atrás, actuaría de otra manera. Que ha hablado claro porque quiere partir de cero y dejar aquello atrás. Que lo que siente es tan inmenso que podrá con todo.

Ahí fue cuando Fran se dio cuenta de que en algún momento de la conversación había dejado de hablar de Lucas y estaba hablando de él.

A la mañana siguiente, todo el pueblo sabía que la boda

estaba en el aire por varios motivos: porque el novio estaba casado, porque seguramente el divorcio no llegaría a tiempo y porque la novia ya no quería casarse. Mucha tela que cortar para un Jueves Santo por la mañana. Tanta que Santa Manuela se dividió en dos: los de Lola y los de Lucas. Los que pensaban que aquello no tenía perdón y los de la cofradía del «pues total, no es para tanto». Lolistas y luquistas.

Para unos, el pecado de Lucas consistía en haberle fallado a uno de los suyos. Si había una norma sagrada en el pueblo era la de cuidarse, la de defenderse los unos a los otros. Así había sido siempre entre aquellas montañas. Por eso, y a pesar de todo, todos estuvieron ojo avizor por si la tal Ruth tenía el humor de presentarse en el pueblo.

Las cosas no habían mejorado para Lucas. Ruth seguía enviándole mensajes inquietantes y no había forma de que Lola le cogiera el teléfono. Se estaba empezando a desesperar, así que cuando Cosme le planteó ir a pasar el día a la estación, le costó poco ponerse el mono de esquí. Desde el interior de la carnicería lo vieron pasar cargado con el equipo.

—Míralo, tan campante que va el tío a esquiar con la que está cayendo —dijo una de las parroquianas que esperaban a ser atendidas por Melitón, el padre de Raquel.

—Bueno, no se va a quedar el chaval encerrado como un cartujo. Además, que van todos los amigos. ¿O no, Mila?

Mila, la madre de Alicia, estaba siendo atendida.

—Sí, pero ¿qué queréis que os diga? Yo pensé que Lucas era de otra manera. Más serio, más formal. ¡Y mira!

—La que le han liado a los padres... —se escuchó al fondo.

—Esa es otra —asintió Mila—. Miguel y Mariano, amigos de toda la vida, y ahora ¿qué?

—Pues ahora lo mismo, Mila. Ellos seguirán tomando café y echando la partida tan tranquilos —dijo Melitón—. Kilo cien te pesan las salchichas. ¿Quito los cien o los dejo?

—Mmm, déjalos. Y ponme panceta. Trescientos. A lo que iba, que tú dirás lo que quieras, pero la procesión va por dentro, que un feo a una hija no se olvida así como así.

Melitón estaba colocando la pieza sobre la tabla de corte cuando la escuchó decir aquello.

—A ver, Mila: feo, ninguno. ¿Que no lo ha hecho bien?, de acuerdo, pero eso es algo que ocurrió antes de echarse a Lola de novia. Aquí no se le ha faltado al respeto a la chica.

—¡Pues claro que sí! ¡Los tuyos, por delante! —se volvió a escuchar al fondo.

—¡Pero si es que el chico no la ha puesto nunca por detrás de nadie! —sentenció Melitón alzando la voz para que lo oyeran bien los últimos.

Mila había conseguido permanecer callada veinte segundos. Intentar superar esa marca era tentar al diablo.

—Yo solo te digo que le hace eso a mi Alicia y el Luquitas no lo cuenta. ¡Y mira que quiero a su madre!

Melitón la miró con cara de desesperación. A nadie se le escapaba que después de AQUELLO, Fran Samitier seguía vivito y coleando.

—¡Qué *bocas* eres a veces, hija!

La nieve de abril no era para volverse loco. Seguía helando por las noches, pero en algunos puntos de la estación ya comenzaba a asomar la hierba. En algunos tramos, las pistas presentaban bañeras, charcos helados y agua que dificultaban el desplazamiento de los esquís. A los chicos no les importó demasiado. Disfrutaron deslizándose ladera abajo y compartiendo tiempo juntos. Lucas intentó acercarse a Lola, pero fue imposible. La chica se giraba en cuanto lo veía aparecer. La cosa no mejoró durante la comida en la cafetería. Cuando quiso darse cuenta, Cosme y Sofi se habían sentado uno a cada lado de ella. «Bueno, a ver si otro día hay más suerte».

Los amigos se ponían en guardia cuando Alicia y Fran estaban juntos. Sus intercambios de palabras solían terminar mal, pero en aquella ocasión nadie reparó en que estaban recorriendo juntos y bandeja en mano la línea del bufet. Él iba delante.

—Parece que lo de Lola y Lucas va a traer cola. Anda medio pueblo revolucionado —comentó Fran.

—¡Sííí! Hasta mi madre anda metiendo baza.

—Bueno, Ali, andar metiendo baza es el estado natural de Mila. No te equivoques —respondió Fran con retranca.

—*Touché* —reconoció divertida—. Pásame un agua, por favor.

El chico le alcanzó una botella.

—¡Es verdad! Lo mismo que te reconozco que es buena persona te digo que no hay otra tan alcahueta en todo el pueblo.

—Es parte de su encanto, sí.

Ambos soltaron una carcajada. ¡Qué fácil era hablar con Alicia cuando estaba relajada! Era una de las cosas que seguía echando de menos de ella: su conversación. Debía admitir que era con la que tenía más cosas en común y que, incluso dos años después de AQUELLO, a veces, en medio de una conversación de grupo, se miraban y ambos sabían perfectamente que estaban pensando lo mismo. Y qué guapa estaba con las dos trencitas.

—De todas formas, tu madre tampoco creo que se esté manteniendo al margen.

—¡Tampoco! En eso tienes razón. ¿Quieres pollo o lomo?

—Lomo mejor. Gracias.

—Toma —dijo pasándole un plato—. Mi madre me da una matraca que no veas. Me pide a diario el parte de novedades y, si yo no le digo nada, llama a mi tío Melitón a la carnicería por si alguien le ha contado algo.

—Menos mal que rompimos, Fran. Mi madre y la tuya de consuegras hubieran hecho volar el valle.

Nuevamente las carcajadas partieron la conversación. «Dios, Fran. ¡Qué bien lo pasábamos juntos!».

Raquel ya había regresado con su bandeja a la mesa y esperaba a los demás. Lucho estaba pagando. Raquel lo tenía en buen ángulo y sacó el móvil para hacerle una foto. Lucho la pilló.

—¿Me estás haciendo fotos, Raquel? —preguntó divertido.

—Bueno, una, sí.

El chico sonrió con ternura, se acercó a ella y, mirándola de frente, la cogió por los hombros. No era tan exuberante como Sofía ni tan atractiva como Alicia, pero tenía un encanto que le hacía sacar su lado protector.

—A ver... Sé por qué lo haces y que conste que me siento halagado. Te conozco, sé que eres muy selectiva y gustarte es todo un orgullo, pero no puedo darte más. Para mí eres una amiga y no quiero que sufras. Por favor: a otra cosa, Raquel.

—Te agradezco el interés, pero yo no puedo elegir lo que siento. Me encantaría fijarme en otro que me hiciera más caso que tú, pero, de momento, esto es lo que hay.

No era la primera vez que tenían aquella conversación. Hablaban con la tranquilidad y la confianza que daban los años compartidos. Era sabido que Raquel estaba enamorada de él, pero ni ella andaba llorando por los rincones ni él trató nunca de aprovecharse de aquella circunstancia. Se apreciaban y afrontaban aquello con objetividad. Era lo mejor.

La comida transcurrió sin mayores sobresaltos. Los chicos notaban las miradas de algunos valinos que también estaban pasando el día en la estación. Miradas de cariño o de reproche hacia Lola y Lucas, en función del bando en el que habían decidido militar. Cuando Lucas fue a recoger sus esquís a la salida de la cafetería, una de sus paisanas, amiga de la madre de Lola, le golpeó con los bastones al grito de «mentiroso» y «cobarde». Por su parte, Lola se despistó al bajar del telesilla y estuvo a punto de caer; ninguno de los encargados de la instalación hizo nada por ayudarla. La tensión era evidente. Y aún faltaba lo mejor.

En plena tormenta social, Alicia decidió seguir con sus costumbres. No estaba para desaprovechar los pocos días que pasaba en casa. Cada vez que pisaba el valle, la chica reservaba un rato para ir a visitar a quien todos conocían en el pueblo como Misteilor, el apodo cariñoso de Gertrude Taylor, su nombre real, el cual ya no se recordaba. Era británica, pero llevaba en el pueblo casi toda la vida. Nadie sabía exactamente por qué había venido ni por qué se quedó. Simplemente, la adoptaron por su dulzura y amabilidad. Nunca aprendieron a pronunciar su nombre; lo castellanizaron y no se complicaron más la vida.

Alicia le tenía un cariño especial. Desde que se había ido a estudiar a Valencia, la señora siempre le encargaba horchata y *fartons* de un establecimiento concreto y ella se los traía con mil cuidados.

—Fui una vez a Valencia. —«¡Qué haría esta señora en Valencia!», se preguntaba Alicia de vez en cuando—. Me encantó la ciudad. Majestuosa, orgullosa, señorial. Estuve en una horchatería de la plaza del ayuntamiento con una amiga. Mimosa se llamaba. Veíamos pasar a la gente arriba y abajo. Un joven se sentó con nosotras. ¡Nos contó tantas cosas interesantes! Era muy guapo. Se llamaba Joan. Ya ves, a mí el nombre me sonó casi británico. Cada vez que me traes horchata, recuerdo aquella tarde, querida Alice. Me haces rejuvenecer.

—No me cuesta nada, de verdad. Cuando vuelva, le traeré más.

Muchas veces se había preguntado por el misterio que rodeaba la vida de aquella señora. Tenía modales refinados y una exquisita educación. Sin lugar a dudas, se adivinaba que había vivido mucho más que sus coetáneas de Santa Manuela. Pero, a pesar de la cercanía que habían llegado a tener, Alicia nunca le había hecho preguntas. Ella sí.

—¿Y cómo vamos de novios?

—De momento, nada.

—¡Eso no puede ser! Eres muy guapa. Seguro que hay alguien. Siempre lo hay.

—Bueno, hay un chico, pero digamos que es... imposible.

—¿Por qué?

—Pues porque no dejamos de discutir. Tuvimos algo parecido a una relación hace un tiempo, pero...

—¿Algo parecido a una relación?

—Intermitente, vamos. Cada uno estudiaba en una ciudad. Solo nos veíamos en vacaciones y..., bueno, yo di por hecho que estábamos juntos, pero él debió de verlo de otro modo.

—Es del pueblo, entonces.

Alicia creía haber sido más genérica de lo que había sido en realidad. Se sentía un tanto intimidada, interrogada. Aquella señora siempre iba tres pasos por delante de ella.

—Sí, bueno. Es de aquí. Supongo que le conoce. Es Fran.

—Fran de... ¿Casa Samitier?

—Sí.

—Es buen mozo. No tienes mal gusto.

Misteilor la miró con aquellos ojos que reflejaban la sabiduría que dan los años y la ternura propia de quien ha amado mucho.

—Mi querida niña, no hay nada más peligroso en una relación que dar algo por hecho. Es necesario hablar, llamar a las cosas por su nombre. Cuanto más claro, mejor. Y, evidentemente, vosotros no lo hicisteis.

Alicia la escuchaba sin pestañear. Una vez más, y ya iban muchas, volvía a dar en el clavo.

—Está claro que tú quieres exclusividad. Díselo.

—Es que no sé si él también quiere.

—Eso no debe afectarte a la hora de expresar tus preferencias. Tus sentimientos son los que son, independientemente de los suyos.

—Ya, pero me da vergüenza.

—Entonces puedes sufrir, porque te expones a que él los malinterprete y actúe de un modo que te disgusta. Si quieres proteger lo que sientes, exprésalo.

—¿Y si él no quiere lo mismo?

—Entonces al menos sabrás por dónde te mueves. Ganarás tiempo en lugar de perderlo con alguien que no quiere lo mismo que tú. ¿Más té, querida?

Nadie le había dado nunca consejos como aquellos con los que ella le obsequiaba cuando estaban juntas. Daba igual que fueran sentimentales, económicos o de cualquier otra índole: siempre tenía preparada la palabra precisa. No conocía a ninguna mujer de su edad con aquella agilidad mental y capacidad de razonamiento. Resultaba difícil adivinar cuántos años tenía Misteilor; era de ese tipo de personas que parecían tener siempre la misma edad, o al menos así lo veía ella. No se le conocían visitas. Daba la impresión de que había dejado su existencia anterior a la entrada del valle el día que llegó.

—Pase lo que pase, tú confía. A veces la vida tiene sus propios planes.

La del sábado era la última noche que iban a pasar todos juntos. Los que vivían fuera se irían a primera hora, así que reservaron una mesa en el bar para cenar. Alicia y Fran se encontraron de camino.

La noche estaba fresca. Tanto que incluso caían algunos copos de nieve. Caminaron callados los primeros metros. Él miraba al suelo. Estaban a cinco minutos del bar, pero cinco minutos podían hacerse muy largos. Fran decidió romper el silencio.

—No contaba con que hiciera tanto frío. No sé por qué

siempre pienso que aquí va a hacer mejor temperatura que en Londres y me vengo casi sin ropa de abrigo. Ni la bufanda me he traído.

—Toma —dijo Alicia quitándose la suya—. Tengo más en casa.

Fran quiso rechazar la oferta, pero la verdad era que le hacía falta. Ella se la había ofrecido de buen rollo, nada que ver con la Alicia seca y cortante de las últimas veces. Aquel día lo había pasado francamente bien con ella. La había sentido cercana. El chico cogió la bufanda y al colocársela al cuello percibió el olor del perfume que ella solía llevar, mezclado con el de su piel. No sabía qué fragancia usaba, pero hubiera reconocido el aroma de Alicia entre un millón.

—¿Qué tal por Valencia?

—No me quejo. ¿Cómo van las cosas por la City?

—Muy bien. Mucho trabajo, mucho estrés...

—Bueno, tú eres un *crack*. Seguro que puedes con todo.

Él sonrió ante el voto de confianza que le demostraba su exnovia. Ella, también. Estuvieron charlando animadamente durante todo el camino. El resto del grupo no daba crédito a la normalidad con la que se comportaban. «¿Les habrá hecho relativizar lo de Lola y Lucas?», pensaba Lucho. «Ahora que discutimos los demás, ¿ellos se arreglan?», consideró Cosme.

Sea como fuere, los amigos pasaron un buen rato juntos, pese a saber que no volverían a coincidir en unos meses. El tema de Lola y Lucas no ayudaba.

—Me fastidia dejaros solos con este marrón —dijo Sofía bajito a Flori.

—Tranquila, nos apañaremos.

—Si alguno de los dos necesita aire fresco, me lo mandas a Madrid unos días.

—¡Descuida!

Fran se había sentado con Lucas.

—Yo creo que entrará en razón. Terminará por entender que no ha habido mala leche.

—No lo tengo tan claro, Fran.

—Bueno, en cualquier caso, ya sabes a quién llamar si las cosas se ponen feas.

—Te lo agradezco, pichón.

En aquel momento, se les acercaron unas turistas.

—¡Hola, guapos!

—Hola, prenda —respondió Fran en tono zalamero.

Las chicas le devolvieron la sonrisa. El coqueteo era evidente. Alicia, que permanecía atenta a la escena, susurró con sorna:

—Ojo, que Barba Azul se está viniendo arriba...

Entre tanto, la más alta se dirigía a Fran.

—¿Podemos hacernos una foto contigo? Queremos que en casa vean los tipos tan atractivos que hay por aquí.

—Faltaría más. Lucas, ¿nos la haces?

Al chico no le dio tiempo a responder.

—Ya la hago yo —dijo Alicia con guasa.

En un suspiro, la abogada se había plantado entre ellos. A nadie se le escapaba que el terremoto se acercaba. Lucas intentó evitarlo.

—Deja, mujer. Yo me encargo.

Pero llegaba tarde. El suelo del bar de Marisa ya estaba temblando. Las dos chicas no entendían nada.

—¡Si digo que la hago yo, la hago yo! ¿Vale? —dijo serena pero inflexible.

—Ali, tranquilízate —pidió Fran con sosiego.

—¿Es tu novia? —le preguntó una de ellas.

—¿Y a ti qué te importa, mona? —respondió Alicia—. Venga, dadme el móvil y poneos.

Las chicas se miraron. No sabían de qué iba aquello, pero era mejor largarse. Fran se estaba enfadando por momentos. No le gustaba que Alicia se entrometiera de esa manera, no tenía derecho.

—¿A cuento de qué viene esto, Alicia? ¿Qué quieres? ¿Que me quede en casa guardándote luto? ¿Es eso?

—¡Por mí como si te tiras a la reina de Inglaterra o se te cae la polla a trozos!

Fran no podía creerse que estuvieran discutiendo otra vez. Era el cuento de nunca acabar. ¿Por qué se repetía una y otra vez? ¡Con lo que se quisieron en su momento! ¡Con lo bien que habían pasado el día! Ellos, que habían recorrido buena parte de los prados de los alrededores comiéndose a besos. Sus amigos y medio bar no les quitaban el ojo de encima. Nadie sabía qué hacer. Intentar detenerlos era peor.

—Mira, Alicia, no tengo ganas de empezar a discutir otra vez. No sé qué quieres. Entras en bucle y no me escuchas. Creo que he tenido demasiadas consideraciones contigo, pero no estoy dispuesto a venir a Santa Manuela temblando por si nos cruzamos y se lía otra vez.

—Ah, ¿no?

—¡No! Eres una histérica. Ojalá nunca hubiera pasado nada entre nosotros.

Aquello la fulminó. ¿Cómo podía arrepentirse de una relación tan bonita? De las miradas, de los paseos abrazados, del ansia por regresar en verano y encontrarse cuanto antes. Alicia sabía que no iba a poder retener las lágrimas por mucho tiempo, así que decidió zanjar aquella conversación intentando hacerle tanto daño como él le había hecho a ella.

—Hasta aquí hemos llegado, Fran.

Se marchó a paso rápido hacia su casa. Él se quedó mirándola parado en medio del bar. Lo habían vuelto a hacer.

A pesar de haberse acostado tarde, Florita se levantó temprano el domingo. «Me muero por un *croissant* a la plancha con mermelada». Confitura había en la alacena; *croissants,* no. «Voy a la panadería». Sin pensárselo dos veces, se hizo un moño rápido, cogió el abrigo y se ajustó las gafas de sol. «Mejor me tapo. Debo de parecer un oso panda». Un instante después estaba girando la esquina. Un par de calles más abajo, se encontró con Cosme de frente. El chico estaba esperando el autobús para irse a Zaragoza.

—¡Hola, Flo!

—¡Hola! Pensaba que ya os habíais ido.

—Mis padres salieron hace un rato. Van en coche. Yo cojo el avión más tarde.

—¿El autobús te deja en el aeropuerto?

—No, luego cogeré un taxi. El aeropuerto está a quince minutos de la estación; queda cerca.

El autobús llegó y se paró a escasos metros de donde ellos estaban hablando. Cosme metió su bolsa en el maletero y fue a darle dos besos a Florita.

—Me ha encantado verte.

—A mí también.

Los otros tres viajeros ya habían subido y estaban pagando su billete, así que el chico echó a andar hacia la puerta. Florita se quedó para ver cómo se marchaba. Le parecía mal irse antes. «Ya que me lo he encontrado...». El bus cerró sus puertas y empezó a ganar velocidad. Ella sacó la mano para decirle adiós. Cosme la miraba mientras el vehículo se alejaba. Cuando estaban a punto de salir de la plaza de Santa Manuela, se detuvo.

«¿Qué pasa?», se preguntó Florita. Ante su asombro, Cosme bajó del autobús y fue corriendo hasta donde estaba ella.

—¿Y si vienes unos días a Milán y hablamos?

CAPÍTULO 10

—

EN EL AMOR Y EN LA GUERRA

A Fidel no le entusiasmaban las verbenas, pero sí le gustaba tomarse una gaseosa en la barra que se montaba en la plaza de la iglesia para las fiestas del pueblo. Allí, entre trago y trago, observaba a sus vecinos moverse al son de la música que marcaban un acordeón y un bombo. Aquella tarde, apoyado en la barra, vio llegar a Hortensia. Llevaba su brillante pelo negro recogido en dos trenzas y los ojazos oscuros le brillaban más que nunca. Llegó junto a sus padres y su hermana Fina y se sentó en uno de los bancos de piedra que rodeaban la plaza. Fidel no le quitó ojo en toda la tarde y habría jurado que la chiquilla, de apenas quince años, también lo había mirado con una sonrisa.

A partir de aquel momento, cada vez que se la cruzaba, todo lo demás desaparecía. Solo podía pensar en ella, pero no se atrevía a intercambiar más de dos frases sin sustancia.

—Hace fresco.

—Sí.

—Y a lo mejor llueve.

—Eso parece.

Así pasó casi un año. En mayo, cumplió los dieciocho y se juró a sí mismo que no llegaría a los diecinueve sin haberla besado. El día que se armó de valor, esperó bajo un árbol a que la chica pasara con el cubo camino al establo donde guardaban sus vacas. La vio entrar y, sin que ella se percatara de su presencia, entró detrás.

—Hola, Hortensia.

—Hola, Fidel.

—¿A echarles a las vacas?

—Sí. Como todos los días —dijo ella entre risas afables.

No había tiempo para preámbulos. Alguien podía verlos.

—Hortensia, si das la conformidad, me gustaría empezar a verte.

Sí, ella deseaba desde hacía tiempo que él se le acercara, pero no quería que pensara que era una fresca.

—Bueno, podemos probar. Pero, de momento, en secreto.

Al chico se le iluminó la cara.

—¡Como tú quieras!

Así, comenzaron a verse cada anochecer en un antiguo molino que había a las afueras del pueblo. Después del primer abrazo, Hortensia supo que no quería separarse de él. Aquellos, sin duda, fueron los meses más felices de la vida de ambos.

Fidel estaba a punto de irse al servicio militar y quería dejar su situación sentimental bien cimentada, por lo que planteó su relación con Hortensia en casa. Sus padres no transigieron. Aun así, la noche antes de la partida, uno y otro se deshicieron en promesas.

—Cuando vuelva, nos casamos. Si tengo que salir de mi casa, salgo. Tú espérame.

—Estaré contando los días.

Pero la desgracia llegó sin avisar. Siete semanas después de la marcha de Fidel, los padres de Hortensia fallecieron. La chica perdió su juventud en el mismo instante en que el sacerdote terminó de bendecir sus sepulturas. De repente, el peso de todas las montañas que rodeaban el pueblo cayó sobre sus hombros. Se permitió llorar a sus padres hasta que acabó el funeral, pero, concluida la ceremonia, tocaba pensar en el futuro. Su hermana Julia y ella estaban solas. Tenían tíos, las iban a ayudar, pero necesitaban valerse por sí mismas. Así que, en cuanto llegaron a casa, Hortensia se cambió de ropa y se fue a buscar a las vacas. Era lo que tocaba. Hortensia se dejaba la piel, pero apenas conseguía sacar lo justo para vivir.

Una tarde, su tía Sole se presentó en casa. No era gente de expresar afectos con palabras, pero Hortensia sabía que la quería mucho. Por eso la escuchó con atención cuando le dijo que el hijo de los Márquez, marqueses de Márquez a la postre, la pretendía.

—Es buena persona y tiene dinero. Te puede dar una vida que, de otra manera, no tendrás nunca. Piénsalo.

—Tía, yo... Tengo que decirte que estoy esperando a alguien.

La tía Sole suspiró con desesperación. No podía creer que su sobrina fuera una dulzona más que había sucumbido a la palabrería de alguno de los mozos del pueblo que estaba en el servicio. Intentó abrirle los ojos a la chiquilla.

—¿Cuánto hace que no te escribe?

Aquello la desarmó. Tres meses después de su marcha, Hortensia no sabía nada de él. Así, más por insistencia de la tía Sole que por interés propio, aceptó tomar el té con el hijo de los Márquez una tarde cualquiera. Rafael era un chico simpático y muy respetuoso y tenía su misma edad. De naturaleza enfermiza, había terminado en el pueblo por recomendación médica. Su familia era consciente del escaso valor de su hijo en el mercado nupcial de la alta sociedad, por lo que hicieron la vista gorda ante la chica que le gustaba a Rafael. Hortensia supo ver a la persona que había detrás del expediente médico. Le causó buena impresión, así que quedaron en verse otra tarde. Y otra y otra más.

Poco después, llegó la pregunta. Aquella tarde llovía y estaban en el salón de sus tíos charlando como cualquier otro día. De pronto, él se puso serio.

—Sabes que me gustas, ¿no?

Rafael era un chico encantador. Cualquier chica del pueblo hubiera deseado estar en su lugar; ella, en cambio, tenía el corazón dividido. Tras cinco meses sin saber de Fidel, había llegado el momento de rendirse a la evidencia: todo había acabado.

Hortensia se casó con el futuro marqués de Márquez apenas mes y medio después de la conversación. Quince días más tarde llegaron al pueblo noticias de Fidel: se había roto el brazo derecho y no había podido escribir hasta entonces. Esteban decidió no informar a Hortensia y optó por escribir a Fidel para hablarle de la boda de su novia. Él también volvió casado al pueblo. Y con un niño: el padre de Lucas.

Una semana después de que el anillo de compromiso volviera a su caja, la situación entre Lucas y Lola había cambiado poco. O nada. Ella se negaba a hablar con el chico y él estaba desesperado. El proceso de divorcio contencioso había comenzado, pero su abogado se lo dejó claro: llevaría tiempo. Entretanto, Santa Manuela seguía luciendo en medio del pecho la cicatriz que dividía a la localidad entre luquistas y lolistas. No era un gran punto de partida para aquel martes, pero era el que había.

Lola había vuelto a dormir mal, ninguna novedad, y le costó la misma vida salir de la cama. Desde hacía unos días, su vida giraba en torno a la misma pregunta: ¿qué hago? Perdonaba a Lucas y se saltaba sus férreos principios sobre la pareja o se mantenía firme y perdía al hombre de su vida. Y todo eso con la presión del tiempo. La fecha de la boda se les echaba encima.

Entró en el colegio como un alma en pena. Carolina se imaginó que tras las ojeras de su compañera se escondían muchas horas mirando el techo de la habitación. La abrazó con dulzura y le besó las mejillas. Compartían horas y horas y se habían cogido cariño. Lola sabía que, al finalizar el curso, Carolina se iría y vendría otra, como cada año. Como ocurre en todos los destinos que están lejos de las grandes ciudades. A esta la iba a echar de menos.

A duras penas entró en el aula. Román, uno de sus alumnos de tercero de primaria, se acercó hasta ella con la agenda escolar en la mano.

—Me ha dicho mi madre que te ha escrito algo.

—Gracias. Ahora lo miro.

Dudó si leerlo en ese momento o esperar al siguiente cambio de clase. «Bah, total, serán cuatro líneas». Cuando abrió el cuaderno, tuvo que leer la nota dos veces.

> Querida Lola:
>
> Sabes que te aprecio, que me gusta mucho cómo llevas la escuela, pero no puedo callarme y he decidido escribir esto. No comparto en absoluto cómo te estás portando con el pobre Lucas. No se merece lo que le estás haciendo pasar. ¡Vamos, hombre! ¡Tirarle el anillo a la cara, como dicen que le tiraste! ¡Con lo que él te quiere!
>
> Estaría bien que le dieras una oportunidad porque era muy joven cuando hizo lo que hizo, porque está arrepentido y porque yo ya me había hecho a la idea de verte llegar a la iglesia vestida de novia. ¡A ver por qué tengo yo que quedarme a dos velas!
>
> Y Josefina y Manoli, aunque no te digan nada, piensan lo mismo. Que me lo han dicho.
>
> Ahora, haz lo que quieras.
>
> Con cariño,
>
> ANA MARI

Lola levantó la vista de la agenda pálida. Había notado miradas de la gente. Sabía que unos estaban de su parte y otros, en contra, pero nadie había llegado tan lejos. Román volvió a la mesa.

—Mi madre me ha dicho que le respondas debajo.

—Vale, vale. Voy.

«¿Y qué le digo yo ahora?». Sin saber cómo, cogió el boli y anotó: «Lo tendré en cuenta. Gracias por su interés». Devolvió la agenda al niño y, aún desconcertada, comenzó la clase. Un par de horas después, una piedra impactó contra el cristal de la puerta de entrada.

—¡No os mováis! ¡Quedaos en clase!

Alertadas por el ruido, Lola y Carolina se acercaron a ver qué había ocurrido. Sorprendidas, encontraron una piedra forrada con papel.

—¿Qué pone?

—No sé, no lo veo bien —dijo Lola.

Carolina se acercó con cuidado esquivando los cristales y consiguió cogerla. Aguantándose una carcajada, se giró y le mostró a Lola el mensaje:

> Resiste, Lola. Estamos contigo.

Lucas había tenido que atender un par de urgencias y había terminado de trabajar bien entrada la noche, así que ese día se levantó un poco más tarde. Estaba a punto de empezar a desayunar cuando llamaron a la puerta.

—Buenos días, José.

—Buenas, Lucas.

—¿Qué me traes? ¿Facturas? —bromeó el veterinario ante el fardo de cartas que le llevaba el cartero.

—Pues de todo hay, majo.

—¡Me vas a cortar el desayuno con tanto disgusto!

—¡No me digas eso, hombre!

José era el cartero del valle de toda la vida. No había nacido en la zona, pero llevaba tantos años repartiendo la correspondencia que ya era uno más. Conocía las alegrías y las penas de cada vecino y siempre tenía un gesto cariñoso con todos. El afecto era mutuo.

—¿Cómo vamos de la artrosis? ¿Mejor?

—¡Bah! Hay días.

—Bueno, acaba cuanto antes y a casa tranquilo.

—Aún tengo que ir a Frona.

—Pues tira, que, si no, no acabas.

—Venga, adiós.

El cartero saludó con la mano y Lucas cerró la puerta. Revisó uno a uno los remitentes de las cartas. Cuando terminó el repaso, miró por la ventana. José seguía delante de su casa. «¿Pero no tenía prisa?», se sorprendió Lucas. Le extrañó verlo medio agachado y sacando la lengua entre los dientes. Estaba muy concentrado haciendo algo, pero ¿qué? Lucas buscó mejor ángulo desde la ventana y se quedó estupefacto cuando vio que el veterano cartero estaba pintando algo en su fachada con un espray. El chico salió a la carrera, pero José ya había terminado de escribir con letra clara: «Eso no se hace, Lucas».

—¡José, no me jodas! ¿Qué es esto?

—Lo siento, majo. Lo que está mal, está mal. Desde el cariño.

—¡¿Qué dices?!

—Que lo que le has hecho a Lola no tiene nombre. Es una canallada que no me esperaba de ti. Y eso se tiene que decir. ¡Se tiene que decir!

—¿Y no me lo puedes comentar en lugar de pintarme la pared? ¿Sabes la cara que se les va a quedar a mis padres cuando vean esto?

—Bah, tu padre le pega cuatro brochazos de pintura y ni se nota, pero había que hacerlo: hay que dar ejemplo.

—¿Ejemplo de qué, tío? ¿De qué?

Lucas no terminaba de creer lo que acababa de ocurrir.

—De lo que no hay que hacer. Venga, me voy, hermoso, que, si no, pierdo aquí toda la mañana. Buenos días.

Lucas condujo hasta su consulta de mal humor. Confiaba en tener una mañana tranquila, pero una vez más se equivocó. Al doblar la esquina de la calle, volvió a llevarse las manos a la cabeza. Su otrora solitaria puerta tenía delante a no menos de veinte personas acompañadas por sus mascotas.

—¿Qué hacéis aquí? —preguntó con menos cortesía de la que era habitual en él.

Por un momento, todos se callaron, pero uno terminó por erigirse en portavoz.

—Ya ves, que se nos han puesto todos malos de golpe.

—¡Venga ya!

—La salud es imprevisible. Como veterinario, deberías saberlo.

Lucas no era tonto. Aquello tenía que ser otra argucia local para obtener información sobre la cancelación de la boda. El desafortunado grafiti de José ya le había enfurecido, así que no se anduvo con rodeos.

—Vamos a ver. ¿Habéis venido por los animales o para saber cómo me va con Lola?

La masa no se esperaba aquello, pero el portavoz no tuvo inconveniente en volver a tomar la palabra.

—Lucas, somos una comunidad. Aquí es difícil separar trabajo y circunstancias.

—Vamos, que venís a meter el morro, ¿no?

—Lo dices de una forma...

—¡Lo digo como es! Vamos a hacer una cosa. Yo no voy a contar lo mismo cien veces. Si queréis, me preguntáis ahora lo que sea y listo. Venga, ¿qué os apetece saber?

El veterinario se sintió un tanto culpable después de dirigirse así a sus vecinos. Lucas los miró en silencio. Habían aparcado lo que tuvieran que hacer ese día para estar allí. Sí, su curiosidad iba más allá de lo normal pero no era menos cierto que aquel interés respondía al inmenso cariño que sentían por ambos. «¿Qué hago? ¿Matarlos?». Y así fue como respiró hondo y decidió encarar aquello con humor.

Se cruzó de brazos ante la multitud en plan conferenciante y sonrió.

Mila avanzó entre sus vecinos y se colocó en primera fila.

—A ver, dejad esto a profesionales —dijo la madre de Alicia dirigiéndose a sus vecinos—. Vamos a centrar el tema. Lucas, ¿hay boda o no?

Eso quisiera saber él. Por lo pronto, se encogió de hombros y arrugó los labios. Los animales estaban tapizando el suelo con sus inmundicias, con lo que, entre el olor y el ruido, la escena estaba adquiriendo tintes surrealistas.

—Yo lo estoy intentando, pero ni sé cuánto tardará el divorcio ni si Lola quiere seguir adelante.

—Es que nos tenéis temblando la caja de tila. Esto es un sinvivir.

—¿Y yo qué quieres que te diga? Peor que estoy yo no estáis vosotros.

—¡Grita más, que no se oye! —comentaron desde el fondo de la calle.

Mila se giró hacia sus vecinos y respondió en el mismo volumen, pero colocando las manos en torno a la boca a modo de altavoz.

—¡Que está hecho polvo, dice!

—¡Vale! Así, sí.

La pelirroja volvió a dedicar a Lucas su incisiva mirada.

—Pero vamos a ver: ¿tú la quieres?

—¡Coño, Mila, no me preguntes eso! Si no la quisiera, no se habría montado este jaleo.

—Pues entonces sabrás qué hacer para que las aguas vuelvan a su cauce. Lola es muy bobona. Demuéstrale que lo que dices es cierto y en nada tendrás de nuevo la boda en marcha.

La madre de Alicia podía llegar a ser inquietante, pero esa vez tenía razón.

—¿A qué te refieres?

—A que tengas un detalle de los que no se olvidan.

—Estoy yo como para ponerme a pensar detalles, ¡con lo que tengo encima!

Mila se quedó mirándolo como se mira a un tonto. Después, lo cogió del brazo, lo apartó unos instantes del resto, y le habló con tono de institutriz:

—¿Dos mil años de evolución y los hombres aún no os habéis enterado de que lo que quiere cualquier mujer es vivir el final de *Pretty Woman*?

Convertir a Lola en Julia Roberts era algo que se escapaba a la imaginación de Lucas, pero que posiblemente supieran interpretar sus amigos. Sobre todo, ellas. Más allá del titular, quedaba ver en qué se traducía aquello, algo que el novio no podía ni imaginar en aquel momento.

Lucas ya había tenido bastante jarana popular aquella mañana en la consulta, así que decidió reunirse con el grupo al otro lado de la frontera, en un bar de la localidad francesa de Artouste, para tener intimidad. Por supuesto, Lola ignoraba la celebración de aquella cumbre clandestina.

—¿Habéis traído los pasamontañas o qué? —bromeó Lucho mientras se acercaba a la mesa donde ya esperaban sus amigos.

—¿Por? —preguntó Lucas bastante espeso.

—¡Es que parece que estamos preparando un golpe de Estado, tío! —dijo riéndose el secretario de Santa Manuela.

—Dirás lo que quieras, pero es que en el pueblo me sale gente de debajo de las piedras. Si quiero tener un detalle con Lola, el factor sorpresa es fundamental, y con la gente trepándome a la ventana...

—¿Quién te ha trepado a la ventana? —se interesó Florita.

—Bernabé, el carpintero.

—¡Adiós! —respondió la chica entre risas.

—Total, que así no se puede. Por eso os he citado aquí. A ver, por una vez en su vida, Mila ha tenido una buena idea.

—Ya te lo echará en cara, no te preocupes —retomó Lucho en tono jocoso.

—El caso es que, a falta de otro plan mejor, creo que voy a llevarlo a la práctica.

—Puede funcionar —comentó Raquel antes de darle un sorbo a su café.

—Y no tienes ni idea de cómo hacerlo, ¿verdad? —sugirió Florita.

—Exacto. Por eso os necesito.

—¿Vas a regalarle un vestido carísimo y a llevarla en un *jet* privado a la ópera de San Francisco? —se mofó Lucho.

—Bueno, adaptaremos un poco el guion —zanjó Raquel guiñándole un ojo a Lucas.

—Sí, sobre todo en lo económico, que mi bolsillo no es el de Richard Gere. No estoy para andar comprando alta costura. Las vacas de Venancio son más solventes que yo en estos momentos.

Los chavales se rieron con ganas. Aquella era la historia de Lucas y de Lola, pero también era un poco la de todos. El plan era atractivo y, además, cualquier cosa que contribuyera a mejorar la atmósfera grupal de los últimos días sería bienvenida. Florita abrió fuego.

—¿De qué presupuesto estamos hablando?

No podía negar que tenía alma de directora financiera. Era vocacional.

—Voy a usar el fondo de emergencia: el dinero que me dejó mi abuela. Cuanto menos me gaste, mejor. Tiro de ahí porque o hago esto o no hay boda.

—Bueno, tío, tómatelo como una inversión —dijo Lucho.

—Eso hago.

Había llegado la hora de elaborar el plan. Y ahí era donde Lucas hacía aguas, pues a duras penas recordaba la película. Afortunadamente, sus amigos tenían mejor memoria, aunque las más de ciento cincuenta veces que se había emitido en televisión también ayudaban.

—Venga, empecemos. A Lola no le gusta la ópera, pero sí Maroon Five. Lo digo porque el viernes actúan en Barcelona. Podías llevarla —propuso Raquel.

—¿Y quedan entradas? —preguntó Lucas con escepticismo.

—No, se agotaron en tres horas —respondió Raquel con una sinceridad aplastante.

—Pues entonces no sé de qué estamos hablando —contestó Lucas desesperado.

—Tranquilízate. Siempre queda la reventa. He estado mirando y un tío de Tierz vende dos entradas VIP de esas que regalan a los proveedores a precio de coste —anunció Florita.

—Vamos, el listo de turno que se quiere sacar unas perras —resumió Lucho.

—Exacto. Pero nos viene bien. Como todo es beneficio no ha añadido sobrecoste. 440 euros las dos. Tengo que ir a Huesca dentro de dos días para hacer el curso de un proveedor de material para empastes. Si queréis, me encargo de recogerlas —planteó la chica.

El grupo se quedó en silencio. Lucas no era un entusiasta del grupo californiano; de hecho, aborrecía que llegara el turno de Lola de poner música en el coche: elegía su música invariablemente. Sin embargo, lo que en su día había llegado a crispar los nervios del veterinario le aseguraba ahora el éxito de una parte del plan.

—Ella se disgustó mucho cuando no consiguió entradas, Lucas —le reveló Raquel.

—Venga, pues cómpralas. Te hago una transferencia. ¿Qué más?

—Falta el *jet* privado —dijo Lucho.

De nuevo, risas.

—Ya podía gustarle a Lola *Romeo y Julieta*. ¡La escena del balcón sale más barata! —bromeó Lucas más relajado—. Con unos pies de gato, *ventilao*.

—Venga, tranquilo. A ver..., un *jet,* no, pero te recuerdo que en Panticosa hay una compañía que alquila helicópteros para vuelos civiles —anunció Lucho.

—Pero ¿no se dedican a hacer hormigonados y tendidos de cable? —preguntó Florita—. A nosotros nos han ayudado con cosas así.

—Sí, pero también ofrecen vuelos privados. No es barato, pero es asumible. Os pueden llevar a Barcelona, dormís allí y volvéis por carretera. Raquel y yo podemos ir en dos coches, os dejamos uno en el hotel y regresamos en el otro. Así sale más barato.

El plan era bueno, extraordinario incluso. Sobre todo para Raquel, que había empezado a sonreír con la mirada desde el momento en el que Lucho la había propuesto como compañera de viaje. ¿Y si...?

—Por mí, sin problema —se apresuró a decir la higienista dental—. Me deben días, así que puedo cogerme el viernes.

Lucas estaba atónito. La creatividad de sus amigos le tenía sorprendido. Siempre los había querido, pero estaba empezando a admirarlos. Él era bastante más obtuso que todo aquello. Ni en un millón de años se le hubiera ocurrido semejante despliegue.

Tenían *jet,* tenían ópera; faltaba solucionar el tema de la alta costura. Fue entonces cuando la cosa comenzó a ponerse cuesta arriba.

—Ahí no hay tu tía: o pagas o pagas —concluyó Raquel.

—Lola se conoce todas las tiendas de la zona. Habría que conseguir algo más exclusivo, algo que solo tuviera ella —planteó Florita.

—Como tu corazón —dijo Lucho dirigiéndose con sorna al veterinario.

—No es el momento, gañán —le riñó Lucas.

El grupo volvió a quedarse en silencio. Raquel lo rompió:

—Creo que es el momento de hablar con Sofi. Sacad el teléfono.

Sofía les colgó. La habían pillado en una rueda de prensa.

—Insiste. No estamos para esperar. Esto es una emergencia —dijo Florita.

Lucas pulsó la tecla de «Rellamada». Al quinto tono, Sofía descolgó. Sonó seca.

—Más te vale que se haya quemado el pueblo...

—Casi casi.

Mientras su amiga salía de la sala de conferencias, Lucas activó el manos libres para contarle las novedades entre todos. Sofía aplaudió su plan. «A Lola le va a encantar».

—Tengo un contacto en Dolores Promesas. Dejadme darle un toque a ver si puedo apañar algo.

—¿Y eso le gusta a Lola? —preguntó Lucas.

—¡Se ve que cuando le quitas la ropa no te fijas en la etiqueta!

La periodista conocía a Marisol de sus primeros meses en Madrid. Habían estudiado juntas. Después, la oscense se había especializado en prensa escrita, y su amiga, en los gabinetes de prensa. En ese momento, Marisol llevaba la comunicación de la firma.

—¡Marisolitaaaa!

—Uyyy, algo quieres...

—Pues sí.

—Dime.

—Necesito un diseño exclusivo para una amiga. Y lo necesito para mañana.

—¿Se te va la cabeza?

—Veeengaaaa, que la historia es muy chula. Te cuento.

Sofi le explicó todo a su amiga, que también se entusiasmó con el plan de los valinos.

—Nos vale con poner o quitar un lazo, nena. El caso es que sea algo exclusivo, porque ella es exclusiva.

La asesora de comunicación se quedó un momento en silencio.

—Espera. Igual podemos hacer algo.

Sofía escuchó cómo Marisol avanzaba a grandes zancadas por el pasillo, los tacones la delataban, y luego unos sonidos rítmicos, mecánicos. Debía de ser el taller. De la conversación que mantuvo fue incapaz de entender nada. De pronto, Marisol le preguntó:

—¿Talla?

—Debe de usar la 40. Más no.

—¿Altura? ¿Como tú?

—Sí, por ahí.

—Vale. ¿Te valdría un mono?

—¡Desde luego!

—Hay un encargo que nos han dejado colgado. La clienta no lo quiere. Ya está arreglado, así que no lo podemos vender. Si lo meto en taller ahora, le pueden dar un poco de rollo. Siendo para lo que es, no te lo cobrarán.

Sofía estaba entusiasmada.

—¡¿En serio?! ¡Eso es estupendo! Dale las gracias a tu gente. ¡Menudo detallazo!

—En el fondo somos unas románticas. Venga, pásate mañana por la mañana y lo recoges. Te lo dejaremos muy bonito. Tu amigo va a triunfar con esto.

La noticia fue recibida como agua de mayo en la cafetería de Artouste. Mientras Sofi se encargaba de conseguir el modelito, ellos habían reservado una habitación en el hotel Arts y tenían ya los horarios perfilados. Poco más podían hacer de momento, así que, tras relajarse un poco, se levantaron para irse. El camarero, conocedor de la vida de Santa Manuela, se acercó entonces para retirar el servicio de café y se dirigió a Lucas en tono grave:

—*Ce n´est pas bien, Lucas! Ce n'est pas bien!*

—¡Venga ya! ¿Aquí también?

Alicia, Cosme y Fran fueron informados, así que se unieron al nerviosismo general que se apoderó de todo el grupo los siguientes dos días. La mañana del viernes comenzó con la llegada de la caja de Dolores Promesas a casa de Raquel en una furgoneta de mensajería. No la abrió, pero la chica le hizo una foto y la envió al grupo de WhatsApp clandestino. Alicia y Florita no tardaron en jalear el envío.

¡Divina! No puede ser más bonita. Me encanta. ¿Puedes hacerle otra foto desde arriba?

Se va a morir cuando la vea.

Sofi, es perfecto.

Lucas, Fran, Cosme y Lucho fueron bastante más sumarios.

👍

Vale

Ok

Bien

Raquel se vistió y fue a llevar la caja a casa de Lucas.

—Mucha suerte, bribón.

—Me va a hacer falta.

—¡Quiero ser la primera en saber cómo ha ido! Si la besas, ¡escribe!

Lucas se puso un tanto serio.

—¿Crees que funcionará? —preguntó en tono implorante.

—Estoy convencida. Ya lo verás. Lola te quiere, lo que pasa es que está herida.

—Ya.

—Bueno, dame las llaves del coche. Si no salimos pronto, llegaréis vosotros antes. Recuerda que te lo dejo en el parking del hotel, y la llave, en recepción.

—Sí. Mil gracias, Raquel.

—Para eso estamos.

La chica se giró y comenzó a andar hacia su coche. Entonces, Lucas la llamó.

—¡Raquel!

—¿Qué? —preguntó girándose sorprendida.

—Si lo besas, ¡escribe!

Lucho y Raquel tenían por delante cuatro horas de viaje. Él llevaba su coche y Raquel, el de Lucas. Pararon a comer algo en Lérida y después continuaron hasta la Ciudad Condal. No les costó dar con el hotel Arts a la entrada del Puerto Olímpico.

La torre de vidrio de colores verdes y grises había abierto sus puertas en 1994. Era uno de los hoteles más lujosos de la ciudad. Pertenecía a la cadena Ritz-Carlton. Tenía 44 plantas repartidas por sus 154 metros de altura. A Lucho y a Raquel les impresionó la estructura blanca que rodeaba el edificio.

—Es muy chulo —comentó Raquel mientras se bajaba del coche de Lucas.

Lucho la esperaba ya en la puerta. Los dos amigos entraron a confirmar la plaza de parking y para dejarles a sus amigos una maleta con ropa para cambiarse al día siguiente.

—Sí, una pasada.

—Es imposible que en un sitio así no se cumplan los sueños.

—Los sueños no necesitan hoteles de cinco estrellas, cielo. Lo bueno es que se pueden cumplir en cualquier parte.

Tirando de la complicidad que tenían, Lucho llevó el comentario un paso más allá.

—¿O tú necesitarías un hotel así para besarme? —preguntó coqueto.

Ella no se dejó impresionar.

—¡Yo te destrozo bajo el puente de Santa Manuela si hace falta!

Los dos amigos rieron con ganas mientras se acercaban a la recepción. En cualquier caso, Raquel pensó en lo afortunada que era Lola. A ella le hubiera encantado compartir una de esas habitaciones con Lucho.

Sofía se quedó más tranquila tras saber que la caja ya estaba en manos de Lucas. Alicia escribió mil veces para pedir novedades y Fran consultó en varias ocasiones el tiempo de la ruta Panticosa-Barcelona. «A ver si ahora va a soplar viento y no pueden volar». A los tres les molestaba perderse el operativo de la reconquista de Lola, aunque, siendo sinceros, en aquella ocasión de poco servía estar en el pueblo: el directo se lo iban a perder todos. Tendrían que esperar los mensajes de Lucas. Y les iba a costar.

Aquellos días no estaban siendo fáciles para Lola. Terminó su jornada en el cole y regresó a su casa. Se quitó los zapatos, se puso ropa cómoda y se dispuso a comenzar el fin de semana con tranquilidad. Llevaba un libro en una mano y una Radler en la otra cuando llamaron al timbre. Al otro lado de la puerta se encontró a Lucas.

—¿Qué quieres? —preguntó incómoda por la visita.

—¿Te apetece ver a Maroon Five?

—¿A quién?

«Está el patio como para que me vacile, vamos», pensó ella.

—Actúan dentro de un rato en el Camp Nou. Date prisa, aún estamos a tiempo —insistió Lucas con un entusiasmo que el rostro de Lola no reflejaba.

Lola no sabía de qué estaba hablando, pero, inconscientemente, miró el reloj de su muñeca.

—Ya no llegamos, Lucas.

—En helicóptero, sí —dijo el chico sonriendo.

—¿En qué?

«¿Pero qué ha hecho este tío? ¿Desde cuándo monta *performances* con helicópteros y Adam Levine por medio? ¡Si no le gusta!». Lola se encontraba más impresionada de lo que estaba dispuesta a reconocer. Lucas no era dado a aquel tipo de puestas en escena, y se notaba que había echado el resto. «¿Y cómo habrá conseguido un mono tan divino?».

Diez minutos después, Lola Mur llevaba puesto el Dolores Promesas. Era un modelo de escote asimétrico con una sola manga larga. Confeccionado en *denim,* era ajustado, pero lo suficientemente elástico como para resultar cómodo. Ella no dejaba de mirarse en el espejo de la puerta. Y en el reflejo de la ventana. Y en los ojos de Lucas.

—Es ideal. ¡Ideal! Me encanta.

Por primera vez desde hacía días, Lucas vio a Lola mirarlo feliz. El ángulo de sus labios le decía lo que su garganta se negaba a dejar salir. No podía cantar victoria, pero sabía que la maquinaria se había puesto en marcha.

—Me alegro.

«Bueno, parece que empezamos bien», pensó Lucas un poco más relajado. Poco le duró la alegría. El mazazo llegó en la siguiente frase.

—A ver, estoy alucinando, pero no creas que te he perdonado. Lo que hiciste fue de órdago, Lucas.

Y a continuación, cogió su bolso y salió muy digna por la puerta mientras Lucas se quedaba sonriendo en medio del salón.

El helicóptero despegó puntual. Lola había empezado a sonreír. Todavía no había bajado la guardia con Lucas, pero comenzaba a mostrarse menos arisca. En mitad del vuelo, la chica le cogió la mano. Lucas respiró algo aliviado. Tal vez, aún tenía una oportunidad.

Lola no había subido nunca a un helicóptero. El incisivo

sonido del rotor atravesaba el material de los cascos protectores que les habían colocado, pero no le importaba. No dejaba de mirar por la ventanilla, quería memorizar cada imagen, retener cada sensación. Aquella era una experiencia para no olvidar. Lucas también miraba, pero el vuelo no tenía para él más importancia que la que Lola quisiera darle. Observaba a la chica de reojo y, sobre todo, contemplaba la mano que estrechaba las suyas. Todo lo que quería era que esos dedos volvieran a pasearse por su espalda. Como antes. Como siempre.

El aparato aterrizó en el helipuerto del Port Vell, el único en España ubicado en una ciudad. Desde allí fueron en taxi hasta el estadio. «Vaya, se me olvidó contratar un coche», pensó Lucas. Algo tenía que fallar.

Lola enmudeció al verse en el palco.

—Esto es digno de una princesa.

—La idea era escenificar *Pretty Woman* —corrigió el chico levantando el dedo índice—. Igual si hubiera venido Richard Gere, lo hubieras pillado antes.

Ambos rieron sin dejar de mirarse con aquella complicidad tan instalada en su rutina. Y tan reconfortante, sobre todo tras la ruptura.

—Te has gastado una pasta, Lucas —valoró Lola un tanto sobrepasada.

—Lo que te mereces —respondió él temiendo que todo lo que sentía no entrara en aquellas cuatro palabras. Era una noche de máximos y no quería quedarse corto en lo esencial: sus mensajes.

Ella no dijo nada, pero su primera línea de infantería ya estaba tocando a retirada cuando Adam Levine echó a andar por el escenario entre los acordes de *Animals*. La chica se levantó entusiasmada, atraída por un imán hacia el escenario. Sin embargo, enseguida supo que la emoción no procedía de lo que estaba pasando bajo los focos, sino de quien tenía a su lado. Nunca hubiese imaginado que, teniendo al californiano delante, sus pensamientos iban a ser para Lucas, pero así era. «Debe de quererme mucho para hacer algo así», valoraba ella. «Solo espero que esto sirva para algo», deseaba él mientras se disponía a escuchar durante dos horas a un grupo que estaba lejos de ocupar un puesto en su espectro de preferencias musicales.

Entretanto, el chat paralelo de los amigos ardía.

Lucas, di algo, tío. Nos tienes en ascuas.

¿Cómo ves a Lola?

¿Le sirvió el mono?

En el escenario era el turno de *This love.* Lola sonreía feliz mientras entonaba las notas de la canción. Sentía una inmensa gratitud hacia Lucas por brindarle un momento como aquel y también, por qué no decirlo, algo de vergüenza por su actitud en los últimos días. «Igual me he pasado un poco».

El veterinario también estaba teniendo una gran noche. «La verdad es que no suenan mal del todo». Ante los reiterados pitidos de su teléfono, apartó un momento los ojos de Lola para responder a sus amigos:

Todo según lo previsto. Ella está feliz.
Y guapísima. Yo, mirándola embobado.
Tal vez haya milagro.

Raquel y Lucho no leyeron el mensaje. Estaban conduciendo de vuelta al pueblo, enfrascados en una de las pocas conversaciones que no habían tenido nunca.

—¿Tu primera vez no fue con Ana, la de Frona?

—Nooo —respondió él misterioso.

—¡Anda ya!

—De verdad que no.

—Pues todos creíamos que sí.

—A ver, esa fue la versión oficial.

—¿Y cuál es la real para que tuvieras que andar con versiones pantalla?

Lucho sonrió divertido. «¡Qué caray!». Si no se lo cuento a una de mis mejores amigas, ¿a quién se lo voy a contar?».

—Pues te vas a quedar muerta. Fue con la señora de Casa Melé.

Raquel se revolvió en su asiento y se giró hacia él sorprendida.

—¡Nooo! ¡No puede ser! ¡Es mucho mayor que tú!

—Pues mira, yo tenía diecisiete y ella treinta y dos. Estaba casada. El marido era un payaso tremendo, ¿recuerdas?

—Sí, un patán. Dejaron de venir poco después, ¿no?

—Un par de años más tarde. El marido se cansó de cazar por aquí. La casa la vendieron hace un siglo ya.

Los dos amigos se quedaron mirando a la carretera. Un coche que circulaba en dirección contraria estuvo a punto de deslumbrarlos, pero les costó poco volver a centrarse en el tema.

—Alucino, chaval. Ni en un millón de años lo hubiera imaginado.

—De eso se trataba, de que nadie sospechara nada. Por eso me callé y, cuando pasó lo que pasó con Ana, la puse de titular.

—¿Y aprendiste mucho o qué? —sugirió ella con picardía.

—No se me quejan...

«Qué fantasma es, pero tiene pinta de ser bueno en la cama».

—Genio y figura desde chavalito.

—No lo dudes. Y tú ¿qué? ¿Quién fue el primero?

Raquel respiró hondo, pasó los brazos por detrás del reposacabezas y se dejó llevar por la dulzura de los recuerdos.

—Se llamaba Pascal.

«¿Pascal? ¿Y ese quién es? No me suena».

—No es de nuestra zona, ¿me equivoco?

—Para nada. Lo conocí el verano que me enviaron a estudiar francés a Suiza.

—¡Es verdad! Estuviste con unos amigos de los padres de Cosme, ¿no?

—Exacto, con los Micheloud. Marcelina me buscó la familia. El caso es que Pascal era uno de los amigos de Marie, la hija. Y bueno..., digamos que surgió.

Lucho había visto a Raquel besar a otros chicos, sin embargo, aquella fue la primera vez que sintió una punzada de celos partiéndole el pecho. También es cierto que no duró más de un segundo.

—¿Guardas buen recuerdo?

—La verdad es que sí. Fue muy dulce, pero también muy cañero. Creo que marcó la pauta de lo que he buscado después en otras camas.

—¿Buscas algo cañero? —preguntó sorprendido Lucho recreándose en la pronunciación de la última palabra.

—Nunca está de más.

—¿Y qué entiendes por cañero? ¿Ritmo o práctica?

—Ambas cosas. ¿Te viene grande o qué?

Lucho arqueó los labios como hacía siempre que quería resultar seductor. Nunca se había imaginado hablando de algo así con Raquel. Esquivaba a propósito ese tipo de temas por pudor y respeto hacia sus sentimientos; sin embargo, no solo se sentía cómodo, sino que le estaba pillando el gusto.

—Pocas cosas me vienen grandes a estas alturas, corazón.

A Raquel le ocurría un poco igual. La temperatura estaba subiendo dentro del vehículo y le resultaba agradable.

—Eres un creído...

—¡Que no! Eso sí: reconozco que hay aspectos que ya me empiezan a dar pereza, así que voy directamente a lo que me gusta.

—¿Y qué te gusta? —preguntó Raquel con intención.

La chica había sido muy directa. Su naturalidad le encantó, aunque lo cierto era que se sintió un tanto intimidado. Hacía tiempo que no le ocurría.

—No sé, Raquel. No sé si procede.

—¿Por qué no? A lo mejor una noche pierdes los papeles y me besas. Tendré que saber por dónde tirar, digo yo...

Ella se dio cuenta de su desconcierto, lo que hizo crecer su seguridad. Él reía nervioso. Estaba entrando en terreno pantanoso, pero no le importó. Cuanto más se alejaba de la orilla, más adentro quería ir.

—Pues me encanta que sea ella quien lleve las riendas.

—Que se siente encima.

—Sí.

—Que marque la cadencia.

—Eso es.

—Que te follen, vamos.

Le estaba encantando su descaro verbal. La forma en que su amiga estaba llevando la conversación. No la había visto nunca de aquella manera, pero su ropa interior comenzaba a notar la presión.

—Que empiece despacio, recreándose. Luego me gusta ponerme encima y que ella separe mucho las piernas.

—Tomar la plaza.

—Tomarlo todo. Empaparme y, entonces, que me atrape con sus piernas, fundirnos. Cambiar de ritmo y moverme a mi antojo. Rápido, frenético. Salvaje. Volverme loco hasta terminar mientras resoplo sobre su piel.

Durante un instante, solo uno, la noche se apoderó del interior del vehículo. Raquel tuvo la sensación de que acababa de compartir con él un momento más íntimo que los que tenía con las chicas con las que se acostaba. Y se sintió satisfecha.

—Pues para haber vivido tanto, le veo muy convencional, caballero.

Aquello no se lo esperaba, pero devolvió el revés con diplomacia.

—Bueno, ¿y qué te gusta a ti para que me estés mirando desde las alturas?

Raquel tuvo clara la respuesta.

—No te lo pienso decir. Eso solo lo saben los que se acuestan conmigo.

En el Camp Nou, el ambiente se estaba disparando después de que la banda atacara con *One more night* y *Payphone*. Levine se sentía cómodo, y ante el beneplácito general, entonó *Girls like you,* otro de sus himnos.

Lola cantaba a voz en grito sin dejar de bailar. «No puede cantar peor, pero al menos está disfrutando». Lucas paseó la mirada por la marea humana que cubría el césped del estadio. Miles de gargantas cantaban a coro en sintonía con la del cantante. Decenas de almas que en ese instante se dejarían esclavizar a cambio de una mirada. «Ojalá yo tuviera esa capacidad de seducción para hacer que me volvieras a querer, Lola». Adam Levine se calló y fue el público el que coreó en solitario el estribillo. En cambio, Lola había dejado de cantar. Lucas no la veía. Se giró para buscarla y la encontró detrás de él, observándolo con la misma expresión con que lo había mirado la noche de Sahún. Lucas no era tonto. Sabía que aquello era un avance y precisamente por eso no quiso estropearlo precipitándose. Se quedó quieto. Lola se acercó a él y lo besó como se besa a quien vuelve a casa, con ternura pero también con pasión, diciéndole con caricias lo que no estaban verbalizando sus labios. Todo está bien. Todo está como siempre. Unos metros más abajo, Maroon Five eran ovacionados tras acabar la canción. Lola y Lucas no se enteraron de cuál tocaron después.

Santa Manuela amaneció con la noticia de la reconciliación de la pareja. Por increíble que fuera, por lejos que hubiera ocurrido, no había nada que no se acabara sabiendo en el pueblo. Los novios fueron el tema de conversación en el bar de Marisa y en la panadería. Lolistas y luquistas respiraron tranquilos. Es lo que ocurre en los pueblos pequeños: lo que le sucedía a uno le pasaba a todos.

Cuando Lola se despertó, Lucas la estaba mirando. Su rostro se recortaba sobre la panorámica de Barcelona que se colaba por la ventana.

—Buenos días, dormilona.

—Buenos días.

—¿Has descansado?

—Muuucho. Desde la noche en que discutimos, no he dormido muy allá.

—¿Ponerte esto te ayudaría?

Lucas volvió a sacar el anillo de compromiso. Lola lo miró ilusionada.

—La verdad es que sí —dijo mientras se lo volvía a colocar—. Pensé que se había partido al tirarlo al suelo.

—Hija mía, compré un diamante porque sé lo *brutica* que eres.

Los dos rieron antes de abrazarse como habían hecho la noche anterior. Como hacía días que no lo hacían.

—Ahora, dime. Esto no se te ha ocurrido a ti solo, ¿verdad?

—Bueno, Santa Claus también tira de elfos y nadie dice nada, ¿no?

Después de una nueva ronda de besos, se quedaron mirándose. Admirándose, más bien. ¡Cómo se habían echado de menos! Y todo por...

—¿Cómo va el tema con Ruth?

«Ya tardaba en preguntar».

—Va. He iniciado los trámites del contencioso, pero creo que sé cómo agilizar las cosas. Einstein dijo que el mundo no está en peligro por las malas personas, sino por aquellas que permiten la maldad. Y yo no soy de los que consienten.

CAPÍTULO 11

MADRID

El tiempo y la crueldad con que lo había tratado Ruth habían hecho madurar a Lucas. Volver a poner la boda en marcha le había dado fuerzas para ir a por todas con el divorcio. En el propio pecado de su exmujer iba a estar su penitencia. El material que ella misma le había hecho llegar constituía un delito grave de amenazas. Así se lo había hecho saber su abogado.

—Ofrécele pactar. Ofrécele no denunciarla a cambio de que firme el divorcio de mutuo acuerdo.

—Prepárame los papeles.

La documentación estuvo lista poco después y Lucas decidió presentarse sin avisar en el despacho de Ruth y hacerle la oferta. Por si acaso había problemas, avisó a su amigo David, quien le prometió guardar el secreto y acudir. Lo que se proponía no era fácil, pero sí factible: suficiente como para intentarlo.

Lucho se presentó en casa de Lucas a las siete de la mañana. Metieron los papeles en la guantera y se abrocharon los cinturones. Pero el coche no arrancó.

—¿Qué le pasa? —preguntó Lucho.

—Ni idea. Ayer mismo iba bien.

El veterinario siguió intentando poner en marcha el vehículo, pero el fallo eléctrico era evidente. Lucho no tenía coche y el padre de Lucas necesitaba el suyo para ir a trabajar.

—¿A quién se lo pedimos? —preguntó el veterinario.

—Tengo una idea.

A don Blas le faltó tiempo para enrolar el coche parroquial en la expedición. Una furgoneta Seat Trans con doce mil años.

—Tranquilo, se la cuidaremos bien —aseguró Lucas.

—Desde luego, porque me voy con vosotros —contestó el párroco—. Y vamos a parar a almorzar en Calatayud, que me apetecen torreznos.

Cuando los chicos quisieron darse cuenta, don Blas se había subido al coche.

Tras la consabida parada, Lucas cedió el volante a Lucho y él aprovechó para repasar los documentos que le había preparado su abogado. Resultaba raro que una historia que le había causado tanto dolor pudiera resumirse en unas pocas líneas escritas por un desconocido. Firmó sin dudarlo bajo la atenta mirada de don Blas.

Dar con el estudio en el que trabajaba Ruth no fue especialmente sencillo. Estaba en un edificio de oficinas de la Castellana en el que había varios gabinetes de arquitectura.

—¿David no te dijo dónde era? —se extrañó Lucho.

—Me dijo calle y número, pero no me imaginaba que habría más de uno.

—Es aquí —dijo por fin don Blas al leer el nombre de Ruth en una de las placas.

A Lucas se le encogió el estómago. A pesar de los años transcurridos, la proximidad de Ruth seguía afectándole. Cuando ella estaba cerca, notaba cómo se le estrujaba el estómago hasta casi no dejarlo respirar. Es lo que provoca quien considera tu vida una ficha más del tablero.

—Me agobia solo pensar en verla.

—Pues no hay elección, tío —razonó Lucho—. O subes o esa bruja gana. O subes o esto no se va a acabar jamás.

—Piensa en Lola, hijo. Piensa en la vida que vas a tener con ella. Van a ser unos minutos malos, pero merecerá la pena —añadió don Blas—. ¿Quieres que te acompañemos?

—No sé qué será más efectivo. Si subo solo, a lo mejor me aturullo. Pero, si venís conmigo, tal vez piense que soy un cobarde.

—¡Que piense lo que quiera! El caso es salir de aquí con la firma de las narices. Mira, vamos a subir contigo por si acaso —sentenció don Blas mientras empujaba a los dos amigos al interior del portal.

El Estudio Villaplana era uno de los más importantes de Madrid y, por ende, de España. Ocupaba varias plantas del edificio y recibía encargos de todas las partes del mundo. Su especialidad, la obra civil. Subieron al primer piso y de allí los derivaron al siguiente después de confirmarles que ella estaba en el edificio. Accedieron al estudio directamente desde el ascensor. Ante ellos se abrió un espacio diáfano donde se ordenaban en hileras una veintena de amplias mesas individuales. Una secretaria se acercó hasta el peculiar trío con una expresión que oscilaba entre el desconcierto y la incredulidad. ¿Qué hacía un cura en las oficinas? Desde luego, no era el perfil tipo de cliente. Don Blas no pensó en ningún momento que su presencia pudiera desencadenar sonrisas. Bastante tenía con el ardor de estómago que le estaban provocando los torreznos.

—Buenas tardes.

—Buenas tardes —dijo Lucas.

—Me comentan que buscan a Ruth Bas, ¿correcto?

—Así es —siguió Lucas.

—Acompáñenme a la sala de visitas. Ella llegará enseguida. ¿A quién anuncio?

—A Miguel Requena —soltó Lucas.

—Muy bien.

Sus dos acompañantes se quedaron mirándolo sorprendidos.

—¿Miguel Requena? —preguntó Lucho.

—Si le digo que soy yo, seguro que no viene —explicó Lucas.

—También es verdad. Bien pensado —aseveró el párroco mientras tomaban asiento en torno a la mesa situada en el centro de la estancia.

Al momento, la joven alta y de larga cabellera morena apareció por la puerta. «Guapa es, desde luego», valoró Lucho. Era Ruth. La chica no intentó disimular su contrariedad al ver a Lucas allí sentado junto al que debía de ser un amigo y... ¡un cura! «¿Qué hace aquí un cura?», pensó la arquitecta. No se molestó ni en saludar.

—Si tú y tus estrafalarios guardaespaldas venís por lo del divorcio, ya os podéis ir marchando porque no pienso firmar.

—No ganas nada con esto.

—Gano el ver cómo puedo seguir haciendo con tu vida lo que quiero. Porque parece que no lo entiendes, pero aquí sigo mandando yo.

El descaro era absoluto. Aquello fue la gota que colmó el vaso.

—Creo que me infravaloras, reina. Tanto que tú sola te has puesto al borde del precipicio. Con los mensajes que me has enviado tengo material suficiente para irme a una comisaría y denunciarte por delito de amenazas. Artículo 169. Te pueden caer hasta dos años. Siendo por escrito y estando casados, cuenta con el máximo. Pero es que además está lo del acoso. Hay días que recibo hasta doce mensajes tuyos. Artículo 172. Podríamos sumar otros tres. En total, estaríamos hablando de unos cinco o seis años. Ingreso en prisión casi seguro.

La sonrisa impertinente de Ruth se convirtió en un rictus tenso. Se puso nerviosa y se notó. Mucho. Lucho y don Blas asistían en silencio al enfrentamiento de la expareja. Ella los ignoraba. En su campo visual solo entraba Lucas.

—Todo esto depende del juez, se te olvida esa variable.

—Por supuesto. ¿Te quieres arriesgar?

Y tras decir aquello, Lucas le acercó los papeles y esperó

en silencio cruzado de brazos. Mientras ella sopesaba sus opciones, Lucas valoraba las suyas. Y entonces entró en la sala David.

—Ruth, te está diciendo la verdad.

—Eso está por ver.

—He venido con nuestro abogado. Sal un momento.

Los Bas y su letrado estuvieron fuera más de veinte minutos repasando los papeles del divorcio y las capturas de imagen de los mensajes que ella le había enviado a Lucas y que este había rebotado a David para justificar una posible denuncia. Que convencerla no sería fácil, estaba claro. Los tres valinos esperaban nerviosos en la sala donde se habían reunido con ella.

—Tardan. Eso debería de ser buena señal. Será que hay alguna posibilidad —dedujo Lucho.

—Con esta nunca se sabe. Puede ser eso o todo lo contrario.

Lola le envió un mensaje a Lucas para interesarse por cómo evolucionaba la situación.

Aún no hay nada.
En cuanto sepa algo, te digo.

Vale, tranquilo. Te quiero.

«Y que Lola tenga que pasarlo mal por culpa de esta tía...», pensó Lucas. Don Blas estaba sentado en una esquina recitando algún tipo de oración entre dientes. De pronto, Ruth irrumpió en la sala, se abalanzó sobre la mesa con los documentos en la mano y comenzó a firmar en silencio y con rabia. Su abogado le fue indicando dónde debía hacerlo. Cuando acabó, le tiró los papeles a la cara.

—Adiós, malnacido.

Fue todo lo que dijo antes de cruzar de nuevo la puerta. Lucas la observó salir y por un momento sintió pena. Nunca quiso que aquello terminara así. Un instante después, solo pudo darle gracias a la vida por haber conseguido cerrar aquel capítulo. Una simple firma le había devuelto el control de su vida.

—Adiós, niñata —murmuró sin apartar la vista de la puerta.

Todo aquel proceso había hecho que se quitara la venda de los ojos. Por fin la veía tal y como era.

—¡Vaya víbora te has quitado de encima! —comentó don Blas—. ¡Vaya víbora!

El divorcio sería efectivo un mes después. Para celebrarlo, los tres compañeros de viaje degustaron una mariscada estupenda en un restaurante del centro de la ciudad. Llegaron a Santa Manuela casi a medianoche. A pesar de la hora, Lola se acercó a recibirlos. Se abrazó a Lucas con fuerza y empezó a llorar.

—Gracias por todo.

A Lucas, sus propias lágrimas le impidieron decir nada.

CAPÍTULO 12

—

MILÁN

El avión despegó con media hora de retraso, pero eso no hizo que Florita perdiera el entusiasmo. Se había llevado un par de libros para el viaje, pero ni los abrió. Estaba demasiado emocionada. Por un lado, tenía ganas de conocer Milán, era una ciudad que le atraía. A pesar de sus grandes dimensiones, le resultaba acogedora. «Y muy chic». Por otro lado, estaba Cosme. No sabía qué iba a pasar entre ellos, pero le apetecía compartir unos días con él. Quería conocer al hombre en el que se había convertido y para eso lo mejor era verlo en su ambiente. «Tiene gracia que la primera vez que salgo de España sea para ir a ver a uno de los tíos con más mundo que conozco».

Cosme estaba en las mismas. Florita había aceptado ir a visitarlo, pero él no las tenía todas consigo. Sabía cómo era ella. Lo mismo podía defender a capa y espada la relación que tenían a medias que cerrar con llave su historia para siempre si no lo veía claro.

La chica aterrizó en el aeropuerto de Malpensa con catorce grados de temperatura y el sol brillando en lo alto. «Perfecto para recorrer la ciudad paseando —pensó Cosme—. A ver en qué plan viene». La vio llegar estirando el cuello. «Me está buscando, buena señal».

—¡Flora, aquí!

La chica sonrió al verlo, pero mantuvo las distancias y lo saludó con los dos besos protocolarios. «Bueno, tampoco es que tenga que echarse en mis brazos de buenas a primeras», la justificó Cosme un poco decepcionado.

—¿Vamos a casa? ¿O quieres ir primero a comer?

—Mejor a casa. Me instalo y luego salimos. ¿Te parece?

—Me parece perfecto, sí.

Fueron en taxi hasta el apartamento de Cosme. Un espacioso *loft* próximo a la *piazzetta* Maurilio Bossi, en pleno centro. Florita se quedó maravillada. Le faltó tiempo para salir al balcón a echar un vistazo.

—¡Qué pasada de sitio!

—¿Te gusta? —preguntó Cosme complacido.

—Me encanta.

—Pues está a un paso del teatro de La Scala.

—¿En serio?

—¡Sí! Está justo detrás de esa manzana de edificios. Podemos ir ahora si quieres.

—Vale.

Lo que inquietaba a Florita en aquel momento era dónde iba a dormir. Cosme lo sabía, así que fue directo al grano.

—Ven, te enseño tu habitación.

«Tu habitación. Dormimos separados. Menos mal que no ha dado nada por hecho». Florita tiró de su maleta hasta la estancia que apareció tras la puerta que Cosme acababa de abrir.

—Te he preparado esta. Espero que te guste.

—Es perfecta.

La habitación estaba impecable. Tenía una cama grande cubierta con lencería blanca, el mismo tono que el de las paredes. Solo los objetos de decoración rompían un poco aquel minimalismo. El resultado era muy relajante. Un armario empotrado ocupaba toda la pared izquierda de la estancia.

—Puedes guardar ahí tus cosas —dijo el chico señalándolo.

—Vale.

—Tienes toallas en tu baño. Si necesitas algo más, me lo dices. Te espero en el salón.

—Gracias.

Florita hizo bien en meter unas botas cómodas en la maleta, porque estuvieron paseando lo que quedaba de tarde. Vieron La Scala, el *duomo* y las galerías Víctor Manuel. La chica subió varias fotos a redes. «Se van a morir de envidia en el pueblo».

Mientras caminaban de un lado a otro, Florita pensó que sería una buena ocasión para comprarle a Lola un regalo de boda especial. Había estado tan cerca de no celebrarse y sus amigos lo habían pasado tan mal que le hacía mucha ilusión tener un detalle con ellos. No tenía muy claro por qué decantarse hasta que pasaron por la vía Montenapoleone. Entre algunos de los escaparates más caros de Europa, Florita encontró lo que estaba buscando: ¡los anillos!

—¿Y si se las regalo, Cosme? Lola siempre ha querido las alianzas de toda la vida. Sencillas y de oro amarillo. Eso sí que lo sé.

—Pues, mira, no vas a tener una ocasión mejor que esta. ¿Quieres que entremos?

—¡Venga!

Abrieron la puerta y pasaron al interior de la joyería. Los recibió una dependienta con la melena más blanca y más divina que pueda existir. Pasaba de los sesenta y era evidente que llevaba años detrás de mostradores como aquel. Cosme le explicó con su discreto nivel de italiano que querían unas alianzas de boda.

—*Per regalare* —especificó raudo Cosme.

No era plan que la señora se equivocara, les diera la enhorabuena y la confusión terminara en una pelea con Flori. En la fase que estaban era necesario ser cuidadoso.

—*Oro giallo, per favore* —dijo el chico para indicar que los querían de oro amarillo.

La señora asintió y sacó presta una bandeja con diferentes modelos. Básicamente, con distintos grosores y dibujos.

—Si Lola las quería sencillas, mejor sin nada, ¿no? —preguntó Cosme.

—Sí, sí. Sencillitas.

«No están puestos los precios: me van a crujir». Florita escudriñó durante un rato un par de anillos y finalmente se decidió por uno. Ni muy fino ni muy grueso.

—Esta parece que se va a romper en cualquier momento. Me gusta, pero mejor no. ¿Qué te parece este otro?

—Esa es la que estaba mirando yo también.

Florita sabía que Lola tenía los dedos un poquito más finos que los suyos, así que eligió una talla menos que la que hubiera comprado para ella. Cosme, en cambio, no sabía precisar la de Lucas, así que la chica optó por elegir uno un poco más grande de la media para que él pudiera ajustarlo en España. Florita decidió no grabarlos. «Así podrán poner lo que ellos quieran, más íntimo», pensó. Con la misma ilusión que si fueran para ella, Florita siguió con interés cómo la señora introducía cada anillo en una cajita y las sellaba con un lazo de raso. «Está envolviendo algo que mi mejor amiga y su marido van a llevar toda la vida», pensó solemne Florita. Cuando terminó con el ritual, la dependienta sonrió y con un gesto los invitó a pasar por caja. «Glups, no he preguntado cuánto cuestan. Verás qué palo...». Florita notaba cómo la sangre se le volvía plomo en las venas. «En fin, que sea lo que Dios quiera».

El coste de las alianzas ascendió a 430 euros. «Pudo ser peor», respiró aliviada.

Cosme tenía un nivel económico alto. Muy alto. Había trabajado duro y la suerte lo había acompañado, por lo que su cuenta corriente era abultada. Cuando estuvieron juntos, a Florita le había tocado escuchar algunos comentarios malintencionados de otras chicas de la zona. «Menudo braguetazo puedes pegar, chata», «No lo sueltes, que te solucionas la vida», «Normal que no te despegues de él: con todo lo que tiene, le gusta a cualquiera», «En tu vida te hubieras imaginado tú de señora de un potentado así, ¿eh?». Cada vez que Cosme hacía alguna mención al dinero, ella recordaba aquellas palabras. Y el zarpazo volvía a doler. Sí, Cosme era muy interesante económicamente, era uno de sus atractivos, pero no el principal. A ella le parecía que el verdadero botín era el propio Cosme en sí. Por eso, sus mil encantos tenían que batirse contra una gran pega: no había nada en el mundo que compensara el vacío que le dejaría volver a perderlo.

Pronto se hizo de noche. Cenaron en un puesto de pizza y de postre tomaron *amaretti* y unas galletas de almendra pequeñitas y muy crujientes.

—Estoy agotada —dijo ella mientras mordisqueaba los dulces sentada en el banco en el que habían cenado.

—No me extraña. Has debido de madrugar mucho.

—Sí, bastante.

—Tienes que descansar. Mañana el paseo será más largo. Podemos irnos ya a casa o, si te animas, te enseño una de las mejores vistas de Milán.

—¡Eso ni se pregunta!

Y así fue como terminaron el paseo en la terraza del centro comercial La Rinascente. Los chicos eligieron la última mesa de la hilera. Estaban sentados justo frente a la fachada del *duomo.*

—Me siento una privilegiada, Cosme. El lugar es espectacular.

—Me alegro. Es uno de esos sitios a los que me gusta venir porque ya lo siento un poco mío.

Florita estaba más relajada. Se notó en su siguiente pregunta:

—¿Has venido aquí con muchas chicas?

Sonaba a pregunta de amiga, pero los dos sabían que no lo era.

—Mentiría si te digo que no. He venido con unas cuantas.

Cosme había decidido jugar dos bazas: dejarle espacio y ser sincero. De momento, ella lo escuchaba con atención. Ya era algo.

—Con unas, como paso previo al sexo; con otras, pensando que podía haber algo más. Pero ni unas ni otras significaron tanto como para estar hoy sentadas en esta mesa. Es más, consiguieron que echara de menos a quien sí está.

Tenía que pasar. Era evidente que en algún momento Cosme iba a sacar el tema.

—Espero que al menos llegaran a cumplir tus expectativas. Me dejaste para eso, para conocer mundo.

Sus palabras aún destilaban dolor. El chico respiró hondo.

—Así es, no te voy a engañar. No quise irme dejando cuentas pendientes. Eso nunca acaba bien. Las cosas hay que hacerlas en su momento. Pero creo que tampoco me porté tan mal: te di la opción de que tú también encontraras a alguien.

«Según tú, claro». Ella bajó la mirada. Encontrar a alguien. No había sido posible. Desde la marcha de él, Florita había tenido algunas aventuras sin trascendencia. Nada que destacar.

—Flo, hay una cosa obvia. Al final, somos nosotros los que estamos aquí. Yo, cansado de aventuras. Tú, cansada de no tenerlas. En definitiva, los dos estamos solos y echándonos de menos. ¿No te parece absurdo?

A ella, sí. A su orgullo, no.

Florita se despertó al día siguiente con el ruido de la cafetera. El olor del café llegaba hasta su cama. Cosme debía de llevar ya un rato en pie. Podía escucharlo con nitidez andando por la casa. Se notaba que estaba acostumbrado a apañarse solo.

Aunque ambos se habían cogido unos días libres para estar juntos, a Florita le preocupaba que él se retrasara en sus compromisos profesionales. No quería interferir en sus planes.

Las palabras de la noche anterior seguían retumbando en su cabeza. No dejaba de ser un razonamiento coherente. En ese momento, los nudillos de Cosme tocaron en la puerta.

—¡Buenos días, Flora! —dijo sin entrar—. Tienes el desayuno listo.

—Gracias, ya voy.

Apartó el edredón y salió de la cama. «Está teniendo todo el cuidado del mundo. Va con pies de plomo. Tiempo atrás habría entrado en la habitación sin más».

Al otro lado de la puerta, la recibió la sonrisa del ingeniero. Se quedaron mirándose durante unos segundos.

—¿Has dormido bien? —acertó a preguntar él.

—Sí, muy bien. Lo necesitaba.

—Me alegro.

Sobre la mesa, su amigo había dispuesto una jarra de zumo de naranja, café y *croissants*. Estaban recién hechos. Debía de haber bajado a por ellos.

—Hubiera comprado *ciambelle* para que los probaras, son unas rosquillas parecidas a los donuts, pero después de ver el afán con el que ibas a buscar el otro día los *croissants,* no me he atrevido a llevarles la contraria a tus costumbres.

Ella comenzó a reír mientras se sentaba a la mesa y cogía uno.

—El otro día era una emergencia. Un antojo. ¿Ya has desayunado?

—¡Sí! Llevo un par de horas despierto. Madrugo bastante. Me cunde más trabajar al amanecer. Estoy más despejado, hay menos ruido y así a estas horas ya he adelantado bastante trabajo. Ayer me enviaron una petición por la noche y quería quitármela del medio pronto.

Comenzaban a sentirse cómodos. Cosme había actuado con inteligencia. Ella se estaba relajando y la convivencia podía jugar a su favor. Y había otro aspecto más a tener en cuenta: sacarla de Santa Manuela, de su zona de confort, contribuía a evitar influencias externas y propiciaba que se centrara solo en él. Sí, Flori podía enviarse mensajes con las chicas desde Milán, pero no era lo mismo que tenerlas al lado. Cosme sabía lo que hacía y se notaba.

—¿Sabes que los italianos solo toman *capuccino* por la mañana? Para ellos es un café de desayuno —dijo mientras llenaba su taza.

—¡Qué dices!

—Como lo oyes. No los verás pedirlos a otra hora.

Pasaron la mañana recorriendo galerías de arte, y al atardecer, visitaron el barrio de los *navigli,* una zona de canales construida en el siglo XIII, situado a media hora del centro de la ciudad y en cuya remodelación había intervenido Leonardo da Vinci.

Tras un paseo por Naviglio Grande, Naviglio Pavese y el callejón de las lavanderas, ya se había hecho de noche y el ambiente familiar había dejado paso a otro de marcha bastante animada. Copazo en mano, Florita y Cosme se sentaron a contemplar el canal que tenían delante.

—Por estos canales se transportaron las piedras con las que construyeron el *duomo* —comentó Cosme.

—¿Sí? ¡Vaya!

—Esta ciudad es como una máquina del tiempo.

Florita estaba disfrutando mucho con la conversación.

—¿Sabes? A mí me encantaría poder viajar a la época del Renacimiento. Me parece fascinante todo lo que se avanzó durante aquellos siglos: la moda, la mentalidad... Todo. Creo que he nacido demasiado tarde.

Los dos rieron con ganas. Sí, Florita hubiera encajado a la perfección en aquel ambiente. Era curiosa, despierta, culta. Incluso su figura hubiera estado muy bien valorada en el mercado de la belleza renacentista. Entonces las preferían con curvas porque las creían más fértiles.

—Cosme, a ti, ¿a qué época te gustaría viajar?

El chico lo tenía muy claro. Tanto que lo dijo mirándola a los ojos.

—Yo mataría por regresar al día en que te dejé.

«Dios mío...». Se quedó callada unos instantes. Cosme había desviado la mirada. «¿Va a decir algo o se supone que ya lo está diciendo?», se preguntaba él. Finalmente, Florita decidió saltar al ruedo. La precaución la había privado ya de bastantes cosas. Habló con seguridad, mirándolo de frente.

—Prométeme que no me vas a hacer daño, Cosme. Prométemelo.

«¿Eso quiere decir...? ¡Quiere decir!». El chico vio el cielo abierto. Por fin un paso adelante. Tímido pero claro.

—¡Por supuesto! Confía en mí.

«Ojalá pudiera mostrarte lo arrepentido que estoy». Ella le cogió la mano. Él comenzó a acariciarla con los ojos mientras su mano derecha moldeaba las mejillas de Florita. La besó, pero se tomó su tiempo. Antes se quedaron mirándose muy de cerca, a pocos centímetros. Viéndose por primera vez en mucho tiempo. Entendiendo que quienes se habían querido antes ya no estaban. Era momento de descubrir en quiénes se habían convertido.

El reconocimiento terminó entre las sábanas de Cosme. La experiencia adquirida por los dos en los últimos años se hizo patente muy pronto. No era que ya se conocieran, simplemente ambos SABÍAN. Consiguieron que se abriera cada poro de su piel, que sus gargantas ardieran de tanto gemir y sucumbieran a la pleamar que vino después.

Aun así, Florita seguía teniendo dudas. Ella creía que andaba más justa, que tenía menos rodaje. Y aunque había intentado suplir con sentimiento lo que ella consideraba carencias de técnica, no tenía claro si habría sido suficiente para él.

¡Buenos días! —saludó jovial el chico.

—¡Hola!

Cosme terminó de ducharse y apareció en la habitación desnudo. Ese era otro aspecto que preocupaba a Florita. El tiempo parecía haber esculpido su cuerpo con un cincel. No era especialmente musculoso, pero estaba bien definido. Inconscientemente, ella comenzó a subir la sábana desde su pecho hasta la cara. Él la destapó con un movimiento rápido y empezó a besarla.

—¡Anda, sécate! —dijo Flori divertida—. Me estás salpicando y se me va a rizar el pelo.

—Vaaale.

Florita se sentía como Audrey Hepburn en *Vacaciones en Roma*. Cosme estaba pendiente de todo. No podía ser más cariñoso. Cuando menos lo esperaba, la besaba. Gregory Peck no lo hubiera hecho mejor.

Ella adoraba la ropa y había pensado en darse un caprichito en alguna de las *boutiques* internacionales de la ciudad. «Para eso trabajo». Ya lo había decidido cuando planeaba el viaje, pero el deseo se había agudizado después de ver a Cosme hecho un dandi. Sí, en el pueblo vestía bien, pero dentro de un concepto *sport*. Allí, el chico lucía otro tipo de prendas. Trajes y americanas que le sentaban como un guante y que chocaban con lo que Florita llevaba en la maleta. Ella también era estilosa, pero había llevado ropa más informal.

Un vestido llamó su atención desde el escaparate de una boutique perteneciente a una firma que desconocía. «Genial». Si algo odiaba Flori era llevar lo mismo que todo el mundo. Con aquel espíritu entró en el probador con la prenda elegida.

—Sal para que pueda verte —pidió Cosme desde el otro lado de la cortina.

—Voy.

Fue una cuestión de instinto. Cuando salió, vio cómo la dependienta se le estaba insinuando a Cosme. A Florita no le sorprendió. Debía de pasarle a menudo. Era un buen bocado. «Esa chica sí que está a su altura. Tan guapa, tan estilizada, con tanta clase. Cualquiera pensaría que son pareja. En cambio, a nosotros no nos relacionaría nadie». Las inseguridades de la chica habían aumentado con la vulnerabilidad que le producía lo que estaba sintiendo por Cosme y la estaban aguijoneando mientras se agarraba a la cortina que cerraba su probador. Se sentía más insignificante que nunca. «Yo podría comprarme toda esta tienda y no sería suficiente. Siempre estaré a su sombra».

Cosme rechazó sutilmente a la chica, pero el daño ya estaba hecho. De regreso a casa, Florita fue clasificando a las chicas con las que se cruzaban en «aptas» o «no aptas» para salir con Cosme. Comenzó a sentir un escozor tremendo en el alma.

—¿Qué te parece la ciudad? —preguntó él ajeno a la batalla interior que se estaba librando en la cabecita de Flori.

—Bien, muy bonita.

Era la verdad. Había contestado de forma mecánica, pero era lo que pensaba.

—Se vive bien. Te encantaría. Aquí serías feliz.

Cosme había dicho aquello de forma totalmente inocente. Sin maldad. Sin intención. Solo pretendía mostrarle que la ciudad iba mucho con su forma de ver la vida, poniendo así en valor la faceta cosmopolita de la chica. Era un halago, pero ella no lo entendió así. Por el contrario, aquellas palabras suscitaron muchas preguntas. ¿Sería capaz de dejarlo todo por él? ¿A cambio de qué? ¿De sentirse siempre inferior? ¿Estaría dispuesta a semejante giro arriesgándose a que él se cansara de ella?

Las dudas la fueron taladrando hasta llegar a casa de Cosme. Para rematar, al chico lo requirieron de urgencia por el fallo de un mecanismo en una fábrica.

—Estaré de vuelta en unas horas.

Al final, fueron tres. Cuando regresó, Florita se había marchado a Santa Manuela.

CAPÍTULO 13

—

TIEMPO ATRÁS

Lola había crecido mirando la foto de boda de sus bisabuelos. La instantánea de Claudia y Nicolás había presidido el hogar de sus padres. Llevaba toda la vida sobre la chimenea. «Fue todo un hito. A principios de siglo no era habitual hacerse fotos y menos en esta zona tan apartada», solía contarle Dori.

La chica llegó a conocer a Claudia. Para ella era la afable señora sentada junto al fuego que le sonreía con ojos de amor infinito. Ya casi no podía hablar, pero cuando lo hacía solía repetirle una frase: «Cásate con quien te haga brillar los ojos. Si no, no te cases». La bisabuela falleció antes de que ella cumpliera ocho años. Lola nunca olvidó la frase, pero tardó años en entender el significado, el cual descubrió al mismo tiempo que la propia historia de sus bisabuelos.

Porque casarse en el Pirineo no era fácil en aquella época. En las zonas rurales pobres, lo económico tenía mucho peso en esos asuntos. Más allá del amor, el objetivo era asegurar la conservación del patrimonio. De la casa. Llegar a ponerse los anillos implicaba superar toda una suerte de condiciones y compromisos.

Claudia no había nacido en Santa Manuela, procedía del valle de Gistaín, Chistau en aragonés. Cuando era joven, pocas eran las ocasiones en las que los jóvenes casaderos podían contactar. Siempre estaban bajo la atenta mirada de sus mayores. Por eso, aprovechaban acontecimientos como las romerías para conocerse. La de la Virgen del Val era una de las que los chavales de las inmediaciones de la ermita esperaban con entusiasmo. La fiesta se celebraba invariablemente cada 12 de mayo y a ella acudían los habitantes de los nueve pueblos circundantes. A la salida de misa, todavía con la toquilla puesta, Claudia vio a Nicolás tendido en el suelo. Se había caído mientras perseguía entre bromas a otro mozo de Santa Manuela. Tenía sangre en la mano. Claudia se acercó a ayudarlo.

—Hola. ¿Te duele?

El chico se volvió hacia ella. No la conocía, pero le resultó muy guapa. Él deseó haberla conocido en otras circunstancias que lo dejaran en mejor lugar. «Así tirado, debe pensar que soy un idiota».

—Sí. Me he raspado con las piedras al caer.

—Espera, que te ayudo. No te lo toques.

La chica sonrió con dulzura y regresó poco después con agua, vino y unos lienzos. Su madre venía con ella.

—Dame la mano.

Nicolás obedeció. Claudia comenzó a limpiar los restos de tierra de la herida mientras él intentaba sonsacarle información: nombre, pueblo, casa... Quería saberlo todo. Ella respondía sin mirarlo mientras le vendaba solícita. Cuando llegó el momento de verterle vino sobre la herida para desinfectar, los dos aprovecharon el improvisado roce de las manos para mostrarse su interés mediante ligeras presiones y caricias de centímetro y medio de recorrido. En aquella época ese gesto no era común fuera de circunstancias así.

Un par de semanas más tarde, uno de los pastores de Santa Manuela que tenía ovejas por la zona apareció de improviso en casa de los padres de Claudia. Nicolás le había pedido que comentara con la familia su interés por la chica. Quería visitarla y necesitaba permiso.

—Pero ¿quién es? —preguntaba el padre al pastor.

—Es de Casa Pradas.

—¿El mayor?

—El mayor.

El rostro del padre de Claudia se iluminó.

—Eso es bueno. Un heredero siempre es alguien a quien considerar, más por alguien como nosotros. ¿Qué tienen?

—Tierras y animales. Les va bien.

—¿Hay muchos hermanos?

—Uno más. ¿La chica es hacendosa?

—Mucho. Su madre le ha enseñado a llevar la casa.

Entre las faenas que implicaba aquello estaban ayudar en el campo si era menester, tejer, amasar el pan y todo lo relacionado con el pago de impuestos, la iglesia y el ayuntamiento.

Claudia escuchaba escondida al otro lado de la puerta de la cocina. Sabía que nadie iba a preguntarle su opinión. Los matrimonios eran cosa de familias, no de parejas. De economía doméstica, no de romanticismo.

Poco tiempo después, Nicolás obtuvo el plácet de la familia de Claudia y acudió a visitarla. Estaba nervioso. Por verla y porque, de alguna forma, tras aquel paso, no habría marcha atrás. Le llevó a la chica un chal de lana. La familia le correspondió con dulces hechos en casa. Se vieron en la cocina, rodeados de los demás. La intimidad era algo inusitado en aquellas circunstancias. Eso no impidió que, cuando el noviazgo ya estaba en marcha, se vieran a escondidas en alguna ocasión detrás de la casa. Allí le dio su primer beso, pero tuvo que esperar a las fiestas para poder bailar con él. A Nicolás no le salió gratis. Los novios que no eran del pueblo de las chicas debían pagar *la manta,* que consistía en invitar a vino a los locales.

Unos años después, las familias plantearon la boda. Quedaron a mitad de camino de los dos pueblos para fijar la dote y las condiciones en las que Claudia se incorporaría a Casa Pradas. Se inventariaba todo: desde el número de medias de lana que debía aportar la novia hasta las cantidades económicas o bienes de cualquier tipo. Se acordó también que, aunque el nuevo matrimonio iba a vivir en Santa Manuela, la ceremonia se celebraría en el pueblo de Claudia. La boda tuvo lugar mes y medio después.

Como era tradición, la víspera, una ronda recorrió las calles del pueblo en su honor. Nicolás ocupaba un lugar destacado en la comitiva, que terminó el recorrido tomando un refrigerio en casa de la chica. Claudia no tenía muchas amigas, el lugar era poco más que una aldea, pero las otras dos chicas de su misma edad llegaron a la casa después de cenar. Se unieron a las hermanas en la alcoba en la que dormían las tres y comenzaron a peinarla.

La ceremonia tuvo lugar al día siguiente por la mañana en la puerta de la iglesia. Los novios habían llegado en mulos, precedidos de escopeteros que disparaban salvas. A Claudia, Nicolás siempre le había parecido guapo, pero aquel día, camino a la iglesia, lo encontró imponente.

El noviazgo había sido largo, pero el acto del matrimonio duró un suspiro. Hasta para eso eran austeras las bodas de la montaña. El rito del casamiento comenzó cuando el novio depositó el anillo en una bandeja que le acercó el monaguillo. A Claudia le pareció el más bonito del mundo, mucho más que el que llevaba su madre, y supo que iba a ser muy feliz con él puesto.

—Esposa, estas arras os doy en señal de matrimonio —dijo el sacerdote.

Y Claudia pasó a formar parte de Casa Pradas poco antes de que su tío comenzara a lanzar caramelos a los asistentes.

Los novios y sus familias fueron a comer a casa de Claudia. La comida resultó mucho más contundente de lo habitual. Tomaron guiso de carnero que habían preparado las mujeres de la casa. Una tía de Nicolás entonó una albada para los novios. Las guitarras y las bandurrias sonaron en el patio de la vivienda hasta que se puso el sol. Claudia y Nicolás vivieron un día inolvidable a pesar de la sencillez de la celebración, pues, por fin, pudieron aparecer ante los demás como la pareja que eran, cogerse de la mano e incluso darse algún tímido beso.

El chocolate que les llevaron a la cama al día siguiente fue el inicio de cuarenta y seis años de feliz convivencia. No hubo un solo día en el que Claudia no recordara la música de aquellos instrumentos rodando por las paredes de su patio. A veces, tarareaba a solas alguna de aquellas melodías; otras, abría el armario para mirar la basquiña y las cintas con las que había ido a la iglesia. Recordar era de los pocos placeres que no estaban limitados en un modelo social donde cada céntimo contaba.

En aquel contexto, las preocupaciones nupciales de Lola hubieran parecido cosa de otro mundo. Con la boda de nuevo en marcha, la maestra estaba agobiada ideando maneras de sorprender a los invitados, además de pensar en el peinado y en el fotógrafo.

La sentencia de divorcio llegó a mediados de mayo, cuando faltaba poco más de un mes para la boda. Lucas respiró aliviado. Por fin era libre. «Adiós, Ruth. Hasta nunca». Lola recibió la noticia con alivio, pero sin entusiasmo. «Una cosa menos». Al fin y al cabo, ella seguía apagando fuegos. Por ejemplo, aún no tenían fotógrafo. «Ni tendré, porque a estas alturas estarán todos comprometidos», se lamentaba. Pero es que en ocasiones sentía que la organización de la boda la superaba. No contaba con todos los pasos que había que dar más allá de buscar vestido. Deseaba con ilusión que llegara el día, pero también que pasara para poder descansar.

Lucas, que había conseguido relajarse tras volver a ser soltero e iniciar los trámites del expediente matrimonial, encontraba accesoria toda aquella parafernalia. No estaba por la labor de complicarse la vida.

—Verás qué rápido te lo simplifico todo —dijo cogiendo la lista de tareas pendientes que tenía su novia en la mano—. ¿Sorpresas? Ninguna. ¿Fotógrafo? Las fotos que nos haga la gente. ¿Peinado? El que llevas. A mí me gusta. Ya está —terminó lanzándole la hoja.

—Es que lo enfocas todo como una obligación. Se trata de que sea un día inolvidable, de que sea especial.

—Ya es un día especial: vamos a casarnos.

—La gente hace un esfuerzo importante asistiendo y quiero agradecérselo.

—Pues agradéceselo de palabra.

Cuando la temporada de esquí terminó, Lola se acercó a la estación a devolver las tarjetas que sus alumnos habían utilizado durante los últimos meses para acceder a las instalaciones. Florita había salido ya, así que la profesora habló con Celia.

—Uyyy, vaya ojeras. ¿Has dormido mal?

—No muy bien, la verdad. Para qué voy a engañarte.

—¿La boda? —preguntó cómplice sonriendo.

Lola no daba crédito. Celia y ella siempre se habían tenido cariño y, aunque las separaban algunos años y pertenecían a pandillas distintas, podría decirse que incluso disfrutaban de cierta complicidad, pero no creía que la tuviera tan calada como para darse cuenta de su malestar.

—¿Cómo lo sabes?

—Nos ha pasado a todos —rio Celia—. ¿Peleas?

—A todas horas.

—¿Falta de implicación por su parte?

—Sí.

—¿Agobio por la tuya?

—Exacto.

—¡¿No te digo?! Pasa siempre igual. Es imposible casarse sin todo eso. —Por primera vez en varios días, Lola consiguió relajarse un poco. Se sentía comprendida.

—Es que me gustaría que se comportara de otra forma. Se supone que debería implicarse más. Todos los hacen, ¿no?

Al oír aquello, Celia cambió de expresión. Se puso más seria, pero también más tierna.

—Ay, cariño. Debes tener en cuenta que los príncipes azules ni son príncipes ni son azules. Lucas no tiene que actuar como actúan los protagonistas de las operetas románticas. Esos son personajes extremos, blancos o negros, y los chicos del valle tienden al gris, son un poco de todo. Y si a Lucas no le gusta pensar en qué figuras poner sobre la tarta, piensa que a ti tampoco te entusiasma hacer otras cosas y no por eso él se enfada. Cielo, conozco a Lucas. Si no presta atención a los detalles es porque para él la boda no es la celebración, es unir su vida a la tuya. Y, de hecho, creo que es mejor que él no meta baza: no tiene ni la mitad de gusto que tú.

Las palabras de Celia la hicieron reaccionar. Tenía razón. Estaba forzando a Lucas a ser perfecto y él no podía llegar a todo. Es más, llegaba a bastante menos que ella. Sonrió con ternura al pensar en su novio.

Florita caminaba rápido. Había quedado a las nueve en casa de Lola y Lucas. Iba a entregarles los anillos y sentía una emoción inmensa. Siempre le había gustado hacer regalos, pero aquella ocasión era especial. Llamó al timbre de la vivienda y Lucas abrió la puerta rápidamente.

—¡Pasa, guapa!

Florita encontró la casa francamente cambiada desde que Lola se la había enseñado. Los muebles, de estilo montañés, estaban perfectamente integrados y las lámparas lucían en los techos. Tan solo algunos cuadros apoyados en el suelo revelaban que aquella vivienda aún no estaba del todo lista.

—Os está quedando preciosa —dijo Flori mirando a su alrededor.

—¡Díselo a mi bolsillo! —bromeó Lucas.

Lola la condujo hasta la habitación principal. Quería enseñarle a Florita las sábanas que le había regalado su madre.

—A mí no me terminan de gustar. A ver, no son feas, pero yo hubiera comprado otras, ¿sabes? Lo que pasa es que, con todo lo que estamos gastando, me vienen muy bien. Me he ahorrado un pico.

—Chica, no están mal. Total, son para dormir.

—Por eso.

—Ya comprarás otras más adelante.

Lola asintió y sacó de un cajón un bulto envuelto en una pieza de lienzo.

—Mira, esto sí que me ha hecho ilusión —dijo separando la tela que envolvía el contenido y descubriendo una colcha de ganchillo—. Me la hizo mi bisabuela Claudia; mi madre me la guardaba.

—Es una maravilla, Lola —aseveró Florita.

—Sí, no sé si usarla. No quiero estropearla. Todavía huele a ella —comentó hundiendo su cara entre los pliegues de la colcha.

—Mi abuela también me ha bordado unas toallas para el ajuar. Me hace ilusión, pero me pasa igual: no sé si podría usar algo tan bonito.

Las dos amigas se quedaron en silencio. Florita tomó la palabra.

—En un mes estarás casada, ¿te das cuenta?

—Ca-sa-da. Casada —silabeó Lola—. ¡Qué raro suena!

—¿Lo tienes claro?

—Ahora sí —dijo convencida.

Cenaron tranquilamente. Tras los postres, la bandeja de los cafés hizo acto de presencia en el salón. Sobre ella, tres tazas llenas, el azucarero y la invitación de la boda. Florita no pudo esperar y cogió el sobre. Le hacía ilusión ver escritos los nombres de sus amigos. La abrió con cuidado y extrajo la cartulina.

—¡No me puede gustar más! ¡Qué bonita! ¿Dónde las has encargado? ¿En la imprenta de Jaca?

—Sí. Son unos artistas —comentó Lola satisfecha.

—Desde luego.

—Tenemos que darnos prisa en entregarlas a los amigos. Nuestras familias están a saco y no quería que fuerais los últimos en tenerla —dijo Lucas.

—¿Te ha confirmado mucha gente ya? Celia me comentó que solía caerse la tercera parte de la lista de invitados.

—Y por ahí va a ir la historia.

—Al final están los que tienen que estar.

Florita se levantó a por su bolso y colocó la bolsita que había comprado en Milán delante de la pareja.

—¿Y esto? —preguntó una sorprendida Lola.

—Mi regalo de boda. ¡A ver si os gusta! —exclamó Florita entusiasmada.

Lola ansiaba ver lo que había en el interior de la bolsa, pero no quería romper el envoltorio, así que fue tirando del celo poco a poco hasta que consiguió despegarlo. Fue un momento de angustia feliz. Si venía de Florita, aquello tenía que ser especial.

—¡Los anillos, Lucas! ¡Las alianzas! —estalló de alegría Lola—. Quería ir a la joyería la próxima semana.

—Creo que tendrás que ir igual. No sé yo las tallas... —confesó Florita con precaución—. Las cogí un poco a ojo.

A Lola le quedaba perfecta, pero el de Lucas era un poco grande.

—¿Pero tú qué zarpas te crees que tengo? —bromeó el novio mostrando cómo su alianza le bailaba en el dedo, lo que provocó las risas de las chicas—. De todas formas, había que llevarlos a grabar, así que ya que me lo ajusten y listo. Están muy bien. Me gustan mucho. Gracias, cielo —agradeció Lucas, y le dio un beso en la mejilla a Florita.

Pese a haber comprado los anillos junto a Cosme, ninguno lo mencionó. Todos eran conscientes de lo que había pasado en Italia. Los labios de Florita sonreían, pero sus ojos distaban mucho de resplandecer. Dentro de las cajitas se había quedado el deseo de entregar aquel regalo juntos y, ¿por qué no?, de seguir los pasos de Lola y Lucas. Hacía días que ella había regresado de Milán y aún no había contado nada. A los demás no les hizo falta.

CAPÍTULO 14

—

PERRAS GORDAS

La primavera dio paso a un mes de junio bastante lluvioso. No había día en que no hubiera que sacar el paraguas. Los ganaderos se las prometían felices, puesto que la calidad de los pastos iba a ser estupenda, pero el nivel del río estaba creciendo muy rápido y las empresas de deportes de aventura se veían obligados a recalcular las rutas de barranquismo una y otra vez. Entretanto, los mayores miraban con cautela a las cumbres de las montañas. «A ver cómo se porta el deshielo».

Lucas no reparaba en el tiempo que hacía ni en la lluvia que no cesaba, sino en la boda y, sobre todo, en la luna de miel. Solo faltaban tres semanas y, con todo lo que había pasado, Lola y él aún no habían hablado del tema. Aquella mañana, Lucas había tenido que acercarse a Jaca a reponer material y, ya que estaba, pasó por una agencia de viajes. Salió con varios folletos de Islandia. Tenía una promesa que cumplir. Piolet en mano.

Unos días después de empezar a salir, Lucas invitó a Lola a hacer escalada en hielo. El caso era estar a solas. La llevó al glaciar de Gavarnie, uno de los diecinueve que quedaban en el Pirineo. Estaba en la parte francesa, en un circo de 1600 metros de altura y 900 de diámetro. Lo más sorprendente era su cascada de 422 metros de caída. Durante el invierno, cuando se congelaba, atraía a los amantes de esta modalidad de escalada. Como Lucas.

Lola ya había escalado en otras ocasiones, pero debutaba en hielo, por lo que él estuvo especialmente atento. La ayudó a colocarse los crampones y a subir el primer tramo. Luego, ella pudo sola.

—¡Me encanta, Lucas! —dijo la chica cuando llegaron a la parte superior. Desde allí, la vista del macizo Marboré-Monte Perdido era espectacular. El Hôtel du Cirque et des Cascades parecía una cajita de cerillas. Lola miraba fascinada a su alrededor. «Normal que Victor Hugo dijera que esto era el Coliseum de la naturaleza».

Él sonrió satisfecho. No se había equivocado con el plan.

—¿Sabes? A mí donde me gustaría escalar es en el glaciar Vatnajökull, en Islandia. 8100 kilómetros cuadrados. El mayor de Europa. Mira.

Lucas sacó su móvil y buscó en la galería de fotos las correspondientes a aquel glaciar. A Lola le pareció impresionante.

—Es espectacular. Creo que nunca he visto nada así.

Y entonces él lo tuvo claro.

—Algún día te llevaré allí.

La petición de mano había llegado muchos meses después de aquella mañana, pero, para Lucas, el compromiso con Lola quedó sellado cuando prometió llevarla al glaciar Vatnajökull. Menos mal que ella no lo había olvidado. Cuando le puso delante los folletos de Islandia, ella sonrió. Se acordaba.

—Pensé que entonces lo habías dicho por quedar bien —confesó Lola cuando vio los folletos.

—¡Para nada! ¿Te apetece?

—¡Claro! Ese glaciar dice mucho de nuestra historia.

—Dice que comencé a quererte ese mismo día.

—¡Eres más rico! —susurró ella mientras juntaba su frente con la de Lucas y cerraba los ojos para concentrarse en abrazarlo.

Ella necesitaba aquel gesto. Necesitaba recordar por qué

se había metido en aquella vorágine. Por primera vez en muchos días, la pareja podía centrarse en sus sentimientos. Desde que decidieron casarse, los preparativos se habían llevado por delante su intimidad. La mención del viaje devolvió a Lola la emoción de aquella primera cita. La organizadora de eventos se diluyó ante la presencia de la novia enamorada. El traje, la decoración de la carpa e incluso Ruth quedaron lejos de aquel instante. Tan lejos como Islandia.

—¿Te encargas tú? Yo no doy abasto —pidió ella.

—No te preocupes. Mañana me paso y reservo.

«¡Qué ganas tengo de subirme a ese avión y dejar todo atrás!», pensó Lucas.

Al día siguiente, Lola apartó de un zarpazo el glaciar islandés de sus pensamientos. Tenía la segunda prueba del vestido. Al ponérselo, notó que a la cremallera le costaba más realizar su recorrido.

—¡No puede ser! ¡No he podido engordar! —maldijo Lola.

Lola no tenía sobrepeso, pero era cierto que mantenerse en su talla le costaba cortarse con la comida y hacer mucho ejercicio. A veces, caminaba durante un par de horas por los bosques que circundaban el pueblo y otras tiraba de bici y recorría los 10 kilómetros que separaban Santa Manuela de Frona.

—Bueno, mujer, tampoco pasa nada. Estabas demasiado delgada últimamente —convino Dori—. Seguro que hay solución.

Efectivamente, la había.

—Sacaremos un poco de los laterales. No te hará aguas, tranquila. Estos trajes ya vienen preparados para todo porque con los nervios de las últimas semanas unas engordan y otras adelgazan.

—Me dejas más tranquila —se resignó Lola.

—Mucho viaje al tarro de las galletas —susurró Dori a la dependienta.

Hortensia llevaba más de diez minutos sentada en una esquina de la cama mirando el primer cajón de la cómoda. «Tengo que hacerlo». Finalmente, se decidió y agarró el tirador deslizándolo con suavidad. Ante ella, recuerdos de toda una vida. Con cuidado, cogió un pequeño saquito de terciopelo negro y llamó a Beatriz.

—Haga el favor de decirle a Lucas que, si es tan amable, me gustaría tomar un té con él cuando le venga bien.

—Ahora mismo, señora.

La empleada doméstica salió a la calle y se dirigió a la consulta del veterinario. Lucas recibió con curiosidad la invitación. La marquesa era una señora agradable que siempre le había mostrado mucho afecto, pero con la que no tenía mucha relación. Había estado en su casa un par de veces por motivos circunstanciales. No obstante, aceptó. Fijaron el encuentro para dos días después. Lucas comentó aquello con Lola.

—¿Y si vienes conmigo?

—No. Ella te ha invitado a ti. Debes ir tú solo.

—Venga, no seas orgullosa.

—No es una cuestión de orgullo, cariño. —Sí lo era—. Por la razón que sea, ella quiere verte a ti, así que lo correcto es que vayas tú. No tendrás miedo de una señora de setenta años, ¿no?

El chico sonrió. No, no tenía miedo, pero le había extrañado que Beatriz se girara antes de salir y le pidiera discreción sobre la visita. Tanto le había impactado que ni siquiera les había dicho nada a sus padres.

La tarde acordada, Lucas se dirigió al palacete de Hortensia con una caja de la pastelería La Suiza de Jaca. Aquella mañana, mientras paseaba por la calle Mayor, le había parecido una buena idea llevarle capetas y cajicos, los dulces más típicos de aquel establecimiento, pero en aquel momento le resultaba un presente demasiado humilde. «¿Qué se le lleva a alguien que tiene de todo?», pensó. El sonido del timbre lo sacó de sus cavilaciones.

—Pase, por favor. La señora está en el piso de arriba.

La casa por dentro era bonita, pero no lujosa. Tenía el empaque de las viviendas hechas con buenos materiales y estaba decorada con el gusto de quienes amueblan pensando en quienes residen, no en quienes vendrán de visita. Hortensia llegó al salón en el que morían las escaleras, segundos después de que él lo hiciera. Lo recibió con un par de sentidos besos y la sonrisa que siempre le brindaba.

—Beatriz, melisa para mí y para el chico...

—Para mí también una infusión, por favor.

—¿Té? —sugirió la chica.

—Sí, gracias.

La señora lo invitó a sentarse y tomó asiento ella también. Luego, se quedó mirando a Lucas en silencio unos instantes.

—Bien, así que te casas...

—Sí, ya no falta nada.

Lucas era consciente de que la anciana estaba rompiendo el hielo antes de plantearle lo que le tuviera que plantear y eso lo puso nervioso.

—¿Habéis recibido muchos regalos ya?

—Mmm, todavía no, la verdad.

Hortensia respiró hondo antes de continuar.

—Bien, pues yo te quiero hacer uno.

Mientras terminaba de hablar, la marquesa colocó delante de Lucas el saquito de terciopelo negro que había reposado durante cincuenta años en el fondo del cajón de su cómoda. Él no sabía si abrirlo allí mismo o esperar. Ella pareció adivinar su pensamiento.

—Ábrelo. En parte, es tuyo.

Lucas tiró con cuidado de las cuerdas que sujetaban la tela y volcó el contenido en su mano derecha. Del interior salieron doce monedas.

—Esto son... —Lucas no acertaba a reconocerlas.

—Perras gordas. Seguro que nunca las habías visto, tranquilo.

—Pues no.

El chico no entendía nada. ¿Qué hacía aquello allí? ¿Y por qué decía aquella señora que eran suyas?

—Esas monedas me las dio tu abuelo Fidel. Como ya sabrás, yo estaba casada con Rafael Márquez, y tu abuelo, con tu abuela María. Lo que desconoces es que él y yo estuvimos a punto de casarnos.

Ante la sorpresa de Lucas, Hortensia le relató los orígenes de su relación y sus respectivas bodas. Él no abría la boca. Quería saberlo todo. Le parecía increíble poder saber más cosas de alguien tan querido para él. «No tenía mal gusto el abuelo. Esta señora tuvo que ser muy guapa. ¡Qué pájaro!».

—Cuando me enteré de que había vuelto a Santa Manuela, pasé varios días sin salir de casa. Dije que me encontraba mal. Pero este es un pueblo pequeño y no podía estar escondiéndome eternamente, así que llegó el día en que me lo crucé por la calle. Fue un domingo, a la salida de misa. Iba con tu abuela y con tu padre, que dormía plácidamente. Nos miramos y supimos que lo que en su día habíamos sentido seguía ahí. Nos saludamos para no levantar sospechas. Al fin y al cabo, nadie estaba al tanto de nuestro romance, pero mentiría si niego que desde aquel instante todo cambió. Cada vez que nos veíamos, todo volvía a aflorar. Una tarde, pasó por delante de mi ventana. Yo estaba asomada y nos quedamos mirando. Sin decir nada, me señaló en dirección al molino donde solíamos encontrarnos. Por si no me quedaba claro, hizo girar su mano derecha imitando el movimiento de las aspas. Quería verme. Y yo a él, así que asentí y esperé a las once de la noche. Siempre nos veíamos a esa hora. ¡No te imaginas los nervios que pasé hasta que llegó el momento! Hasta me arreglé un poquito —confesó coqueta—. Cuando le volví a tener frente a mí, nos miramos y nos abrazamos llorando.

Hortensia hizo un parón en su relato y se limpió lo que parecía una lágrima de su ojo derecho. Lucas estaba intentando imaginarse al abuelo saliendo a escondidas de casa para encontrarse con su ¿amante? ¿Qué era ella en realidad? Hortensia siguió contando.

—Fue una crueldad que las circunstancias nos hubieran llevado a aquella situación. Esa noche, él puso este saquito en mi mano y me dijo: «Esto es todo lo que tengo, doce perras gordas. No es mucho, pero si nos vamos de aquí nos ayudarán a comenzar una nueva vida». Me estaba proponiendo que nos fugáramos. Durante un minuto, creí que podía ser posible. Desde luego, yo quería estar con él, pero no podía dejar de pensar en que tenía un niño precioso que necesitaba crecer junto a su padre y en que ni tu abuela ni mi marido se merecían un abandono. Fue un momento de desesperación, de rebeldía contra lo que nos había pasado, pero no podía ser. Poco antes de volver a casa, me dio el saquito y me dijo: «Con esas doce monedas te llevas mi corazón. No podré dárselo a nadie más».

Resultaba curioso. Su abuela hubiera montado en cólera si lo hubiese visto allí sentado con la mujer a la que amaba su marido. Sin embargo, el chico no consideraba que estuviera faltando a su memoria. Aquella historia era una carretera paralela, no una perpendicular. Ese amor nunca había interferido en sus vidas, aunque para ello hubiera tenido que inmolarse.

—¿Volvisteis a veros?

—No.

—¿Y allí se acabó todo?

—Tampoco. Fidel fue el hombre de mi vida. Siempre supimos que nada iba a cambiar, que aquel cariño se mantendría vivo hasta el final. Me queda el orgullo de que muriera en mis brazos.

—¡¿Cómo?!

Hortensia le estaba abriendo una ventana a una vida totalmente desconocida que, sin embargo, se había desarrollado a dos palmos de su cara. Una historia que había marcado a su abuelo.

—Sí, no te sorprendas. Como sabes, Fidel tuvo un infarto y lo llevaron al hospital de Jaca. Unos días después, mejoró un poquito, con lo que tus padres y tu abuela se fueron a casa a descansar. Era lógico. Llevaban muchas noches durmiendo allí tirados de cualquier manera y necesitaban recuperarse. Mi hermana aún trabajaba allí y me avisó cuando los vio marcharse. Yo había tenido que vivir su enfermedad en la distancia, con poca información y muchos nervios, así que no me lo pensé y me planté junto a su cama. Nos miramos, nos besamos con las manos cogidas... Entonces él supo que el final estaba cerca. Supongo que notó cómo las fuerzas lo iban abandonando. Yo empecé a llorar, pero él me tranquilizó: «Mejor contigo ahora que mañana sin ti. No imagino mejor forma de irme que a tu lado». Y allí, sin dejar de mirarme, se apagó. Las alarmas de los monitores comenzaron a pitar. Lo besé por última vez y me fui antes de que llegaran los médicos —dijo mientras secaba las lágrimas que comenzaban a resbalar por las mejillas de Lucas—. ¿Por qué pones esa cara, chiquillo?

—No sé. Me parece muy generoso por vuestra parte, pero muy triste que renunciarais así a todo. Yo no hubiera sido capaz.

—No fue generosidad: simplemente, no tuvimos elección. De todas formas, cuando se ama tanto, ni siquiera hace falta estar juntos. Por eso quiero regalarte estas monedas. Vas a casarte. Necesitas arras y estas simbolizan un amor tan fuerte como espero que sea el vuestro. Clandestino, silenciado, pero inmenso. Yo nunca conseguí quedarme embarazada, así que tú eres lo más parecido a un nieto que tengo. Yo podría haber sido tu abuela.

—Y a mí me hubiera encantado.

Se quedaron mirándose durante un rato. ¡Cuánto amor encerraban los ojos de aquella señora! Al abuelo Fidel debía de haberle resultado muy fácil enamorarse de ella.

Una semana después del encuentro entre Lucas y la marquesa, el agobio de Lola se había disparado, así que decidió que había llegado la hora de tomar medidas drásticas y aceptar algunas de las propuestas de Lucas. Las fotos las harían sus amigos y ella misma se maquillaría y peinaría. Al fin y al cabo, solo quería una coleta alta con algo de volumen en la parte delantera. Muy años sesenta. A pesar de que se acababa de ahorrar más de dos mil euros, seguía dolida y conducía de regreso a casa muy encendida. Le molestaba ese afán comercial, ese intento de apropiarse de los regalos ajenos. Hacer cualquier cosa con tal de crear a los novios unas necesidades que no tenían. No podía con el aire de superioridad con el que pretendían convencerla de que no tenía otra opción. Pero no solo era eso. Llevaba muchos meses batallando con la organización de la boda, con la casa, con el divorcio de Lucas... Y no podía más. Faltaban dos semanas para el que se suponía iba a ser uno de los días más felices de su vida y solo quería que pasase de una vez. Necesitaba descansar y soltar adrenalina, así que, en la última curva antes de girar hacia el pueblo, dio un volantazo y tomó el camino forestal que llevaba a uno de sus rincones favoritos. Unas rocas rodeadas de árboles formaban un mirador natural ajeno a las miradas del gran público al que solía ir cuando quería estar sola. Una vez allí, se aproximó al saliente y frente al precipicio, apretó los puños y gritó. Gritó con toda su alma. Como si nadie pudiera escucharla. Dejándose la vida en cada grito. Lo repitió varias veces. Al terminar, sintió que volvía a recuperar el control. Que las cosas sin importancia dolían un poco menos.

Más calmada, regresó al coche y se fue a casa. Quería

cambiarse de ropa, aquella noche tenían la prueba del menú. Entre prenda y prenda pensaba lo rápido que se le habían pasado los más de tres meses desde que habían elegido el catering. «Cuando quiera darme cuenta, ya estaré casada». Y comenzó a notar esa pulsión entre querer que llegara su día y empezar a añorarlo.

Marlin era uno de esos restaurantes de toda la vida. Elegante pero funcional. Actualizado pero no moderno. Uno de esos sitios en los que te sientes cómodo. A Presen le parecía más un lugar para ir con la familia los domingos que para hacer una boda, pero tuvo que rendirse a la evidencia de que se comía bien y a buen precio. Miguel y ella llegaron los primeros a la prueba del menú y esperaron a los demás tomando un par de copas de vino en la barra.

—Era hoy, ¿no?

—Que sí, mujer —contestó él mientras aprovechaba para ojear el *Marca.*

—Pues ya es la hora y no ha venido nadie.

—Estarán al llegar. Pide unas anchoas, anda.

—No, que luego dejas todo y no vamos a desaprovechar una buena cena.

—Presen, que no te ponen la ración completa. Que pruebas un poco y ya está.

Mariano y Dori fueron los siguientes en aparecer. Se saludaron con la familiaridad de quienes se conocen de siempre y no necesitan impresionarse. Se sentían bien los unos con los otros. Los novios fueron los últimos en llegar. Lola había preferido alargar un poco la ducha para poder relajarse y disfrutar de la cena. A partir de ese momento, quienes estaban sentados a la mesa iban a conformar su círculo más íntimo y quería que aquella velada fuera bien para asentar los cimientos familiares sin tropiezos.

Por su parte, Lucas no podía olvidar lo que le había contado Hortensia y se moría de ganas de encontrarse con su padre. Desconocía si este sabría la historia, aunque suponía que su abuelo Fidel se había llevado ese secreto a la tumba. Él no pensaba traicionar su memoria, pero no podía evitar mirar a su padre con ojos más tiernos y pensar que toda familia, por aburrida que parezca, siempre esconde algo.

—Si lo desean, podemos empezar.

—Adelante, adelante —dijo Miguel.

Les sirvieron un chacolí para acompañar la ensalada de secreto ibérico con crujiente de cuscús. Dorita era una amante absoluta de la cocina tradicional, pero tuvo que reconocer que el sabor era excelente.

—¡Sabe a poco! —exclamó después de haber terminado la primera y ante la carcajada general.

—Di que sí, Dori —corroboró Presen—. Podría comerme dos de estas.

—Tranquilas, que hay mucho menú —dijo Mariano.

Idéntico entusiasmo despertaron las vieiras gratinadas y el solomillo con setas y uvas.

—¿Te vas llenando o qué, consuegra? —dijo Mariano a Presen.

—Oye, pues parece que no, pero me va a venir bien el sorbete para bajar un poco la comida.

El de mojito no terminó de convencer ni a Lola ni a Miguel. El *maître* les sugirió el de mandarina, bebida que sí recibió el aprobado general, con lo que se cambió el del menú elegido.

—En cuanto a la tarta, solemos ser tradicionales y ofrecemos selva negra, tarta de yema o tarta de chocolate. Les he puesto un poquito de cada una para que puedan probarlas y elegir —anunció el *maître*.

—¡Lo que nos hacía falta, Mariano! Me voy a ir con el botón de la falda en la mano —bromearon Presen y el padre de Lola.

Probaron las tres tartas y la verdad era que cualquiera de

ellas resultaba una delicia: bizcochos suaves y en su punto de dulzura, rellenos delicados y virutas de chocolate y almendra crujientes. Fue la decisión que más les costó tomar. Lola y Lucas no sabían por cuál decantarse. Dorita y Presen querían la selva negra mientras que los padres preferían la tarta de yema. La novia decidió usar el sentido común y llamó al *maître*.

—Oiga, ¿cuál es la que más se pide en los postres?

—Sin duda, la de chocolate. Es la que más gusta a las señoras que suelen ser las que piden postre.

—Pues decidido. La de chocolate —sentenció Lola.

El *maître* anotó la última selección y encargó los cafés. Cada vez le daban más pereza las bodas.

CAPÍTULO 15

—

LLUEVE SOBRE MOJADO

Al alcalde se le congeló el gesto al escuchar el boletín meteorológico del informativo regional de las tres. El mapa que apareció en la pantalla no dejaba lugar a dudas: Santa Manuela había desaparecido bajo una gran nube gris.

—En la franja pirenaica van a continuar las lluvias de fuerte intensidad. La Agencia Estatal de Meteorología mantiene la alerta naranja en la zona. Se esperan acumulaciones de treinta litros por metro cuadrado —comentaba el meteorólogo con soltura.

«Treinta litros. ¡Con todo lo que ha caído ya!», reflexionó Isaías preocupado.

—Marisa, cóbrame, anda.

El edil salió del bar con paso ligero en dirección al mirador. Sus pisadas resonaban con furia entre las fachadas de piedra. Tenía prisa. Quería ver las cumbres del circo que rodeaba al pueblo. «Todo nieve», murmuró con preocupación. Isaías había nacido en el pueblo y no hacía falta que nadie le explicara lo que significaba aquello.

El invierno había sido largo. Se habían quitado el plumas hacía apenas quince días y no había pasado ni un mes desde la última nevada. Según se decía, tres cuartas partes del agua dulce de la tierra se acumulaba en el hielo y en glaciares. Isaías desconocía el dato, pero era consciente de la cantidad de agua que se almacenaba congelada montaña arriba. Y más un año como aquel en el que no había dejado de nevar. «Verás tú», se lamentaba mientras se mordía con inquietud el labio inferior. Necesitaba más información. La página de AEMET anunciaba para el valle más lluvias y un aumento de las temperaturas en los días siguientes. No había peor escenario. Lo uno y lo otro podían provocar un deshielo bárbaro que los ya de por sí rebosantes acuíferos tendrían difícil afrontar.

Isaías conocía bien el río que cruzaba Santa Manuela. Para los turistas no era más que un elemento decorativo, un *photocall* en el que enmarcar sus imágenes vacacionales. Pero el alcalde sabía que, en circunstancias como aquellas, podía convertirse en una bomba de relojería. Su pronunciada pendiente agilizaba la velocidad de las aguas. El suelo arcilloso limitaba la capacidad de infiltración. El 80 % del agua que recibiera la cuenca podía dirigirse al cauce. Que aguantase semejante presión era harina de otro costal y no resistir solo podía significar una cosa. «Aquí va a haber que ir pensando algo», meditó Isaías.

En la Confederación Hidrográfica del Ebro poco le pudieron decir: que las avenidas eran impredecibles, que dependían de muchos factores, que la cuenca estaba monitorizada y que se estaban tomando las medidas oportunas.

—Es que todo depende del coeficiente de escorrentía, caballero.

—¡¿De qué?! —preguntó con extrañeza. No había oído aquel término en su vida.

—Pues de la relación entre la cantidad de agua que caiga y la que pueda absorber un cauce. Si hiciera más calor, una parte se evaporaría y sería todo más fácil.

—Hombre, pues han dado calor para estos días.

—No estamos en agosto, qué quiere que le diga...

La línea se quedó en silencio. En vista de que no habría más datos hasta que no avanzaran las horas, Isaías dio las gracias y se despidió cortésmente. Caminó en silencio por el mirador. No había nadie con quien consultar, pero tampoco lo necesitaba. Llevar las riendas de una localidad suponía tomar decisiones y a él no le temblaba el pulso. Tenía que ir por delante, tenerlo todo previsto. A la segunda vuelta a la plaza lo tuvo claro. Mordiéndose de nuevo el labio, comenzó a marcar el teléfono de la sede de la dirección autonómica de su partido. «Escorrentía, dice. ¡Verás tú!».

La lluvia no había dado tregua al valle en lo que llevaban de junio. La fiesta de fin de curso del martes 21 tuvo que celebrarse en las aulas del cole porque fuera jarreaba. Los juegos que habían preparado Lola y su compañera quedaron para una mejor ocasión. De la merienda sí que dieron buena cuenta. Las niñas estaban muy emocionadas por ver a su maestra vestida de novia.

—Señorita, ¿cómo es tu vestido?

—Pues muy blanco y muy bonito.

—¿Es largo? —dijo otra niña.

—Ajá —respondió Lola.

—¿Podemos ir a verte? Mi madre dice que sí... —consultó una tercera.

—¡Desde luego! Si no venís, no me caso.

—¡Bieeen!

Jorge se acercó al grupo. Se había convertido en el pupilo al que Lola más quería. Tenía una sensibilidad impresionante y era un niño muy cariñoso.

—¿Y podré seguir dándote besos cuando te hayas casado?

—¡Por supuesto!

—¿Y no se enfadará Lucas?

—¡Claro que no, bonito! Ven aquí y dame un abrazo.

Varias de las madres de los alumnos de Lola la esperaban en la puerta de la escuela.

—Oye, que vaya todo muy bien el sábado.

—¡Gracias! Con que el río nos respete, me conformo

—Bueno, mujer, tú confía. Hay que tener fe.

—Iremos a verte a la puerta de la iglesia.

—¡Claro! Venid los que queráis. Me hará ilusión veros allí.

Florita se pasó a recogerla a la salida del colegio. Fueron a tomar café al bar de Marisa. Una intensa lluvia las acompañó todo el camino. Tanto fue así que Lola comenzó a preocuparse.

—¿Y si llueve el sábado? —decía mirando a través de la enorme cristalera del bar.

—Pues, si llueve, lo dejaremos caer. ¿Qué más da, mujer? La ceremonia es a cubierto y el banquete, también. Y ya sabes lo que dicen: «Novia mojada, novia afortunada».

Lola hizo un esfuerzo por sonreír para agradecerle a su amiga sus palabras.

—Esta mañana he llamado al montador de la carpa y me ha dicho que resiste perfectamente, que se puede colocar un camino de madera para que la gente no se hunda en la hierba hasta llegar a la entrada y listo.

—Pues ya está. ¿Cuándo la montan?

—Llegan el jueves, y el viernes por la mañana, a primera hora, empiezan a levantarla. Tienen que terminar a mediodía para que les dé tiempo a amueblar el interior.

—¡Caray! ¡Eso es ya mismo!

—Claro, ¡si es que quedan cuatro días! ¿Puedes creerlo?

Florita miró con cariño a su amiga. Sabía que era muy perfeccionista, que le gustaba tener todo bajo control y que no debía de estar llevando bien el tener que delegar tantas tareas.

—¿Y tú cómo estás?

—Bueno, nerviosa y agotada, pero feliz.

—Eso es lo importante. Vas a estar radiante con el vestido.

—A ver, a ver. Me lo traen el mismo sábado.

—¿Vienen a vestirte a casa?

—Sí. Pagué un suplemento, pero yo creo que compensa.

La espalda está llena de botones, y con los nervios que va a haber en mi casa ese día no creo que nadie atine.

—Eso es verdad.

—¡Ay, Florita! Todo el mundo me ha dicho que la boda se pasa muy rápido. ¡Me da una pena! Tantos años esperando esto y ahora, ¡zas! En un momento...

Florita notó que su amiga estaba muy tierna y necesitaba un abrazo, así que se acercó a ella y la rodeó con sus brazos. Nunca se habían dicho lo mucho que se querían, pero tampoco hacía falta.

—Va a salir todo bien, ya verás —dijo Florita cruzando los dedos.

El jueves 23, bajo una intensa tromba de agua, Presen y Dorita subieron de nuevo al autobús de línea para ir a buscar sus vestidos. Se los pusieron para comprobar que los arreglos estaban bien hechos y ambas dieron su visto bueno. Salieron con sus bolsas y las mujeres decidieron ir directas a la estación de autobuses.

—Le dejamos las bolsas a Mari en la taquilla y nos vamos a por los detallitos para los invitados. Un día nos va a parar los pies, pero de momento hay que aprovechar las ventajas de tener a una vecina trabajando allí.

—¿Qué has encargado al final? —preguntó Dori.

—Como no nos decidíamos, unos bombones con la fecha. Buenos, ¿eh? Que son Godiva. Belgas me dijeron que eran.

—Ah, pues muy bien.

—Vamos a llegar cargadas como burras. Estos tenían que haber venido a buscarnos.

Cuando terminaron de recoger todo lo que tenían encargado, regresaron a la estación. Tuvieron que esperar a que todo el mundo metiera sus maletas para colocar encima los portatrajes en posición horizontal.

—Es que llevamos la ropa ya planchada, ¿sabe? —explicaba Dori a una señora que no entendía qué hacía aquella pareja recolocando las maletas para que quedaran a la misma altura.

Cada vez que bajaba algún viajero, ellas descendían también para comprobar que retiraba su equipaje con cuidado y no alteraba la posición de sus paquetes. Afortunadamente, habían podido sentarse en los dos primeros asientos, junto a la puerta, lo que facilitaba las bajadas y subidas.

—Vaya trajín lleváis. Y con este chaparrón... —bromeó Félix, el conductor del autobús.

—Y lo que nos queda, hijo mío —dijo Presen.

—Se casan ya este fin de semana, ¿no?

—A dos días estamos. Anoche ya me tuve que hacer una tila de los nervios que llevaba. Oye, que no me dormía —confesó Dori desde su asiento ignorando aquello de no hablar al conductor mientras conduce.

—Pero ¿nervios por qué, mujer? La que se casa es tu hija.

—Sí, pero hay mucho jaleo en marcha y eso nos afecta a todos. Hoy mismo, en cuanto llegue, dejo esto y me voy a ver a mi prima Marce, que tiene que estar al caer.

—¿La de Suiza?

—¡Esa!

—Claro, que ya os empezará a llegar la gente.

—Natural. Con un viaje tan largo, qué menos que tener un día para descansar antes de la boda.

—¡Si hace años que no la veo! —exclamó Félix.

Le hubiera gustado añadir que ni falta que hacía, que no la soportaba, que era una simple, pero tuvo que centrarse en alejar el autobús de la orilla de la carretera. El nivel del agua del pantano había subido bastante entre el deshielo y las últimas lluvias.

—Aquí lo que tienen que hacer es limpiar el río, que cuando llueve esto es una locura.

—Hombre, suelen bajar cuatro gotas. Tampoco es para tanto —dijo Presen.

Al llegar al pueblo, última parada del bus, las dos mujeres le pidieron a Félix que las acercara a casa para poder descargar sin mojarse.

—¡Si ya no hay nadie en el autobús! ¿Qué te cuesta?

—Veeenga, vaaale. Esto parece un taxi.

—No seas tonto, hombre, que te doy un regalito de la boda para que lo tengas de recuerdo.

Tras guardar los bombones en la guantera para su hija y pedirle a Dori que saludara a Marcelina de su parte, Félix enfiló la calle de vuelta a la ciudad.

Cosme había llegado al pueblo la medianoche anterior. Había volado hasta Zaragoza desde Milán por la tarde. Aprovechó el día para visitar un par de empresas de la zona a las que quería presentar algunos proyectos.

Sus padres, Marce y Fede, avistaron el pueblo poco después de mediodía. Como cada vez que volvían a casa, les gustaba pararse a observar la localidad desde un apartadero que había en la carretera un par de kilómetros antes de llegar a Santa Manuela de Val. Era aquel un momento que disfrutaban en silencio, degustando una vista que les era negada a diario.

—Lucerna es bonito, pero el valle no le anda a la zaga —dijo Fede.

—Desde luego. Esta luz no existe en ningún otro sitio.

Pasaban allí entre quince y veinte minutos y, una vez habían comenzado a saborear el regreso al pueblo que los vio nacer, volvían al coche y continuaban el camino. Les emocionaba el cariño con el que la gente sonreía al reconocerlos tras el parabrisas y levantaba la mano para saludarlos. Era la llamada de la tierra. Giraron la esquina de su calle; al fondo, se dibujaba el perfil de su casa, aquella de la que se marcharon hacía demasiado y a la que confiaban regresar en breve, cuando se jubilaran.

—¡Ay, Marce!, que me acaban de decir que ya estabas aquí —dijo Dori dando dos besos a su prima.

—Ahora mismo, sí.

—No creas, que yo llego ahora también. He tenido que ir a la tintorería a por el traje que Mariano se puso para el bautizo de la niña de Marta. No ha querido comprarse otro y, la verdad, ese le queda bien y está nuevo.

—Pues estupendo. Ya sabes que los hombres no le dan tanta importancia a esas cosas. Bueno, ¡cuéntame! Estarás feliz...

—Pues sí, mucho. Parece que una boda es más folclore que otra cosa, pero cuando le toca a tu hija, uf, sí que te emocionas, sí.

—Bueno, pues ahora a disfrutar, que ya llevas bastantes meses de jaleo.

—Eso espero.

Andrés y Vitoré eran dos ancianos de Santa Manuela que siempre estaban sentados en el banco de la entrada del pueblo. Fuera invierno o verano, ellos estaban allí a la fresca. En una de sus guardias de aquel jueves, fueron testigos de los esfuerzos que tuvo que hacer el conductor del tráiler de Carpas Martín para tomar la curva de acceso al pueblo. La pareja de ancianos terminó por levantarse para indicarle. No fue fácil. Tan agradecido quedó el camionero que aparcó el camión y bajó a agradecerles el gesto y a compartir un par de cigarros con ellos.

—¿Vienes de muy lejos? —preguntó Vitoré.

—De Madrid.

—Anda, pues buena paliza llevarás —comentó Andrés.

—Cogeré la cama con gusto, pero, no crean, ya estoy acostumbrado. Casi todas las semanas ando en danza montando aquí y allá. ¿Me indican dónde está la huerta Nicanué, por favor? —solicitó leyendo el papelito donde tenía apuntada la dirección de entrega.

—¡Claro, hombre! Síguenos —dijo Vitoré.

Y así fue como un tráiler de última generación entró en Santa Manuela detrás de dos ancianos que andaban a paso de burra ayudados por sus bastones. Carlos, el camionero, se reía. Desde luego, la estampa era pintoresca.

Llegaron hasta donde pudieron, al pie del puente. Era estrechito, de piedra y con desnivel. El atrio de la iglesia estaba bastante más alto que la huerta. Era imposible que el camión pasara por allí. Ayudado por un par de mozos del pueblo, Carlos consiguió descargar todo el material en la huerta en apenas un par de horas. Cuando terminaron, pagó una ronda en el bar para agradecer la ayuda y se fue directo al alojamiento que le habían contratado para aquellos días.

—Estoy muerto. Me voy a descansar ya. ¡Muchas gracias! Han sido muy amables.

Carlos acababa de irse cuando llegó Lola. Ver todo el material sobre el césped de la huerta la hizo darse cuenta de que el momento se acercaba. Tomó un par de fotos de recuerdo y se fue a casa. Antes de que se acostara, la lluvia volvió a descargar con intensidad.

No eran ni las nueve de la mañana del viernes cuando la tienda de Melitón se llenó con los habituales del carnicero. Llevaban un buen rato hablando de la lluvia.

—Pobre Lola. Esto no tiene pinta de parar. Vienen más nubes muy grises por el norte —dijo una viuda mirando a través de la cristalera de la carnicería. Otra vecina era de la misma opinión.

—Hace un rato he mirado las previsiones y ponía que dejará de llover, pero yo no lo tengo tan claro.

—De todas formas, si hoy está jarreando todo el día, va a tener la huerta como una piscina —aventuró Mila.

—No, por lo visto, no afecta. Por lo que me ha dicho Vitoré, el camionero les contó que está todo preparado —explicó Melitón.

—Pues ya puede venir, ya —dijo con sorna la madre de Alicia—. Falta va a hacer.

—Creo que empiezan a levantarla ahora. Anoche llegaron un par de montadores más. Están todos en el hostal —prosiguió Melitón.

—Como no empiecen ya, no les va a dar tiempo —conjeturó la viuda.

—Oye, ellos sabrán cuándo tienen que ponerse —sentenció Melitón.

La puerta se abrió violentamente. Al otro lado, apareció Javier, el marido de Mila, completamente empapado y con cara de pocos amigos.

—El río se ha desbordado y se ha llevado por delante la carpa de la boda.

La noticia les sacudió tan fuerte que nadie supo qué decir, pero sí qué pensar. El recuerdo de las inundaciones de Benasque y Castejón de Sos en junio de 2013 aún estaba fresco. El día en que el Ésera alcanzó los 183 metros por segundo a su paso por Graus provocó daños directos por valor de diez millones de euros. No fue la primera vez. En 1982 también llegó a esa altura, y en agosto de 1963, la confluencia de dos borrascas sobre Benasque se saldó con el desbordamiento del río y de los barrancos de Molinasos y Remascaro. Y luego estaba Biescas. El tristemente célebre desbordamiento del torrente de Arás en 1996. Y en 1913. Y en el 29. No. En el Pirineo sabían hasta dónde podía llegar la fuerza de un río. Como solían decir en la zona, el fuego se puede apagar, pero al agua no se la detiene con nada.

—Pero ¿cómo puede ser? Ayer iba alto, pero no como para desbordarse —acertó a decir Melitón.

—Que sí, que sí. Ha sido hace un momento. Mirad.

El recién llegado sacó el teléfono del bolsillo del chubasquero y les mostró un impactante vídeo en el que se veían los bultos que había dejado Carlos el día anterior en la huerta flotando sobre las aguas. El río había cubierto la huerta por completo.

—Están Protección Civil y la UME río abajo.

—¿Le ha pasado algo a alguien? —preguntó Melitón.

—No. De momento, solo esto. En la zona inundada no hay naves, ni coches ni nada. Como está apartada, solo es campo. El resto del pueblo está más alto, así que no hay que evacuar.

—Pues creo que hasta aquí ha llegado la boda —resolvió Mila—. Eso no está como para que se haga nada, y si han perdido la carpa, tú me dirás dónde van a hacer el banquete.

—En parte ninguna —convino la viuda.

Javier, el padre de Alicia, cortó aquella conversación de cuajo. No había ido allí para chismorrear.

—¡Vale ya! Si se desborda el río, tenemos que estar más unidos que nunca. Ahora lo importante es que hay una pareja que se casa mañana, que ha preparado su boda con toda la ilusión del mundo y que la celebración está en el aire. Me he cruzado con Isaías. Estaba avisando a todo el mundo. Nos quiere reunir en diez minutos en el ayuntamiento para ver qué podemos hacer. Venía a avisaros.

—Pero ¿ya se le ha ocurrido algo a este hombre? —se escuchó al fondo de la tienda—. ¡Jesús!

La situación era francamente grave, pero no hizo falta decirles lo que tenían que hacer. Mientras los murmullos se apoderaban de la carnicería, a Mila se le llenaron los ojos de lágrimas. Siempre la emocionaba aquella fuerza que agrupaba a sus vecinos en torno al que más lo necesitaba, aquella capacidad de volverse uno ante el infortunio. Sin dudar. Sin *reblar.* Así se había conseguido sobrevivir en la montaña durante siglos y así se iba a hacer en aquel momento. Aquello era Santa Manuela. Ese lugar donde lo mismo se interrogaba con desfachatez en plena calle por asuntos íntimos que se avanzaba hombro con hombro frente a la adversidad.

—Gracias, Javier —dijo Melitón soltándose el delantal—. ¡Venga! ¡Al ayuntamiento! Yo cierro ahora mismo.

—¡Si tocan a uno, nos tocan a todos! —gritó una señora al fondo.

—¡Aquí nadie se queda atrás! —añadió otra viniéndose arriba también.

Y mientras aplaudían a sus vecinas con entusiasmo, los parroquianos salieron de la carnicería con tal ímpetu que no quedaba claro si iban a intentar salvar una boda o a tomar la Bastilla.

Lucas se enfundó el chubasquero y bajó raudo a la zona afectada. Le parecía increíble que aquello pudiera ocurrirle a ellos.

—Lucho, ¿por qué tiene que pasar esto ahora? Con todo lo que hemos batallado... —reflexionaba Lucas llevándose las manos a la cabeza.

—Tranquilo, igual el caudal baja en un par de horas —respondió su amigo sin mucha convicción.

Lucho quería tranquilizar a Lucas, pero no sabía cómo. Aquello tenía una magnitud y una fuerza que se escapaba a su control. No había más que mirar los remolinos que formaba el caudal del río en algunos tramos. Francamente, impresionaba. Y Lucas lo sabía.

—Sé realista: no podemos hacer nada. Lola se va a morir cuando se entere —dijo mientras sus ojos se enrojecían por momentos.

Y para eso faltaba poco. Mariano llevó la noticia a casa. Había salido para ir a trabajar y tuvo que dar la vuelta. La carretera estaba cortada. El río también la había cubierto unos kilómetros más abajo del pueblo. Mientras regresaba a casa, Misteilor pudo ver por la ventana cómo Lola comenzó a llorar sin parar. Y tragó saliva. No deseaba estar en la piel de aquella chica. La corriente acababa de llevarse por delante meses de ilusión y de trabajo. Lola se debatía entre dejar salir la rabia que llevaba dentro y buscar soluciones. No acertaba a focalizarse ni en una cosa ni en la otra. Simplemente, implosionó. Dorita llegó a temer que su hija sufriera un ataque de nervios.

—Cariño, no creo que puedan reabrir la carretera a tiempo para mañana. El caudal tardará en bajar. Lo han dicho los de la Confederación. Estamos incomunicados.

—¡Pero eso no puede ser! ¡Tiene que llegar el camión con el catering!

Mariano no estaba preparado para una situación así, pero alguien tenía que hacer que Lola afrontara la realidad.

—Aunque consiguieran llegar, la carpa no va a poder utilizarse. Tenemos que ser conscientes —dijo Mariano con toda la dulzura que le fue posible.

Lola seguía buscando un clavo ardiendo al que agarrarse, si bien su descenso a los infiernos continuaba.

—¡Pero ya está todo pagado! Lo vamos a perder.

—Me temo que sí, pero tú no te preocupes por eso. Como dices, ya está pagado. No le des más vueltas.

Lola dejó de llorar de golpe. Acababa de caer en la cuenta de que aún había más cosas que lamentar.

—¿Y mi vestido? ¡¿Cómo me lo van a traer?! —gritó mientras se levantaba de la cama de un salto.

La habitación quedó en silencio. Sus padres se miraron. Allí, en pijama, la chica parecía incluso más desvalida de lo que estaba. Por un momento, volvía a ser la niña de las trenzas que lloraba porque se le atragantaban las ciencias. Mariano le pidió a Dori con la mirada que le relevara. Ya no sabía qué decir.

—Lola, mi vida... Tu traje no va a llegar. Asúmelo —explicó su madre acariciándole las mejillas con las dos manos, mientras vio la ocasión de salirse con la suya—. De todos modos, no hay problema: siempre podemos sacar el mío —dejó caer Dori.

Aquello fue como echarle un gato a la cara a Lola.

—¡Mamá, déjalo, por favor! —dijo con la escasa calma que le quedaba. «¡Qué cosa más fea!».

—Mujer, mejor con eso que de paisano, ¿no? —siguió insistiendo Dori.

—¡Que no, hombre, que no! ¡Que esto no es la boda de Madonna! Antes voy en vaqueros.

A Lola le reventaba tener que volver a zanjar un tema que consideraba cerrado. No pretendía herir a su madre, pero tampoco quería seguir con un debate que no las llevaría a ningún lado.

«Esos genes Mur...», pensó Dori con fastidio mientras su marido intentaba reconducir la situación. Había que dibujarle el panorama a Lola para que pudiera pensar con claridad. «¡Qué inoportuna ha sido esta con el dichoso vestido!».

—Cariño: el catering no va a llegar. Ni el vestido ni tus amigos. Tenemos que aceptar la realidad.

Lola no se había dado cuenta de ese detalle hasta aquel momento. «¡Mis amigos! Es verdad. Ali, Fran y Sofía no van a poder venir. ¡Sin ellos no va a ser lo mismo!». Y en aquel momento se vio superada por las circunstancias.

—¡No quiero cancelar la boda! ¡Con lo que ha costado llegar hasta aquí, por Dios!

—No tienes por qué cancelar nada. Siempre puedes casarte en la iglesia y posponer la celebración hasta dentro de unas semanas.

Lola estaba muy cerca de ponerse impertinente con sus padres. No era justo que ellos pagaran por algo que también los había puesto del revés, pero la chica no podía evitar sentir lo que sentía. «En estos casos, lo mejor es cortar por lo sano».

—Dejadme sola, por favor.

Mariano y Dorita se dieron cuenta de que lo mejor era que se desahogase a gusto. Dejarle espacio. Lo que había pasado era una injusticia tremenda, pero la impotencia resultaba incluso más cruel. Dorita llamó a Presen. También estaba consternada.

—Y ahora ¿qué hacemos? —preguntó Dorita.

—No lo sé. Pienso en los chicos y se me parte el alma. Jamás pensé que pudiera pasar algo así. ¡Lástima de solomillo con setas y uvas!

—La verdad es que sí. ¡Anda que no estarán disfrutando las pécoras del pueblo con esta faena! Con la ojeriza que me tienen, por ejemplo, las Royas.

—Solo los miserables pueden alegrarse de algo así. No creo que nadie se esté frotando las manos, mujer.

Cuando Lucas llegó a casa de Lola, la chica estaba un poco más tranquila. Se abrazaron en silencio. El chico también se mostraba muy afectado, pero hizo todo lo posible por que su novia no lo viera hundido. Dorita les llevó un par de cervezas y unos sándwiches para que pudieran hablar a gusto.

—Mira, Lola, es evidente que lo que ha pasado es una faena tremenda, pero eso no significa que no nos podamos casar.

—No te entiendo, Lucas. La carpa está en el río, el catering va a perderse, mi vestido no llegará... Es un desastre.

—Sí, pero con el río desbordado o no, yo te sigo queriendo. Y eso es lo que importa, ¿o no?

—Ya, pero yo quería que nuestra boda fuera de otra manera. Igual podemos esperar a ver si baja el nivel del agua y el camión puede llegar el domingo, lo mismo que el traje.

—Lola, hemos contratado todo para el sábado, no para el domingo. Las estupendas de la tienda de novias no van a trabajar en festivo por mucha ilusión que a ti te haga casarte con tu vestido.

—Pues no ha sido precisamente barato.

—Ya, pero eso no es asunto suyo. Lo mismo pasa con el catering. La comida está preparada para mañana. Se hace con antelación. Además, ¿dónde vamos a celebrar el banquete?

—No sé, ¿en el polideportivo? —sugirió ella a la desesperada.

—¿Y me quieres decir que te ves bailando *Fly me to the moon* debajo de las canastas de baloncesto?

—¿Y retrasarla? No sé, tal vez podamos celebrarla el mes que viene.

—¿Y volver a pagar? No es justo para nuestros padres.

Lola tuvo que rendirse a la evidencia. Hiciera lo que hiciera, su boda soñada no iba a ser como la había imaginado.

—Mi opinión es que nos casemos mañana en la iglesia como estaba previsto. Con la ropa que sea. Comemos en casa y el lunes nos vamos de luna de miel, que ya habrá bajado el río. Si no nos casamos ahora, perderemos también el viaje a Islandia.

Lola no decía nada. No podía creerse que se fuera a casar en vaqueros. Se quedó unos segundos en silencio valorando lo que decía Lucas.

—Eso es cierto.

—Piensa en la parte positiva: al menos así nadie confundirá nuestra boda con otra.

El desbordamiento había supuesto cancelar buena parte de la boda, pero, no obstante, había que hacer todas las gestiones. Los padres de Lola y Lucas entendieron que la pareja ya tenía bastante con el disgusto, así que se pusieron manos a la obra. Miguel marcó el teléfono del restaurante Marlin. Estaban al tanto de lo ocurrido.

—No van a poder llegar mañana, ¿verdad?

—A ver... Hemos hablado con el cabo de bomberos y nos ha dicho que no creen que la carretera se reabra antes del domingo.

—¿Y no podrían intentar pasar? Al fin y al cabo, el tráiler pesa mucho y el agua solo alcanza el medio metro en ese punto. Yo me comprometo a buscarles alojamiento en el hostal o en las casas rurales del pueblo para que puedan quedarse hasta que mejore la situación.

El *maître* se puso serio, pero trató de suavizar las cosas. Entendía que aquel hombre estaba desesperado.

—Caballero, lo que les ha pasado es muy gordo, pero siento decirle que no puedo poner en riesgo a mis empleados. El río está intratable. Lleva mucha fuerza y el camion podría volcar. No le digo nada ya los coches. En Villasanta se ha llevado por delante los muros de piedra que hay a la entrada del pueblo, calcule. El propio Félix ha tenido un buen susto con el autobús. Hacía el primer servicio de la mañana cuando el río se desbordó y está aislado en una era. Ahora va a ir un helicóptero del GREIM a por él.

—¡Qué barbaridad! ¿Y el autobús?

—Pues ahí se va a quedar. Si el río sigue subiendo, ya lo puede dar por perdido.

—¡Menudo plan!

—Escuche, Miguel, nada me gustaría más que ayudarlo, pero no veo cómo puedo hacerlo.

No había vuelta de hoja. El padre del novio terminó por resignarse. Dos y dos no son cinco.

Florita habló con Sofía y Alicia para informarlas de la situación. Intentar llegar era absurdo. No merecía la pena hacer el viaje. Una y otra se llevaron un buen disgusto. Estaban muy ilusionadas con ver a Lola caminando hacia el altar.

—¿Y ella cómo está? —preguntó Alicia.

—Mal.

—¿La llamo o será peor?

—Mejor otro día, chiqui. Lleva un sofocón importante.

—A lo mejor le mando un mensaje y que lo lea cuando quiera.

—Sí, será mejor. Yo no voy a acercarme a su casa, no te digo más.

Sofía pidió fotos.

—Al menos poder verlos en la iglesia. Aunque sea algo informal. Es que me parece increíble, Flori —dijo la chica con rabia.

—Lo entiendo. Estamos igual.

Lucas también habló con Fran para que cancelara el vuelo. La noticia lo pilló ya en el aeropuerto de Stansted. Por un momento pensó que aquello tenía que ser una broma. La insistencia y el tono de Lucas le hicieron abrir los ojos.

—¿En serio me estás diciendo que no suba al avión? Pero ¿eso cómo va a ser?

—No sabes lo que daría por poder decirte otra cosa, tío. Me parece que estoy hablando de algo que le está pasando a otro, no a mí. Estoy bastante *flasheado.*

Los dos chicos se quedaron en silencio. Se entendían bien, no necesitaban hablar. Desde que Fran se fue del pueblo, habían compartido muchos momentos así, callados. Simplemente sabiendo que el otro estaba al otro lado. Era el mejor apoyo. No hacía falta más.

—Dile a Lola que ha conseguido dar que hablar con la boda —bromeó Fran para quitarle tensión al asunto.

—No lo dudes —respondió Lucas esbozando algo parecido a una sonrisa.

A pesar de que bomberos y Protección Civil habían pedido a la población que permaneciera en sus casas para evitar males mayores, los valinos estaban todos en la calle. Andrés y Vitoré contaban a los allí presentes cómo Carlos, el conductor del tráiler, y los montadores estaban abajo en el río intentando recuperar las piezas que componían la carga que habían traído.

—Yo creo que ha dicho que tenían un seguro —dijo Vitoré.

—Más les vale, porque esos armatostes cuestan dinero.

Igual la broma les sale por quince o veinte mil euros —aventuró un vecino.

—Si no es más —se lamentó Andrés.

—Oye, pero ¿dónde anda Isaías? —preguntó Vitoré.

Isaías era uno de esos alcaldes que disfrutaban con su cargo. Desde que aquella mañana le habían avisado de lo que había ocurrido, decidió coger el toro por los cuernos y se puso al frente de la situación para tratar de minimizar los efectos de la riada entre sus vecinos. En cuanto constató que no había daños materiales de importancia, que todo el mundo estaba a salvo y que solo se podía esperar, sus pensamientos se centraron en la boda de Lola y Lucas. ¡Qué mala suerte habían tenido aquellos chicos tan majos! Los conocía de toda la vida y sentía su desgracia como propia. «Pero a mí no me para ni un río», pensaba mientras se dirigía al ayuntamiento. El alcalde tenía un plan desde hacía días.

Beatriz informó a Hortensia de lo que había pasado mientras le servía el desayuno en la cama. Se había enterado cuando salió a comprar leche fresca y pan. La buena señora escuchó horrorizada y se llevó las manos a la cara de la impresión.

—¿Y te han dicho si van a cancelar?

—Nadie dice nada. Parece que los novios acaban de enterarse. Eso sí, el alcalde ha convocado a todo el mundo en el salón del ayuntamiento en media hora.

—¡Parece que las bodas en esta familia están gafadas! ¡Pues no lo voy a consentir!

Y ante el asombro de Beatriz, la anciana apartó de un golpe el edredón que cubría sus piernas y se levantó. Jamás la había visto con tanta energía.

—Beatriz, prepárame las botas de agua y el chubasquero. Vamos a ver qué planea Isaías.

Teo, la madre de Florita, había pasado por casa de Lola para mostrar su apoyo a la familia, pero también para avisar a los padres de la reunión que había organizado el alcalde.

—Escuchad, no sé qué idea lleva. Solo ha dicho que vayamos todos al salón de actos del ayuntamiento y que Lola y Lucas no se enteren.

Dorita y Mariano se miraron sin entender nada.

—¿Y eso por qué?

—Parece que tiene algo previsto y prefiere que los chicos no sepan nada. Yo creo que es un detalle, la verdad.

—Desde luego que, si consigue salvar este desastre, se lo voy a agradecer toda la vida —dijo Mariano—. Dori, si quieres ya voy yo y tú te quedas con Lola.

—Me parece bien. Tengo la cabeza como un tambor y, aunque quisiera, no iba a enterarme de nada.

Así pues, Mariano y Teo salieron de la casa y se dirigieron a la casa consistorial. Al menos, había dejado de llover.

CAPÍTULO 16

TODOS A UNA

El salón del ayuntamiento estaba hasta los topes. Mariano se emocionó al ver allí a todos sus vecinos reunidos con el fin de salvar la boda de su hija. Los montañeses tenían un carácter duro en ocasiones, pero también un corazón que no les cabía en el pecho. Tuvo que pestañear varias veces para evitar que las lágrimas camparan a sus anchas por su rostro. El alcalde apareció en aquel momento y ocupó raudo la delantera de la habitación. Se situó delante de la mesa que presidía la estancia y sacó del bolsillo de su sempiterno forro polar un par de folios con anotaciones y rayas escritas con descuido.

—Vamos a ver. Iré al grano, que no tenemos tiempo. Son casi las doce de la mañana. En las veinticuatro horas que faltan para la boda la situación no va a mejorar. El río va a seguir alto y la carretera cortada. Me lo acaban de confirmar. En todo caso, la buena noticia es que parece que no va a llover más.

Una ola de susurros recorrió la estancia. Todos se imaginaban ya lo que les acababa de contar, pero constatarlo había conseguido inquietarles.

—Venga, sigo. La situación es que tenemos una boda en el aire. Les duele a ellos y a sus padres, pero también a nosotros, que son como hijos nuestros. No podemos quedarnos de brazos cruzados mientras se arruina un día tan importante para dos de los nuestros.

—¡Bien dicho, Isaías! —gritó un vecino iniciando un aplauso que secundaron todos los allí presentes para demostrar su conformidad con lo dicho.

Mariano empezó a llorar sin poder evitarlo. Se tapó la cara con una mano, pero Florita se dio cuenta y lo abrazó. Estaba desbordado por el cariño de sus paisanos. Santa Manuela no tendría los mejores equipamientos, pero sí la mejor gente.

—Veo que Mariano y Miguel están por ahí detrás.

—¡Sí! Estamos aquí —dijo el padre de Lucas levantando la mano.

—¿Os han dicho qué idea llevan los novios?

—Parece que quieren casarse en la iglesia para no perder también el viaje de novios. Se van a casar con ropa de calle. El traje de Lola no va a llegar.

Otro murmullo recorrió la sala.

—¿Y qué has pensado, Isaías? La cosa está chunga —preguntó Vitoré.

—A ver, el pueblo está impracticable. La iglesia se mantiene a salvo, pero, con todo lo que ha dejado el río a su paso, llegar hasta la puerta es una carrera de obstáculos. La boda tendrá que celebrarse fuera del pueblo.

—Pero ¿a dónde vamos a ir si estamos aislados? —preguntó Miguel.

—A la estación de esquí.

El salón se quedó en silencio. Celia, que estaba entre los presentes, tomó la palabra.

—Isaías, no es mala idea, pero la estación está cerrada. La temporada acabó hace dos meses. Además, no podemos llegar por carretera: el ramal que sube conecta con la carretera cortada. No te sigo.

—Sí y no. Verás. La carretera está cortada, vale, pero el telesilla que lleva a la cota 1200 parte de la majada del capataz. Eso está a 200 metros de la última casa del pueblo y se puede llegar perfectamente caminando. Está llano y seco.

—Vale —dijo Celia sin acabar de comprender—. Pero las sillas están guardadas en una nave a gran altitud. No podemos llegar arriba.

—Podemos, Celia. Verás, si Lucho y un par de chavales más acostumbrados a marchar por el monte inician ya el ascenso campo a través, en un rato pueden llegar, conectar la luz y sacar las sillas de la garita. No se tarda tanto.

—Pero, a ver, Isaías, no te embales que la estación no es mía. Hay que pedir permiso al consorcio y veo complicado que autoricen algo así.

—Por eso no te preocupes. El trabajo ya está hecho. Mi partido tiene sus contactos. Si llamas a Ramírez podrás comprobar lo que digo.

Era increíble que un hombre tan pequeño pudiera tener ideas tan grandes. Celia sonrió. Llamaría después, pero estaba segura de que Isaías lo había hecho bien.

—Venga, pues sigue —dijo ella divertida con las ocurrencias del alcalde.

—Eso. Lo único que me han dicho es que la factura de la luz hay que pagarla... Y es alta.

—Pásamela a mí. —La marquesa, sentada en primera fila, ni se lo pensó.

—Hortensia, es mucho dinero —comentó Isaías mostrándole cauto la cifra de consumo eléctrico de dos días que le habían facilitado en el consorcio. No quería decirla en alto para que no la escucharan los padres de los novios.

—Sigo diciendo que la pago yo. No hay problema.

—Bueno, pues muchas gracias, Hortensia. No sabes lo importante que es tu contribución —zanjó Isaías con un gesto franco—. Sigamos. Una vez arriba, he pensado que podemos celebrar la ceremonia en la explanada. Don Blas, ¿sería válida allí?

El sacerdote sonrió. Parecía mentira que no lo conocieran.

—Isaías, ¿eres nuevo o qué? La ceremonia se hace donde

se tenga que hacer. Luego la apuntamos como celebrada en nuestra parroquia y ya está. Problema ninguno.

—Estupendo pues, padre. Yo, por saber. A ver, continúo. Entonces, llegamos arriba y montamos el altarcito lo mejor que podamos con el material que hay guardado en la cafetería. Las sillas para los invitados, igual: se cogen allí. Y el banquete lo hacemos dentro. Mariano, Miguel, habrá que contar con todo el que colabore, digo yo.

—¡No lo dudes! —respondió Miguel.

Celia levantó la mano para intervenir de nuevo.

—Isaías, pero arriba no hay comida para servir un banquete. Cuando la estación cierra, se deja solo lo imperecedero. Habrá una caja de botes de kétchup, algún sobre de azúcar y, con suerte, algunas bebidas. Pocas.

—Celia, lo sé. Para eso estamos aquí. —Y girándose hacia los vecinos formuló la petición que le había hecho congregarlos—. Os pido ayuda para que entre todos preparemos una comida. Lo que sea. Algo sencillo. Pero el caso es poder celebrar el banquete.

La viuda fue la que tomó la palabra.

—Hombre, yo puedo hacer una tarta para todos. Me gusta cocinar. Los bizcochos me salen bien. Si me pongo ya, me dará tiempo a hacer varias fuentes en el horno. Luego ya lo montaré como sea.

—Yo puedo llevar de la carnicería longaniza y carne. Ayer me trajeron una ternera —propuso Melitón.

—¡Yo pongo el pan! —se escuchó decir al panadero.

—Bueno y también se pueden hacer migas, ¿no? Arriba creo que hay una paellera grande —comentó Mila mirando a Celia.

—Efectivamente. Hay una. Si subimos un par más del pueblo llegará para todos.

Isaías estaba entusiasmado. Sabía que sus vecinos abrazarían su propuesta, pero no esperaba una respuesta tan viva. Poco a poco, todos fueron ofreciendo lo que podían aportar:

desde las botellas de vino de las cestas de Navidad hasta las flores de sus jardines particulares. Aquello tenía que salir bien.

—Pues yo creo que ya lo tenemos todo. Ahora, manos a la obra y que no se enteren Lola y Lucas. Esto tiene que ser una sorpresa. Lucho, ¿vas ya para arriba?

—Me cambio y subo, alcalde. Creo que Víctor y Jaime pueden ayudarme. Voy a avisarlos —anunció saliendo rápido por la puerta.

—Vale. Mariano y Miguel, vosotros normal, que ellos no noten nada.

—No te preocupes.

Santa Manuela era un pueblo acogedor. Los valinos sabían recibir con los brazos abiertos a quienes los visitaban en la estación de esquí y los turistas siempre los puntuaban muy alto en los portales de opiniones sobre establecimientos turísticos. Eso no quitaba que los vecinos del valle y, en general, los montañeses fueran muy suyos. El sentimiento de comunidad de las zonas que habían sufrido aislamientos prolongados no se parecía a ningún movimiento colaborativo de las zonas abiertas. La montaña no dejaba de ser un terreno hostil. Mientras la vida fluía valle abajo, montaña adentro las normas eran otras. Y con Lola y con Lucas estaban aplicando las tres máximas de la zona: solucionar problemas, valerse por sí mismos y no dejar a nadie atrás.

Entretanto, la novia decidió salir de casa para despejarse un poco. Se había tomado un paracetamol porque, de la tensión, le había empezado a doler la cabeza con intensidad. Pensó en llamar a Florita o a Lucas, pero no le apetecía hablar con nadie. El aire fresco le vendría bien. En su paseo, se cruzó con gente cargada de cajas. «¡Qué raro! El agua no ha llegado hasta las naves donde guardan todos los trastos. Igual están exagerando un poco», pensó ajena a los movimientos de sus vecinos.

Lucas fue a buscar a Lucho, pero no lo encontró en casa,

así que regresó a la suya. Conocía muy bien a Lola. Sabía que, aunque otras novias preferirían pasar un trance así junto a sus parejas, ella necesitaba espacio para asimilar lo ocurrido. Era mejor dejarla sola, así que decidió no ir a verla hasta más tarde.

Arrastrando los pies, llegó hasta su cama, se tumbó y se puso a escuchar un CD de The Offspring. Un poco de tranquilidad le haría bien, ya había sufrido demasiado estrés aquella mañana. Al fin y al cabo, iba a tener la boda íntima y sencilla que él siempre había querido. Había cedido al boato porque sabía que a Lola le hacía ilusión. Si le dolían las consecuencias de la riada era básicamente por ella. En su opinión, casarse con su ropa de todos los días y comer en casa con sus padres era un buen plan.

Pasadas las doce y media del mediodía, Lucho y otros dos chavales del pueblo, Jaime y Víctor, comenzaron el ascenso a la nave donde se guardaban los asientos del telesilla. Allí estaba también el centro de control desde el que se accionaba el sistema. Los chicos trabajaban en invierno en la estación y sabían lo que se hacían; no obstante, eran conscientes de que tenían por delante una jornada muy dura.

—Tenemos tajo, chicos —dijo Lucho después de un rato de ascensión en silencio.

—No nos vamos a aburrir —comentó Jaime.

—A ver, si no nos entretenemos, podemos conseguirlo. Ahora, nada de perder el tiempo, porque entonces sí que se va todo al traste —razonó Lucho.

—La historia sería tener todo listo a media tarde como mucho. Si no, se nos va a echar la noche encima.

Los tres conocían bien a Lucas, así que los tres iban a poner todo de su parte para que aquel revolcón que le había dado la vida se minimizara. Costara lo que costara. Posiblemente dormirían poco, pero su amigo se lo merecía todo.

Jaime tenía seis años menos que él, no era de su cuadrilla, pero habían jugado juntos al baloncesto en las canastas del patio del colegio. El chico no olvidaría nunca la imagen de aquel chaval con su hermana en brazos cuando la pequeña se clavó un manillar en el muslo tras caerse de la bici. Sus padres estaban trabajando fuera del pueblo, él tenía catorce años, y Lucas, con el carné de conducir recién sacado, llevó a la chica al hospital de Jaca para que la curaran. No pensó en las consecuencias que tendría cogerle el coche a su padre sin permiso. Y esas cosas no se olvidan. Lucas era tan resuelto que Jaime siempre pensó que le costaría devolverle el favor. ¿Qué podría hacer él por alguien como Lucas? La vida le acababa de enseñar que no había nadie invulnerable, que siempre había un momento en que se necesitaba a los demás. Y Jaime estaba orgulloso de poder demostrarle a su vecino que podía contar con él. Subir aquella montaña y activar el telesilla era su forma de decirle gracias.

A Víctor no le sobraba el dinero, por lo que se le cayó el alma a los pies cuando el veterinario le dijo que tenía que operar a su perrita. El coste de la intervención superaba los seiscientos euros. Se echó a llorar en la camilla de la consulta. El veterinario trató de calmarlo y le propuso operar al animal gratis si le pintaba la fachada del consultorio. Así Brisca seguía viva y, además, Lucas había aceptado hacerle revisiones periódicas a cambio de pequeñas chapuzas domésticas y de su amistad eterna. Esos detalles ponían de manifiesto una personalidad humanitaria que había llevado a sus vecinos a volcarse con su boda.

Hortensia se casó una mañana de jueves en la catedral de Jaca. Nada la ligaba ni a ella ni a Rafael a aquella localidad, pero fue la única iglesia de la zona que sus suegros consideraron con suficiente nivel como para acoger la boda de su hijo. En aquella época, Cristóbal Balenciaga se había convertido en el diseñador de cabecera de la clase alta internacional y la madre de Rafael quiso apuntarse el tanto de que su nuera fuera al altar con una de sus creaciones.

—No sé si es correcto que me case de blanco estando la muerte de mis padres tan reciente, señora.

—Mi nuera no se va a casar de luto.

—No quisiera dar que hablar —explicó Hortensia con apuro.

—Con el dinero que tengo, te aseguro que nadie se atreverá a abrir la boca.

Un avión las llevó a París para visitar personalmente al diseñador. No recibía sin cita y no creaba colecciones. Únicamente cosía piezas de alta costura, por lo que no había otra manera de hacerse con una de sus creaciones. La marquesa de Márquez fue clara. Necesitaba un vestido deslumbrante para su futura nuera.

—Y no tenemos tiempo. En dos o tres días quiero estar de vuelta, así que no necesitamos enredarnos con pedrería ni bordados. Un buen patrón y una buena tela. Punto. La chica lucirá bien cualquier cosa.

—Me encargaré personalmente, pero, si no estoy satisfecho con el resultado, no saldrá de aquí.

Y así lo hizo. Él mismo cortó la tela de un fascinante vestido de seda asimétrico, con largo por debajo de la rodilla y cola de pavo real. Manga japonesa, busto ajustado y cadera voluminosa. Una maravilla. Se trabajó día y noche, pero dos días después, Hortensia se lo probaba en el atelier. Balenciaga ni la miraba. Estaba pendiente de cómo fluía la tela.

—Camina. Hacia aquí. Vamos.

La joven avanzaba temblorosa de espalda al espejo que dominaba la estancia. Él miraba la falda y el reflejo que la parte trasera del vestido ofrecía. Hortensia pensaba que aquel traje era el más bonito que había visto nunca, un sueño cortado en tela, pero no entendía por qué su suegra había aceptado pagar una millonada por un vestido que no estaba claro que llegara a salir del taller. «Tendrás que aprender que estas cosas funcionan así, querida. Hay que ser y parecer».

En los dos días que pasaron recorriendo París, la marquesa le fue enseñando cómo comportarse.

—Abre bien los ojos. En nuestro círculo todo el mundo conoce París y te hablarán de esta ciudad tanto como de Madrid.

—Sí, señora.

Echando la vista atrás, Hortensia reconocía que la educación y los consejos que había recibido de su suegra no tenían precio. Nunca la consideró una igual, pero siempre se dirigió a ella con respeto y pensando en su bien. La trató como trata a una hija alguien que nunca ha recibido cariño de sus mayores.

El diseño de Balenciaga desfiló radiante por la nave central de la catedral de Jaca. No fue una boda multitudinaria, apenas una treintena de personas fueron testigos del enlace, pero toda la alta sociedad madrileña tuvo noticia del vestido que mostraron las páginas de sociedad del *Abc*. Tal vez por eso, años después fueron muchas las españolas que viajaron a la ciudad del Sena para encargar sus trajes de novia a la firma del diseñador de Guetaria. Hasta Fabiola de Mora y Aragón.

Aquel vestido fue cuidado con esmero por el servicio de la casa. Regularmente, se le realizaban labores de mantenimiento. Así, décadas después de su confección, seguía impecable, a prueba de polillas y humedades. Se guardaba en el desván. La última planta del edificio estaba dedicada al cuidado de la ropa. Allí se instaló la lavadora primero y la secadora después. Allí se planchaba. También se colocó el fabuloso ropero-vestidor de la marquesa. Decir que lo que atesoraba valía millones era quedarse corto, pero, si tuviera que salvar una prenda, hubiera escogido sin duda su vestido de novia. Hortensia había pasado muchas tardes mirándolo sentada delante del armario en el que se guardaba. Las hijas que debían heredarlo nunca llegaron a nacer. Le daba pena pensar que aquel fastuoso botín se perdería tras su muerte, por eso tuvo claro lo que tenía que hacer cuando supo que Lola se había quedado sin vestido.

—Beatriz, por favor, prepárelo.

Al final iba a ser una suerte que a los varones de la familia de Fidel les gustara el mismo tipo de mujer.

La tarde comenzó en el pueblo igual de agitada que había terminado la mañana. Los helicópteros sobrevolaban el cauce del río y una cuadrilla de bomberos permanecía junto a su lancha en el punto en el que la carretera quedaba rebasada por el agua. Había que estar listo por si se producía una emergencia. Isaías recibía regularmente llamadas de medios de comunicación y de equipos de salvamento interesándose por la situación de los valinos incomunicados. «Todo bien, tranquilos», comentaba el alcalde intentando desviar una atención que agradecía, pero que llegaba en el peor momento. Había que proteger los preparativos de la boda a toda costa. Al otro lado del río desconocían lo que se gestaba en el pueblo y alrededores.

Varios cientos de metros más arriba del pueblo, Lucho, Víctor y Jaime habían conseguido llegar a la nave del telesilla. Hacía un par de meses que los pisteros y los equipos de mantenimiento habían recogido todo el material. Siempre era una tarea que hacían con cierta pena todos los que trabajaban allí, así que los tres amigos no podían ocultar la emoción que les producía volver a estar frente a aquella nave.

—Llevarás la llave, ¿no? —preguntó Jaime a Lucho casi sin resuello.

—Tranquilos, Celia me la trajo al ayuntamiento.

—¿Guarda una copia en casa? —se interesó Víctor.

—Sí, por si pasa algo en la estación. A mí no me parece

mal y, de hecho, nos ha salvado el cuello. Imagínate que hubiéramos tenido que ir hasta las oficinas con el río cortado y luego volver a subir. Echamos dos horas más.

—Eso sí —convino Víctor—. Bueno, se acabó el descanso. Abre y vamos empezando.

Lucho introdujo la pequeña llave en la cerradura, dio tres vueltas y el pomo giró sin dificultad. Los tres jóvenes pasaron al interior de una nave que conocían bien. Especialmente Lucho y Víctor, quienes pasaban allí buena parte del invierno. Ellos mismos habían colocado en la pared el corcho del que colgaban las herramientas con las que reparaban las sillas averiadas. Fueron directos al cuadro eléctrico que alimentaba el sistema del telesilla. Nadie tenía que explicarles lo que había que hacer. Lucho encendió la luz y ante sus ojos aparecieron las sillas que conectaban el pueblo con la primera cota de la estación. Colgaban de un circuito de raíles en forma de S que recorría la nave y que encajaba unas con otras ahorrando espacio. Los cables que marcaban el camino del telesilla salían directamente de la instalación, con lo que poner el sistema en marcha pasaba por abrir la compuerta e ir separando las sillas mientras se unían al recorrido. Los chavales se pusieron los guantes. El trabajo no era complicado, pero, no obstante, requería fuerza y atención.

—¿Estamos listos? —preguntó Víctor a punto de comenzar la operación.

—¡Tira! —respondió Lucho.

Una tras otra, las sillas comenzaron a desfilar ladera abajo, ocultas a la mirada de los equipos de emergencia que trabajaban en la otra cara de la montaña. En la parte inferior de la montaña, Isaías contempló con satisfacción cómo las piezas del puzle empezaban a encajar.

—¡Ya está en marcha! Id preparando todo que llamo a Lucho y nos vamos para arriba.

Lola llevaba un par de horas en su habitación. No sabía qué hacer. Le sobraba todo. Ver en la mesa las revistas de novias que había atesorado con tanto cariño estaba sacándola de sus casillas. Allí no iba a encontrar la solución. «¡Mucho consejo para lidiar con los granos, pero ni una palabra sobre pueblos incomunicados!». Hubiera dado cualquier cosa por que alguien le dijera cómo salir de aquel atolladero, por encontrar un artículo titulado «Quince maneras de remontar tu boda si el río la manda a paseo».

A media tarde, la novia se dirigió a la cocina buscando algo que merendar. Había tenido el estómago cerrado hasta entonces, pero por fin se había animado a comer.

—¿Quieres lentejas, mi vida? —preguntó Dori.

«Esta mujer todo lo soluciona con lentejas».

—No, mamá. Con una manzana y un yogur servirá.

—Puedo hacerte algo distinto si te apetece.

—Tranquila. Así está bien —zanjó para no tener que seguir hablando.

Dori la vio triste, pero más relajada que horas atrás. Sonrió pensando en la cara que pondría al día siguiente cuando descubriera la sorpresa. Sí. Su hija iba a tener la boda de sus sueños.

Lucas, en cambio, se resignó antes. De hecho, durmió buena parte de la tarde. Trató de hablar con Cosme un rato, pero no consiguió dar con él. Su amigo se encontraba junto al telesilla y no escuchó la llamada. Don Blas, Mila y Florita estaban entre los primeros preparados para subir. No habían tenido tiempo para pensar qué hacer, con lo que decidieron llevar unos cuantos objetos básicos e improvisar. Así, don Blas había cogido unas telas para decorar el altar que iban a montar. «El cáliz y los demás utensilios ya los subiré mañana». Las señoras llevaban costureros. «Las tijeras y las cuerdecitas para el asado siempre vienen bien», pensó Mila. Lo metió en una de las tres cestas que subieron junto a ella en el primer asiento que salió hacia el que iba a convertirse en campamento base de la boda. Levantarse sin esquís ni nieve sobre la que deslizarse y alejarse rápido de la silla giratoria le costó un poco más de lo que había imaginado.

Ante ella apareció una pradera con muchas posibilidades. A la izquierda, el edificio de la cafetería. A la derecha, otra ladera verde que conectaba la cota 1200 con la pista más alta de la estación. Detrás de la nave, un bosquecillo lleno de pinos. Al frente, toda una cortina de picos de montaña. Mila analizó el escenario con visión y planteamiento militar. «El altar justo enfrente. Que, según baje Lola del telesilla, vea a todo el mundo esperándola de pie y a Lucas al final del pasillo. ¡Precioso!», pensó felicitándose por la genial idea que acababa de tener.

Minutos después, los demás estaban también arriba.

—¿Habéis pensado qué hacer? —preguntó don Blas.

—¡Claro! —dijo Mila resuelta—. A ver, vosotros dos —señaló a dos vecinos—, id al bosque a buscar piñas y ramas de pino. Podemos hacer una alfombra natural muy bárbara para llegar al altar. Florita, Melitón y don Blas, conmigo dentro a coger algo con lo que montar el altar y sentar a la gente. Celia, ven con nosotros y nos vas indicando dónde está todo.

—Sí, que llevo las llaves.

Nadie protestó. Había que reconocer que Mila había improvisado un buen proyecto. Su rapidez mental les podía hacer ganar mucho tiempo.

Hortensia se acercó a casa de Dorita y Mariano. La madre de la novia le abrió la puerta.

—Disculpe que la moleste. ¿Puedo pasar?

—Por supuesto, Hortensia. Con lo bien que se ha portado usted, lo menos que puedo hacer es invitarla a merendar. Adelante.

Hortensia no había estado en aquella casa. De hecho, Dorita y ella nunca habían pasado de saludarse cortésmente por la calle, así que la anfitriona consideró un detalle de agradecimiento enseñarle la casa. Hortensia supo valorar el mensaje que encerraba aquel gesto.

—La tiene usted muy limpia, Dori. Es una casa muy acogedora.

—Bueno, usted estará acostumbrada a otro tipo de... —Si Dori estuviera hablando con alguna amiga, hubiera dicho *lujos,* pero con la marquesa delante no encontró la palabra adecuada. Su turbación le produjo ternura a Hortensia, que entendió perfectamente por dónde iba y la frenó.

—Señora, yo nací en una cuadra. Mi madre hubiera considerado esta vivienda un palacio. No se avergüence usted. Lo importante de una casa es poder llamarla hogar. Que no la engañe el envoltorio.

Dori se ruborizó y la llevó a la cocina a preparar el café. Mientras trabajaba sobre la encimera, las dos mujeres entablaron una afable conversación.

—Mujer, hay que salir más de casa, que la vemos poco por la calle.

—Me da un poco de apuro, no crea.

—¿Apuro? ¿Por qué?

—Pues porque después de mi boda hubo vecinos que me dieron de lado.

—Pura envidia —dijo Dorita, que comenzaba a sentirse más cómoda—. ¿Con leche?

—Por favor.

—En confianza, Hortensia. ¿Puedo llamarla Hortensia?

—¡Por supuesto! ¿Podría tutearla yo también?

—Claro que sí, mujer. Bueno, como le decía, Hortensia, aquí hay gente con muy mala baba que no tolera que a otros les vaya bien. Ya sabes lo que dicen: reconocerás a tus amigos en aquellos que se alegren de tus éxitos, no en aquellos que se compadezcan de tus fracasos.

—Y es muy cierto, Dorita. Bien lo sé yo —asintió Hortensia dando un sorbo al café—. ¡Está muy bueno!

—¡Gracias! —dijo Dorita feliz de haber impresionado con su café a tan distinguido paladar.

La marquesa guardó silencio unos segundos mientras cogía una de las pastas que había dejado Dorita sobre la mesa. Realmente, había más felicidad en aquella casa que en muchos salones de la alta sociedad que había frecuentado con su marido. «Esta gente sí que sabe ser feliz», pensó.

—Dori, venía a haceros un ofrecimiento.

—¿Más? ¡Pero si ya has hecho mucho por nosotros!

—Mira, lo mismo ya has pensado tú alguna solución, pero, por si acaso, vengo a ofreceros mi vestido de novia para Lola.

Dorita dejó de respirar por un segundo. El traje de novia de la marquesa. No había llegado a verlo, ella nació años después de la boda, pero su madre la había visto salir de casa rumbo a la catedral y Dori creció escuchándola comentar deslumbrada la magnificencia de aquel vestido. No podía creer que el traje que había enamorado a la abuela fuera a vestir a la nieta el día de su boda.

—Hortensia, pero si es una joya. Eso es algo que no podemos aceptar. ¡Imagínate que se rompe o que se ensucia!

—Pues se lava. Dori, en el armario no hace nada. Por lo que sé, tu hija no quería casarse con ropa de diario y, si aceptas, no lo hará. Lola y yo tenemos la misma talla. Bueno, ella tiene la talla que yo tenía a su edad. Le va a quedar como un guante.

Las lágrimas comenzaron a rodar por las mejillas de Dorita. Se sentía desbordada de agradecimiento.

—Y esto ¿cómo te lo podemos pagar?

—Invítame a un café de vez en cuando. Y dame un abrazo.

Dori llamó a la puerta del cuarto de Lola con rotundidad.

—Lolaaa, ven, tenemos sorpresa.

Al otro lado de la puerta Lola encogió la nariz. ¿Sorpresa? No era el día, la verdad. Más por no discutir que por entusiasmo, decidió hacerle caso.

—Entra.

No hizo falta más. Dori empuñó con fuerza el pomo de la puerta, lo giró y entró en la habitación seguida de la marquesa. Lola se sorprendió primero al verla y luego al ver el vestido que llevaban entre las dos. Dori lo colgó de la barra de las cortinas. ¿De dónde había salido esa maravilla? Era... diferente. El corazón le empezó a bombear con más intensidad cuando la luz dibujó la silueta de la prenda. Era la primera vez que lo veía, pero podía sentir una gran conexión con aquel traje. Más que con el que había comprado.

—¿Y este vestido? —preguntó Lola entusiasmada.

—Es el de mi boda —respondió Hortensia.

—No solo no te vas a casar en vaqueros, sino que lo harás con un Balenciaga original.

Lola no sabía qué decir, se había dejado seducir por aquella joya.

—Es... perfecto. ¡Perfecto, mamá!

Por primera vez ese día una sonrisa se dibujó en sus labios. Dori se sintió feliz al ver sonreír a Lola, pero no pudo evitar sentir celos. «De Madonna decía que era mi vestido. ¡Hay que ver!».

—Venga, ven y te lo pruebas.

«Por favor, que me valga. Con el día que llevo, puede pasar de todo». De un salto se plantó en medio de la habitación y poco después comenzó a notar la suavidad de la tela acariciando su piel. Como por arte de magia, aquella creación se acopló a su figura como una segunda piel. Fascinante. Pasó sus manos por la tela con respeto, con prudencia. Recordó la escena de la Cenicienta en la que el hada madrina dibujaba sobre ella un vestido perfecto. El mejor. Y ella también sintió a su alrededor el poder de la varita mágica.

—Es demasiado para una boda de pueblo, Hortensia. No sé si debo...

—Debes. ¡Debes! Los vestidos como este se hacen para hacer felices a quienes los llevan. Ese es el secreto de la alta costura. No venden ropa, venden felicidad. Y tú mereces ser feliz mañana. Bastante palo te has llevado con la faena que nos ha jugado el río. Llévalo, Lola.

Los ojos de Lola fueron por fin los de una novia la víspera de la boda.

Lucas llamó un rato más tarde. Quería saber si Lola estaba mejor y si podía pasar a verla. A Dori le faltó tiempo para hacerlo desistir.

—¡Lo que nos faltaba! Que vieras a la novia vestida de blanco. ¡Como si no hubiéramos tenido ya bastante mala suerte!

«¿De blanco? Pero si el traje no ha llegado, ¿o sí?». El chico estaba bastante sorprendido con lo que acababa de escuchar, pero, tal y como vio a su futura suegra, decidió no insistir. «A ver si al final termina mirándome mal por llevarle la contraria».

Dori fue parca en palabras y cortó rápidamente la llamada no sin antes asegurarse de que Lucas entendiese inequívocamente que presentarse en la iglesia con el forro polar de asistir partos no era una opción.

Celia miraba con nerviosismo la evolución del trabajo de sus vecinos en las instalaciones del restaurante. Aquellas dependencias eran su responsabilidad y temía que la combinación de mucha voluntad y poco acierto terminara generándole problemas. Se había comprometido con sus jefes a velar por la estación y ver a Mila moviendo muebles sin piedad la perturbaba un poco. Ella y Florita estaban tratando de solventar un contratiempo con el que no contaban: los asientos de la cafetería eran en su mayoría bancos, no sillas. Don Blas también andaba valorando el mobiliario. Las mesas estaban apiladas y le pidió a Melitón que levantara alguna para poder elegir la más adecuada para el altar. De poco sirvió que Celia le asegurara que eran todas iguales. El sacerdote recorrió el edificio de arriba abajo tratando de dar con lo que buscaba. Entre unos y otros habían llenado de muebles la zona de cajas. «Verás tú quién recoge esto después», pensaba Celia.

—Una cosa te digo, Flori. Si colocamos siete u ocho filas de bancos a cada lado del pasillo, puede quedar muy bonito —comentó Mila.

—No me sitúo. De todas formas, no hay más opciones, porque no hay más asientos y no me convence estar de pie, en plan marabunta.

—¡Nooo! ¡Para nada! Eso es un despropósito —negó Mila braceando desproporcionadamente—. Así nadie vería nada y todo el mundo terminaría metiéndose en el pasillo. Ya me veo a la pobre Lola intentando esquivar a Paco el boticario para poder llegar hasta don Blas. Insisto en que los bancos son una buena opción. Diferente a la que pensábamos, vale, pero buena. Yo sacaría unos cuantos y los colocaría para ver cómo quedan.

Nadie podía parar al huracán Mila cuando comenzaba a maquinar. Florita ni lo intentó. Tampoco le faltaba razón.

—Venga, pues coge tú por ese lado y yo por este y vamos para fuera.

—Vale. Pero que estos echen una mano también —dijo mirando a Lucho, Cosme y otros chavales—. ¡Chicos! ¡Venid a sacar bancos!

Varios cientos de metros más abajo, a la viuda comenzaba a faltarle el aire. Llevaba varias rondas de bizcochos y sentía que no iba a ser suficiente. Mientras la radio regional aseguraba que la crecida del río había alcanzado su máximo y se mantenía estable, ella se dirigió al cajón de la salita, sacó una libreta de espiral con tapas verdes y buscó el teléfono de Teo.

—Diiime.

—Moza, que soy Vicenta.

—Sí, dime rápido.

—Que necesito que alguien me ayude con los bizcochos.

—¿Qué te pasa?

—Pues que voy justa de harina y huevos. Es imprescindible que alguien haga algún bizcocho en su casa y me lo traiga. Si no, no me va a dar tiempo a decorar todo.

—Bueno, espera, que echo una voz por ahí.

Rápidamente, dos señoras se ofrecieron a hacer un bizcocho cada una. «Misteilor hace uno delicioso —pensó la madre de Florita—. La voy a llamar que seguro que echa una mano».

—Vicenta, en un par de horas te los acerca Bartolomé. ¿Necesitas chocolate para cubrir?

—No, estuve en Benabarre hace poco y subí cantidad. Me apaño, gracias.

Por un momento, la viuda pensó en que cada bizcocho de la tarta sería diferente y que, por lo tanto, el sabor no iba a coincidir. «A ver qué hacen estos», pensó contrariada.

Cosme andaba cargando bancos con Lucho a pocos metros de donde Florita estaba tratando de armar el altar.

—¡Tío, cuidado, que me lo echas encima!

—¡Perdón, perdón! —se excusó Cosme—. No me he dado cuenta.

Colocaron el banco en su fila correspondiente y volvieron a por otro caminando despacio para descansar.

—Si no dejas de mirarla, te será más difícil, Cosme.

—¿El qué?

—Pues olvidarte de todo.

El ingeniero se quedó en silencio rumiando las palabras de su amigo. ¿Olvidarlo todo? No era la idea, aunque tampoco sabía cómo avanzar después de la espantada de la chica en Milán.

—Ya me gustaría. Pero poco puedo hacer de momento aparte de mirar. No me prives también de eso.

En aquel instante, Florita se giró hacia donde estaban ellos, pero solo vio a Cosme. Lucho se echó a reír cuando vio la cara de bobo que se le había quedado a su amigo.

—Uyyy... —dijo el secretario municipal.

—Uy, ¿qué?

—Pues dos cosas te voy a decir. La primera, que está igual que tú; la conozco. La segunda, que, precisamente porque la conozco, la clave no la tiene ella. La tienes tú.

Cosme lo miró extrañado. Había estudiado la situación desde varias perspectivas y en todas él estaba en posición de desventaja.

—No te sigo.

—A ver. Florita...

—Se llama Flora —cortó Cosme con decisión.

—Bueno, pues Flora... —corrigió con retintín su amigo.

—Gracias.

—No hay de qué. Flora nunca ha ido sobrada de amor propio. Tiene todas las inseguridades del mundo. ¿Quieres volver con ella? Apunta por ahí. Hazla sentir especial, segura.

—¿Sííí? —preguntó descolocado Cosme.

—Sí. Ella no ha contado nada, pero es evidente que se ha debido de comer la cabeza con lo que ha visto en Milán. Se habrá rayado al verte en un ambiente que desconoce, rodeada de tías que le crean más problemas a su autoestima que a ti. Entre eso y tu historial, pues ¿qué esperas?

Cosme lo miraba extrañado. El ingeniero era un tipo directo, siempre decía lo que pensaba, pero aquellas cabriolas mentales que le estaba intentando explicar a él le venían grandes. Simplemente, se le escapaban.

—No creo que sea eso. Le he dicho lo que siento varias veces.

«Si se lo he dicho, ¿por qué no es suficiente?». Lucho miró a Cosme con la cara con que lo miraban a él las chicas.

En ese momento, Cosme comprendió la frase que en alguna ocasión le habían soltado sus amantes:

—¿Y si dices menos y haces más?

«¡Eureka!», pensó el chico.

Para Alicia, quedarse en Valencia había supuesto un batacazo tremendo. Tenía la maleta en el pasillo cuando Florita la puso al tanto de la situación. Durante cinco minutos, la frustración se convirtió en lágrimas. Y en rabia. Y en patadas al marco de una puerta. Y en un tacón destrozado. Aquella riada iba a impedirle ver a sus amigos casarse, pero también encontrarse con Fran. Su despedida en Semana Santa había sido muy fea y necesitaba saber que estaba todo en orden, que no se llevaban peor de lo habitual. «Ahora tendré que esperar hasta agosto». La chica suspiró enfadada. Luego, resignada, se cambió de ropa y se dirigió a la oficina. «Al menos, no perder el día», calculó.

La parte buena de ese viernes fue que un compañero y ella dieron con una grieta por la que un caso perdía agua. Aquel hallazgo podía colocarlos en una posición ventajosa de cara al veredicto. Si no ganaban, al menos conseguirían un buen trato. A las seis de la tarde, salieron felices del despacho.

—¡Esto hay que celebrarlo! —dijo el chico.

—¡Claro! ¿Una caña, Vicente? —sugirió Alicia saliendo ya por el portal de su edificio.

—¡O dos! Ha sido genial, Ali —contestó desde dentro del patio.

—Pues venga.

Estaban tan felices que, casi sin darse cuenta, mientras caminaban hacia una cervecería irlandesa que había cerca, el chico le pasó el brazo por los hombros a Alicia y esta lo cogió de la cintura. Uno y otra lo hicieron de forma amistosa. Se tenían cariño. Lo curioso fue que, por un momento,

Alicia tuvo la sensación de que Fran los observaba desde la acera de enfrente. Tal fue la impresión que se detuvo a mirar mejor a un desconocido que empezó a alejarse en cuanto se supo descubierto.

—¿Qué pasa? ¿Por qué te paras? —preguntó Vicente.

No, no podía ser. Y no debía. No tenía que obsesionarse con Fran hasta el punto de verlo por todas partes. Necesitaba pasar página. Sobre todo, después de volver a enzarzarse a gritos en el bar el último día de Semana Santa. «Este tío me saca de mis casillas». Episodios como aquel terminaban por desestabilizar al grupo y Alicia se sentía culpable por ello. «Nunca más. Nunca».

—Nada. Se me ha salido el zapato —mintió.

Y siguió andando como si nada.

Florita y el equipo encargado de montar el altar localizaron una estantería en la cocina que podía darles juego.

—Chicos, las cajas de cerveza deberían de servir. Son como piezas de Lego. Si las colocamos rodeando la estantería en diferentes niveles y las tapamos con sábanas, pueden darle un efecto 3D muy chulo.

—No sé qué decirte, maja. Vamos a llevarlo todo fuera y probamos —razonó don Blas.

Así, fueron sacando entre los cuatro todo el instrumental. Mientras Mila, Florita y el párroco colocaban las diferentes piezas y elegían los lienzos con los que poder revestir el conjunto, Melitón se quedó contemplando las montañas. Las conocía muy bien. Llevaba más de veinte años como carnicero, pero su vida no habían sido siempre los entrecots y las salchichas. Muchos de sus vecinos ya no recordaban quién había llevado el nombre de Santa Manuela a lo más alto del podio de unos Juegos Olímpicos de Invierno. Melitón comenzó a esquiar siendo muy jovencito y durante su adolescencia había destacado en la modalidad de eslalon. Tras ganar varios campeonatos, la federación le hizo una prueba para el equipo nacional. Entró sin problemas. Poco a poco, consiguió hacerse un hueco en las clasificaciones internacionales de su categoría y empezaron a llegar las medallas. Campeonatos de Europa, mundiales y, por fin, los Juegos. Supo cuidarse y mantenerse en lo alto, pero inevitablemente llegó el momento de decir adiós al esquí profesional. Melitón empezó entonces a trabajar en la estación, pero la añoranza de unos días de gloria que no volverían nunca hizo que quisiera alejarse. Le dolía ver a quienes aún tenían opciones de vivir lo que él había vivido.

Poco fue el dinero que ganó, pero al menos fue suficiente para montar su tienda. Había crecido rodeado de ganado vacuno, así que trabajar la carne le pareció algo natural. Pronto, las felicitaciones y las miradas de admiración cayeron en el olvido mientras él se preguntaba si había hecho algo mal. «Los afectos de la gente vienen y van, hijo. Ahora admiran a otros», le decía su padre. De puertas afuera enterró aquella etapa de su vida más allá de tener su abono de temporada y subir a esquiar varias veces al año. Pero dentro de su pecho seguía ardiendo la llama del campeón. Cada vez que miraba una montaña, seguía calculando su inclinación y pensando si serviría o no como base para hacer una buena pista de descensos. Y cada vez que la vida le apretaba las tuercas, bajaba a la bodega de su casa y sacaba de las cajas los trofeos que nunca colocó a la vista por pudor cuando se los llevó de casa de sus padres. Los limpiaba con cuidado y leía las reseñas que la prensa deportiva había escrito sobre sus gestas. Le recordaban quién había sido y quién seguía siendo bajo el delantal de despiece.

—¡Que si te gusta o nooo!

El grito de Mila se escuchó en toda la pradera.

—¡Ay, Melitón, hijo, que estás en la inopia! —le recriminó.

—Perdona, no me he dado cuenta.

Miró tras de sí y convino en que sus secuaces habían hecho un gran trabajo con la improvisada capilla.

—Impresionante, Mila. Francamente bonito.

—Yo creo que les va a encantar —añadió Florita con una sonrisa de oreja a oreja.

—Y más si ponemos esto, ¿no?

Quien hablaba era Tere, una de las Royas, unas vecinas de toda la vida de Santa Manuela, gemelas, llamadas así por sus rubios cabellos y sus sonrosadas mejillas. Las peculiares hermanas habían desmontado su jardín y se habían presentado con varias macetas de hortensias azules y verdes en los brazos para contribuir a la ornamentación de la ceremonia y el banquete.

—No te digo que no, Tere. Menuda maravilla —dijo Mila impresionada por el material que portaban las hermanas.

—Hemos pensado que, si no hay ramo, podemos cortar tres de las hortensias grandes y hacerle uno. Se lo podemos entregar mañana cuando llegue. ¿Qué te parece? —propuso Carmela, la otra mitad de las Royas.

—¡Perfecto! —gritó Florita—. Se volverá loca al verlo.

—A ver si le gusta —se cuestionó Tere.

—Con lo mañosa que eres, no puede quedar mal —resolvió Mila.

—¿Le gustarán más verdes o azules, sabéis?

—Pon las azules, Tere —pidió Florita.

Acto seguido, comenzaron a colocar las macetas en el frontal del altar y al inicio del pasillo que habían formado con los bancos, que ya estaban alineados en la explanada.

Florita acudió a uno de los almacenes a por más bridas para sujetar la estructura del altar. «Como alguien dé un traspiés, se cae todo». Ella trabajaba en la estación, pero no subía demasiado a las pistas, por lo que desconocía cómo estaba organizada aquella caseta. Estaba buscando en unas cajas cuando le llegó un mensaje al teléfono. Era de Cosme. «¿Y ahora qué quiere?». No había texto, solo una captura de pantalla: la de la factura de una agencia de mudanzas milanesa. 3600 euros por un traslado de Milán a Santa Manuela una semana después. «¡No me jodas!», pensó la chica. En ese momento, Cosme entró por la puerta.

—Ya lo ves. Vengo a demostrarte que no voy de farol. Y vengo por ti.

La economista tenía los ojos muy abiertos, pero la boca totalmente sellada. No sabía qué decir.

—La distancia nos vino grande una vez. No me gustaría que volviera a pasar. Me traslado y me gustaría seguir donde lo dejamos.

Florita estaba tratando de asimilar todo lo que el chico le estaba diciendo. Cosme apuntaló la idea. «Toda ayuda será poca».

—Si es el ambiente de Milán lo que te hace cortocircuitar, no hay problema: lo cambiamos por Santa Manuela y listo.

La chica estaba un tanto avergonzada. Su salida del apartamento de Cosme había sido más una huida que una vuelta a casa. Florita recordaba con nitidez la impotencia que había sentido cada vez que se cruzaba en alguno de los *corsos* con las chicas de piernas eternas y maquillaje impoluto. Con aquellos rostros que le gritaban en silencio «aquí no encajas». Echaba la vista atrás y notaba cómo el agobio seguía intacto. «Efectivamente, Milán y las milanesas me ponen los nervios del revés. Milán y el ambiente cosmopolita que no va conmigo. Milán y los 1143 kilómetros hasta Santa Manuela que suponen una distancia más emocional que física. En definitiva, Cosme, querido: que no me apetece estar a orfidales». Y más o menos eso fue lo que expresó... Aunque guardándose en el bolsillo el apartado de sus inseguridades.

—Yo no quiero que cambies nada por mí, Cosme. Ese es tu mundo. Allí eres uno más. Pero yo no pinto nada. Salgo de este valle y me vuelvo invisible. Aquí tengo mi sitio, me siento segura. Me gusta ir por la calle y que la gente sepa cómo me llamo. Yo no soy como Fran o como Sofi. Y tú aquí no serías feliz.

Ella exponía con angustia las razones por las que se había asfixiado en Italia, los motivos que la habían hecho desaparecer. No había hablado con nadie de aquello y, tal vez por eso, la sensación aún estaba por superar. El chico negaba con la cabeza. Entendía por dónde iba Flori, pero sabía que se equivocaba. «Que no, que no necesito la sofisticación que supones». Otra cosa era hacérselo ver.

—No te engañes. A ti te gusta el pueblo porque no has conocido otra cosa, pero es que además para mí también ha sido siempre el único sitio que he sentido como propio. Precisamente por todas las vueltas que he dado. Santa Manuela es el lugar al que mis padres han llamado hogar, el punto donde estáis mis amigos, el rincón donde he sido feliz. Mi lugar en el mundo. Por eso quiero volver y compartir todo esto contigo.

«Joder, Cosme, no me digas eso. ¡No me lo digas! Yo ya me he resignado a vivir sin ti».

—Lo que propones es como mezclar peces de río y de mar —insistió ella con las lágrimas presionando sus pupilas.

Él se dio cuenta de que el corazón y la cabeza de la chica andaban a palos. «Está empezando a bajar la guardia, hay opciones», se animó. Lo admitiera o no, Florita estaba impresionada por la decisión de Cosme. Nadie había hecho algo así por ella y él lo sabía. El seductor se había quedado en Milán, pero su experiencia no. Apuntó y disparó. A matar.

—Los dos somos peces de río, solo que yo he aprendido a nadar también en el mar, Flora.

Por un instante, se quedaron mirando. Desde fuera llegaba el murmullo de los vecinos trabajando a marchas forzadas. Cosme sabía que la batalla se estaba decidiendo en aquellos segundos. «¿Será posible que nos niegue una oportunidad a pesar de todo?». No se la iba a jugar. El buen cazador sabe cuándo es necesario el tiro de gracia.

—Oye, creo que cuando viniste a mi casa fuimos felices. Unas horas, vale, pero fue precioso. Me voy a mudar la próxima semana. Por ti. ¿Qué más tengo que hacer para que vuelvas conmigo?

Ella seguía en silencio. No tenía una respuesta. Notaba cómo la corriente la arrastraba con fuerza hacia el mar, el agua se mezclaba con sus lágrimas, se colaba entre sus labios y llenaba su garganta. «Me estoy muriendo de mí». Mientras el hombre de su vida aguardaba expectante un gesto, ella rodaba por un cauce al que se había arrojado sola para evitar caer. De pronto, entendió que no había nada más absurdo que sufrir para no sufrir. «Me estoy haciendo más daño del que puede hacerme él. Me estoy dando la patada antes de que él lo haga. Ya he decidido que valgo menos que esas chicas y eso no puede ser. Tengo que detener esta sinrazón». Nadó con rabia hasta la orilla y se sujetó con fuerza clavando las uñas en las piedras.

—Para empezar, besarme —contestó exhausta.

No lo tuvo que decir dos veces.

—¡¿A quién se le ha ocurrido esta *sanjuanada*?!

Isaías acababa de ver en su móvil que lo habían añadido al grupo de WhatsApp «Bodaca guapa». La idea era buena, les haría estar más coordinados (y a fe que lo necesitaban), pero el nombre le parecía fuera de lugar.

—Está bien, ¿eh, alcalde? —se congratuló Lucho mientras le palmeaba la espalda.

—Hombre, estaría mejor un nombre más común.

—Veeenga, lo cambio pues.

Casi cuarenta personas pasaron a formar parte del grupo «Superbodorrio». Los jóvenes del pueblo rieron la ocurrencia. Los mayores pasaron un buen rato intentando saber de qué iba aquello.

Los dos vecinos encargados de elaborar la alfombra habían conseguido una buena cantidad de ramas de pino y las amontonaron a su alrededor. Con precisión quirúrgica, comenzaron a separar las agujas de las ramas para conseguir una alfombra frondosa y mullida con la que delimitar el camino al altar, como el caminito de baldosas amarillas que seguía Dorothy en *El Mago de Oz*. «Encima estará perfumado», pensaron.

—Esto nos lo quitamos rápido, pero montar la alfombra igual nos cuesta más de lo que esperábamos —reflexionó ella.

—Bueno, viniendo pronto mañana, no creo que haya problema. En una horita está —respondió él.

—Yo no lo tengo tan claro —comentó ella mientras depositaba otro ramillete de agujas en el cesto—. No es solo colocarlo todo, es que, si nos quedamos cortos, hay que ir a por más ramas y entonces sí que nos pillará el toro. Sería mejor empezar a tapizar ahora y, si hace falta, arrancamos más. No se espera viento ni lluvia.

Él dudó. Se giró para mirar la distancia que había que cubrir con ramas y tuvo que darle la razón.

—Pues va a ser que sí. En cuanto llenes el cesto, comenzamos a poner.

Mientras los adultos se afanaban con los preparativos, Beatriz, la empleada de Hortensia, cuidaba a una veintena de niños en el palacete. Sus padres los habían dejado a su cargo antes de subir a la estación. Agotó paquete y medio de pan de molde preparando bocadillos y luego comenzó una retahíla de juegos que hicieron las delicias de los pequeños. Nunca le habían atraído los niños, pero empezó a pensar que se le daban bien.

Apenas hacía una hora que Lucho lo había creado y el grupo de WhatsApp de la boda ya echaba humo. Raquel no dudó en colgar allí su petición:

—Que alguien suba unas zapatillas del 39 para que Lola se pueda quitar los zapatos después de la ceremonia.

Dori pasó la tarde hablando con los invitados de fuera del valle que no podrían asistir. Llamada tras llamada, se repetía la misma conversación. «Sí, una pena», «Sí, con lo caro que es todo», «Sí, ya nos tomaremos algo cuando nos veamos». Fue una tarea agotadora, pero prefirió hacerse cargo ella y evitarle el mal trago a Lola.

El bar del pueblo acusó la desbandada de los vecinos. Solo Vitoré y Andrés ficharon para tomar su acostumbrado chato de vino y jugar al dominó. De fondo, el televisor ofrecía imágenes de los bomberos rescatando a Félix del interior del autobús en el que se había quedado atrapado cuando intentaba llegar a Santa Manuela. El agua había arrastrado al vehículo casi un kilómetro hasta dejarlo varado junto al puente de Frona. «Esto no me había pasado en la vida», contaba el hombre a una periodista de un canal nacional.

Poco a poco, el sol comenzó a marcharse, pero los trabajos a pie de pista estaban todavía lejos de concluir. Celia sugirió la posibilidad de colocar varios focos de los que se guardaban en el almacén y así continuar. Distribuirlos estratégicamente con sus propios generadores les permitió poder terminar la faena con la luna ya sobre las montañas. Era momento de recapitular.

—¿Habrá suficiente, Teo? —preguntó Isaías, el alcalde.

—Sin problema. Con ponerlo todo al fuego mañana, suficiente —calculó Teo—. Melitón me dice que subirá lo suyo a primera hora. Sacará la parrilla después de la boda.

—De sobra, tranquilo.

—Oye, para después de comer habrá que pensar algo, ¿no? —dijo Mila.

—Aquí siempre se ha jugado al tiro de cuerda, al lanzamiento de barra... Esas cosas. Poco cuesta prepararlo y puede ser entretenido —rio Lucho.

—No es mala idea —asintió el alcalde—. Puedo traer el material del ayuntamiento mañana. Pasaos varios antes de subir y repartimos la carga. ¿Cómo lo veis?

La idea fue recogida con general aceptación. Aquella boda puede que no fuera la esperada, pero las expectativas sobre la nueva que se estaba organizando crecían por momentos. Diversión no iba a faltar.

—Y después podemos activar la megafonía y poner música. ¿Algún DJ voluntario? —sondeó Celia.

—¡Ni se pregunta! —respondió Lope, otro de los chavales llegados al pueblo atraídos por la estación—. En Granada hice mis pinitos en cabina. Se me daba bien. Esta noche hago una selección de títulos y lo monto sin problema.

—Acuérdate de que aquí no todo el mundo tiene veinte años, Lope —razonó Celia—. Pon lo que te guste, pero también algo lentito, algo pachanguero para bailar... Esas cosas.

—No te preocupes. Habrá para todos.

La alfombra de agujas de pino estaba prácticamente lista.

—Termina tú, anda. Yo voy rematando los laterales —dijo ella.

En pocos minutos, el hombre acabó de perfilar la alfombra silvestre con las piñas que habían recogido. El pasillo estaba listo. No habría una novia con mejor camino al altar. Entretanto, el resto de los vecinos seguía reunido.

—A ver, ¿quién tiene una buena cámara para hacer las fotos? —preguntó el alcalde.

—Yo misma. Y encantada, además —contestó Raquel.

—Una cosa menos pues —confirmó Isaías tachando de la lista la entrada *Fotos*—. Bueno, vamos a tener que ir bajando ya. La boda es a las doce. A las nueve y media, todo el mundo aquí para terminar de preparar lo que falte y para estar colocados cuando los traigan. ¿Vale?

Una ovación general sirvió como respuesta. El pueblo había interiorizado la boda de forma absoluta.

Mientras los vecinos comenzaban a regresar a casa en el telesilla, la viuda estaba a punto de terminar la tarta. Las aportaciones habían llegado a tiempo. «No están mal», había tenido que admitir tras probar una esquinita de cada una. Había preparado cada parte en una bandeja y las había distribuido de manera que no perdieran la forma durante el transporte hasta la estación. Habían sido casi ocho horas ininterrumpidas de trabajo. Exhausta, se sentó con una copa de vino junto a la ventana. «Hoy ya no ceno».

Lucas tecleó el número de Lola cuando el reloj marcaba las once de la noche.

—Me alegro de oírte.

—No sabía si llamarte. A lo mejor prefieres estar sola.

—Quedan pocas horas.

—Sí. Mañana va a ser diferente a lo que planeaste, pero seguro que es especial. No te preocupes.

Ella permaneció en silencio. No quería que supiera que había conseguido un vestido de novia. Quería sorprenderlo. Él continuó:

—¡Y si no te gusta, lo repetimos!

—No te preocupes. Será especial. Tendremos un día emocionante. Mañana por la noche estaremos casados y eso no lo impedirá ningún río.

Tras colgar el teléfono, Lola cogió aguja e hilo y comenzó a coser en el interior del vestido las cintas nupciales de su bisabuela Claudia. Las guardaba como oro en paño. Ella misma se las había dado cuando era una niña y a Lola algo le decía que encerraban el secreto de su eterna sonrisa.

CAPÍTULO 17

LLEGÓ EL DÍA

Por primera vez aquella semana no amaneció nublado en el valle. Un sol radiante bañaba los tejados de Santa Manuela cuando Presen se despertó. Salió al balcón y se quedó observando un rato las impresionantes vistas de la montaña que tenía enfrente. «Parece que hará buen tiempo», pensó. Cuando su marido le comentó los planes municipales para la boda de Lucas y Lola no lo tuvo claro, pero según fueron pasando las horas, se fue emocionando más y más con la reacción de los vecinos. «Esto no se paga con dinero».

Presen estaba agradecida a aquellas gentes. Había llegado al valle a los ocho años. Mientras algunos pueblos se vaciaban, ella y sus padres habían abandonado un Madrid en el que la suerte no les había sonreído para asentarse allí. La madre de Mila les había hablado de la posibilidad de trabajar en la recién inaugurada fábrica de pinturas que había a pocos kilómetros de la localidad y no se lo pensaron. Desde entonces, no les había faltado ni pan sobre la mesa ni cariño de los vecinos.

—¿Llevas mucho rato aquí? —preguntó Lucas.

—¡No te esperaba tan pronto, cariño! ¿Has dormido bien?

—Bastante bien.

—¿Hacemos café y desayunamos?

—No te diré que no.

La cafetera comenzó a burbujear cuando Miguel entró por la puerta.

—¡Traigo *croissants*!

—¿Pero está abierta la panadería? —se extrañó Presen.

—¡Hoy más que nunca, mujer! ¡Menudo tajo tienen con todo el pan que se necesita!

Lucas se sorprendió.

—¿Pan para qué? —preguntó extrañado.

Miguel acababa de meter la pata. El horno del pueblo estaba a pleno rendimiento haciendo el pan para el banquete, pero el padre del novio, nervioso como estaba, no se dio cuenta de que Lucas no estaba al tanto de los planes vecinales. Miguel decidió no mentir, aunque no dijo toda la verdad.

—Bueno, hijo mío... Digamos que hoy lo mejor será que no preguntes mucho y te dejes llevar.

Presen lo fulminó con la mirada. El novio sonrió feliz.

Hortensia también estaba desayunando en aquel momento. Removía con parsimonia su té con leche mientras apuraba la tercera galleta maría. Le gustaba empezar el día así. Había dudado si acudir a la boda en pantalón y con calzado cómodo, pero al levantarse, había pensado que le apetecía dar uso a prendas que no utilizaba con tanta frecuencia. Se dirigió al vestidor y echó un vistazo. En aquellas piezas estaba escrita la mitad de su vida. Trajes y trajes que hablaban de quién fue y de cómo había vivido. Hortensia sintió nostalgia de los tiempos pasados, pero no quiso dedicarle a aquel sentimiento más tiempo del debido. Con decisión, se puso a rebuscar entre las perchas. Estaba feliz y quería que su atuendo reflejara su estado de ánimo.

Melitón no llegó ni a considerar que tuviera que modificar su aspecto habitual, así que, como cada mañana, se puso los vaqueros y un forro polar. Isaías era de la misma opinión.

Así fue como medio pueblo se calzó sus mejores galas

mientras la otra mitad tiró de los cordones de sus botas de montaña. Cuando a primera hora los madrugadores se reunieron junto al telesilla, la imagen no podía resultar más chocante.

—Pero ¿a dónde vais así? —preguntó Lucho al ver llegar a Mila con una pamela oscilando sobre su melena.

—¡Pues de boda! Vosotros os cambiáis luego, ¿no? —respondió ella.

—No —dijo firme Melitón—. Yo voy como tengo que ir.

—¿Así? ¿Hechos unos adanes? —se sorprendió ella—. ¡Venga, hombre!

—Eh, que esta sudadera cuesta un potosí —aclaró Lucho.

—¿Y eso qué tiene que ver? Hablamos de adecuación, no de precio —Mila no iba a consentir que nadie confundiera conceptos en su presencia.

Otra vecina decidió mediar y terminar con aquello. No era plan de perder el tiempo en naderías cuando no les sobraba.

—Cada cual que vista como quiera. Venga, en marcha las sillas que se nos echa la hora encima y todavía hay mucho que hacer.

Nadie se atrevió a contradecirla. Subieron a la cota 1200. Una hora después, la alfombra de agujas de pino estaba también lista; deslumbrante, de hecho. Florita y Raquel remataban muy cerca los adornos de los bancos. Raquel había notado que su amiga bostezaba más de lo habitual.

—Has dormido poco, ¿eh?

—Sí, un par de horas más me hubieran venido bien.

—Normal, en estos días de tantos nervios no se descansa bien.

A Raquel no le pasó inadvertido el gesto esquivo que se dibujó en la cara de Florita. ¿Qué pasaba?

—Flori.

—¿Sí?

—¿Por qué no has dormido? —preguntó divertida.

La chica sonrió. «Uyyy, maaadreee», pensó Raquel. Florita miró a izquierda y derecha y la agarró del brazo para alejarse un poco.

—¡¿Qué pasa?! —insistió su amiga.

La economista sonreía ya sin ambages.

—Es que... Cosme y yo hemos pasado la noche juntos. ¡Hemos vuelto! —le espetó susurrando a gritos.

Raquel se llevó las manos a la cara impresionada antes de abrazarla fuerte. No se lo esperaba en absoluto. Días atrás, Florita le había dejado entrever que el episodio de Milán había dado la última puntada a aquella historia.

—Pero ¿cuándo? —preguntaba la rubia sin salir de su asombro.

—¡Ayer! Hablamos mientras preparábamos el altar y, bueno, aquí estamos.

—¿Estás segura de esto, Flo? —preguntó la rubia con interés. No quería verla sufrir.

—Del todo —confesó ella.

—Me alegro. ¿Qué te hizo cambiar de opinión?

—Supongo que su traslado.

—¿A dónde? —preguntó atónita Raquel mientras Florita asentía.

—¡Aquí! Se viene la próxima semana. ¿Te lo puedes creer? Yo lo miro y todavía me pregunto cómo ha podido hacer algo así.

—¡Vaya con Cosme! Me alegro un montón.

—Pues imagínate cómo me quedé yo. Me lie la manta a la cabeza y pensé: «¿De verdad voy a rechazar a este pedazo de hombre? ¡Ni de coña!».

Las dos amigas rieron con complicidad.

—¿Y dónde habéis dormido? —preguntó Raquel.

—En su casa.

Cuatro años atrás, la casa de Cosme también les había visto meterse juntos en la cama por primera vez. La historia se repetía.

—¿Y Fede y Marcelina? —preguntó extrañada la rubia—. ¿No estaban?

—Bueno, sí —confesó Florita un tanto avergonzada—. Pero surgió y no teníamos otro sitio al que ir.

Algo tan audaz era más propio de Sofía. De hecho, la periodista podría llenar un libro con sus andanzas amorosas. Pero la buena de Flori no hacía esas cosas. Por eso, los ojos de Raquel estaban a un paso de salirse de las órbitas.

—¡Venga ya!

—Que sí, que como llegamos tarde, ya estaban acostados cuando entramos. Además, la habitación de Cosme está en la planta baja y sus padres duermen en la tercera.

—Vale, pero, de todas formas, vaya cuajo tenéis. ¡Ni de coña me meto yo en casa de un tío estando sus padres dentro!

—Pues te aseguro que ha merecido la pena —sugirió Florita con picardía.

Poco más podía decir. Tratar de resumir las dos horas de sexo en la habitación de Cosme era una tarea hiperbólica.

—Aún me tiemblan las piernas y no descarto repetir esta noche.

Raquel se llevó un dedo a los labios.

—¡Shhh! ¡Calla! Que como te escuchen le van a ir con el cuento a Marce y se te acabó el plan.

—También es cierto.

Las dos amigas se fundieron en un abrazo de esos que solo da la familia que se elige.

Ajena a todo, Lola se despertó relajada y serena. Estaba de buen humor y tenía ganas de salir corriendo hacia la iglesia a darle el «sí quiero» a Lucas. Parecía que el mal fario de la víspera había quedado atrás y se disponía a disfrutar del momento. ¡Qué caray! ¡Era su boda! Tenía que reconocer que la imagen del vestido frente a su cama le ayudaba a encarar la situación con mejor ánimo. «Tengo el traje de novia más bonito del mundo. Este, sí». Era curioso, pero sentía que aquella prenda llegada en el último momento era el vestido con el que había soñado toda la vida. Con él se sentía mucho más Lola que con el que había comprado. Podía parecer una locura, pero al probárselo había notado que las piezas encajaban y se lo tomó como un buen augurio. La pregunta era: ¿qué hacer con el otro vestido? Ya lo había pagado y al estar arreglado no iban a permitirle devolverlo. Tenía que darle una vuelta a aquello.

En aquel momento, Dori y Mariano entraron en la habitación con una bandeja de desayuno que habían preparado para los tres.

—¡Viva la novia!

—¡Vivaaa!

Los tres rieron con ganas y comenzaron a untar la mantequilla en el pan. Les encantaban aquellos desayunos en familia. «Lo que voy a echar de menos esto», pensó Lola. La verdad era que se había centrado mucho en lo que tenía por delante, pero poco en detalles como aquel, que la boda iba a dejar atrás. «Bueno, siempre puedo venir a dormir las noches que Lucas tenga trabajo». Aquella promesa hizo que se sintiera mejor.

—Mamá, si quieres podemos hacer ahora la comida y así luego no tenemos que andar corriendo. Preparamos algo sencillito y listo.

Los padres de Lola no habían pensado en qué decir sobre ese menester. Dori estuvo a punto de soltar una carcajada pensando en la cantidad de comida que los esperaba en la estación, pero Mariano estuvo rápido.

—No te preocupes. He hablado con los padres de Lucas y tomaremos unas tapas en el bar. No será un banquete, pero así no tendremos que cocinar un día como hoy.

Lola ladeó la cabeza dando el visto bueno al plan.

—No lo había pensado, pero no es mala idea.

—Nena, acaba ya y dúchate, que hay que empezar a prepararte —dijo Dori mientras Mariano se llevaba la bandeja a la cocina—. ¿Has pensado cómo te vas a peinar?

—Ahí ando, dándole vueltas aún.

Madre e hija se quedaron mirando el vestido.

—Yo creo que le va un recogido alto.

Lola trató de visualizar la propuesta de su madre. «Hombre, a mí me favorece retirarme el pelo de la cara». Dori siguió:

—¿Quieres que te haga uno? No se me dan mal los peinados. Llevabas las mejores coletas de la escuela.

«Tampoco había muchas más», recordó la novia. Lola pensaba peinarse ella misma, pero, llegado el momento, le daba pereza. No había valorado jugar la carta de Dori, pero al verla sobre la mesa le pareció estupenda. «La verdad es que no estoy como para ponerme ahora con las horquillas».

—¡Me encantaría, mamá!

Recompensada tras el feo a su vestido de novia, Dori se fue a buscar la cesta de los peines.

Montaña arriba comenzaban a sonar los primeros acordes de las gaitas de boto. El instrumento había sido la piedra angular de las fiestas aragonesas durante siglos. Su uso se había perdido, pero a finales de los setenta se había recuperado con brío. En Santa Manuela había cuatro gaiteros que se ofrecieron a amenizar la ceremonia. Aquel sonido tan regio acompañaría a Lola hasta el altar. Mila trataba de coordinarlos.

—Chicos, ¿no podéis tocar alguna conocida para que cantemos todos?

—Mila, no somos una charanga —razonó Chusé mientras los volantes de colores que recubrían la gaita ocultaban su mano izquierda.

—Ya, ya lo sé, pero me resulta un poco raro. Yo estoy más acostumbrada a misas con guitarra.

Hortensia llegó en el mejor momento.

—Nada como un pasillo de gaitas para estas cosas, mujer.

Yo fui a una boda en Cangas de Onís en la que hicieron uno y aquello fue canela en rama. Precioso. Elegante y emocionante. Imagínate aquí, con las montañas tan cerca potenciando el sonido. ¡Toda una experiencia!

Mila pareció impresionada por el comentario.

—Hortensia, con el mundo que tiene usted, yo me creo lo que me diga.

—Chicos, seguid ensayando, por favor.

A pocos metros, el telesilla comenzaba a dejar en el lugar de la ceremonia a los vecinos que iban llegando para asistir a la boda. Cosme fue de los primeros. Con paso firme, se dirigió hacia donde Florita y Raquel terminaban de adornar los bancos. Sin pensárselo dos veces, cogió a su novia de la cintura y la besó delante de todo el mundo. «Que se sepa. Y cuanto antes», pensó el chico. Aquello no iba a ser un problema; Mila estaba a escasos metros y no había perdido detalle. Al momento, cruzó la mirada con otra vecina. El comentario les salió solo.

—Parece que estos están juntos, ¿no? —dijo una.

—A ver cuánto duran esta vez —sentenció Mila mientras le enviaba un mensaje de WhatsApp a su hija Alicia para informarla convenientemente de lo que acababa de ver—. Muy guapo es este chico. No digo más.

—Bueno, ella es muy agradable.

—Y él ha debido *agradar* a todo el norte de Italia —respondió Mila con retintín—. Lo sabe todo el pueblo. Mira que quiero a Marce, pero Cosme es lo que es.

—La gente cambia.

—Ya veremos —zanjó Mila sin levantar la vista del móvil.

Enviado el mensaje, miró a su alrededor. Le pareció que el esfuerzo de la tarde anterior había merecido la pena. No concebía mejor escenario para una celebración. Todo lucía impecable.

La viuda, por su parte, había llegado con su furgoneta hasta el pie del telesilla y comenzaba a descargar los bizcochos.

—¿Cómo lo hacemos, Vicenta? —preguntó el chaval que coordinaba el ascenso.

—Pues creo que lo mejor será parar el mecanismo. Después, colocamos una caja a un lado, otra al otro y yo me siento en medio, sujetándolas.

—Vale. Aviso arriba para que hagan lo mismo cuando llegues. No te va a dar tiempo a descargar todo de un salto.

Teo y Melitón organizaban la comida. Todo debía estar preparado para poder cocinar en el menor tiempo posible. Un grupo de diez voluntarios echaría una mano tanto en la preparación como en el servicio. Raquel tomaba el telesilla de regreso al pueblo para empezar con las fotos mientras asimilaba las novedades de Cosme y Florita. Las Royas regaban las plantas para que lucieran óptimas. Todo estaba a punto. Por fin. Lo habían conseguido y en menos de veinticuatro horas. Isaías estaba orgulloso de su gente.

Miguel había quedado con el alcalde en que estaría a las once al pie del telesilla.

—Ten en cuenta que tenéis vuestros buenos diez minutos de subida y que habrá que hacer tiempo recibiendo a la gente —calculó Isaías.

—Sin problema. A las once estaremos allí.

Faltaba una hora cuando en casa del novio se empezaron a vestir. Miguel estaba intentando convencer a su hijo para que se arreglara un poco.

—¿Dónde se ha visto un novio con esa pinta, hijo mío?

—Pues no veo por qué no.

—Pues porque no es plan. ¡Una cosa es que no haya banquete y otra que tu madre entre en la iglesia del brazo de un tío que lleva una camiseta de Los Ramones! Haz el favor, anda.

Lucas terminó por ceder y se puso una camisa, corbata y americana, pero no renunció a los vaqueros. Fran le hizo una videollamada. Quería compartir con su amigo aquella jornada, aunque estuviera a 2000 kilómetros.

—Estás hecho un lord, Luquitas —reía Fran desde el salón de su apartamento.

—¡Venga, no seas cabrón!

—Tío, me voy a acordar mucho de vosotros hoy. Lo peor de vivir fuera es no poder estar en fechas importantes. En serio, no voy a dejar de pensar en ti y en Lola.

—Yo también te voy a echar de menos, amigo. Pero mira.

Lucas le quitó la chincheta a una fotografía que tenía clavada en un corcho en su habitación. La instantánea mostraba a los dos amigos con sus bicis tras una ruta de montaña. Lucas la dobló y la metió cuidadosamente en el bolsillo interior de su americana.

—Hoy no te vas a perder nada. Te llevo conmigo —dijo guiñándole un ojo.

En la otra habitación, Presen acusaba los nervios y comenzó a llorar mientras se vestía. Cuando la escuchó sollozar, Lucas colgó y entró presto en la estancia.

—Mamá, tranquila —dijo cogiéndole la cara y dándole un sentido beso en la mejilla.

—Es que me da sentimiento, cariño. No todos los días se te casa un hijo.

Lucas abrazó a su madre y la besó en la frente. No podía quererla más. Sus padres habían estado a su lado siempre, apoyándolo en todo, y le preocupaba que se sintieran apartados en ese momento.

—Mamá, mírate: eres la madrina más guapa del mundo. Tienes que dejar de llorar para que pueda llevarte del brazo bien estirada y poder presumir de madre.

—¡Ay, presumir! ¡Qué cosas tienes! —comenzó a reír Presen.

—Venga, termina de vestirte que vamos a llegar tarde.

Raquel no había fotografiado a mucha gente. Era bastante inexperta en fotografía social, así que para intentar estar a la altura del inesperado rol que le habían asignado, decidió consultar con un fotógrafo que conocía mientras bajaba en el telesilla en dirección a casa del novio.

—Ramiro, ¿te pillo bien?

—Regular, pero bueno.

—¿No te tocará boda hoy?

—Preparando la bolsa de las cámaras estoy. ¿Qué quieres?

La chica le explicó el papelón que tenía por delante y Rami trató de darle varias nociones básicas de modo exprés. A pesar de lo que concretó, había mucho que contar, así que al final Raquel se pasó un rato dando vueltas alrededor de la casa de un Lucas que no se imaginaba nada.

—Y recuerda: no pueden faltar fotos de los invitados sin posar. Haz muchas. Son las fotos en las que mejor salen.

—OK. Tomo nota, *crack*. Me has salvado la vida.

—De nada. Y si no te aclaras con la luz, dame un toque. Esos fallos tienen difícil solución cuando retoques.

Poco después, Raquel llamaba al timbre de la casa de Lucas.

—¿Qué hace el novio abriendo la puerta? —le preguntó con una gran sonrisa mientras le daba dos besos.

—¿Y tú qué haces aquí, pequeñaja?

—Nada, que, como este trasto hace buenas fotos, he pensado que a lo mejor os gustaba tener algunas.

A Lucas le pareció una idea estupenda.

—¿De verdad? ¿No te importa?

—Que no, pesado, que yo encantada.

—¡Lola va a respirar cuando te vea! Está muy cansina con lo de las fotos —dijo el chico recordando la poca gracia que le hacía a su novia no tener fotógrafo profesional.

—Las cosas hay que recordarlas —sugirió Raquel.

—Las cosas hay que vivirlas.

Presen insistió en prepararle algo para tomar pese a estar vestida de madrina.

—¡No te líes, Presen! Me haces más favor si te pones ya los pendientes y empezamos a hacer las fotos, que aún tengo que ir a casa de Lola.

—Venga pues.

Siguiendo los consejos de Ramiro, Raquel le dijo a Presen que peinara al chico, como cuando era niño. La madre tiró de peine con una sonrisa.

—¡Qué malos pelos has tenido siempre, hijo mío! Estos dos remolinos te han complicado la vida desde que naciste.

—¡Ay, mamá! —protestaba Lucas a pesar de estar encantado viéndola lidiar con su cabello.

Raquel disparaba sin cesar, una y otra vez. Comprobaba las imágenes en la pantalla y le gustaba lo que veía. Al terminar, revisó las instantáneas y sonrió: el resultado era mejor de lo que esperaba, lo que le dio mayor seguridad.

—Presen, colócate el tocado, y Lucas, tú mírala apoyado en esa esquina. ¡Voy!

Clic, clic, clic, clic. Juntos, separados, poniéndose los zapatos, Media hora después, Miguel dio la voz de alarma.

—¡Se ha hecho tarde! ¡Tenemos que irnos ya!

El telón se levantó en cuanto la familia atravesó el umbral de la vivienda. La iglesia, el lugar en el que se suponía que iban a casarse, estaba hacia la derecha. El telesilla, a la izquierda. Cuando Lucas vio a sus padres correr en dirección contraria, se dio cuenta de que pasaba algo.

—Pero ¿qué pasa? ¿A dónde vais?

Miguel se giró y se dirigió a él con una sonrisa.

—Pues pasa que vas a tener una gran boda. No la que habíais planeado, pero sí una maravillosa. Los vecinos se han dejado la piel para que hoy no os falte de nada. Tú déjate llevar.

De pronto, Lucas lo entendió todo. Él sintiéndose abandonado a su suerte, tumbado en su habitación sin hacer nada, mientras sus paisanos tiraban de galones y plantaban cara a la situación. Intentó pensar en algo que decir, pero no pudo. Únicamente fue capaz de sentir los dos lagrimones que se le escaparon y un sentimiento de agradecimiento y emoción le reventaba en el pecho. Presen tuvo que sacar un pañuelo para ella.

—No puedo contarte más. Tendrás que ir descubriendo cada cosa en su momento. Solo te digo que no te casas en la iglesia y que nos esperan en el telesilla. ¡Vamos!

Raquel no perdió detalle y dejó constancia gráfica del momento con otra batería de fotos. Echaron a andar mientras el impresionado novio trataba de asimilar lo que acababa de escuchar.

—No sé qué puedo decir. ¿Lo sabe Lola?

—Tampoco, pero se enterará enseguida.

Dori se peinó y maquilló la primera. Luego, sentó a Lola en una silla en medio de su cuarto y comenzó a cepillarle la frondosa melena. Desde jovencita le habían apasionado los recogidos y se le daban bien.

—Me da no sé qué verte tan ocupada un día en el que tendrías que dedicarte a disfrutar, mamá.

—Tú tranquila, estoy disfrutando. Sabes que me gusta hacer esto. Vete pasándome horquillas cuando te diga.

Lola y su madre habían elegido juntas una coleta alta con volumen, muy años sesenta. Nada de recogidos historiados. Dori no necesitó demasiado tiempo para terminar.

—¿Cómo te ves? —le preguntó ilusionada a su hija mientras esta se levantaba para acercarse al espejo.

—¡Ay! Pues muy bien. ¡Me gusta mucho! —respondió Lola.

Dori se sintió mejor después de aquellas palabras. «Menos mal. No sabré comprar vestidos, pero parece que peinar, sí».

—Lo que lloraría tu abuela si pudiera verte, cielo...

—Ya... —respondió con ternura la novia.

—Y la bisa Claudia, con lo que te quería...

—Sí...

El recuerdo de las dos mujeres hizo que se emocionaran, pero no tenían tiempo para mucho. Dori recondujo la situación.

—Bueno, maquíllate mientras me visto y te ayudo con el vestido.

Entretanto, Lucas se estaba acercando al pie del telesilla. A medida que se aproximaba, los vecinos comenzaron a vitorearle.

—¡No hay novio más guapo!

—¡Oleee!

Lucas agradecía la buena intención de sus paisanos, pero no dejaba de sentir un poco de pudor.

—Pero ¿qué es todo esto, papá? ¿Qué habéis hecho? —preguntaba emocionado.

—¡Pues aún no has visto nada!

A pocos metros, Raquel disparaba sin cesar. Tenía que ser rápida para captar cada movimiento. Las escenas caducaban a cada segundo. Le estaba pillando el gusto.

—¡Raquel, gracias! ¡Que nos vamos ya! —dijo Miguel haciéndole un gesto con la mano.

—Espera, que os hago fotos subiendo y me voy a casa de Lola.

Había renegado mucho de la fotografía de eventos, pero lo cierto era que los retratos botánicos no le habían dado tantas satisfacciones.

Dori descolgó la percha de la barra de las cortinas y, con mucho cuidado, bajó la cremallera del vestido.

—Levanta los brazos que voy.

—¡Venga!

La madre de la novia colocó el vestido sobre la cabeza de Lola y dulcemente lo fue pasando sobre su cuerpo.

—¡Qué maravilla! Tiene un tacto divino, mamá.

—Las cosas buenas es lo que tienen. ¡Lo antiguo que es y lo bien que sigue luciendo esta tela! Debió de costar una fortuna. También ha estado muy bien cuidado.

—Es que solo con pensar que Balenciaga tocó este vestido ya me pongo nerviosa.

—Qué suerte hemos tenido, niña. Menudo favor nos ha hecho la marquesa.

Mariano observaba la escena apoyado en el marco de la puerta. No sabía cómo era el otro vestido, pero le parecía imposible que fuera mejor que el que su hija llevaba puesto. Allí estaba, su niña pequeña vestida de novia. ¡Cuánto orgullo sentía! ¡Cómo lo estaba disfrutando!

Dori se acercó a la cómoda, sacó los zapatos de la caja y se los acercó a los pies.

—Menos mal que nos llevamos los accesorios de la tienda. Si llegamos a dejarlos allí, te casas en chanclas.

—Pues estuve a punto de decirles que me lo trajeran todo junto. Me quedaba más tranquila.

—Sujétate a la silla y mete el pie derecho.

—Sí.

—Mariano, ve sacando el coche que Raquel está al llegar y luego iremos con prisa.

—¿Raquel? —preguntó Lola.

La montaña rusa de emociones estaba a punto de empezar para Lola.

CAPÍTULO 18

—

LA BODA

Lucas estaba disfrutando como nunca el ascenso a la cota 1200. Los diez minutos de trayecto en telesilla le estaban sirviendo para relajarse y poder saborear la felicidad que sentía. No tenía ni idea de lo que le aguardaba arriba, pero una cosa estaba clara: si lo hacían sus vecinos, sería algo bueno.

Por lo pronto, resultaba curioso ver a padres e hijo vestidos de gala en un telesilla al que habitualmente la gente subía con trajes de esquí. Solo esperaba no engancharse con ningún saliente del mecanismo.

—Levanta la barra —dijo su padre.

Lucas miró hacia arriba y vio cómo en lo alto de la montaña se dibujaba el apeadero. El recorrido estaba a punto de terminar. Detrás estaba la sorpresa que le habían preparado sus vecinos. Sentía un subidón tremendo que le impedía mantener las manos quietas sobre la barra. Las iba cambiando de un sitio a otro de forma alternativa.

Las casas de Santa Manuela tenían muros de piedra y tejados de pizarra. Así lo exigía la normativa de construcción de la zona para minimizar el impacto visual de las construcciones y respetar las tradiciones locales. Lola las veía pasar tras la ventanilla trasera del coche de su padre, aquel en el que siempre soñó llegar a la iglesia. Le extrañó no ver a nadie por la calle. «¿Estarán todos dentro ya? Siempre les cuesta entrar», pensaba.

Lo primero que vio Lucas al descender del telesilla fueron los bancos escrupulosamente alineados frente al altar.

—¡¿Pero...?!

No entendía nada. Sus padres sonreían. Él no podía dejar de mirar a todos lados recabando detalles: las macetas, don Blas, la alfombra de agujas de pino, Mila y su pamelón, sus amigos... No podía pedir más. Estaba absorto. Isaías fue el primero en hablar.

—¿Qué? ¿Te gusta?

—Me parece una pasada, de verdad. Es que no sé cómo habéis podido hacer esto. ¿Cuándo empezasteis?

—Ayer por la tarde.

—Idea del alcalde —apuntó Mila.

—No podía dejar que mis chicos se casaran de cualquier manera. Para eso estamos los vecinos, ¿no?

—¡Y vosotros lo sabíais y no me habéis dicho nada! —dijo Lucas girándose hacia sus padres.

—Tenía que ser sorpresa —explicó una Presen hinchada como un pavo por la emoción.

En ese momento, sonó el móvil del novio. Era Sofi. Videollamada. Lucas descolgó emocionado. No le dio tiempo a saludar.

—¡Pibón! ¡Estás muy guapo!

—¡Bueno! Muchas gracias —respondió Lucas acostumbrado al entusiasmo de su compañera de andanzas por Madrid.

—Anda, aparta del medio y déjame ver la que han liado estos.

—¿Tú también lo sabías?

—¡Pues claro!

El chico giró el teléfono y le mostró el despliegue.

—¡Tremendo! Está precioso, Luquitas.

—Os voy a echar mucho de menos.

—Y nosotros a ti.

Lucho paralizó las conversaciones al salir corriendo del interior de la cafetería.

—¡Atención! Novia subiendo. Me acaba de llamar Raquel. Todo el mundo a sus puestos. ¡Tenemos el tiempo justo!

—¡Corto, Sofi! —dijo Lucas un segundo antes de guardar el teléfono en el bolsillo.

Don Blas adelantó al novio y a la madrina a la carrera mientras se dirigían al altar. Cosme le levantó el pulgar desde la bancada y este sonrió. «Vamos allá». En ese momento recibió un mensaje de Oriol, su amigo de la facultad: «A ver si no la cagas esta vez, ¡inútil! Enhorabuena».

—¡¿Quieres apagar el teléfono, por favor?! —ordenó Presen.

Los gaiteros formaron a la entrada del pasillo nupcial. Mila tuvo que abrirse paso a codazos hasta una posición desde la que tuviera buena visibilidad para poder seguir el desarrollo de los acontecimientos. Hortensia comenzó a sentir mariposas en el estómago, mientras que Florita estaba al borde de la taquicardia. ¿Qué cara habría puesto su amiga al enterarse de todo? Solo esperaba que no se enfadara con ella por no haberle dicho nada. «Yo solo quería mantener la sorpresa».

Raquel saltó ágilmente del telesilla, se colocó al borde del camino y dio la señal a los gaiteros, que comenzaron a tocar la melodía de *Aquellas montañas,* una pausada y elegante canción de amor montañesa en la que el amante añora a su amada, que se encuentra al otro lado de los Pirineos. Ante los presentes, apareció una Lola deslumbrante con su vestido blanco.

—Pero ¿de dónde lo ha sacado? ¡No dio tiempo a que llegara el suyo! —preguntaba Lucas a su madre.

—Hoy lo imposible es posible, cariño. Hazme caso.

Lola se sentía la protagonista de un cuento de hadas. Por un momento, le pareció ver a todo el mundo borroso. Creyó flotar.

—Luego nos vemos, cielo.

Dori se despidió de su hija tras colocarle bien el vestido y se encaminó hacia la primera fila para sentarse en el lugar que tenía reservado. Tere la Roya estaba esperando a la novia para entregarle su ramo.

—¿Ramo y todo? ¡Es una preciosidad! ¿Lo has hecho tú, Tere?

—Con flores de mi jardín —respondió orgullosa—. Esta misma mañana las he cortado, para que estuvieran bien frescas.

—¡No puede gustarme más! ¡Y qué bien huele! Mil gracias —respondió la novia con una gran sonrisa.

Del interior del edificio salieron sus alumnos alineados y en parejas tirando pétalos de flores silvestres sobre el suelo que segundos después ella misma pisaría. «¡Me los como! ¡Qué bonitos! —pensó Lola—. ¡Y qué formales!».

—Vamos.

Lola miró a Mariano con un amor inmenso. Padre e hija caminaron pisando fuerte sobre la alfombra que sus vecinos habían creado para ella. Algún tramo de superficie más irregular les hizo desnivelarse un poco, pero la cosa no pasó a mayores. Debía avanzar, pero lo cierto es que Lola hubiera querido abrazar a cada uno de los asistentes para darles las gracias por tanto amor. El corazón se le salía del pecho. Notaba en la cintura el tacto de las cintas de la bisabuela Claudia. Sabía que ella estaría mirándola contenta desde alguna parte. Todavía no se creía que sus vecinos hubieran detenido sus vidas durante dos días para que ella pudiera celebrar su boda. ¡Habían trabajado tanto! ¿Cómo podría devolverles el gesto? Era increíble.

Florita estaba a pocos metros de Lola. La veía más que

preciosa, más que radiante... Feliz. A su lado, Cosme no le quitaba ojo a su chica. «¿Qué hacen estos dos de la mano?», se preguntó Lola. Las dos chicas se miraron y no pudieron evitar sonreírse y llorar emocionadas cuando sus miradas se cruzaron. «Espectacular», leyó Lola en los labios de su amiga. «Y tú», le respondió.

Al final del pasillo, Lucas llevaba un rato en trance. A medida que se aproximaba, la figura de Lola ganaba nitidez y pudo apreciar su belleza.

«Está impresionante. No hay otra más guapa», pensó. Aquella no era la primera vez que esperaba a una novia para casarse, pero ¡qué diferente era todo en esta ocasión! Se casaba rodeado de su gente. Estaba tan entusiasmado que cuando ya faltaban pocos metros para que Lola y Mariano llegaran al altar, se soltó del brazo de su madre y salió a recibir a la novia con un beso que despertó los aplausos de la concurrencia.

—¡Eres la novia más guapa del mundo! —le dijo al oído.

—Y tú el novio más zalamero —respondió Lola mientras lo miraba muy de cerca—. Y quiero que te vistas así más veces... ¡Me dan ganas de quitarte la ropa! —añadió guiñándole un ojo.

Don Blas sonrió encantado con el panorama que tenía delante. ¡Qué buena pareja hacían! Más que nunca, dio por buenas las tretas que habían sido necesarias para conseguir que aquella boda saliera adelante. «El *Jefe* sabrá perdonar estas cosillas —pensó—. Bien está lo que bien acaba».

—¡A ver, chicos, que ahora me toca a mí! Acercaos.

Don Blas comenzó la ceremonia, pero Lola no podía dejar de mirar a su novio. En unos minutos, aquel chico que de pequeña le apuntaba con el tirachinas se convertiría en su compañero de vida. Estaba guapo a morir. No podía imaginar compartir aquello con alguien mejor. Le agarraba la mano con tanta fuerza que Lucas tuvo que pedirle que aflojara un poco.

—¿Ves? Esto con un coro sería otra cosa. Los gaiteros están bien, pero falta algo —decía Mila a Melitón, que se había sentado a su lado para poder comentar.

—¿Y de dónde íbamos a sacar un coro en estas circunstancias, calamidad?

Ella levantó un poco el pecho y la barbilla antes de seguir hablando.

—Está mal que lo diga, pero yo podía haber hecho un papelón.

—¿Sabes cantar? No te he oído en mi vida.

—Porque una tiene su modestia y no le gusta darse aires, pero no sabes el talento que se ha perdido la música.

—¡Venga ya! —decía el carnicero sin dar crédito.

—Lo que yo te diga. Como que me quiso llevar a Madrid el maestro de la Jurado. Con eso te digo todo. Tenía mucho futuro.

—Ya. ¿Y de qué conocías tú al maestro de la Jurado?

—Le llegaron rumores de mi arte y se puso en contacto conmigo. La gente hablaba. Hay cosas que no se pueden ocultar.

—Ya —respondió él sin mucha convicción.

—¡A ver si nos callamos que no se escucha! —dijo otro vecino que estaba sentado detrás de ellos.

Lola y Lucas estaban a punto de dar el consentimiento.

—Unid vuestras manos derechas, por favor —dijo don Blas.

Lola y Lucas se miraron con emoción, conscientes de que el momento cumbre había llegado. Habían visto casarse a amigos y familiares, lo habían escuchado en películas, pero en ese instante eran ellos los que debían responder.

—Lucas, ¿quieres recibir a Lola como esposa y prometes serle fiel en la prosperidad y en la adversidad, en la salud y en la enfermedad, y así amarla y respetarla todos los días de tu vida?

Lucas la miró una vez más. Era posible que la solemnidad

del rito hiciera dudar a algunos. Imponer, imponía, pero él lo tenía más claro que nunca. O Lola o nadie. Su respuesta evidenció su convencimiento y habló con rotundidad.

—Sí, quiero.

Lola respiró hondo. Era su turno. Don Blas se giró hacia ella.

—Lola, ¿quieres recibir a Lucas como esposo y prometes serle fiel en la prosperidad y en la adversidad, en la salud y en la enfermedad, y así amarlo y respetarlo todos los días de tu vida?

—Sí, quiero —respondió también ella.

—Pues nada. Que el Señor confirme con su bondad este consentimiento vuestro que habéis manifestado ante la Iglesia y os otorgue una copiosa bendición. Lo que Dios ha unido que no lo separe el hombre.

—Don Blas, ¿la beso ya? —dijo Lucas.

—Eso es en las bodas americanas. Aquí te esperas a que termine.

Florita sonrió satisfecha al ver a sus amigos ponerse las alianzas que les había regalado. Casarse era de las pocas cosas que Lola y Lucas harían sin sus amigos. A pesar de eso, los sentían en el altar junto a ellos, ayudándoles a dar el paso.

—Lucas igual tiene que volver a llevar su anillo a arreglar. Dijo que se lo seguía notando grande —le comentó a Cosme entre susurros.

—¿Y por qué no lo redujo más?

—Porque tardaban más días de los que faltaban para la boda.

Mila intentaba seguir la ceremonia mientras enviaba un mensaje a su hija Alicia.

¡Ay, cariño! ¡Qué bonito todo!
¡Estoy emocionada!

Guardó el teléfono y se acercó a Melitón.

—Ya tengo ganas de ver a Ali casándose.

—Pues mi sobrino parece que no se lo va a pedir —sugirió malicioso el tío de Fran.

—Ese chaval es tonto. Ni me lo nombres...

El sacerdote continuó la ceremonia. Hortensia elevaba la vista al cielo. «Fidel, qué bien lo está haciendo nuestro chico. Ya sé que no compartimos sangre, pero para mí tu hijo Miguel siempre ha sido un poco mío también. Míralo todo emocionado. Es un padrazo. Como lo fuiste tú. Lo miro y me parece verte a ti. Tiene tus ojos. Aquellos ojos tan dulces. ¡Ay, cómo me mirabas!». Cuando vio a los novios intercambiar las arras que Fidel le había entregado a ella tiempo atrás, los miró satisfecha. «Misión cumplida».

—Oye, ¿es cosa mía o huele a cerveza? —le preguntó Lola a Lucas.

—Sí, es un olor como amargo, pero... no puede ser. Es un altar. No puede ser cerveza.

Don Blas sonrió mientras pensaba que no era el momento de aclararles lo que había bajo la tela. Entretanto, Teo reorientaba el móvil para que Misteilor pudiera seguir la ceremonia desde su casa con los vídeos que le estaba enviando. Los años no perdonaban. No había podido subir a la estación a pesar del cariño que sentía por los chavales del pueblo. De pie, unas filas más atrás, Lucho observaba evolucionar a Raquel con la cámara de fotos. Ahora a la izquierda, ahora a la derecha, ahora hacia delante. Don Blas llevaba un rato con la mosca detrás de la oreja. Comenzó a escuchar un sonido que le resultaba familiar, pero que no terminaba de reconocer. No era el único.

—¿Eso que se oye no son ovejas? —preguntó Lucho a Florita.

—Juraría que sí. ¿Quién las tiene pastando por aquí?

Lucho se quedó pensando.

—Tomás, me imagino.

—¡Tomás! Pero las suele tener más arriba, ¿no?

No hubo tiempo para más especulaciones. Un rebaño de casi trescientas reses entró en tromba en la explanada donde se estaba celebrando la boda. La escena era de lo más surrealista. Nadie entendía cómo había podido producirse semejante situación. Los invitados se levantaron entre risas y los novios, felices, también se quitaron del medio. Raquel pudo capturar instantáneas realmente divertidas. Detrás de las ovejas apareció el sorprendido pastor que no entendía qué pasaba allí.

—Isaías, ¿desde cuándo se hacen bodas en la estación?

—Desde que el pueblo está medio inundado, hombre. ¿No te enteraste ayer de que veníamos?

—¡No! Estaba en el campo. Aún bajo ahora. Tengo alquilados los pastos de esta zona desde que se termina la temporada hasta que reabren la estación.

—¡Es verdad! No caímos, Tomás.

—Ya siento todo esto. Si rompen algo los animales, pásame la factura. No quiero importunar.

—¿Importunar? ¡Con las risas que nos hemos echado! —dijo Mariano, que se había acercado a saludar a su vecino—. Este golpe de efecto no lo olvidará nadie, hombre. ¿Por qué no dejas a los animales y te vienes a comer?

—¿Hay sitio para otro o vais justos?

—¡Vente, que hay confianza y comida!

—Luego vengo, ¡guárdame sitio!

—Hecho.

Tras la irrupción de las ovejas, no quedaba nadie en la zona de la ceremonia. Los propios novios estaban ya en la terraza del edificio de la cafetería hablando con los invitados. Solo don Blas permanecía tras el altar, pero, en vista de que nadie parecía necesitar el final de la ceremonia y teniendo en cuenta que lo importante ya estaba hecho, comenzó a guardar su instrumental. Dirigió una última mirada a los novios y dijo bajito: «Pues nada, que podéis ir en paz y eso».

Teo, Melitón y su cuadrilla de cocineros voluntarios decidieron que era el momento de ponerse manos a la obra. La idea era tener lista la comida en una hora. Cosme y Lucho fueron algunos de los que empezaron a meter los bancos en el edificio para que estuvieran listos cuando llegara la hora de comer. Las mesas las habían dejado preparadas Celia y otro grupo de vecinos la tarde anterior.

Raquel no perdió tiempo. Descargó la tarjeta gráfica de la cámara en su portátil. Eligió las mejores fotos y se las envió a Fran, Sofía y Alicia. Los tres estaban expectantes. «¡Qué envidia! Está todo ideal y ella, preciosa», pensó Alicia mientras seguía el desarrollo de la boda comiendo calamares en tempura con sus colegas en la valenciana calle Caballeros. Sofía recibió las fotos cuando preparaba un reportaje de última hora. Se quedó embobada mirando los rostros de felicidad de sus amigos. Y ella sin pareja desde hacía tiempo.

Novios, padrinos y padres estaban recibiendo las consabidas felicitaciones. «¡Qué boda tan preciosa, Dori!», decía una. «Un traje espectacular, Presen», comentaba otro. Lola había perdido de vista a Lucas y en aquel momento estaba abrazando a sus amigas.

—¡Vosotras lo sabíais todo, villanas! ¡Y cómo os callasteis!

—¡Tenía que ser sorpresa! —se justificó Florita.

—No hubiera sido lo mismo si hubieras estado al tanto de todo —razonó Raquel.

—Claro que sí. Hubiera subido a echar una mano ayer.

—¿Y dónde se ha visto que la novia prepare su altar? —soltó la rubia.

Florita llevaba un rato intentando preguntarle algo.

—Oye, si no te lo digo, reviento: ¿de dónde has sacado el vestido? El tuyo no llegó. ¡Me he quedado loca al verte llegar vestida de novia!

—Bueno, ¡esa es otra! Ayer por la tarde se presentó Hortensia en casa con él en un portatrajes.

—¿Así sin más? —dijo Raquel.

—Como os lo cuento.

—Pero vosotros casi no tenéis relación con ella, ¿no? —intentó averiguar la chica.

—Hola y adiós. Poco más. Pero, mira, dice que se enteró de que estaba sin vestido y que no se lo pensó.

—¿Ella se casó con ese modelazo? —inquirió Florita.

—Sí, hija. En la catedral de Jaca. Una boda *high class.*

—Pues es una maravilla, Lola. Mucho mejor que el otro —sentenció Florita.

—Es que es un Balenciaga original. Hecho en París por encargo.

—Tuvo que costar una pasta gansa —afirmó Raquel cerrando los ojos mientras movía la cabeza.

A lo lejos, Hortensia seguía la conversación de las chicas. No escuchaba bien lo que decían, su oído ya no era el que había sido, pero sabía que estaban hablando del vestido. Estaba sumamente complacida con el hecho de que supieran apreciar su regalo.

—¿Y qué tal como mujer casada?

Lola no ocultaba que para ella era un plus haberse casado la primera. Adoraba el cambio de estado civil.

—¡Genial! No sabéis qué sensación tan bonita. Es que es un sueño llegar, ver a tanta gente que te quiere, lo bonito que está todo, la emoción de ver a Lucas esperando en el altar... Ha sido maravilloso. No me imaginaba que pudiera sentirse algo así.

Lola cambió la mirada soñadora por otra más mundana y volvió a dirigirse a sus amigas.

—Ya veréis. En nada estáis vosotras viviendo lo mismo.

—¡Florita se ha adelantado! —se apresuró a sugerir Raquel con tono travieso.

La aludida se sonrojó hasta las orejas entre las bromas de sus amigas.

—¿Qué dices? ¿Con quién? —«Será con Cosme, claro», dedujo Lola—. ¿Con Cosme? —preguntó Lola fingiendo ingenuidad, pero sin ocultar su emoción.

—Eso parece —respondió Florita con timidez.

La novia buscó al chico con la mirada entre la multitud. Lo encontró saliendo del edificio cargando otro banco con Lucho.

—¡Bueeeno, chica! Ya nos puedes contar todos los detalles —reclamó Lola.

—Oye, no me agobiéis que acabamos de volver, pesadas. ¡A ver si lo vais a espantar!

—¡Ya te encargarás tú de que esto dure! —respondió Lola guiñándole un ojo.

Raquel no podía evitar sentir vergüenza ajena cuando Lola hacía comentarios de ese tipo. «Parece mi tía Consuelo».

Si Cosme hubiera besado a Flori en otro momento, a esta le habría faltado tiempo para ir corriendo a contárselo a sus amigas. «No todos los días le cambia la vida a una», consideraba la chica. Pero aquella era la fiesta de Lola y por nada del mundo quería desviar la atención de los demás. En cualquier caso, la lealtad hacia su amiga estaba más que demostrada, por lo que terminó por dejar salir las siete palabras que le quemaban en el pecho.

—Se viene a vivir a Santa Manuela —confesó Florita.

—¡¿De verdad?! —exclamó Lola.

—Sí —respondió rotunda moviendo los hombros con la chulería graciosa que la caracterizaba cuando se sentía en confianza—. Ese bombón dice que quiere estar cerca de mí. La semana que viene empieza con la mudanza. ¿Qué tal?

Raquel adoraba aquel rollo de Florita y no podía dejar de reír. Lola la miraba exultante. «¡Es tan noble! ¡Se merece tanto ser feliz!». No se podía creer la cantidad de cosas buenas que estaban ocurriendo. En ese momento, el móvil de Florita sonó. Era un mensaje de Alicia. Florita lo abrió con rapidez.

¡Floriii! ¿Vuelves con Cosme y no me dices nada? ¡Tía, que me he tenido que enterar por mi madre!

«¡Y de qué no se enterará tu madre, señor!», pensó la economista. Aprovechando que Raquel y Lola estaban de palique, la chica comenzó a mandarle fotos y mensajes a su amiga.

Con los bancos de vuelta en su sitio, la concurrencia había pasado al interior del edificio de servicios y había comenzado a dejar sus bolsos y chaquetas sobre las diferentes mesas habilitadas para el evento. Unos cuantos vecinos se habían metido tras la barra y estaban sirviendo un refrigerio a los asistentes: principalmente, vino de la tierra, cerveza y refrescos. Miguel y Mariano habían comprado la tarde anterior buena parte de las existencias del bar del pueblo, amén de contar con las aportaciones de otros valinos. Mila estaba junto a uno de los ventanales. Tenía un cabreo épico. El paso del rebaño de Tomás había dejado el prado sembrado de pequeñas bolitas negras que habían quedado expuestas al retirar los bancos.

—¡Qué asco, por favor! ¿Cómo vamos a bailar ahí luego?

—Con dos copas se baila donde sea, Mila —reía su marido, Javier.

—En mis tiempos se bailaba en la plaza del pueblo, y cuando no habían pasado las ovejas, habían pasado las vacas, así que limpio limpio nunca estaba —dijo Hortensia entrando en la conversación con dulzura.

El día anterior había abandonado su aislamiento voluntario y estaba más feliz de lo que lo había estado en años. Trataba de evitar que le hicieran daño con comentarios malintencionados, pero, hasta donde había visto, nada de aquello parecía que fuera a producirse. Al contrario, la gente le había abierto los brazos.

—Ay, Hortensia, lo que tiene que hacer es venirse con nosotros a tomar café y a jugar a las cartas, que lo pasamos muy bien. Nos juntamos muchas tardes —invitó Mila cogida de su brazo.

—Pues sería bonito, sí. Me apetece mucho. Si no os molesta una vieja...

—¿Vieja? ¡Si está usted divina! Y nos puede contar muchas cosas de cómo era el pueblo antes. —De hecho, Mila tenía ya en mente unas cuantas cuestiones de la generación de la marquesa que le generaban una curiosidad que posiblemente ella podría satisfacer. Eran chismes con solera.

—Es usted una memoria viva del pueblo —apuntaló Javier.

Hortensia, por primera vez en mucho tiempo, se sintió querida. Sintió que era importante para sus vecinos.

En la cocina se trabajaba a contrarreloj. Melitón no daba tregua a la barbacoa y Teo vigilaba las migas como una profesional. Habían visto crecer a Lola, la querían como a una hija y anhelaban que aquel plan b que habían puesto en marcha tan solo veinticuatro horas antes saliera bien. Teo deseaba que su Lolita, como le gustaba llamarla, tuviera un gran recuerdo de aquel día. Pensaba que sus migas a la pastora no estaban a la altura de un menú de boda, pero lo que no podrían darle en ningún otro lado era el cariño que estaba poniendo en cada porción de pan.

—¡Por los novios!

—¡Venga!

Lucas, Cosme y Lucho levantaban sus cervezas para brindar. Hacía casi dos días que no coincidían y tenían ganas de verse y pasar un rato juntos.

—Chavales, no me creo el jaleo que habéis montado. Sois unos fenómenos —soltó Lucas.

—El problema es que con la carretera cortada no han podido venir chavalas de fuera —se lamentó Lucho—. Por cierto, Lucas, tenías que habernos visto ayer por la tarde subiendo a toda velocidad por Montemorado para poner en marcha el telesilla. Una auténtica contrarreloj. Tengo los gemelos machacados.

—Sí, subieron, ¡con perro de presa y todo! —bromeó Cosme.

—¿Qué perro? —preguntó Lucas extrañado.

—¡Mila! —respondió desatando la risa de los tres amigos—. Cada diez minutos llamaba: «Hijo mío, ¿por dónde vais? ¿Os falta mucho? ¡Que estamos todos esperando, leñe!» —parodió Lucho imitando la voz de Mila y simulando un teléfono junto al oído con la mano derecha.

—Mi duda es si estaba ansiosa por comenzar a trabajar o por tener más detalles —dijo Cosme—. Lo suyo es incontinencia verbal. Te ve y te fríe a preguntas. ¿No habla en su casa o qué?

—Por no decir que tiene la misma energía a las siete de la mañana que a las once de la noche —amplió Lucas.

El grupo volvió a reírse con ganas ante las peculiaridades de la madre de su amiga Alicia, pero, cuando quedaron de nuevo en silencio, Lucho tomó la palabra.

—Es muy bruja, muy cotilla, pesada como ninguna, pero también es cierto que es muy buena persona. Cuando se enteró de lo que os había pasado, le faltó tiempo para tomar las riendas y ayudar. Se ha dejado la piel.

—Eso es verdad —convino Cosme—. Y ha sufrido por todo como si fuera tu madre.

—Si es que se hace querer —dijo Lucas.

—En el fondo, es un trozo de pan —añadió Cosme—. Un pan metomentodo, pero pan al fin y al cabo.

Los tres estallaron en carcajadas y brindaron de nuevo, esta vez por la vecina más pelirroja y más alcahueta.

El trabajo en cocina estaba listo, con lo que los encargados sacaron las fuentes con la brasa y una de las paelleras a la sala principal. Luego, formaron dos colas para que la gente empezara a servirse.

—A estos no les sirvo, pero a ti sí —dijo Melitón cuando le llegó el turno a Lola.

—¡Qué amable! Muchas gracias. Pedidme lo que queráis que os lo habéis ganado.

—Pues que te comas todo —respondió Teo.

—¡A la orden! ¡Menuda pinta! —soltó Lola.

Una vez con el plato en la mano, se dio cuenta de que ni sabía dónde debía sentarse ni dónde estaba Lucas. Se sentía tan feliz que se había despreocupado de todo. Al fondo de la sala, alguien se dio cuenta.

—¡Eh! Lola, aquí, te hemos guardado sitio —dijo Raquel desde una mesa redonda en la que se habían sentado parte de los amigos.

—¡Estáis en todo! No me apetecía estar con nuestros padres, la verdad. Hay tanto que comentar que prefería quedarme con vosotros. ¿Hay sitio para todos?

—¡Sí! Hemos calculado que entramos seis bien.

—¿Dónde están? ¿En la fila?

—Sí, unos en la fila, otros fuera... Ahora vendrán y empezamos.

Florita y Cosme no estaban ni en un lado ni en otro. Llevados por los efluvios del vino y la cerveza que habían tomado en el aperitivo, se habían localizado mutuamente en la distancia del comedor mientras cada uno charlaba en un corrillo distinto. Tras varias sonrisas cómplices, ella tiró de móvil:

¿Qué te parece ahora?

Enviar. Sujetó el teléfono nerviosa, esperando anhelante la respuesta. ¿Le resultaría infantil? Al verla escribir, Cosme se mantuvo pendiente de la pantalla. Florita vio cómo el chico sonreía al leer su mensaje y comenzaba a escribir la respuesta:

Te espero junto a la sala de máquinas.

Uno y otra se disculparon con sus respectivos grupos y salieron en dirección al punto acordado. Una vez allí, Cosme la tomó de la mano y la llevó a la arboleda que había detrás del edificio auxiliar.

—No quiero que nos interrumpan.

A Florita le gustó que él tomara la iniciativa.

—Igual te despeino.

—No me importa.

Se tumbaron sobre el césped y dieron rienda suelta a los sentimientos que cada uno despertaba en el otro. Se devoraron con furia. Florita se agarró a su espalda con el ansia del que desea mientras le pasaba las piernas alrededor de las caderas. Cosme no la defraudó. Se entregó en cada beso, en cada caricia, en cada movimiento. Su cuerpo estaba diciendo mucho más de lo que decían sus labios. Él quería actuar con prudencia, pero no podía. Aquella chica lo volvía loco. Solo deseaba fundirse con ella, hacerla estremecer, oírla mientras se rompía en dos y dárselo todo. Cuando terminaron, tardaron en hablar. Ambos estaban sin aliento, pero aquellos minutos de intimidad habían merecido la pena. Estaban recuperando el tiempo perdido. Cosme tomó la palabra.

—Me he destrozado las rodillas con las agujas de pino —confesó entre risas.

—Pues ahora te vas a destrozar la espalda... —sentenció ella.

Y con un movimiento rápido se colocó sobre él.

CAPÍTULO 19

—

EL BANQUETE

En el comedor, los chicos estaban ya sentados a la mesa.

—¿Y dónde está Cosme? Yo tengo hambre —dijo Lucho.

—Sí, y esto se va a quedar frío —respondió Lucas.

Las chicas se miraron. Florita tampoco estaba. Lucas los vio llegar juntos a través de la ventana.

—¿Y eso? —preguntó señalándolos en la distancia.

Todos se giraron hacia la cristalera. Entre unas cosas y otras, Cosme aún no había hablado con sus amigos.

—Hombre, después de lo de anoche no me sorprende tanto —dijo Raquel.

—¿El qué de anoche? —preguntó Lucho.

—Que estuvieron juntos —respondió ella.

—¡Qué dices! ¿Cosme y Flori? —se sorprendió Lucho—. ¿Otra vez?

—Primera noticia —dijo Lucas sorprendido.

—Pues con esto nos hemos desayunado hoy —explicó Raquel.

—Un gran regalo de boda, qué queréis que os diga. Me hace mucha ilusión que vuelvan —apuntó Lola.

—Eso es verdad —afirmó Lucho—. Nada que decir. Que vengan cuando quieran. ¿Empezamos a comer?

Todos estuvieron de acuerdo. Florita y Cosme aún apuraron varios besos más antes de pasar al comedor. Entraron en la sala de la mano, arrastrando con ellos todas las miradas.

Sus familias se llevaron una buena sorpresa. Los padres de Cosme, los primeros.

—¿Te había dicho algo de esto? —preguntó Marce a su marido.

—Nada.

—¡Mira que enterarnos así! Ya le vale.

Melitón y Mila, que estaban en la misma mesa, no salían de su asombro.

—¡Mátame camión! —dijo él bajito.

—Sorpresas te da la vida —respondió ella—. Yo lo vi antes y me quedé patitiesa.

—Con lo que ha debido de trotar él por Italia... —calculó él.

—Pues ella poquito. No se le ha sabido nada —añadió Mila levantando la ceja izquierda. La de malmeter.

—Naaada. A dos velas.

Entretanto, Cosme y Florita habían alcanzado la mesa de sus amigos, que los miraban con curiosidad.

—Que aproveche —dijo Cosme.

—¿Eso es todo lo que tienes que decir, pirata? —preguntó Lucho sonriendo.

—Eso y que esto es lo que hay —respondió levantando la mano que cogía la de Florita.

—¡Adiós! —dijo Lucas en voz baja.

La comida fue tan distendida como jovial. Los novios se sentían relajados y felices. Aquello se había convertido en un día de fiesta para el pueblo y se alegraban por ello. No todos los que estaban allí habían sido invitados inicialmente a su boda, pero lo cierto era que les gustaba ver a todo el mundo en la estación. En las mesas reinaba el buen humor. No había lujos, pero había cariño. Suficiente.

Dieron buena cuenta de las viandas que habían preparado Teo y Melitón, y al terminar, un par de vecinas se acercaron a por los termos de café y leche. Los colocaron sobre el mostrador junto a un buen montón de vasos de papel con el logo de la estación de esquí, sobres de azúcar y cucharillas de plástico. Los comensales fueron depositando los restos de comida y la vajilla desechable en unas papeleras colocadas para la ocasión. Todos limpiaban su mesa y luego se ponían a la cola para el café. Presen y Dori dejaron las bolsitas de bombones que habían comprado como recuerdo de la boda en una cesta junto a los termos. No había para todos y esa era una forma de que no se notara mucho. «Con decir que vimos a algunos llevarse varias, suficiente».

Entretanto, la viuda montaba la tarta sobre una camilla del puesto médico que había cubierto con un mantel. Era lo único que tenía ruedas. Le estaba quedando una composición bastante espectacular. Cuando la tuvo a punto avisó a Melitón y entre los dos entraron en el salón empujando la camilla mientras Celia hacía sonar por megafonía *Alegría,* del Circo del Sol. Entre los aplausos de sus vecinos, Lucas y Lola cortaron la tarta con un cuchillo de plástico. Y a partir de ahí, volvió a imponerse el autoservicio. La tarta de la viuda le deparó los mejores parabienes. Ella se sintió reconfortada.

Cerca de las cinco de la tarde, mientras dentro se terminaba de recoger, Isaías organizó fuera los juegos tradicionales. El lanzamiento de albarca y el tiro de cuerda consiguieron entretener a los valinos mientras se preparaba el baile en la explanada. El sol brillaba en lo alto y, de vez en cuando, se escuchaba pasar a algún helicóptero del 112.

Lope conectó su *tablet* al sistema de megafonía. No había preguntado a los novios si tenían alguna preferencia musical, pero sabía que a Lucas le gustaba Sinatra. Lo había visto poner en el reproductor de su coche alguna lista del cantante de Nueva Jersey. No obstante, tomó la decisión en su nombre y abrió el micro.

—Por favor, salimos para fuera. Vamos a empezar.

En apenas cinco minutos, Frank Sinatra se hizo hueco. Las notas de *My way* comenzaron a sonar entre los aplausos de la concurrencia y Lucas llevó a Lola hasta la improvisada pista de baile donde bailaron olvidándose de los demás. Estaban rodeados, pero no veían a nadie. Era su momento. Lola agradeció una vez más que el corte del vestido le permitiera moverse con soltura. Los tacones empezaban a molestarle, así que iba a tirar de las zapatillas que le habían ofrecido unas vecinas. Presen y Miguel salieron a la pista poco después, seguidos de los padres de la novia. Unos y otros se movían con ganas, pero sin gracia, aunque eso era lo de menos. La etiqueta exigía sentimiento, no corrección.

A Sinatra le siguieron una gran cantidad de piezas populares que los presentes recibieron con entusiasmo. Raquel, Florita y Lola encadenaban una con otra. Mientras ellas bailaban y Lucas tomaba una copa con Isaías, Lucho se acercó a hablar con Cosme.

—Anda, dame un abrazo, tío —le dijo Lucho—. ¿Ves como merecía la pena dar un paso adelante?

—Tenías razón. Gran consejo —reconoció Cosme levantando su copa hacia él.

—Gran final —concedió el otro—. Supiste llevarte el tema a tu terreno.

—Gracias.

Los chicos se cogieron por los hombros mientras se sonreían. Durante la comida, les había anunciado su traslado al pueblo.

—Ahora te voy a dar un consejo yo a ti —le dijo Cosme a Lucho.

—¡Uy! Miedo me das. ¡A ver!

—Pues que te apliques el cuento y pases también de las palabras a los hechos.

La cara del secretario de Santa Manuela reflejaba la sorpresa que había provocado en él el comentario.

—No te sigo —dijo reclamando más información.

—Me refiero a Raquel —atacó Cosme poniendo a Lucho a la defensiva.

—No sigas por ahí —dijo tajante soltándose de su amigo.

El comentario había conseguido tensarle en cuestión de segundos.

—Yo es que no te entiendo.

—Pues está muy claro. No le puedo dar lo que quiere. ¿Me parece guapa? Sí, claro. No estoy ciego. Hoy mismo me está matando con ese escote. ¿Es maja? Es la mejor. La quiero con locura.

—¿Y como la quieres la evitas?

—Exacto. Yo no le puedo ofrecer más allá de un par de revolcones. ¿Y qué pasaría después? Que se enfadaría conmigo, que pensaría que soy un cabrón y que no volvería a hablarme. Mi forma de quererla es ser sincero, no aprovechar la ocasión y dejarla ser feliz con otro. —Cosme lo miraba en silencio—. Mira, yo quiero aprovechar estos años, conocer gente, experimentar, no echar nada de menos por tener pareja. Quiero empezar una relación después de haber vivido y de que mi pareja lo haya hecho también. No quiero que nos culpemos por lo que no vivimos en su momento.

Cosme lo quería mucho, pero le molestaba su empecinamiento.

—Lucho, has tenido más experiencias tú solo que todos los del grupo juntos. ¡Y mira que mi etapa al llegar a Milán fue próspera! ¡Por no hablar de lo que triunfa Fran entre las ejecutivas! Has estado con hombres, con mujeres. Has hecho tríos y lo que no son tríos. Me pregunto qué sigues esperando porque te juro que no sé qué te falta por hacer. —Lucho se quedó sin palabras—. Te voy a decir lo que te pasa: que tienes un miedo al compromiso de libro, chaval. Por eso te acojona Raquel. Porque la quieres. Déjate de rollos.

Lola decidió regalarle el ramo a Florita. A las otras tres amigas las adoraba, pero por Flori sentía devoción. Era su debilidad. Las demás lo entenderían. Le pidió el micro a Lope, quien bajó la música que estaba sonando y pinchó la canción que le pidió la novia. Las primeras notas de *Count on me,* de Bruno Mars, empezaron a sonar bajito coincidiendo con las palabras de Lola.

—Flori, tengo algo para ti.

Lope subió la música para enmarcar el momento. Florita se acercó emocionada y se abrazó a Lola mientras esta le entregaba su ramo. Los aplausos no se hicieron esperar. Las lágrimas de Raquel, tampoco. Ver así a sus amigas del alma la emocionaba completamente. Tanto que se miraron y decidió unirse a ellas en aquel abrazo. Juntas terminaron de bailar la canción.

Avanzada la tarde, Raquel se había tomado seis copas de ron. Aunque de la última hacía ya un buen rato, su efecto aún se dejaba notar. Llevaba un vestido *boho chic* muy elegante, uno de esos que le había costado bastante más de lo que pensaba gastarse. La parte de arriba era ajustada, con un gran escote en pico que llegaba hasta mitad del pecho, permitiendo que se adivinaran sus senos redondos, firmes y potentes. Era de color rosa empolvado, tenía las mangas cortas abullonadas y le llegaba hasta los pies. Había rematado el conjunto con unas alpargatas de cuña que le habían permitido bailar durante horas. La idea no era llevar eso a la boda, pero el cambio de planes la había obligado también a cambiar de vestido. Raquel seguía bailando con Lola y Florita cuando comenzaron a sonar las primeras notas de *Don´t be so shy,* de Imany. Le encantaba aquella canción, y más cuando llevaba alcohol en sangre como para fundir tres alcoholímetros. Las chicas comenzaron a cantarla a pleno pulmón.

Raquel notó unas manos en las caderas que la cogían desde atrás y una cara en su hombro girada hacia ella. Era Lucho. «¿Pero qué hace?». Raquel no salía de su asombro. Jamás habían bailado así. «¿Quiere algo o no?». Sin decir nada, siguieron el ritmo de la música manteniendo aquella postura. Las manos del chico acariciaban sus caderas con fuerza y sus labios estaban a escasos centímetros. Aquel no era el baile de dos amigos. «¿Por qué hace esto ahora? ¿Qué ha cambiado?». El alcohol no le hizo preguntarse más.

Lucho empezaba a sudar. Raquel notaba la piel del chico pegada a la suya. Uno y otra estaban entregados a la causa. Las alarmas se habían encendido para sus amigas y para Lucas, que se quedó petrificado al ver a Lucho literalmente pegado a una Raquel que ni se sorprendía ni tenía pinta de pararle los pies. «Vaya día llevamos», pensó Lucas resignado.

En aquel momento, Raquel notó la respiración de Lucho acariciando su cuello y sintió cómo aquella calidez le erizaba la piel. «¡Dios, cómo me está poniendo!». Cerró los ojos y se abandonó a aquella sensación que tantas veces había imaginado. Raquel se mordía los labios cuando llegó el estribillo.

Lucho la giró hacia él y continuaron bailando con las frentes pegadas. Él seguía sujetándola por las caderas mientras se movían. Ella le había pasado las manos alrededor del cuello. Sus labios se rozaban accidentalmente en algunos compases. «Este hombre debe de ser dinamita en la cama. ¡Quién pudiera!». Si hasta aquel momento lo había deseado, a partir de entonces la imaginación de Raquel se desbordó.

El momento pedía un beso. Parecía imposible que pudiera terminar de otra forma. Mucho menos cuando él comenzó a acariciarle la cara sin dejar de mirarla. Raquel no imaginaba que una canción rápida pudiera enmarcar una situación tan sexi. Y entonces ocurrió. Lucho la soltó, se giró y se marchó bailando tan campante hacia otro grupo de gente. Ella se quedó en medio de la pista con la caldera a punto de explotar. Apretando los puños, se fue a la barra, levantó una botella de agua que estaba abierta y se la volcó sobre la cabeza para calmar el calentón.

—¡Será hijo de puta! —gritó con la vista perdida en las alturas.

Cosme estuvo buscando a Melitón. Lo encontró conversando con unos cuantos vecinos.

—¿Puedo hablar un momento contigo?

—¡Claro! Tú dirás.

—Pues nada, que me mudo al pueblo en unos días.

—Algo he oído —cortó guasón el carnicero—. ¿Ya estás seguro?

El chico se quedó un tanto sorprendido por la pregunta.

—Sí, por supuesto. Si no, no lo haría.

—Ah, pues nada, nada. Yo, que me alegro.

—Eh, gracias. El caso es que la próxima semana me llegan los muebles de Milán y antes de colocarlos me gustaría reformar la casa. Me han dicho que tienes la nave de Cantarranas medio vacía.

—Así es.

—¿Podría alquilar una parte y dejarlos ahí mientras dura la obra? Calculo un par de meses.

—Calcula más, majo, pero cuenta con la nave. ¡Solo faltaría! Pásate un día por la tienda y hablamos.

Sofía no pudo resistirse a videollamar a Florita para ver la fiesta en directo.

—¿Puedes girar el teléfono? Quiero ver el ambiente.

—¡Claro! Espera que subo el volumen para que podamos hablar mejor.

Flori le dio la vuelta a la pantalla y a Sofía la invadió la nostalgia. Ahí estaban todos sus vecinos intentando seguir los acordes de la música.

—¡Menudo ritmo tiene Mila! ¡Cómo mueve el culo!

—¡Y lo mejor es que está callada! ¡Histórico!

Las dos amigas rieron con ganas. Florita volvió a girar el móvil y entonces Sofía pudo ver a Lola a lo lejos.

—Flori, ponme con Lolita, anda...

—Voy.

Dicho y hecho. La chica se acercó hasta el lugar en el que Lola conversaba con su madre y sus tías. Sentía que las había tenido un poco abandonadas durante todo el día; no obstante, cogió el teléfono con presteza en cuanto su amiga le anunció que Sofía quería hablar con ella.

—¡Pero qué novia más guapa!

—¡Sofi! ¡Jo, que me ves despeinada ya!

—No, Raquel me ha enviado fotos y te he visto toda divina.

—¡Ay, qué día más bonito, nena, y qué rápido pasa! Ya se está empezando a marchar la gente y no me ha dado tiempo ni a hablar con la mitad.

—Tú no te preocupes por eso. La gente ya sabe que en días así es complicado.

—Os he echado de menos, chicas. Hay mucha gente, pero me faltáis vosotras.

—¡No me digas eso que me siento fatal!

—¡Ay, boba, que no lo digo para ponerte triste! Es solo que en estas situaciones te das cuenta de a quién necesitas cerca. En cualquier caso, con poder hablar ahora un poquito me conformo.

—Yo también. Menos es nada.

—¿Has trabajado mucho hoy?

—Pues sí. Un encargo de última hora.

—¿Quién ha sido la víctima?

—Ryan Reynolds.

—¡Caray! ¡No te quejes! ¡Por Ryan Reynolds falto a mi boda hasta yo!

—Tiene mejor culo que tú, pero yo no te cambio por él.

Ambas se quedaron mirando en silencio. Lola comenzó a acariciar la pantalla del teléfono mirando a su amiga.

—Te quiero mucho, Sofi. Ya celebraremos esto cuando nos deje el río.

—¡No lo dudes! Anda, ve. Te dejo con tus invitados. Muac.

—Muac.

Lola colgó y se quedó pensando lo afortunada que era por la cantidad de buena gente que tenía a su lado, y eso la hacía sentirse feliz.

Mariano y Miguel estaban intentando que Melitón cobrara por el género que había aportado a la celebración.

—De eso nada. Vosotros ya habéis tenido que pagar parte de un menú que no ha llegado. Lo menos que puedo hacer es poner mi granito de arena. Además, tampoco ha sido tanto.

Cosme caminaba junto a la pista cuando escuchó una voz pidiendo socorro.

—¡Sacadme de aquí!

Parecía don Blas, pero no conseguía saber de dónde venía la voz.

—Pero ¿dónde está? No le veo.

—¡En la zanja!

El chico miró y, efectivamente, allí estaba el párroco. Cosme le acercó una mano y preguntó:

—¿Puede subir bien o llamo a alguien más y le sacamos en brazos?

—Subo bien así.

Tras un par de tirones, el sacerdote estaba arriba. Don Blas se sacudió la ropa.

—No la he visto. Iba andando y no la he visto. Está muy oscuro.

—Y usted un poco chispa, padre.

—Chispa chispa, tampoco... —restó importancia el cura.

—¿Lo acompaño a algún sitio?

—Puedo solo, gracias.

Y se fue dando tumbos en dirección al edificio. Cosme cruzó los dedos para que el siguiente golpe no fuera mayor.

La luna brillaba en lo alto. Buena parte de los asistentes a la boda ya estaban regresando al pueblo. Había sido un día muy largo. Los novios bailaban el que presumiblemente sería su último baile.

—¿Sabes, amor? Creo que la boda que estábamos preparando nosotros no hubiera sido ni la mitad de bonita que esta —dijo Lola.

—Yo no cambiaría nada de este día.

—Al final, creo que el río nos ha hecho un favor.

—Sí, al final habrá que darle las gracias.

Ella acomodó su mejilla en el cuello del chico y cerró los ojos. Estaba realmente cansada. Muchas emociones. Muchas horas.

—¿Nos vamos a dormir? —preguntó ella.

—Sí, vamos a casa, ¿no?

—¡Vale! ¿Me despido y nos vamos?

—Buena idea. No puedo más —valoró Lucas mientras daba un último trago a su *whiskey*.

Florita tenía los pies hinchados de tanto bailar, así que buscó un banco y se sentó a descansar. Cosme apareció poco después. Le dio un beso y se sentó a su lado.

—Llevaba un rato sin verte.

—Sí. He estado ayudando a don Blas. Anda tocadillo. Lo sacas del vino de celebrar y se pone ciego con dos tragos —bromeó el chico.

—¡No será para tanto!

—¡Menudo *torzón* lleva! Mañana no se levanta —aventuró Cosme mientras giraba a la chica hacia sí con la mano que tenía en su cintura.

—¿Qué haces? —preguntó ella sonriente.

—Nada, quería que estuvieras cerquita. Quiero darte algo.

El chico metió la mano en el bolsillo de su chaqueta y sacó un pañuelo de lienzo. Al desdoblarlo, un medallón de plata bastante aparatoso quedó al descubierto. «¡Menudo *cascarrio*! —pensó Florita—. Lo que debe de pesar».

—Quiero que lo tengas. Era de mi abuela Nicanora. ¿La recuerdas? —preguntó Cosme con ternura y los ojos iluminados. Florita se echó inconscientemente un poco hacia atrás.

«¡Y quién no! ¡Vaya bruja! ¡La de veces que nos estampó la escoba en la espalda por cruzar su calle mientras barría», pensó ella. Flori sabía que expresar aquello en alto no era una buena idea, así que focalizó su musculatura facial en poner cara de póker. «La sinceridad en las relaciones está sobrevalorada».

—Sí, sí. Inolvidable. Un *must* de la memoria popular, la Nicanora —«*Inolvidable* o *para olvidar* a veces son sinónimos. No estoy mintiendo tanto».

—Sí, ¿verdad? Es que era maravillosa. Yo la quería con toda mi alma.

«Si daba miedo, ¡por favor! ¡Menudo bicho!». Cosme siguió hablando emocionado, ajeno a las elucubraciones de su novia.

—Yo quería que llevaras algo mío. Quería comprarte una pulsera, pero esto me pareció más personal.

«¿Impersonal? ¡Un diamante nunca es impersonal, mambrú!».

—Mi abuela, mi madre y tú sois las tres mujeres más importantes de mi vida. Por eso me ha parecido que era más simbólico darte esto.

—Mmmjjjjj.

«¡No-me-jo-das!». El chico abrió el broche que cerraba los gruesos eslabones de la cadena. Estaba emocionado. Le colocó la joya al cuello y se quedó mirándola embelesado.

—Es que te miro y me parece que la estoy viendo.

—Mmmmjjjjgggg.

«¡Si eso pretende ser un cumplido, no tiene ni puuuta gracia! Debo parecer un buey con el yugo. ¡No puede ser más espantoso!». El chico no pasó por alto que su novia llevaba un rato emitiendo sonidos guturales.

—Cariño, tú también estás emocionada, ¿verdad?

«Quien dice emocionada dice encabronada. Lo que prefieras, *salao*».

—Mmmmjjggg.

—Ya verás cuando te lo vea mi madre qué contenta se va a poner.

«No esperarás que lo lleve a diario, ¿no? No me pega con nada».

—Sí, sé que piensas que es demasiado...

«¡Demasiado peso es lo que es! Me va a hacer una contractura».

—Pero lo he pensado bien y creo que debes tenerlo.

Cosme acababa de colocarle un medallón, pero ella lo que sentía era que llevaba una soga al cuello.

Un rato después, Raquel recogía sus cosas y se despedía de los novios. Estaba oscureciendo y comenzaba a acusar el cansancio. La euforia provocada por el exceso de alcohol se estaba evaporando dejando paso a la desazón posfiesta. «Me voy a tirar sobre la cama en cuanto llegue». Se fue camino al telesilla pensando si merecía la pena quitarse el vestido. «Uf, con lo delicada que es la tela, igual me lo cargo».

Esperando en el telesilla se encontró a Lucho. Estaba solo. También parecía agotado. No había en él ni rastro del seductor con escuela que hora y cuarto antes la había llevado al límite.

—¿Ya te vas también, Lu?

—Sí. No puedo con mi alma. Mejor retirarme ahora que todavía soy capaz de llegar a casa andando.

—La gente aún se queda.

—Uf, los jubilados de este pueblo tienen cuerda para rato. Yo creo que serán los que cierren —dijo mientras se estiraba.

—Puedes jurarlo.

—¿Se queda Celia a *plegar*?

—Creo que sí.

La conversación se interrumpió cuando llegó su turno de subir al telesilla. Lucho se colocó a la izquierda y Raquel, a la derecha. Ninguno de los dos pronunció palabra durante los primeros metros. Se dejaron mecer por el bamboleo del mecanismo mirando la estampa del pueblo a lo lejos. Anochecer, intimidad, chico, chica... Sería fácil pensar en un punto romántico. Y más después de lo ocurrido. Ella se debatía nerviosa entre sacar el tema o dejarlo pasar cuando Lucho rompió el silencio. ¿Y si estaba perdiendo su oportunidad? ¿Y si él no quería nada?

—¿Qué vas a hacer este verano? —preguntó él terminando con su duelo interno. Tenían la suficiente confianza como para permanecer callados todo el trayecto, pero le apetecía conocer sus planes.

—No sé. Quiero viajar lejos. Posiblemente Hispanoamérica.

—¿Vas sola?

—En principio, sí.

—Haces bien.

Su tono reflejaba su despiste habitual. ¿Sería posible que aquel gañán no recordara nada de lo ocurrido? Raquel trató de reconducir la conversación hacia el terreno que le interesaba.

—Además, todo el mundo tiene pareja.

—¿Y Sofi y Alicia?

—No cuadramos vacaciones.

—Es complicado. A mí me pasa un poco igual con estos.

«Venga, idiota, pregúntame fechas, dime que vayamos juntos», pensaba ella. Le daban ganas de cogerlo por los hombros y sacudirlo un poco a ver si espabilaba.

—Debe de ser difícil ir con falda en telesilla...

—Sí, se me están helando las piernas.

«Ahora es cuando dices que me dejas tu chaqueta para taparme. ¡Vengaaa!», gritó sin separar los labios.

—Bueno, total es poco tiempo. Cuando quieras darte cuenta estaremos abajo —respondió Lucho sin percatarse de nada—. Estabas guapa hoy, por cierto.

—Lu, no se dice *estás guapa,* se dice *eres guapa* —le reprendió con cariño.

Estaba acostumbrada a sus torpezas, era parte de su atractivo. Lucho se quedó mirándola sin entender el comentario.

—En cualquier caso, gracias. Tú también estabas guapo.

Él le sonrió sin entender gran cosa y se quedaron mirando durante unos instantes. La magia duró poco.

—Hay que pintar.

—¿Cómo?

—Hay que pintar estas sillas antes de que empiece la temporada —dijo Lucho señalando un desconchón provocado por el óxido que se dejaba ver en la barra situada tras el hombro de la chica.

«Vaya, no me estaba mirando a mí».

Estaban llegando ya al apeadero y el chico levantó la sujeción. Descendió de un salto y ayudó a bajar a Raquel, que llevaba los zapatos en la mano.

—¿Puedes bien? —le dijo al verla hacer equilibrios para calzarse.

—Sí, controlado.

—Vale.

«Te acompaño si quieres», deseó ella que dijera.

—Me voy ya. En diez minutos estoy planchando oreja —anunció bostezando.

—Sí, yo también me acostaré pronto.

—Venga, nos vemos.

—Chao, Lu.

Y mientras él se alejaba a gran velocidad, Raquel se quedó parada frente al apeadero viéndolo caminar. Esa noche tampoco iba a pasar.

CAPÍTULO 20

DESPUÉS DE TODO

El domingo siguiente a la boda amaneció con buenas noticias: el nivel del río había empezado a descender. Sería necesario esperar unos días hasta poder comenzar los trabajos de reconstrucción, pero al menos la emergencia comenzaba a remitir.

En la huerta Nicanué, los montadores de la carpa valoraban los desperfectos e intentaban contactar con la aseguradora. El siguiente fin de semana tenían otro evento y necesitaban reemplazar la carpa perdida. Las piezas que habían conseguido rescatar podrían servir para repuestos. Poco más se podía hacer.

La explanada de la estación que había servido de escenario para la celebración de la boda parecía haber sido arrasada por un ciclón. Solo Celia se acercó a primera hora para poder organizar la limpieza. Algunos vecinos subirían a echar una mano y era necesario calcular previamente qué haría falta y a cuánta gente era preciso movilizar. La directora quedó gratamente sorprendida. Si bien la zona exterior requería de una limpieza más exhaustiva, dentro bastaría con un fregado. Con eso y con volver a colocar el mobiliario en su sitio sería suficiente. Su jefe le había pedido que le informara sobre el estado de las instalaciones y ella le mandó un mensaje bastante positivo:

En dos días, como nuevo.

La gente se tomó su tiempo aquella mañana para salir de la cama. Aprovechaban para descansar de la boda, pero también de la crecida. Ese domingo no había prisa por nada. El valle necesitaba una tregua tras la extenuante actividad de las jornadas anteriores.

En Madrid, Sofía seguía dormida con la *tablet* encima reproduciendo en bucle las fotos de la boda de Lola y Lucas. Fran revisaba desde Londres la actividad en redes sociales de la gente del pueblo para tener más información del gran día de sus amigos. A muchos kilómetros de allí, en Valencia, Alicia buscaba noticias sobre la riada. De la boda ya se lo había contado todo su madre. Con más detalles incluso de los que hubiera deseado.

Lola despertó a media mañana. Le gustaba notar el anillo de casada en su dedo, pero, sobre todo, ver a Lucas dormitar a su lado. Verlo respirar rítmicamente como en un susurro. Relajado. Feliz. Aquello no podía salir mal.

La luna de miel estaba en el aire. Ni siquiera habían preparado la maleta. Todo dependía de cuándo se reabriera la circulación por carretera. Si se hacía pronto, todavía podían llegar a tomar el vuelo para Islandia. Si no, tendrían que buscar plan b.

Dejó a Lucas en la cama y cerró la puerta con cuidado. Se sentó en el sofá y buscó el teléfono del puesto de la Guardia Civil del valle.

—¿Pascual? Soy Lola.

—¡Hombre! ¡Enhorabuena, bonita! ¿Cómo salió todo?

—Muy bien, gracias. Mejor imposible. Estamos muy agradecidos a todo el mundo.

—Me acordé de ti. Menuda faena, hija.

—Ya, pero bueno. Las cosas vienen como vienen y poco más se puede hacer. Hay que amoldarse a las circunstancias.

—Bueno, dime. ¿En qué te puedo ayudar?

—Mira, necesitamos saber cuanto antes si se va a restablecer el tráfico pronto. Tenemos un vuelo que sale de Barcelona mañana por la mañana y no sabemos si vamos a llegar o no.

—Me hago cargo. La cosa ha mejorado mucho. Yo creo que en un par de horas estará abierto el paso.

A Lola se le iba iluminando la cara a medida que escuchaba las novedades que le transmitía el guardia.

—¿Aunque llueva? —preguntó entusiasmada.

—Aunque llueva.

—¿Puedo preparar la maleta?

—¡Ya estás tardando!

—Oye, ¿te dejo mi teléfono y me avisas si hay cambios?

—Dime. Tengo un boli en la mano.

Asunto solucionado. No podía entrar en la habitación hasta que Lucas se despertara, pero empezó a hacer una lista de lo que iba a llevarse para ganar tiempo después. Si se dejaba algo, ya lo compraría en destino.

Había pensado mucho sobre qué hacer con el vestido de novia que no llegó a tiempo. Estaba pagado y de poco le servía ya. Desde luego, no le encontraba sentido a guardarlo en el armario. Su traje era el que había llevado el día anterior y que Hortensia le había regalado. No tenía ninguna conexión con el vestido nuevo. ¿Venderlo? Le daba pereza. Además, viviendo en un lugar tan apartado resultaba complicado que alguien quisiera acercarse a probárselo. El caso era que al final había pensado en donarlo a alguna institución benéfica. Si no había ninguna novia que lo necesitara, siempre podían rifarlo y utilizar el dinero obtenido para cubrir alguna necesidad. Le parecía un bonito final para aquella prenda. A la vuelta se pondría a ello.

Raquel tenía una resaca de dimensiones descomunales. Además, le dolían los pies como si le hubiera pasado por encima una manada de elefantes. Menos mal que vivía sola. Se estiró hasta el infinito tratando de recolocar cada músculo en su sitio. ¡Qué bien se lo había pasado en la boda! Lo había dado todo.

El móvil comenzó a sonar. Estiró la mano con desgana hasta la mesilla y miró a ver quién llamaba. Era Lucho.

—¿Quééé? —contestó con desgana.

—Tengo un problema.

—A ver, pesado, dime.

—No sé cómo pedir una cita.

«¿En serio? ¿A estas horas? ¡Venga ya! No respeta nada».

—¿A quién? —contestó de mal humor.

—A una chica que me gusta mucho.

—Como siempre pues. —Ella seguía bastante seca.

—Como siempre, no. Esta me gusta más.

No era la primera vez que Lucho le pedía ayuda con otras chicas. Aquel era el peaje de ser tan amigos. La parte buena era que siempre estaba al tanto de su vida amorosa. Llevaba tiempo viendo desfilar *amigas* por su vida sin mayor trascendencia, pero la forma en la que había dicho aquel *como siempre, no* la inquietó.

—¿Y eso? —preguntó a ver por dónde salía.

—Es que esta es maravillosa.

«No me lo puedo creer. No son ni las diez y ya está dando la murga».

Mientras Lucho seguía con su monólogo, Raquel se levantó, se recolocó el camisón y fue a abrir la ventana para ventilar el cuarto. «Total, ahora ya me ha despertado». ¿Dónde había conocido a esa chica? En la boda no. Solo estaban los del pueblo. ¿Sería alguien de Jaca?

Y en aquel momento dijo «basta». Hasta ahí podía llegar. Por primera vez sintió que le daba igual, que ya estaba bien. Sería su amiga, pero no era tonta. No era justo que la torturara con sus movidas sabiendo que le gustaba. Pero no habría otra vez. Había llegado el momento de pasar página de forma contundente. Tenía que dejarle las cosas claras, hacerle ver que aquello no estaba bien. La culpa de aquella situación la tenía ella por aguantarlo, así que sería ella quien la cambiara.

—Pues, si es especial, tendrás que pedírsela en persona —dijo modificando su tono de voz. Estaba sonando seca. Muy seca. Muy irónica.

—¿Tú crees?

—Síií.

—¿Y qué hago?

Tenía que ser contundente. Tomó aire y mientras bajaba las escaleras le soltó casi sin pensarlo:

—¡Pues te plantas en su puerta desnudo con un ramo de flores en la punta de la polla y luego ya, si eso, se lo dices!

Y colgó. Jamás le había hablado así, pero ya era hora. La palomita por fin se había convertido en águila.

Aquel domingo fue el primero en mucho tiempo en el que no hubo eucaristía en Santa Manuela por indisposición del párroco. Él aseguraba que se había resfriado. Los encargados de servir las bebidas de la boda no lo tenían tan claro.

Florita y Cosme habían dormido en el hotel Chamonix. No les apetecía pasar otra noche jugando al escondite con los padres del chico. La víspera había sido tan intensa que Cosme durmió hasta bien entrada la mañana. Florita se despertó antes. Lo primero que vio en la mesilla fue el colgante que él le había regalado. «Oh, Dios. Tengo que comentar esto con alguien». Sin hacer ruido, se abrochó el sujetador y salió de la cama. Cogió el colgante con una mano y el móvil con otra y, sigilosamente, se metió en el baño y cerró la puerta. «¿Y a quién llamo si estarán todos dormidos?». La respuesta era simple: a cualquiera de los tres que no habían ido a la boda. Fran, Alicia o Sofía. La periodista estaba de guardia. Fran vivía en Londres y la diferencia horaria hacía que el momento fuera incluso más intempestivo. «Será aún de noche». La solución era evidente: Alicia. «Esta también madruga».

Cogió dos toallas, las puso en una esquina y se arremolinó mientras solicitaba una videollamada. Al tercer tono, la abogada descolgó. Estaba paseando por la playa. Tras comentar la boda, Florita la puso al día de sus novedades amorosas de forma sumaria: «Sí, estamos juntos», «Mogollón de feliz», «Se muda la próxima semana». Y entonces colocó frente a la cámara del teléfono el colgante de la abuela Nicanora.

—No puede ser más feo —añadió Flori.

Alicia intentó aguantar la risa. «Madre, qué horror».

—¡Tanto tiempo deseando que Cosme me regale algo así y, cuando lo hace, me da esta mierda! ¡No es justo!

—Si te escucha la Nicanora, es capaz de volver del más allá.

La abogada terminó la frase a carcajadas. Florita aún se enfurruñó más.

—¡Oye, no te rías! A mí esa señora me daba miedo.

—¡Y a quién no! ¡Con aquel bigote que le colgaba y las cejas como tablones! Cosme la querría mucho, pero era un cardo.

Florita no pudo evitar unirse a las risas de su amiga.

—Y no tiene mejor idea que rematar diciéndome: «Es que te miro y me parece que la estoy viendo». ¡Venga, hombre!

Alicia trató de contemporizar.

—A ver, Flori, el chaval no ha estado muy acertado, pero le ha puesto buena intención, que es lo que cuenta. Tú llévalo por dentro de la ropa y listo. Se va a ir a vivir ahí por ti. ¡Eso es una pasada!

Cosme se había jugado todo a una carta y el gesto había impresionado a sus amigos, especialmente a las chicas. Habían pasado veranos enteros escuchando sus correrías milanesas con la indulgencia que se brinda a los amigos, pero, aparte de Florita, ninguna lo hubiera elegido como pareja. Desde fuera, les hacía gracia la vertiente canalla que Cosme llevaba escrita en la frente. Adoraban sus historias de faldas, pero ni Sofi, ni Alicia, ni Raquel, ni Lola se hubieran decantado por un perfil de hombre así. Lo que acababa de hacer por Florita las había descolocado. El truhan se cortaba la coleta.

—Lo es. Y estoy muy feliz, de verdad.

—Me alegro.

—No dejo de sonreír.

—Los buenos siempre consiguen esas cosas. Por cierto: me encanta tu suje.

El sostén era una virguería. Estaba firmado por una de las grandes casas de lencería patria. Combinaba tul y seda con gran acierto. Florita se había enamorado de él al verlo en el escaparate de una corsetería de Huesca. Lo compró al instante y sin mirar el precio. «Por si un día hace falta». Y el momento había llegado la víspera.

—Es mono, ¿verdad? —dijo recorriendo los tirantes con los dedos.

—Cosme se habrá vuelto loco al verlo.

—¡Si no lo sabe soltar! Mira.

La chica se giró enseñando a su amiga un roto en la tira horizontal posterior.

—¡Ojo si es torpe! Con la de tías que se ha tirado, ya podía haber aprendido.

Alicia se dio cuenta de que había hablado de más cuando vio la cara de su amiga mirando fijamente a la pantalla.

—Nena, ¡no nombres la cuerda en casa del ahorcado!

Mila despertó afónica. Su verborrea habitual se había visto multiplicada el día anterior. De nada sirvieron las gárgaras con miel y limón que había hecho al llegar a casa. Mucho se temía que tendría que pasar varios días en silencio. O lo que para ella era lo mismo: muerta.

Hortensia fue de las pocas que se animó a salir a caminar por las calles vacías. Sintió que formaba parte de un pueblo que ya no la juzgaba, que iba a pasar sus últimos años con más vida social que en las décadas anteriores. Y sonrió.

El navegador de internet estaba abriendo la página de la oficina de turismo de Antigua, en Guatemala. Unos días atrás, Raquel había visto un documental sobre la zona y le había parecido fascinante. El Cerro de la Cruz, el Volcán de Agua, los templos, las ruinas... Por algo era una de las ciudades más visitadas de América, todo un referente turístico al que pensaba volar en sus vacaciones. «Quince días por ahí y vuelvo como nueva, sin Luchos ni tontadas en la cabeza. Finales de julio podría ser una buena opción. Me voy sobre el 20 y vuelvo el 5 de agosto». Allá la esperaría una media de diecinueve grados y bastante lluvia. No le importó. Tenía el pasaporte en regla porque había viajado a Jordania el año anterior, así que buscó directamente la web de una compañía aérea. Salía carete. No había contado con gastarse tanto en el vuelo. «Vaya». El caso era que se merecía un regalo por pasar de pantalla emocional y decidió concedérselo. Cuando estaba a punto de introducir los datos de su tarjeta sonó el timbre. Sin muchas ganas, fue a abrir. Jamás hubiera imaginado lo que se iba a encontrar al otro lado de la puerta.

—Buenos días, Raquel.

Lucho estaba completamente desnudo en su porche. Solo llevaba un ramo de flores entre las manos que sujetaba a la altura de la entrepierna.

—Lo he intentado atar como me dijiste, pero se cae. Si no te importa, lo pongo así.

Había seguido al pie de la letra las indicaciones que ella le había dado. ¿Sería ella la chica a quien quería pedir una cita? No. Había tenido mucho tiempo para hacerlo; sin ir más lejos, la tarde anterior había dejado pasar dos buenas ocasiones. Ella estaba desconcertada. ¿Acaso iba de camino a casa de la otra y buscaba el visto bueno? ¿¡Cómo había podido tomar en serio su comentario?!

—Tío, ¿qué haces así?

—A mí no me mires, fue idea tuya.

Raquel se estiró la piel de la frente con el pulgar y el índice de la mano derecha mientras cerraba los ojos. Su camisón largo de seda blanca y tirantes estaba a la vista de sus vecinos, pero ni se lo planteó. Estaba empezando a llover.

—Explícame esto, Lucho.

—Pues que, si para conseguir una cita contigo tengo que ponerme así, pues me pongo. No me importa hacer el ridículo. Por los años en los que he pasado de ti.

Ella no salía de su asombro.

—No entiendo nada. Sabes que me gustas desde que el mundo es mundo y me has dejado muy claro en varias ocasiones que no soy correspondida. Ayer mismo me estuviste buscando mientras bailábamos y, de repente, desapareciste. Coincidimos en el descenso. Ni una palabra sobre lo ocurrido. Y ahora te presentas aquí pidiendo no sé qué. Entenderás que esté descolocada.

La chica no pudo evitar pensar que Lucho tenía un señor cuerpazo. En cuanto él empezó a acompañar sus palabras con gestos, subió el ramo a la altura de su pecho, dejando al descubierto un pubis memorable.

—Escucha. Ayer Cosme me preguntó qué me faltaba por hacer. Qué buscaba sexual y emocionalmente. Me di cuenta de que no había tenido una relación estable en mi vida. Me conoces, sabes que te he dicho mil veces que no es lo mío, que creo que no tengo ese tipo de sentimientos, que...

—Siguiente página, por favor. Esa historia la tengo muy oída.

—Vaaale. Estuve bailando con otras chicas, algunas muy guapas...

—Ya te vi, ya...

—... y, efectivamente, no sentí nada.

—Es que uno no se enamora en diez minutos, tío.

—Déjame seguir, anda. El caso es que cuando bailé contigo... Sentí cosas. Por eso me fui en pleno baile. Porque me asusté. Nosotros también podemos temer lo que desconocemos, ¿no? No creo que sea algo exclusivo de las chicas. El caso es que volví a casa contigo en el telesilla intentando entender qué me pasaba, por qué cuando estamos juntos siento algo diferente. Llámalo paz, confianza, deseo de protección... No sé, ganas de tenerte a mi lado. Me fui a casa alucinado. Me he pasado la noche pensando que no he sentido eso por nadie jamás y que, si me paraba a pensarlo, al final soy como los demás: también siento. He remoloneado, lo he llamado *amistad*, he buscado en otras camas, pero en ninguna he encontrado esto que tengo contigo. ¿No son eso sentimientos?

Lucho le entregó las flores. ¿De verdad estaba diciendo aquellas palabras?

—Pues claro que sí, idiota —dijo al ver que los ojos de Lucho empezaban a humedecerse.

—Raquel, si algo me enseñaste al contarme lo que sentías por mí es que hay que arriesgarse. Fuiste muy valiente al decirme que me querías; ya ves, yo no he sido capaz ni de reconocérmelo a mí mismo hasta ahora, pero bueno... Rectificar es de sabios. Sé que no tengo derecho a nada, pero me gustaría probar contigo de qué va esto.

—Anda, cállate ya, merluzo —dijo Raquel antes de cogerle la cara con las dos manos y besarlo.

Posiblemente Mila y sus secuaces estuvieran vigilando sin perder detalle. Tal vez la escena apareciera en breve en YouTube y se hiciera viral, pero no importaba. Raquel se acercó a Lucho con decisión y lo besó como tantas veces había imaginado. ¡Se iba a enterar! Para él aquello era nuevo. Había estado con muchas, pero nunca lo habían besado así. Estaba aprendiendo a besar el alma. La abrazó. De un salto, ella colocó sus piernas alrededor de su cintura. Él la sujetó por los glúteos. Y de esa forma entraron juntos en la casa. La mañana no había hecho más que empezar.

EPÍLOGO

Dos días antes

Fran se enteró el viernes por la mañana de que el pueblo estaba incomunicado. Se había quedado en medio de la sala de salidas de Stansted sin saber qué hacer. Lo lógico era quedarse en Londres, pero él era mucho más de hacer lo que le pedía el cuerpo.

Cerró los ojos. Le reventaba perderse la boda de sus amigos, pero no podía negar que también deseaba ver a Alicia. En Semana Santa, habían tenido momentos muy buenos. Hacía tiempo que no la sentía tan cercana. Hasta que llegó la bronca. Quería solucionar aquello, quería saber si aquella conexión de la estación de esquí o de la noche que durmieron en la bodega de Sofi había sido un espejismo. Creía que el típico tema lento de última hora podía allanarle el camino.

«Ella tampoco va a ir al pueblo. Se queda en Valencia —pensaba mientras le servían un café—. ¿Y si voy allí? Estaríamos solos y podríamos aclarar las cosas tranquilos». Valoró la idea unos segundos y sonrió. «Se me va la olla». Comenzó a buscar vuelos a la capital del Turia. Los horarios de los directos no le favorecían. Al final, consiguió billetes vía Madrid y a primera hora de la tarde estaba aterrizando en Manises.

No tenía su dirección, así que le indicó al taxista la calle de su bufete que previamente había buscado en Google. «Siempre dice que sale tarde. Debería de estar trabajando». Fue cruzando los dedos hasta que llegaron. El taxi lo dejó en la acera de enfrente. «Y ahora ¿me quedo aquí o qué?». A falta de mejor plan, entró en una cafetería que estaba enfrente del portal por el que se supone que debía salir Alicia. «Cuando la vea salir, me acerco y hablo con ella». Se sentó en una mesa junto a la ventana y pidió un *ristretto*.

«No se habrá ido ya, ¿no?». Por un momento le asaltaron las dudas. Se quedó pensando y decidió llamar al despacho.

—Soto y Montagut.

—Buenas tardes.

—Buenas —contestaron de forma automática al otro lado de la línea.

—¿Puedo hablar con Alicia Gallart, por favor?

—Sí, espere. Le paso.

Escuchó un hilo musical durante unos instantes. Poco después, la melodía se interrumpió.

—¿Hola?

No hizo falta más. Era Alicia. Estaba allí. El plan seguía intacto. Colgó inmediatamente. Le dio un trago a su café y miró esperanzado hacia el portal. «Ay, Alicia... ¡Si tú supieras!». Por un momento pensó en la cara que pondrían sus amigos si lo vieran allí. «Las chicas aplaudirían. Ellos se llevarían las manos a la cabeza». Sonrió. Sí, sabía que sus peleas alteraban al grupo. A él también. Pero no era menos cierto que, cuando las cosas les iban bien, les iban muy bien. «Ojalá consiga hacerla entrar en razón y tener una relación en condiciones».

No tuvo que esperar mucho. Apenas media hora después, su exnovia cruzaba el portal. Fran la miró embobado y fue corriendo hasta la puerta. Tenía que interceptarla. Entonces se detuvo en seco. Un tipo que también acababa de salir y al que él no conocía le pasó el brazo por los hombros. Ella hizo lo mismo. Hablaban, sonreían. Estaban felices. «Pero ¿está con alguien? Nadie ha dicho nada. Debe de ser reciente».

Alicia pareció descubrirlo. Le pareció que lo miraba. «¿Es mejor que me vea o que no? Si me ve aquí y está con alguien, voy a hacer el ridículo. Es evidente que si he venido es por ella». La chica seguía escrutándolo. «Que sea lo que Dios quiera. Si me reconoce, me descubriré. Si no, lo dejaré pasar».

Y entonces Alicia se giró y continuó su marcha. Él se quedó clavado en medio de la acera con la maleta en la mano viendo cómo ella se alejaba calle abajo. En ese momento, se quiso morir.

Tres semanas después

La melena castaña de Alicia se abre paso por la terminal 1 del aeropuerto de Stansted. Su vuelo acaba de aterrizar. Está nerviosa. Lo estaba antes de salir de Zaragoza. Lleva el lápiz de labios en el pantalón y los tacones en el bolso. Dentro de un rato los necesitará. Le hacen sentirse mejor cuando la inseguridad amenaza con devorar el momento. Alicia está a hora y media de Londres, pero es consciente de que ya está pisando el territorio de Fran. Y no sabe cómo va a recibirla.

Trilogía de Santa Manuela 2

SYLVIA HERRERO

Londres te espera

Planeta

CAPÍTULO 1

—

VETE A CASA

Una veintena de abogados se arremolinaron delante de la puerta del despacho de Alicia Gallart. Al otro lado de la pared de cristal, la especialista en Derecho Internacional dormitaba sobre la alfombra. Estaba rodeada de documentos y archivadores y tenía la falda subida hasta la cintura. La violencia de su sueño le hacía girarse de vez en cuando, hasta el punto de descolocar su pulcro vestido *smoking* y haber dejado a la vista sus cándidas braguitas de algodón blanco. Su larga melena castaña cubría buena parte de su rostro. Era temperamental hasta durmiendo.

—A ver, por favor, dejadme pasar.

Sara Soto tuvo que apartar a varios de sus colegas para poder acceder al despacho de Alicia. Se arrodilló a su lado y trató de despertarla dándole golpecitos en la mejilla.

—Gallart, venga, arriba. Son casi las diez de la mañana.

La joven abogada recibió los estímulos de su jefa sin sobresaltos. Comenzó a moverse con lentitud y le llevó algunos segundos más abrir sus grandes ojos oscuros. El salto lo pegó cuando vio a sus compañeros mirando sus torpes evoluciones sobre la alfombra sin perder detalle.

—Pero ¿qué hacen esos ahí? —preguntó.

—No, Alicia: ¿qué haces tú aquí? Ven inmediatamente a mi despacho —dijo Sara mientras se levantaba y salía del habitáculo de la chica.

La voz de Sara sonaba tranquila pero firme. Alicia miró el

reloj. La última referencia que tenía era de las cuatro y cuarto de la mañana. «Caray. ¡Me he dormido!». Como pudo, se levantó y atravesó la barrera de curiosos que había frente a su cubículo. Ni se planteó ponerse los zapatos, con lo que realizó descalza todo el recorrido hasta el despacho de Sara, una de las socias del bufete. Sin duda, la persona que más apreciaba su trabajo, la que había apostado por ella cinco años atrás, cuando terminó la carrera. Temía haberla decepcionado con aquel numerito involuntario. «No he podido hacerlo peor». La encontró sentada en su sillón orejero. No le gustaban en absoluto los giratorios. Tenía las manos cruzadas sobre la mesa.

—¿Te pido un café, un agua...?

—No, gracias. Así está bien.

Trataba de disimular, pero Alicia estaba tensa. Sentía los músculos rígidos. Era la primera vez que Sara la llamaba a su despacho. Aquello no presagiaba nada bueno.

—¿Llegaste a cenar algo anoche? —preguntó en tono reprobatorio—. Tú eres capaz de llevar sin comer desde el mediodía de ayer.

Alicia guardó silencio y bajó los ojos. Sara resopló sin dejar de mirarla. Estaba seria. Mucho.

—Lo imaginaba.

No sabía para qué la había llamado, pero no pudo más. O hablaba o reventaba.

—Sara, lo siento en el alma. Estaba pendiente del acuerdo de Textiles Turia con Tokio y pensé en adelantar trabajo hasta que saliera. Me puse con lo de Cítricos Ferrús. Había tantos papeles que los extendí en el suelo para tenerlos todos a mano. En la mesa no cabían. Empecé de rodillas, me fui volcando, me fui volcando... Y lo siguiente que recuerdo es lo que has visto. Me debí de dormir hacia las cinco. Ni me di cuenta.

Alicia era abogada de primera generación. Procedía de Santa Manuela de Val, una pequeña localidad del Pirineo oscense en la que se vivía del esquí y de la ganadería. Un pueblecito que a duras penas superaba los setecientos habitantes y en el que nadie se dormía sobre archivadores. Javier Gallart, su padre, había montado tiempo atrás una fábrica de quesos que funcionaba bastante bien. Esperaba que ella le relevara en la empresa, pero no dijo nada cuando Ali anunció que iba a matricularse en Derecho. Estudió la carrera en Valencia y allí mismo logró sus primeras prácticas. Se dejó la vida, pero consiguió un contrato. Unas veces ganaba en los tribunales; otras, no. Siempre daba lo mejor de sí misma en cada expediente.

En la oficina valenciana de Soto & Montagut supieron apreciar su entusiasmo. El bufete, que contaba con más de treinta empleados, era una subsede regional que tenía su matriz en Madrid. Si en alguna ocasión tenía que viajar a la oficina central, Alicia aprovechaba para comer o cenar con Sofía, una de sus amigas del alma de Santa Manuela, que residía en la capital. Sofi era periodista. Llevaba varios años en un diario de tirada nacional y sus horarios también eran un disparate. Ambas abanderaban con orgullo el carácter trabajador y comprometido de unos montañeses pirenaicos que gestionaban bastante mejor que ellas sus cargas de trabajo.

Las dos chicas habían hecho amistades nuevas en sus respectivas ciudades. Disfrutaban de un círculo interesante del que tirar en sus escasos ratos de asueto, pero Santa Manuela estaba por encima de todo en su escala de afectos. Era el lugar en el que se sentían a salvo. El sitio donde volvían a ser niñas despreocupadas y la vida se desdibujaba más allá de los bocadillos de pan con chocolate. La imagen que aparecía invariablemente ante ellas cuando cerraban los ojos las noches en las que su jornada laboral se alargaba hasta el infinito.

—Alicia... —El rictus de Sara era cada vez más serio. Alicia se temía lo peor. Sara era una institución en el derecho levantino. Estaba aprendiendo mucho de ella y por nada del mundo quería dejar de estar bajo su ala.

—¡No volverá a pasar, te lo aseguro! —dijo la chica descruzando sus largas piernas e inclinándose hacia delante.

—Te estás matando.

—Lo siento muchísimo, Sara.

Alicia no sabía cómo evidenciar su malestar por lo ocurrido. Trataba de buscar una solución contrarreloj mientras sentía que se le había acabado el tiempo.

—Tienes que frenar. ¿Cuánto hace que no te vas de vacaciones?

La joven abogada no entendía nada. ¿Por dónde iba?

—Bueno, en Semana Santa me fui al pueblo —respondió un tanto a la defensiva.

«¿Por qué saca esto ahora?».

—¿Cuánto tiempo? ¿Una semana? —El tono de Soto estaba frisando la dureza.

—Mmm... Cuatro días en realidad —contestó desconcertada.

«¿Qué pasa? ¿Qué pasa? ¡¿Qué pasaaa?!», se preguntaba Alicia. Sara ladeaba su cabeza, preocupada.

—¿Y antes de eso?

—Pues... cinco días en Navidad..., nueve en verano... Ehhh...

Lo peor de aquel trabajo había sido tener que estar lejos de sus amigos del pueblo, ver de higos a brevas a las ocho personas con las que había crecido. Eran muy diferentes, pero cada uno de ellos le había aportado varias pinceladas a su personalidad. La desinhibición de Sofía o el humor con que afrontaba todo Lucho la habían hecho ser como era. Muchas tardes de domingo terminaba videollamando a Florita o a Lola. En alguna ocasión, incluso, se había quedado a llorar sobre el hombro de Raquel en Zaragoza, a mitad de camino entre el pueblo y Valencia. Alguna ocasión de esas en las que echaba de menos a Fran. Su maldito primer amor. Su ex mejor amigo. Los años más maravillosos de su vida. Al resto del grupo les costaba saber qué pesaba más entre ellos:

si las ganas de matar al otro o las de matarse a besos. Intercalaban temporadas de indiferencia con peleas monumentales o miradas cómplices. Solo Alicia era consciente de que cada vez que lo tenía delante se desataba un huracán en su interior que le horadaba el pecho. A pesar de los dos años que habían transcurrido desde que pasó AQUELLO.

—Ni un puente. Ni dos semanas seguidas de descanso desde que llegaste —apuntaba Sara mientras negaba con la cabeza.

—A ver, es que yo no pongo las fechas de los juicios, acuerdos y demás. Son cuando son, Sara. —«Joder, ¡ya sabes de qué va esto, tía! ¡No es culpa mía!». No podemos desperdiciar oportunidades y perder clientes. Tú misma lo dices.

El bufete estaba abriendo mercado en el área de Alicia. De hecho, su incorporación fue un refuerzo de cara a la expansión internacional. Habían sido años muy duros para ella, tanto por la necesidad de aprender una profesión en la que comenzaba como por abarcar un volumen de trabajo que no podían rechazar si querían hacerse hueco en el sector.

—Esto no puede seguir así. Tu cuerpo te está dando un toque. Tal vez el siguiente aviso no sea tan dulce. Tienes que parar.

La chica estaba a punto de ponerse a llorar. Las lágrimas se agolpaban en sus ojos. Era muy sentida, pero su fuerte carácter les impidió rodar mejilla abajo. ¿Serían capaces de despedirla después de todo lo que había hecho por la empresa? ¡Si había conseguido más clientes que ningún otro debutante! Y estaba bien valorada por sus asesorados. La mayoría volvía a requerir sus servicios.

—Alicia, estamos a 5 de julio, el ritmo de trabajo va a bajar. No quiero verte por aquí hasta mediados de septiembre. Te debemos vacaciones y las necesitas.

«¿Vacaciones? ¿Con la mesa llena de procesos atascados? ¿De qué va?».

—Pero... Hay casos en marcha. No pueden aplazarse.

—Y no los aplazaremos. Rosa y Juan Carlos pueden repartirse tu parte hasta que vuelvas. Yo misma les echaré una mano.

Pensaba pasarse otro verano sin más recreo que una escapada rápida a las fiestas del pueblo en agosto. Lo que Sara le estaba diciendo le sonaba a música celestial, aunque no podía evitar sentir cierto temor por dejar abandonado el departamento que había levantado con tanto esfuerzo.

—¿Me estáis apartando? —preguntó con cautela.

Sara le adivinó la intención. La oscense le recordaba mucho a ella misma a su edad, por lo que era consciente de que aquellos excesos podían terminar pasándole factura. El alto precio personal que había pagado cuando perdió el contacto con todo lo que había tras el cristal de su despacho. Sara miró con distante dulzura a Alicia. Casi tenía edad para ser su madre, pero no pretendía ejercer como tal. No quería perder autoridad frente a la chica, pero tampoco iba a consentir que, como ella, terminara con un frasco de tranquilizantes en el cajón.

—Te estamos cuidando, Ali. Eres una de las mejores profesionales que han pasado por esta firma. En octubre va a entrarnos un caso muy potente, tanto que tal vez adelantemos la expansión internacional, no te digo más. Para entonces, te quiero al cien por cien. Vete a casa, descansa y vuelve el 16 de septiembre dispuesta a comerte el mundo.

La socia se levantó, dando por concluida la reunión, lo que obligó a Alicia a ponerse también de pie. Sin los tacones ofrecía una imagen desvalida: parecía una niña pidiendo la paga a sus mayores. Se dieron la mano y la joven encaminó sus pasos hacia la puerta. «Descalza camino como un pato». Antes de salir, Sara Soto la llamó una vez más.

—Y... enhorabuena. A las seis y media de la mañana, Tokio ha remitido firmado el acuerdo con Textiles Turia. No han cambiado nada. Solo tú podías hacerlo tan bien.

El malestar físico se apoderó de la satisfacción con la que le llenó el pecho la victoria legal. Sentía los ojos dados de sí. Deformados por el esfuerzo que había hecho para mantenerse despierta aquella noche. Entró en su despacho sin ganas. Se dejó caer en la silla y alargó los dedos hasta alcanzar un pequeño espejo de mano que le había regalado su amiga Lola en el último cumpleaños que pasó en Santa Manuela y que tenía siempre apoyado sobre el bote de lápices. Pese a la mala noche, la superficie reflectante le devolvía la imagen de unos rasgos privilegiados. Elegantes. Su peculiar ironía no se dejaba ver, pero también estaba allí. «Espejito, espejito mágico: ¿quién es la más pringada del reino? Si me tomo un café más, comienzo a orbitar. Si no me lo tomo, me desparramo aquí mismo. Todo es ver cómo quiero morir». En aquel momento, alguien llamó a su puerta.

—¿Es aquí donde se enseñan bragas? —se escuchó en tono guasón.

Simultáneamente, la silueta de su compañero Vicente cruzó el umbral de la puerta. Ella lo miró con atención mientras sonreía. «Este no ha dormido en casa. Se ha puesto espuma en el pelo cuando siempre se peina con cera. Ella no debía de tener. No sé quién será, pero no creo que vuelva a verla». Era incapaz de sustraerse a la crítica ajena: los genes maternos estaban ahí.

—¡Pasa, idiota!

—Oye, ¿qué ha ocurrido? ¿Estás bien? —se interesó el chico sentándose sobre el escritorio de Alicia.

—Sí, tranquilo. Todo lo bien que puedo estar cuando es la primera vez en mi vida que no sé lo que voy a hacer mañana.

Ambos rieron. Se llevaban bien. Trabajar hombro con hombro en varios casos les había hecho trabar amistad. Alicia le explicó la conversación que había tenido con Sara y la concesión de sus inesperadas vacaciones. Vicente silbó con ímpetu.

—¡Menuda suerte! ¿Tú crees que si me duermo en el pasillo con el culo en pompa me dará aunque sea el lunes?

—No te rías. ¡Vaya cuadro! —respondió ella cubriéndose la cara con las manos—. ¿Mucha reacción de la gente?

«Por favor, que nadie haya hecho fotos...».

—Bueno... Envidia mal disimulada entre ellas, erecciones entre ellos. Quédate con lo que quieras.

—Dios mío... ¡Qué bruto eres! ¿Puedes creerte que no recuerdo cuándo me dormí?

—Puedo —respondió tajante y en un tono más serio—. Me ha pasado alguna vez. Por eso me alegro de que te vayas a casa y descanses. Ven.

Vicente abrazó a su amiga y le dio un beso en la mejilla. Cuando estaba tan dulce era imposible no quererla.

—Te voy a echar de menos estas semanas —dijo Alicia.

—Lo dudo —respondió irónico mientras inclinaba su sonrisa—. En cuanto llegue Fran al pueblo, comenzarás a bizquear.

«Touché».

—¡No sé para qué te cuento nada! Lo sacas todo de quicio —respondió ella apartándose.

Alicia se había visto obligada a hablarle de su ex una tarde en la que Vicente la sorprendió mirando embobada el Facebook de Fran. El economista, que vivía en Londres, había colgado varias fotos acompañado de mujeres muy atractivas. Lucho, Cosme y Lucas, los chicos de su grupo de Santa Manuela, celebraron la instantánea escribiendo comentarios bastante rudos. El huracán interior de Alicia estaba comenzando a girar aquel día cuando Vicente la descubrió. Desde entonces, era de los pocos que sabía la verdad. Posiblemente, mejor que ella.

—Me lo cuentas porque te va a salir una úlcera si sigues guardándote todo.

—¿Y qué se supone que es todo? —respondió ella mientras colocaba en vanguardia su infantería.

—Pues que sigues pillada por esos ojitos azules —recitó el abogado en tono cómico.

«Que cada vez son más bonitos, por cierto». Alicia no pensó aquello al azar. Recordó la conclusión a la que había llegado la última vez que los tuvo cerca, durante la última Semana Santa en el pueblo, como tres meses atrás. Todo el grupo se había quedado a dormir en la bodega de Sofía. Su saco y el de Fran estaban a escasos centímetros, lo que hizo que ellos terminaran compartiendo en la oscuridad un ratito de charla y confidencias. Recordaba perfectamente la buena sintonía que habían tenido, algo que no era habitual entre ellos en los últimos años. Antes o después terminaban discutiendo, por lo que ambos solían evitarse. Recordaba también las llamas de la chimenea reflejadas en las pupilas del chico, entre las sombras que velaban el sueño de los demás. Y la complicidad que habían tenido esquiando esos días. Pero no era lo único que rememoraba. No era tan fácil. Si aquel momento los había acercado, otros mil los separaban. Por ejemplo, la pelea que tuvieron pocos días después, que hizo que se despidieran a gritos, como solía pasar desde que un par de años atrás ocurriera AQUELLO. Alicia se alteraba con facilidad, y Fran, en ocasiones, no tenía filtro y terminaba desatando su furia con comentarios poco procedentes. Gasolina y mechero. Aquello no podía ser.

—Ahhh, no. Pincha usted en hueso, caballero. Fran es agua pasada. Ya me hizo bastante daño.

—¿Sabes que cuando mientes levantas la ceja izquierda?

«¡Qué calada me tiene!».

Ambos rieron ignorando que Vicente, sin pretenderlo, había puesto una piedra más en el camino entre Alicia y Fran. Había pasado dos semanas antes. El ex de la abogada había volado desde Londres a Valencia para verla. Había sido un impulso. Quería darle una sorpresa. Aclarar el encontronazo de Semana Santa, pero, sobre todo, estar con ella. Esperó a que saliera mirando desde el ventanal de una cafetería que tenía enfrente la puerta de Soto & Montagut. Cuando la vio aparecer con Vicente, se quiso morir. Imaginó que entre ellos había algo más. Los miró caminar, entre risas, perdiéndose calle abajo. Ni se acercó. Cinco minutos más tarde estaba en un taxi de vuelta al aeropuerto. Las lágrimas le impidieron ver que estaba anocheciendo.